光之犬

光の犬

王華懋 譯

松家仁之

添島始揹負著消失點。

從微駝的肩胛骨之間，朝後方拉出約五公尺長的隱形直線，消失點就在半空中的那個位置。入睡的時候，消失點穿過床墊，貫穿地板，沉入沒有蚯蚓也不見土撥鼠的潮濕關東壤土層。以背部為起點的消失點配合睡夢中無意識的翻身，如鐘擺般畫出弧線又靜止，呈扭曲的波形震動著。

星期四早晨，添島始正搭乘前往大學職場的東海道線。他在八人座裡面，挑選了前進方向右側曬不到太陽的位置落坐，塞好iPod耳機，開始聽音樂。消失點飄浮在身後牆壁另一頭狹小廁所的金屬馬桶三十公分上方處。但添島始並不知道消失點已迫近身後。

聽著《Maxwell's Silver Hammer》擺盪的合成器效果音，買下這張專輯的LP版本的約莫四十年前的那股模糊的不安又重回心頭。

小學升國中的時候，讓始不安的並非等在前方的事物，而是當下的自己。

想像自己的死期，就類似試圖親眼看見宇宙的盡頭。那是遙不可及而不可知的。比起有朝一日終會抵達的消失點更為切實、逼真的，是做為自我意識根基的自我輪廓扭曲、暈散，應該位於中心的軸搖擺不定，也沒有可以放下的錨，那種無依漂蕩的感覺。但自身所沉浸之處，不是透明冰冷的溪流，也不是深不見底的大海，而是淡水與海水交混，淺而平坦、氧氣不足的汽水域。

不分晝夜，無法向外人吐露的妄想浮現又消失，消失又浮現。只有聽音樂的時候，那些紛亂的思緒會被音樂的帷幕遮蔽在另一頭，隱而不見。自身化為純粹的耳朵，音樂成為呼吸，成為眼罩。但音樂的時間一結束，又有人目不轉睛地觀察著再次浮出汽水域的水面，嘴巴一張一合的自己——始經常這麼感覺，說出口的話、舉手投足，都變得更為僵硬了。

難堪地增加的男性荷爾蒙在人中和下巴前端化成纖弱的鬍鬚冒出頭來，宛如揭發惡行與祕密的**證據**。始在盥洗室偷偷拿父親的電動刮鬍刀刮了刮，但纖弱的鬍鬚攤軟貼平，刮也刮不掉，只是把人中處折磨得一片熱辣。

國二的秋天，始第一次約會。對方是同班同學，身材高䠷，頭髮和眼珠子色澤都很淡，有些老成。過後始得知她住在函館的曾外祖父是俄國革命的時候逃亡到日本的白俄人。始對「白俄」一詞懵懵懂懂，上課時在斜後方盯著她深藍色水手服的背影，漫不經心地思索她會想去有八分之一血統來源的俄國嗎？

說是約會，也只是去逛逛枝留的唱片行名響堂，或是去町立圖書館一起坐著看書。在名響堂，她不怎麼猶豫地挑選了收錄有〈Saturday in the Park〉的芝加哥樂團的新專輯結帳。走出店裡，她問：為什麼披頭四的唱片圓標是綠蘋果？靈感好像是來自雷內．馬格利特畫的青蘋果喔，始剛從音樂雜誌看到這件事，現學現賣了一下。幾天後，始從圖書館挖出馬格利特的畫集給她看。添島，你好博學喔，她用聽不出是不是佩服的語氣說。

兩人還一起爬過幾次智腳岩。不管在散步道還是山頂上，周遭都不見人影，但兩人一次也沒有牽手，總是維持著一把三十公分文具尺的距離。爬到山頂後，眺望了片刻枝留的街景，漫無邊際地閒聊。

看見玩具般小巧的柴油車駛進車站停下，再駛了出去。湧別川波光瀲灩的水面不像在流動，也聽不見流水聲。

兩人每天交換信件。可以收進掌心的小信封裡裝著折好的信箋，寫些瑣碎小事，像是上野動物園新引進的熊貓、親近了以後開始進出家裡的野貓等等。

以輕巧而工整的藍色鋼筆字寫下的信件文章，從容而富幽默感，讀來心曠神怡。始覺得這是文如其人，自己怎麼樣都寫不出這種文字。畢業以後，她考上父親調派的札幌的高中，最後音訊杳然。始趁著家中無人的時候，把再也不會增加的一疊信件拿到院子裡燒了。只有北海道犬吉洛一臉疑惑地看著那堆火。張開的信件化成黑色，可以完整讀出上頭的文字，但水一潑上去，便糊成一團，面目全非了。

讀國中的始完全無法想像五十歲以後的自己。或許他已經學到了排解不安的智慧。但始還是知道，現在身處的地方完全無法保證是安全的。腳下的地板不知何時會被一腳踏穿。五十五歲的不安，造就了他平日的謹小慎微。對於自己的膽小，始也感到有些厭煩。

結束在大教室的授課後，始在講台旁邊上身前傾，聆聽女學生的提問。女學生一臉素淨，抬頭挺胸，聲音細小，但咬字清晰——老師說到因為活版印刷的發明，紙也從羊皮紙轉變成一般的紙張……那麼，做羊皮紙的工人就沒有工作，都失業或是不做了嗎？

即使不是親眼看見，也應該毫不猶豫、斬釘截鐵地回答，如果學生對此感到質疑、反彈，提出異論，這才算是教育——邀始進入這所大學任教的恩師這麼說，但始到現在依然對此感到躊躇，以克制的抑揚試著正確地傳達他查到的內容。

——如果說修道院抄寫員一字一句寫在羊皮紙上的抄本是真品，那麼活版印刷製作出來的書籍，就等於是它們的**贗品**，不管是字體還是裝幀，都徹底模仿抄本，是抄本的複製品，因此後來發明的紙張，起初也被視為劣於羊皮紙的次級品。後來一段時間，公文書仍規定只能使用羊皮紙，因此應該花了相當長的歲月，羊皮紙才正式被紙張取代。除了書籍以外，羊皮紙也運用在畫材、樂器、飾品等等，所以工人應該不是一夕之間就面臨丟飯碗的危機。畢竟羊皮紙到現代仍然有人在製作——

女學生薄而白皙的臉頰，就宛如以羊胎或剛出生的羔羊皮製作的最高級羊皮紙uterine vellum——子宮羊皮紙，始幾乎沒有直視她的眼睛。他的視線對著從教室後門魚貫離開的學生，口中一邊解釋，腦中浮現的是百科全書上描繪羊皮紙工房內部的銅版畫。畫的是各司其職的工匠們運用現代已不復見的各種工具，神情木然地製作羊皮紙的作業工程。

始從前屈的姿勢直起身說：「這樣明白了嗎？」就像在宣告回答完畢。女學生說著「謝謝老師」，筆直迎視著始，比起那聲音，那表情更令始心慌。那是發現自己對周圍造成意料之外的影響，置身事外地看好戲的神情。這或許是透過他人的關注，瞭解到自身價值的二十多歲年輕人的特權。她似乎也暗自擔憂著這新的局面。兩種感情表裡相疊，一體兩面。會清楚地表現出這些，是因為她還尚未完全成熟。

始沒有目送女學生轉身離去的認真背影，捲起筆電的白色電源線，比平常更用力地將出席卡在桌上敲出咚咚兩聲理齊後，交給負責的學生。將闔起後比書本更薄的MacBook Air滑入皮包內側，用帶子固定好。結束星期四最後一堂課後，總有一種足不點地的飄飄然之感。持續在眾人面前說話的沉澱物不知不覺間充塞在背脊之中，飄浮的身子沉甸甸的。

始伸出食指，按下階梯教室的遮光百葉窗升降開關。向晚的淡薄橘光從高及天花板的窗戶射進來，逐漸充滿階梯教室。零零星星還留下幾個的學生，側臉一下子全被光所籠罩。也有學生刺眼地仰望窗戶，在這時起身離去。始覺得這幕情景就像一幅畫。百科全書銅版畫上的羊皮紙工房的工匠身影再次浮現腦際。

始累得連走下講台的短短三階，腳步都虛浮不穩。他略微俯首，免得遇到認識的學生還得停步招呼，走回研究室的途中，腦中的黑白銅版畫變成了別的銅版畫。是從頭被大魚吞噬，只剩下臀部和雙腳從口中伸出的人。第一次看到這幅畫，一樣是約四十年前，在美術課本上看到的。體內感受到強烈衝動的國中生的始，當天便跑去學校圖書室翻遍了所有的畫集。他找不到想找的畫，大失所望，放學後繞遠路去了町立圖書館，在瀰漫著書本氣味的館內，一字排開的美術全集當中的一冊，找到了那個名字。

抽出那本又大又重的書，借書卡上只有一行鉛筆寫的名字「工藤一惟」。工藤一惟是住在緊臨枝留教會後方的牧師館的牧師兒子，始以前聽姊姊說過，他的名字是來自一種樹「一位」[註一]。姊姊步和一惟是同學。「一位」這種樹在北海道叫做onko，會結出紅色微甜的果實。工藤一惟因為就像樹木一樣高大

註一：一位：即東北東豆杉，日本古時用來做為官員的笏，故自位階衍生出「一位」之名。

又文靜，人如其名，讓始留下了印象。

始在書房的木桌上打開布勒哲爾的畫集。他每天翻閱，漸漸地，比起目光呆滯的魚吞噬各種事物的銅版畫，他更被細膩描繪人群百態和日常樣貌、連愚蠢的模樣都據實畫下的油彩畫所吸引。他最喜歡的是一張雪景。比起背影疲倦的獵人，他更對遠景在冰上滑行嬉玩的人們更感到好奇和親近。那是不時傳來隱約歡呼聲的北國森冷風景。

對於生長在北海道東部的始來說，滑雪就是在開闊的天空底下，臉頰被冰冷徹骨的乾燥空氣扎刺著進行的活動。進入東京的大學就讀，第一次嘗試室內滑冰時，天花板罩頂的窒悶令他感到驚訝。

布勒哲爾的大魚畫和風景畫，彷彿可以聞到腥味、焦臭，或是皮革製品油膩的氣味。開始長出陰毛和腋毛的自己的身體，或許也散發出這樣的氣味。他開始在洗澡的時候仔細地搓泡清洗身體。

如此想來，國中時反覆夢見的夢境，是否就是受到布勒哲爾這些畫的影響？變得遠比當時的父母更年老的始，為時已晚地悟出四十多年前奇妙夢境的因果關係，就好像答案遲至這時才自天空緩緩降下。

在夢中，始的下半身被拆掉吸頭吸管的巨大吸塵器圓筒所吞沒。灰撲撲的濕暖空氣不斷地被往下吸入，始雙手撐在筒緣抵抗著，結果血液集中在腳部，開始沉沉地脈動起來——。他還做過幾次另一種夢，內容大同小異。白天的棒球場，球滾到外野遠方。身為打者的始盯著球的去向，從二壘全力奔向三壘（有時是跑回本壘）。滑壘的瞬間，球場就像生物一樣張開大口，沒有牙齒的下巴狀黑暗含住他的下半身，慢慢地將他吞沒——

這兩種夢都是出其不意地主動找上他。他並不想做這種夢。然而這兩種意象一旦盤踞在腦中，夜深之後，換上睡衣，蒙上被子準備入睡時，他便會在黑暗的房間裡刻意召喚出那意象，回想起吸塵器濕暖的空氣，或帶著濕氣的球場觸感，試圖去反芻。對於被吸入、被吞沒的恐懼與期待。始被這樣的意象所籠罩，兀自起了雞皮疙瘩。

「你那時候是逆產，可是那時候你阿嬤已經不在了，所以沒辦法讓她接生。」

述說以前是助產婦的婆婆的記憶時，始的母親總是聲氣暢快得令人意外。也不記得聽她提起過什麼婆媳糾紛。在秋陽遍照的客廳裡，母親手不停歇地折著散發陽光氣味的衣物，輕鬆愉快地對著還是小學生的始說著。

「小步也是逆產。可是你阿嬤雙手按著我的肚子，一邊摸一邊說：不是那邊，喏，是這邊，慢慢地轉動，肚裡頭的孩子就好像聽得懂她的話，自己慢慢地動了起來，變成頭下腳上。小步聽得懂阿嬤的話，乖乖配合呢。」

說到這裡，母親咯咯一笑：

「可是小步又會在不知不覺間轉回去，每一次阿嬤都會再把她調回來。因為有你阿嬤，才能順利生產。」

從事助產婦工作的祖母為長女步接生後，約三年後過世了。據說是腦溢血。和姊姊差了四歲的始當時連個影子都還沒有。

「所以你是在枝留中央醫院的婦產科生的。和在家裡生產差多了，醫生是男的，而且要躺在像床的地方生。不過生產的時候，我一直把眼睛閉得緊緊的，所以完全不知道是什麼狀況。」母親又同樣地笑了。「你生下來以後也沒有馬上哭，醫生把你抓起來打屁股，你才提心吊膽、軟綿綿地哭起來。」

大概到小六的時候，始才明確地知道逆產是什麼意思。低年級的時候，他模糊地以為母親的肚子會像桃子一樣裂開來，嬰兒從裡面蹦出來。還會跟母親一起洗澡的時候，他猜想母親肚皮上那條直直的妊娠線就是以前生產的時候裂開的傷口，但又隱隱覺得好像不太對。

那個年代，小學男生幾乎可以說沒有像樣的性教育。同時母親又動輒敷衍地說些「肚子裂開」的比喻，才會造成他這樣的誤會也說不定。始的母親總是毫不忌諱，彷彿唸誦俗諺似地做出一些荒唐離譜的說明。

始從來沒有見過祖母，但也曾被祖母的亡靈糾纏過。

小學的時候，始走在枝留的街上，會有人忽然對他攀談：「午安。」「小始，你長大啦。」不清楚到底是誰，但有些眼熟的大嬸看著他，露出熱情的笑容。後來他得知，叫住他的幾乎都是在添島助產院出生的人，或是他們的母親。在始不知道的地方，他成了「添島奶奶家的孫子」。他覺得與其說是被祖母守護著，更像是揹負著看不見的遺照。

姊姊步好幾次看見弟弟被人叫住，動彈不得的樣子。回家後她調侃說：「誰叫你一副渴望人家關心的嘴臉？」始只能紅著臉勉強辯解「才沒有」，完全無法反駁。經過的時候招呼一聲還算好的，他最討厭別人停下腳步叫他。因為那代表對方情願耽擱時間，也要和他聊一聊。始默默地草率點個頭，匆匆離去。上國中以後，他出門的時候不再用走的，改騎自行車。如果遠遠地發現有大人在看他，就立刻掉轉車頭，拐進最近的巷子裡，避開大嬸們的靠近與接觸。

每一次他都鑽進枝留的巷弄裡。

他逐漸發現不是由父母帶領認識的街道。經過門面狹小的舊書店，一面往前騎，眼角一面瞥著路邊店內貼滿密密麻麻散發菸味的海報的搖滾與爵士樂唱片行名響堂、有新潮的虹吸式咖啡壺和法蘭絨濾布的咖啡專門店、白天不見人影、招牌文字和色彩顯得有些妖異的酒吧。沒多久，他開始停下自行車，隻身進入舊書店和名響堂，很快地變成三天兩頭就來光顧。

小六的時候，父親突然買了音響安置在起居間。Technics的主擴大機和調諧器。JVC的唱片播放器。Diatone的音箱。父親的休閒嗜好應該是溪釣和養北海道犬，卻不知怎地，而且還品牌各異地湊和出一套音響組合。當時始完全不覺得奇怪，但如今回想，以父親而言，這番舉動相當反常。而且父親買回來的LP就只有一張義大利音樂家合奏團I MUSICI演奏的韋瓦第的《四季》，聽過幾次便束之高閣，音響活躍的時間，只侷限於下大雨無法出門溪釣的星期天午後。當時FM剛開始播送，父親會從節目欄挑選有「立」字方形記號的立體聲廣播節目，在吩咐母親泡的紅茶裡滴入幾滴白蘭地，一邊聆聽比真實的人聲更低沉清晰的廣播員聲音，默默品嚐。

對於立體音響的登場，更興奮的是孩子們。當時讀高一的姊姊步買了邁爾士・戴維斯的《Seven Steps to Heaven》。「欸，你知道嗎？邁爾士跟爸爸同歲耶，你能相信嗎？」步說了好幾次。

弟弟始買的是披頭四的《Abbey Road》。他本來想買收錄的全是熟悉曲子的精選專輯《Oldies》，但一起去名響堂的步說「如果要買，當然要買《Abbey Road》」，他便糊里糊塗地聽從了。直到上國中零用錢增加以前，始就把這兩張唱片翻來覆去地擺在唱盤上，百聽不厭。

昭和三十二年夏天，祖母過世了。當時家裡應該連黑白電視機都沒有。茶櫃上有台老舊的收音機，打開開關，機器熱起來後，電容器就會散發帶金屬味的甜香。除此之外會發出聲音的，應該就只有冬季的煤炭暖爐了。大水壺在上頭叮叮咻咻地作響，打開爐口蓋子，赤紅的炭火發出低沉的轟轟聲響。看似寂靜，卻也熱鬧十足的冬季聲響。即使到了現在，每當聆聽《Abbey Road》，暖爐的炭火和聲響、玄關外因雪地反光而一片刺眼的亮白景色仍會在腦中復甦。

當時那個年代，住在枝留町西側的女人不是在添島助產院生產，就是由祖母前往孕婦家接生。祖母過世那時候，或許正是助產婦的角色和地位開始出現變化徵兆的時期。隔年始想到這件事，在大學圖書館借了關於助產婦歷史的書籍瞭解了一下。

過了昭和三〇年代中旬——亦即進入一九六〇年代以後——助產院從生產的中心被推向邊緣，不得不與醫院婦產科合作，或是被納入旗下。助產院及助產婦的角色完全是協助**正常**的分娩，只要母親或胎兒有任何一點風險，分娩時就必須有醫師在場，助產婦只能屈居於輔助。

始得知助產婦說的「逆產」一詞，在醫學上稱為「胎位不正」。對於經驗老到的助產婦來說，這是大顯身手的機會，但是在婦產科的現場，卻被歸類為可能造成死產或腦性麻痺的「難產」。事實上許多孕婦會因此選擇剖腹產。

原本胎位不正的始是如何出生的？在分娩台上自始至終一直閉著眼睛的母親什麼都沒看見。始是從屁股出來的，還是從腳出來的？不管怎麼樣，都不是從頭出來，而是頭在最後才離開母體嗎？

始從來沒有想過胎位不正這件事對自己留下了什麼樣的影響。從幼稚園到小學四年級都折磨著他的小兒氣喘痊癒後十多年，他才在意想不到的因緣際會下，得知了氣喘與逆產的因果關係。

在舊書店偶然拿起的雜誌裡有篇奇妙的論文，標題是〈支氣管喘息論〉。如同標題中的「論」字，身為醫師的作者提出獨到的假說，比起對支氣管喘息的醫學觀點或療法，內容似乎更偏重思想和文學，但讀了幾行，便能感受到明確的說服力，充滿了臨床醫生來自經驗的確信。

這篇「論」對始來說是一場意外。閱讀這篇文章就像是一場爽快的體驗，宛如看見一盤白棋如浪頭掃過般變成黑棋的情景，或是打開塵封已久的窗戶，沐浴在新鮮的空氣之中。

始在剛上幼稚園的時候被診斷為小兒氣喘，母親為了治好他的氣喘，還曾經找人祈禱作法，要他跪坐在擺著符咒的矮書桌前，喝下一大碗水。發現沒有效果後，母親帶他搭火車前往鄰町的醫院，接受注射，喝葡萄糖等等治療，持續了數年之久。每次在家發作，就得在三更半夜含住玻璃製的吸入器，吸入Bosmin熬過去。但從**根本原因**來看，這些是否都只是緣木求魚的對症療法？——讀過這篇文章後，始懷疑當時每星期屁股都要捱上一大針的痛苦全是做白工。

刊登〈支氣管喘息論〉的雜誌，在都內多次搬家的過程中遺失了，但根據始的記憶，大致上是這樣的論點：

——從胎兒出生變成嬰兒時，最大的難關，就是在生產的同時轉換成肺呼吸。在充滿羊水的胎內，是透過胎盤進行氧氣與二氧化碳的交換，肺部尚未正式發揮功能，而且在子宮裡也無法進行肺呼吸。但是開始分娩，嬰兒離開子宮，一接觸到外界空氣，就必須迅速開始進行肺呼吸。嬰兒甫落地就哇哇大哭，代表正式開始進行肺呼吸。沒有羊水包裹的環境，以及乾燥的空氣突然進入肺部的肺呼吸，對嬰兒來說，應該是值得發出大哭的驚嚇體驗。

然而由於某些原因而遭遇難產時——當然也包括胎位不正——就會被烙上這樣的原始恐懼：「呼吸的過程是漫長、痛苦而且困難重重的」。

此外，對胎兒來說，生產這樣的經歷，無非就是氣溫與濕度的劇烈變化。經歷難產出生的嬰幼兒，每當感覺到氣溫與濕度劇烈變化，體感記憶就會被挑起，重現出呼吸困難的氣喘發作這樣的生理現象。亦即這名醫師認為，氣喘有時候是起因於生產時的困難。

確實，每到傍晚氣溫迅速降低，或是秋冬空氣極端乾燥時，始就容易氣喘發作。只要深呼吸，氣管就會呼嚕呼嚕響。用不了多久，就會惡化成痛苦的氣喘發作。直到現在，始依然刻骨銘心地記得氣管緊縮，無法隨心所欲呼吸的恐怖。

從研究室的窗戶俯視樓下，下一堂課似乎開始了，學生人影稀疏。秋季的傍晚空氣乾爽。

始坐到桌前，打開電腦。野鴿在窗外的空調室外機與大樓外牆的隙縫間啼叫。也許是窗戶難得打開，連百葉窗都不會拉上，一年裡頭總有兩三回，野鴿會在戶外機底下築巢。繁殖力旺盛。始比較喜歡雉鳩，雉鳩不像野鴿那樣成群結隊，而是成雙成對行動，警戒心很強，但雉鳩只在樹上築巢，不會在窗邊築巢孵蛋。

檢查新郵件，窗外傳來莫名激動的啼叫聲。有三封學生寄來的郵件。始沒力氣打開來讀，只瀏覽了主旨，內文留待以後再讀。關掉電腦，等待畫面變黑。在螢幕中央順時針轉動的圖案在變黑的同時消失了。

像這樣坐在研究室的期間，始的消失點依然飄浮在門的另一頭、陰暗的走廊半空中。從消失點觀看始的研究室，左右兩側的書架上幾乎沒有書。有拉門的櫃子內部同樣空空如也。書桌抽屜裡有面紙盒和未拆封的免洗筷、幾枚零錢、眼藥水、印章和印泥。小冰箱裡只留下白霜，一片空蕩。

這間研究室很快就要交給別人了。野鴿的巢能否保持原狀，不被清除，能繼續孵蛋，就要看下一個進來的教師是否關心，以及夠不夠寬容了。

辭掉大學教職，回到北海道的枝留。向妻子久美子提起這件事時，始自己也很清楚這個提議太唐突了。但他不能完全不經商量，就自己一個人回故鄉。用不著問，始對久美子會有什麼反應是瞭若指掌。她不可能一起去北海道。他只是需要她明確地說出她的意向，完成相互確認的程序而已。

久美子的回答比預期中的更簡短、冷淡。

「我不能去。我還有攝影工作。」

幾年前，久美子當上影像製作公司製作部門的主管，這次的攝影工作是她主動要求兼任現場負責人，主題是追蹤棲息在北阿爾卑斯山的日本雷鳥的生態。她說接下來還要持續拍攝。久美子的態度彷彿始的提議不算什麼大事，並抓緊機會似地，開始流暢地說明日本雷鳥的攝影內容。

在不同的季節各有幾天，攝影師加上兩名助手，以及久美子共四人，會進駐北阿爾卑斯山。日本雷鳥被指定為特別天然紀念物，由於得到保護及研究雷鳥的非營利組織全面支持，加上日本雷鳥沒有太強的警戒心，攝影截至目前非常順利。

對於生物，久美子向來沒什麼覺得可愛的反應，卻難得把iPhone鎖定畫面設成母雷鳥揹著小鶴鶉似的褐色雛鳥的特寫照，亮給始看。久美子的食指不停地在螢幕上向右掃拂，出示在偃松之間若隱若現的雷鳥母子的影片，以及鳥巢裡褐色的鳥蛋照片。她的指頭和手背都多了細紋，變得乾燥。他有多久沒有在近處看到久美子的手了？歲月平等地在久美子和始的頭上流過。

不知何時開始，對於彼此的工作，久美子和始都只會表現出最起碼的關心。始知道久美子會定期上北阿爾卑斯山，但甚至不知道她是在拍日本雷鳥。

久美子說，她正開始為了雪山攝影準備裝備和調整行程。如果始要回去北海道，最快也是明年的五、六月以後。即使日本雷鳥的攝影工作告一段落，久美子手上應該也還有好幾個同時進行的案子。

原本始打算在枝留另外找房子住，而不是直接住在老家。但如果久美子確定不會同行，暫時睡在老家二樓仍保持原狀的他的書房就夠了。數量龐大的書本和CD，當前先留在東京的家就行了。

「再說，抱歉一提再提，」

久美子難得說抱歉，讓始一陣意外，差點漏掉她接下來的話。「我不是對貓狗過敏嗎？實在不可能住在一起。」

第一次留宿枝留的老家時，家裡養著一隻小黑貓，是母親登代子在路邊發現奄奄一息而撿回家的。第一天晚上，久美子突然喉嚨嘶嘶作響，臉色一下子變得蒼白。久美子小學的時候也得過小兒氣喘。汽車廢氣造成的公害問題正值巔峰的時期，久美子家在東京的公寓就位於主要幹道交會的下坡十字路口不到一百公尺的地方。醫生說「如果有辦法，最好搬家」，一家人便遷到郊外的集合住宅，不到半年，久美子的氣喘就好了。但是年過三十以後，只要和貓狗同處一個空間，又會開始發作。

枝留的老家，父親真二郎都會勤奮地用吸塵器清掃，但各種細縫裡還是免不了殘留著細軟的貓毛吧。

久美子是順產。婚後不久，始問：「我出生的時候胎位不正，妳呢？」久美子的回答很簡單：

「我很正常，聽說咻溜一下就生出來了。」

有人敲了研究室的門。

「是。」

始反射性地應答，有點被自己的音量嚇到。

他穿好脫了一半掛在腳尖的鞋子，對著站在應該是消失點飄浮處的走廊上的意外訪客說：

「請進。」

門打開來，外面站著在大教室提問的女學生，臉頰像白皙的子宮羊皮紙的女孩。始刻意做出訝異的表情。他的教師網頁上有特別註明，拜訪研究室前，必須先以電郵取得同意。

「我還有一個問題，不知道老師方便嗎？……我剛才傳了郵件給老師。」

始沒說他沒讀郵件，仰望研究室的鐘。沒必要看時鐘，時間充裕得很。他努力面無表情地回答「沒問題」。內心響起了微弱的警報。女學生左肩搭著看起來很輕的背包，手中拎著布提袋。她一副在室內談話是理所當然的態度，以不怎麼客氣的聲音說「打擾了」，走進研究室。

始就像平常那樣，讓門保持開放。女學生對此沒有特別在意的樣子。始回到自己的椅子，請她在稍遠處的四人桌旁坐下。女學生要問的是十七世紀歐洲用來搬運書籍的木桶。

「抱歉問這麼細的問題。書籍沒有裝訂，只是印好的紙頁的話，搬運的時候一般就只是包起來而已，那為什麼只有裝訂好的書籍要特地裝進桶子裡運輸？我是納悶，書是四方形的，裝在圓桶子裡不會有很多空隙嗎？」

——因為裝訂、裝幀完成的書籍很昂貴，絕對不能弄濕。一般紙張比羊皮紙更怕濕氣。木桶不是用來保存紅酒之類的液體，滴水不漏嗎？也就是只要放在木桶裡密封起來，裡面的東西就不怕弄濕。因為遠方國度的書商，多半都是以船隻來運送書籍。……這麼說來，我沒有查過書本是怎麼裝桶的呢。

發現有無法回答的部分，始反而覺得輕鬆，以玩笑的心情接著又說：

「打開桶子的時候，墨水、紙張和皮革的氣味與木桶的香氣混合在一起，會形成難以言喻的芳醇氣味。」

「老師聞過那種味道嗎？」

女學生一本正經地問。

「怎麼可能？」女學生那模範生似的反應，引得始笑著接著說：「不過譬如說，像橡木桶就真的很香。運輸期間，橡木的香氣滲透書本，包括那香氣在內，也是書本魅力的一部分吧。」

說完之後，女學生在催促之前先行起身，道謝後頷首行禮，離開研究室了。關上的門板另一頭傳來的腳步聲毫不猶豫。誤觸的警報一下子就解除了。

始兀自假惺惺地清了清喉嚨，抽出兩張面紙擤鼻涕。將幾乎沒有垃圾的圓筒狀垃圾桶拿出研究室外，關門上鎖。

延伸到陰暗走廊深處的消失點，和始的距離又縮短了一些。

1

阿春躺在後院的楓樹底下。

不知不覺間，阿春漸漸地像條老狗了。毛色失去過往的亮麗，後腳也不再像以前那樣矯健。

食欲很好。看就知道鼻子和耳朵都沒有退化。牠會小心謹慎地把那張看起來有些模糊的臉轉向散發氣味和聲音的生物氣息，輕咳似地吠叫，但似乎還是無法信服，哼哼唧唧個老半天，就像在自言自語。

直到去年，叫牠名字就會立刻起身走近真二郎，但現在有時只會敷衍地抬個頭就算數。和以前不變的，是會抬起那雙眼皮底下似在詢問、意欲傳達般的黑眼，筆直地仰望真二郎。

真二郎經過阿春旁邊，問：「要不要去散步？」比起言不由衷的招呼，更希望你立刻搓搓我的下巴、眉間和耳後——只要看看阿春的眼睛，就知道牠正在這麼說，但真二郎故意佯裝遲鈍，腳不停步。因為只是蹲下來都會腰痛。

阿春無力地甩了一下尾巴，將有些乾燥的鼻子和下巴偎在前腳上，從鼻孔輕嘆了一口氣。那聲嘆息沒傳進重聽的真二郎耳中，消散在瀰漫著欲雨氣息的空中。

真二郎走進鄰接主屋後門的小屋門口。阿春以目光追著那背影。

入口約一坪大的混凝土地部分，夏季拉門不會關上。杉板牆掛著長年來珍惜使用的各式工具：鐵

鍬、鋤頭、鏟子、耙子、園藝剪、水管、工作梯、帽子、繩索。架上有用來幫阿春梳毛的金屬梳。下方的地板放著不怎麼大的冰桶，裡面是空的，有時真二郎會拿來當凳子坐。

打開內門後，內部是船艙般的小房間。靠近天花板的牆上有一排橫長形的推拉窗。白天的時候，這裡比主屋明亮多了。

打開房間盡頭的冷凍櫃上蓋，裡面井然有序地放著山女鱒、雨鱒、虹鱒、花羔紅點鮭，以及裝滿了鮭魚卵的夾鍊袋。冷凍櫃上方的牆壁掛著五支飴糖色的釣竿，就像被裁剪下來的五線譜。

沿著冷凍櫃右側的牆壁，是不鏽鋼流理台、調理台及單口瓦斯爐。每次處理完釣回來的魚，真二郎都會勤勞地沖掉污垢，以廚房清潔劑仔細刷洗，最後用乾抹布擦乾，連流理台裡的水漬都擦得一乾二淨。真二郎天生就能從欣賞光潔的表面得到療癒。

真二郎把乾淨得媲美高級壽司店的流理台、調理台、瓦斯爐分別比擬為三姊妹，這是口拙的他近似自言自語的報復。起因是姊姊一枝和妹妹智世完全沒和真二郎商量一聲就買了塔位。「我和姊姊已經買好塔位了，這下就不會拖累任何人，可以安心走了。」一聽說智世就像故意挑選真二郎不在的時候，特地跑來這麼告訴登代子。當天晚上，真二郎拜訪鄰家要求說明，反被說得啞口無言，無法反駁，逃回家來。隔天真二郎在小屋準備燻鮭魚，回想著姊姊和妹妹的說詞，忽然浮現這樣的聯想。

泥沙、魚鱗、魚血……不放過任何流過來的東西，迅速將其送進排水口的流理台，是大氣而我行我素的長女一枝。默不作聲的調理台是溫和的次女惠美子。低吼著噴出藍燄，刺耳地燒得水壺嗶嗶叫的瓦斯爐是三女智世。真二郎自覺這比喻真是恰如其分，但身邊也沒有人予以贊同。即使告訴登代子，也只會惹來不悅，更不可能當著她們本人的面說出口。

那麼——真二郎有些心虛地想——我自己又像什麼呢？他擅長殺魚，但不像刀子吧。他不擅長一刀兩斷地處理事情。比起刀子，他更像承接刀子、傷痕累累的砧板。他想到的另外一樣東西，是在瓦斯爐上瀕臨沸騰的大湯鍋。但他把智世比擬為瓦斯爐，所以這樣的聯想實在教人笑不出來。

不管怎麼樣，他想到的都是沒有主動的能力或功能、沒有發揮巧思或調整餘地的廚房用品。占空間、笨重，沒用的時候礙事的東西。看來自己在三姊妹裡頭，或許比較接近「沉默的調理台」的次女惠美子。

惠美子在一年前過世了。

儘管覺得對她過意不去，但既然把她送進特別養護老人院[註二]，他也沒有任何可以為她做的事了。一枝和智世會輪流坐公車去看她。即使叫他幫忙，真二郎光是自己的事就忙不過來了。反應和動作都日漸遲鈍，光是處理日常雜事，往往一天就這樣過去了。他覺得年過八旬的自己，已經沒有半點時間、精神和體力可以撥給別人了。

惠美子過世，三個老姊妹只剩下兩個。也就是成了沒有調理台、只餘流理台和瓦斯爐的廚房。連接兩者的面消失，失去了暫放食材的空間。那畫面顯然很侷促。登代子能夠暢所欲言的交談對象就只有惠美子，因此也等於是一枝、智世和登代子之間失去了緩衝。惠美子也是有屬於她的角色的。

惠美子進入特別養護老人院幾年後，一枝和智世沒有和真二郎商量一聲，就買了永代供養[註三]的塔位，地點在町郊的寺院，是新建的納骨堂。據說是繼承寺院的入贅住持的點子。打開一枝遞給他的對折廣告單——封面印著「永恆的安心」——寺院本堂鄰接著一處看起來像殯儀館的混凝土建築物，那裡好像就是永代供養的納骨堂。

存放著惠美子一人份骨灰的嶄新白色骨灰罈，現在還沒有其他骨灰罈與其比肩相鄰。這豈不是很適合惠美子的落寞情景嗎？父母直到最後都很擔心惠美子，但他們的骨灰罈也不在那裡。即使總有一天一枝和智世的骨灰罈會擺到旁邊，也沒有人知道那會是何時。放入三姊妹的骨灰罈後，數量便再也不會增加了。目送最後一次納骨的人會是誰？真二郎覺得不會是他。

姊姊和妹妹都沒有找他參加惠美子的納骨儀式，他到現在也都還沒有去掃墓。最後見到惠美子，是在火葬場將餘熱未散的骨片夾起來放入骨灰罈。員工以附磁鐵的工具，將摻在骨頭裡的金屬類——好像是棺木的螺絲或釘子——集中起來，再用專門的刷子和小畚箕一絲不苟地把化成碎片和粉狀的骨片及骨灰掃到一處，小心翼翼地倒入骨灰罈中。真二郎目不轉睛地看著員工熟練的動作。

「有什麼辦法？我們家的寺院都直接跟我們說了，說我們不能進添島家的墓。」

註二：日本的特別養護老人院，收住的對象是身體或精神方面有障礙，無法自理生活，隨時都需要有人照護的老人。
註三：寺院代家屬長期祭祀、供養故人的服務。雖然字面上是「永代」，但實際上僅是長期，至於為期幾年，各家寺院不同。

真二郎質問為何擅自買了永代供養的塔位，智世一如往常，針鋒相對地頂回來。不知不覺間，真二郎只有招架的份。智世不同於一枝和惠美子，伶牙俐齒，以清亮的聲音滔滔不絕地闡述自己的意見，強勢霸道，一步也不退讓。即使都滿頭白髮了，皺紋也增加了，個性依然絲毫沒有變得圓融。

「我不知道這件事。既然如此，寺院這樣說的時候，妳怎麼不告訴我？」

真二郎努力克制聲氣，免得中了智世的挑釁。

「那如果跟哥說，你會讓我們進添島家的墓嗎？哥也是，你有認真想過將來誰要來守添島家的墓嗎？小始人在東京，也沒有孩子，誰曉得往後會怎麼樣？」

智世的語尾帶著嘲笑，彷彿在說「你反駁得了就試試看啊」。這也是智世一向的話術了。真二郎默默地交抱起手臂，閉上眼睛。這是幾十年來一成不變，熟到不能再熟的對話模式。如果有評審，當真二郎默默閉上眼睛的瞬間，應該已經倏地舉起紅旗了：智世獲勝！

真二郎心中有著沒有訴諸口舌的答案。自己死後的事，隨在世的人愛怎麼處理都行。即使雜草叢生，墓石傾頹，長滿青苔也無所謂。即使哪天墓地被賣掉也不關他的事。人死了就結了。但他不打算高聲對誰傾訴。打死他都不想為了墓地的事與智世爭論。智世執著於為往後設想，彷彿所想的一切都是對的，高談闊論，結果斷了自己的後路。就像被繫在柱子的狗興奮地衝來衝去，結果搞到自己動彈不得。如果她還是覺得自己贏了，就隨她這麼去想吧。

看著一枝和智世，真二郎心想，受墓地擺布的總是女人。如果結婚的對象是長子，死後就得一起進入未曾謀面的陌生祖先的墓。不管是誦的經、葬禮還是法事規矩，也都是女人必須配合陌生的儀式。一枝和智世不必經歷這些，或許可以說是慶幸。但她們只能自行張羅自己身後要安置的墓。如果要讓兩人的骨灰罈放進添島家的墓，真二郎就必須和菩提寺[註四]交涉，並得到登代子的同意才行。想像那過程，自己簡直就像被雙面夾攻、只能無助地任由沸水滾出來的鍋子。冷靜地掌握狀況之後，真二郎逐漸覺得以結果來說，自己反而是被一枝和智世的自作主張所拯救了。

生長在旭川，來到枝留工作，認識添島真二郎並結婚的登代子，是五個孩子裡的么女。婆婆阿米認定媳婦做得像樣的就只有裁縫和珠算，原本卯起勁來從食衣住行到婚喪喜慶，都要把自己的那一套灌輸給媳婦。然而助產婦的工作讓她處於必須隨時出動的狀態，因此根本無暇仔細調教。而且阿米自身就是在沒有從容做家事的時間和餘裕的狀態下生養四個孩子，說到拿手菜，她會做的就只有煎魚、燉魚、醃菜、味噌湯、大鍋裡丟進一堆料的燉菜等不費工夫的菜色。

即使不費工夫，但對於不熟悉下廚的登代子來說仍是困難重重，即使在廚房跟在婆婆旁邊拚命學習，只要有人來叫，阿米就只能草草丟下幾句說明，便趕去接生，讓原本就不聰慧的登代子更加混亂，進退維谷。不知不覺間，登代子隨身帶了本小冊子，用鉛筆記下婆婆零碎教導她的內容。真二郎見她偶爾會打開那本冊子，默默地瞪著半空中，卻從沒想過要伸出援手。他並非不同情不擅長做家事的登代

註四：菩提寺是家族信仰的宗派寺院，一般家族的墓地都在該寺院，並請該寺院處理喪禮及法事。

子，但更是感到一陣苦澀，覺得這下麻煩了。

登代子的生母君江向來輕視五個孩子裡的老么登代子，毫不忌憚地對本人說她相較於長女和次女，腦袋遲鈍，長得又醜。登代子感覺母親動不動就斥責她，並非基於教育上的理由，而只是在毫無道理地發洩情緒。

經營會計士事務所的父親林美喜男教導登代子珠算和記帳。登代子即將從女學校畢業時，朋友的姊姊告訴她有員工宿舍的枝留薄荷有限公司在徵女員工，她沒有多大的猶豫，便隻身到枝留來了。有湧別川流過，距離鄂霍次克海不遠的枝留，讓她覺得是一塊比盆地的旭川更自由開闊的土地。比起寂寞和不安，她更為能夠遠離囉唆的母親而歡天喜地。

其實不只是登代子覺得為了逃離母親的斥責，離開旭川比較好，父親美喜男也這麼想。儘管不會當著母親的面回護登代子，但每回登代子遭母親痛罵之後，美喜男總是會找別的話題，柔聲對登代子說話，這是他一貫拐彎抹角的安慰方式。

聽到「枝留薄荷」這家公司名，母親說「那家公司名聲不錯，或許可以找到不錯的對象」，難得對登代子露出笑容。戰前道東地區的薄荷產量占了全世界市場的七成以上，盛況空前，甚至增產都趕不上需求。戰時由於政府強制減少種植面積，產量一度大幅縮小，如果戰事再持續半年，公司實質上應該已經倒閉了。但戰後不久，先前停工的機器陸續進行檢查維修，種下先前保存的種根，培育品種改良的種子，讓薄荷田重生，整備生產線，安置人員，做為枝留的基礎產業重新出發。城鎮恢復活力，枝留的人口也重回增加趨勢。登代子就是這時期的外來人口之一。枝留的新生兒數目也逐漸增加，讓婆婆更加分身乏術。

真二郎是枝留薄荷的電機技師。登代子一開始是總務人員，一年後珠算能力受到肯定，調到會計課。在同一棟建築物的二樓工作的兩人，在那裡認識了。

後來過了四十多個年頭。

長男始決定結婚，帶著未婚妻久美子回到枝留老家時，在晚餐席上一個人莫名開心的登代子，突然談起了自己的「戀愛結婚」，說：「那個年代根本沒有娛樂……談戀愛是唯一的娛樂。」始和久美子一時無法反應，真二郎打馬虎眼似地短促地笑了笑。後來好長一段時間，始都故意拿母親這句自虐的話當做玩笑的材料——畢竟我可是娛樂的產物。

真二郎離開小屋上了鎖。四周傳來各種蟲鳴。不久後，這些叫聲也將遠去，冬風吹起，蟲子將會死絕，換上赤啄木鳥和松鴉吵鬧的叫聲吧。

如果三姊妹結了婚，現在會是什麼景況？——真二郎再次從腦中挖出這翻來覆去想過無數次的假設。就像登代子這樣，一枝和智世應該也會被安排進入陌生一族的墓地裡。但一枝和智世一輩子未婚，只有惠美子有過短暫的婚姻，但很快就仳離回來了。

真二郎等四名手足，頂著出生時的姓氏，生活在生長的土地和房屋，幾十年來都坐在一起參加法會。不只是一枝和智世，連真二郎都一直模糊地以為姊妹們都會進入父母的墓。姊姊和妹妹到底和住持說了些什麼？不在現場的真二郎認為，應該總有得談的。會不會是智世對住持出言不遜，激怒了他？結果自己毀掉了或許並非完全沒有的可能性。再說，哪些人能進墓地，是住持決定的事嗎？但事到如今再來談這些也沒用。因為已經準備了新的永代供養的塔位，放進了一人份的骨灰。

真二郎不再帶阿春去附近的山上遛狗，已經兩年多了。因為阿春不再喜歡走山路了。以前上山採野菜時，他都會帶上阿春。離開山路，走下平緩的溪流時，阿春總是神采奕奕地領頭往下衝，然後在不到十公尺遠的地方暫時停步，回望真二郎。真二郎會對著阿春說：「沒有熊呢。」阿春一邊前進，一邊嗅聞草葉石頭的氣味。上山的時候，真二郎一定會在腰上繫鈴鐺。只要遠遠地聽見人的動靜，熊就會離開。但有阿春跟在身邊，確實更要安心許多。

添島家歷代的北海道犬當中，對熊最為勇敢的不是第四代的阿春，而是第二代的艾斯。每次參加北海道犬的狩獵比賽，艾斯總是對著籠裡的棕熊齜牙咧嘴，大聲吠叫，毫不畏縮。看著籠裡的棕熊表情變得一臉厭煩，是真二郎私底下的樂趣。阿春年輕的時候，也會對著籠子裡的棕熊吠叫，但沒有艾斯叫得那麼凶。或許是阿春太聰明了。因為牠的表情在說：棕熊關在籠子裡，橫豎跑不過來。每頭狗的個性都不同吧。不過真二郎想，或許狗也是在觀察飼主，配合飼主，像是年輕時健步如飛地登山的自己，以及現在老態龍鍾，頂多只能慢條斯理地採採野菜的自己。

明年開始，不能再入溪了——上個星期，真二郎做了這樣的決定。那天即將結束時，感覺風的溫度驟降，他在附近的河邊岩地滑了一跤，整個人摔倒。幸虧只是手臂擦傷，大腿撞出瘀青，但那條河他已經來回幾百趟——不，幾千趟了，應該再熟悉不過，卻出了這樣的大糗。一直以來，隨著年齡增長，他總是要自己更加謹慎，然而腳下一滑，卻只能眼睜睜看著自己倒下。即使是在淺灘處，萬一跌倒動彈不得，一樣會要人命。湍急的水面就近在眼前。

真二郎是個謹慎且膽小的人。他早晚都會量血壓，以開始微顫的手在記事本填入數字。服用的藥物也琳瑯滿目。他留心挖掘身上的各種衰退、不適，向每星期看診一次的枝留中央醫院的院長報告，非確定那不是什麼惡疾的前兆不可。似乎退休在即的院長總是開導：「都還在正常範圍內，放寬心觀察看看吧。」院長不會提出根本的解決方法，一副不需要加新藥的表情。回到家後，面對登代子，真二郎毫不掩飾他的不悅，態度就像在抗議：為什麼醫院不肯承認我就是病了！登代子支持院長，說「婆婆說過，只會開藥的是蒙古大夫」，但院長已經給真二郎開了一堆藥，這不正坐實了院長果真是個蒙古大夫？

即使不再上山溪釣，真二郎仍在可以從自家步行前往的湧別川的幾處地點釣魚。縱然流速不快，溪水推擠的力量仍然十分沉重、強勁。就算水位不及膝，還是有可能溺死人。真二郎明白，踩在圓石上的腳會搖晃，不是因為石頭不穩固，而是自己的反應和肌力不如從前，平衡感衰退的緣故。但真二郎沒那個膽量，能抱著時到時擔當的覺悟，繼續釣魚。今年夏天是最後一次，明年起不再釣魚了。真二郎果決地立下決定。

如果告訴登代子，她一定會鬆一口氣。即使這麼想，決定事情以後卻不立刻告訴登代子，是真二郎的壞毛病。或許正確地說，是「說不出口」。

把該說的話束之高閣時，真二郎會盯著報紙或茶杯，盡量避免登代子進入視野。從他這種態度，登代子猜出可能有什麼壞事正在發生，擔心地緊盯著真二郎的一舉一動、折報紙的聲音、起身的聲音，甚至是清喉嚨、擤鼻涕的聲音。但登代子不會主動問他「怎麼了」。只是他們自己沒發現，其實真二郎與登代子有著相似之處。兩人把話悶在心裡，宛如烏雲密布，愈來愈怏怏不悅。

在東京任職的始，不知道烏雲密布的時間日漸拉長了。一年只回來一兩趟，實在看不出家中變得安靜，是因為兩個孩子都離家之故，或是父母年老後便自然會變得如此。姊姊步以前是不是就有點察覺家中在三十年後、四十年後，會隨著鬱鬱不樂的氣息，日漸變得陰暗？始站在無法詢問和得到答案的水邊，對著眼前的大海，凝目細看早已深深沉入其中的記憶，側耳聆聽。

以前在札幌就讀國立大學的步，有次暑假回家一星期左右，準備再次回札幌的那天，讀高一的始出門散步順便送姊姊去車站，結果姊姊說：「我沒辦法照顧爸媽，始，就交給你嘍。」始訝異姊姊怎麼突然說這種話。如果鞭策答不出話而沉默的高一的自己，反問姊姊「妳幹嘛這樣說」，她會怎麼回答？步只會閃躲地應「沒什麼」嗎？

步有，而始沒有的。想到這裡，覺得可以想到的實在太多了，令人沮喪。但換個角度想，步有而添島家的人所沒有的，那就不是始一個人的缺點，感覺心情上輕鬆了一些。首先浮上心頭的，是堅定的意志。能一個人大膽地決定做什麼，朝目標立定計畫並執行。還有總是笑容燦爛，心情愉悅。照片上自己的笑容，就不像姊姊那樣朗爽，而是有些彆扭，不是打從心底歡笑。

老天爺還賜給了步另一樣天賦，那就是像狗一樣敏銳，又沒有過敏問題的好鼻子。住隔壁的姑姑一枝來家裡作客喝茶回去以後，步從學校回家一進門，就會問：「一枝姑姑來過？」她的鼻子就是這麼靈。國三的始深夜打開二樓自己房間的窗戶，只抽了一根菸，隔天早上步便藉著母親在廚房洗盤子的聲音遮掩，細語：「你偷抽菸。」

下雪之前，步就能搶先聞到氣味，自言自語地說：「有雪的味道。」不到一小時，真的下起雪來了。吉洛食欲不振時，步便會搔搔牠的雙耳底下，聞牠的味道，對牠說些什麼。她是在聞什麼味道？會開口提議最好帶狗去看醫生的，不是真二郎就是步。

始的鼻子就很糟。小兒氣喘終於痊癒，一段時間後卻染上了嚴重的鼻炎。即使靠鼻噴劑和服藥壓下去，依然會復發，兩邊鼻子都堵塞，甚至只能用嘴巴呼吸。每次惡化，固定看診的耳鼻科都診斷是過敏性鼻炎。以前治療小兒氣喘時，每星期屁股都要打一大針，打完針後得喝一大杯葡萄糖，始懷疑這嚴重的鼻炎是不是注射和發作時的吸劑造成的副作用。上高中以後，他改服中藥，調養了幾年，終於從慢性鼻塞解脫了。即使如此，對灰塵和花粉還是很敏感，動不動就流鼻水，同時對氣味依舊十分遲鈍。

父親真二郎鼻子也不好。他三不五時擤鼻涕，就像在確定臉上有個故障的鼻子，或是明明沒子彈卻硬要空擊，是一種令人心煩的擤法。「阿真成天都在擤鼻涕，備考念書的時候，桌上全是衛生紙。」姑姑一枝笑道，就像在嘲弄不在場的弟弟。只有一枝會叫真二郎「阿真」，惠美子和智世都叫他「哥」。

每逢長假，步都會從札幌回到枝留，但漸漸地，步很少和父母長談了。不是露骨地拒絕交流，或許只是覺得和父母聊大學的事也沒意思。步會帶著繼短命的第二代艾斯之後，來到家裡的第三代北海道犬吉洛去散步，順道去枝留教會露臉，或是和留在當地的高中同學在外頭碰面，白天的時候總是開開心心地外出赴各種約。真二郎和登代子都不是愛干涉孩子的父母。也像是在展現只要看到孩子的臉就能掌握一切的風範。

相隔幾個月再次見到步，會以全身毫不保留地表現出歡喜的，就只有白毛的吉洛。不，不只是吉洛而已，家裡所養的每一代的北海道犬都最喜歡步，勝過家中的任何人。

步從小學到國中期間，只養了三年的第二代的艾斯也是如此。艾斯是偏黑色的虎斑毛，從幼犬時期便四肢健壯，胸膛魁梧，厚實的三角耳筆直挺立，風貌獨特，但是在步的面前，那威風凜凜之中會明確地加入撒嬌的表情和動作。

對艾斯來說，步就像牠的姊姊。步帶艾斯去遛狗時，總是會離開真二郎一成不變的路線，走到更遠的地方。也會一時興起，小跑步經過湧別川旁邊的道路。如果沒有人影，有時會在河邊的廣場解下牽繩，讓艾斯自由自在地盡情奔跑一番。步會扎扎實實地撫摸艾斯的脖子和喉嚨，也很擅長檢查牠的爪子、眼睛和耳朵，查看有無異狀。

還不滿兩個月的小狗艾斯來到家裡時，步靜靜地觀察了片刻，問登代子：「這隻狗為什麼一臉傷腦筋的難過表情呢？」

「是啊，應該是因為和爸爸媽媽還有兄弟姊妹分開的關係吧，所以牠覺得日暮途窮吧。」

「什麼叫日暮途窮？」

「不知道該去哪裡、該怎麼做才好的意思吧。天色晚了，四下一片漆黑，又無路可走的話，當然會不知道該怎麼辦才好吧。」

步想像自己站在漆黑陌生的地方。

「牠一個人被帶走，身邊父母兄弟的味道都不見了，聞不到牠們的味道，牠一定很不安吧。」

登代子見步一臉泫然欲泣，換上明朗的聲音說：

「那麼，讓牠多聞聞妳的味道就行了呀。妳來當牠的姊姊吧！」

從這天開始，步便盡量觸碰、撫摸艾斯，把臉貼近牠，盡量和牠在一起。因為步太疼艾斯了，弟弟始看在眼裡，漸漸吃味起來，兩人之間的爭吵還因此增加了。登代子雖然注意到這件事，但也沒說什麼。

艾斯順利長大，開始在參加的狗展裡贏得獎項，便經常有人來向真二郎詢問交配事宜。真二郎總是敷衍地笑笑，閃開對方興匆匆的提議。

在狗展上，如果說艾斯有什麼缺點，那就是牠的神情。解除臨戰態勢，進入鬆口氣待命的場面時，艾斯就會露出總有些日暮途窮的眼神來。艾斯的最佳成績只到亞軍，也是那雙滿含憂愁的眼神限制了牠的成就。因為審查項目之一的「相貌」也包括了眼神。出色的北海道犬，眼神必須是「活潑、謹慎、大膽」。

參加幾次狗展後，艾斯得到了意想不到的對象青睞。知名的蝦夷鹿獵人、在溪釣夥伴裡也備受敬重的岩村繁雄請真二郎務必把艾斯讓給他。

岩村這個人真二郎也很熟悉，溪釣本領也是數一數二。釣魚同好聊起岩村，都稱讚有加。他的打獵本領極佳，街上有好幾家餐廳會向他進野味，但他說自己會以獵鹿為業，與其說是為了謀生，更是因為喜歡獵鹿本身。穩重的體格與寡默的個性，直接證明了他長年鍛鍊的身體技能與判斷力，還有為人。而艾斯的資質就是如此特別，會被岩村這種人看上、渴望擁有。

一開始真二郎拒絕了。但只是被拒絕一次，岩村並沒有放棄。他帶著說是客戶送的餅乾禮盒或巧克力，特地上門來看艾斯。有人賞識艾斯，為牠著迷，也讓真二郎與有榮焉，因此對於岩村第二次、第三次的拜訪都相當歡迎。岩村與其說是試圖說服，更像是自言自語地訥訥述說，在獵鹿的現場，北海道犬是多麼不可或缺的伴侶。真二郎聽著聽著，開始覺得要讓艾斯的天賦更進一步開花結果，追隨這名獵鹿人共同拚鬥，對牠或許才是幸福。即使繼續養在家裡，也只是空藏美玉。天賦就應該發揮到極致，不管人或狗都是一樣的。真二郎這麼想。

但真二郎的決定卻遭到步的大力反對。

悠閒地養在家裡有什麼不好？狗光是和人在一起就很幸福了，什麼獵鹿，只是任人使喚而已，爸才不知道艾斯到底開不開心！步語氣激烈地爭辯。

步壓抑最初的激憤，接著又說：「我知道岩村先生每次來，艾斯都很不安的樣子。艾斯不喜歡岩村先生，不要把牠給人家。」

但真二郎已經答應了。他交抱起手臂，閉上眼睛。

「而且為什麼非把艾斯給別人不可？艾斯是我們家的狗。艾斯太可憐了。如果無論如何一定要的話，至少也等到艾斯生小狗再說吧！」

真二郎向來都會聽步的話，然而不知為何，唯獨在把艾斯送人這件事上面不理會她的要求。始也許是察覺了姊姊的心情，或是可憐艾斯，看著兩人爭吵，只是在一旁抽抽噎噎地哭。登代子其實也反對送走艾斯，但她知道丈夫一旦決定的事，就不會改變。她認為即使在這時候幫步說話，也只會讓狀況更不可收拾，因此蹙眉沉默著。

剛來到家裡的時候，艾斯小到連幼小的步都能一手輕鬆撈起。走起路來跌跌撞撞，在玄關水泥地上沒頭蒼蠅似地亂轉時，輕推牠的側面，就會一下子翻倒，但爪子若隱若現的腳結實粗壯，虎斑的毛皮濃密細緻，已經展現出強健的北海道犬的特質了。

艾斯把鼻子抵在玄關玻璃門的一小條細縫間，哼哼叫著，也許是在找母親。

「艾斯！艾斯！」

步走下玄關，趿上父親的大拖鞋，對著艾斯蹲下身來。

「艾斯！艾斯！」

艾斯的尾巴根部粗壯，就像個三角錐。步慢慢地用雙手包住艾斯的身體，將牠捧到膝上來。

「你從今天開始就是我們家的小孩了，要吃得飽飽的，一起玩喔！」

步把鼻子偎進艾斯的脖子和臉周。艾斯散發出奶香一般的甜味。小狗的體溫比自己還要溫熱。真二郎站在後面看著艾斯聞步的手。

「姊，我也要摸！」

在稍遠處看著的始走下混凝土地，想要伸手。步把艾斯遞向始伸出的手。瞬間，艾斯作勢要啃始的小手，始驚嚇地縮手。

真二郎笑了：

「別怕，牠不會真的咬你。小狗都會玩來玩去互咬，不會痛的。」

始半信半疑，再次伸手。

艾斯輕啃始的手。濕熱的手咬著始的虎口處。還很短的粗尾巴搖得幾乎快斷了。

步一直忘不了艾斯第一天來到家裡，成為添島家第二頭北海道犬的情景。真二郎、始和登代子也是。

艾斯只活了短短四年就死了。

送給岩村過了一年的時候，解開繫繩放風的艾斯誤食別人丟在山腳用來毒野狗的毒甜饅頭，雖然努力走回家，卻口吐白沫倒在玄關口。岩村發現的時候，已經沒有呼吸了。

只有真二郎一個人去看過世的艾斯。

他和岩村輪流挖墳，把艾斯放在黑色的泥土底部。真二郎在上面放了一束從家中庭院摘來的筆龍膽的花。塞在口袋裡帶來的、艾斯小時候最常玩的小球，也放到牠的口邊。

真二郎合掌膜拜了片刻，蓋上黑土。

2

遠遠地傳來聲音。

明明不知道那是什麼聲音，步卻心知肚明。

現在是夜晚。精心整理得連一根雜草都沒有的庭院，被碩大的月亮照耀著。鄰家陡斜的紅色屋頂亦浮現在月光之中。兩歲的步張著眼睛，望著陰暗的天花板和牆壁上不定形的花紋。睡在旁邊的母親、再旁邊的父親，都在棉被山底下發出香甜的鼻息。

父母確實都還活著，但睡得不省人事，很像已經死了。女兒步就睡在旁邊這件事消散在虛空，父親真二郎和母親登代子都變回了純粹的真二郎與登代子。他們連睡著的自己現在怎麼了都迷迷糊糊，遑論自己的女兒醒來，更是渾然未覺。

步一個人睜著眼睛。微微隆起，下一秒又緩緩下沉的起伏不定的棉被山另一頭，傳來細長而筆直的聲音，就像條繃得緊緊的線。聽到這聲音的不只有步而已。祖母阿米和**不認識的**女人，現在就處在那聲音當中。

平常的話，步一聽到那聲音，就會反射性地開始掉眼淚，然而在這個滿月之夜，她卻一點也不想哭。如果哭了，就會用力閉緊眼睛，但她沒有哭，因此兩眼繼續睜著。張開的眼皮裡，蒼白濕亮的眼珠

中央，用來與外界交流的瞳孔放得老大，就像要把沉浸在幽暗中的一切事物全數捕捉起來。就彷彿瞳孔能捕捉聲音，本身會思考、呼吸一樣。

模糊的黑暗中傳來嬰兒的啼哭聲。那熟悉的哭聲不是從自己的內側發出，而是從外側傳來，就覺得無比地無依、虛渺。啼哭聲愈來愈大，陌生女子尖高的聲音消失了。摻雜在嬰兒的哭聲裡，祖母含糊不清的低沉嗓音儘管壓抑，仍雀躍明亮。在榻榻米房間和木板地房間來回走動的吱呀聲。

「今天是滿月，要生了。」

祖母這沙啞的聲音，是步的記憶捏造出來的幻覺嗎？很久很久以後，她才知道滿月、滿潮與生產之間的關聯。但步還是覺得那天傍晚時分，她聽見祖母阿米有些自言自語地這麼說。

月光傾灑的庭院角落，北海道犬伊予好像也醒了。傳來鎖鏈嘩嘩拖地的聲音。是和步一樣，被嬰兒的哭聲吵醒，走出小屋豎耳聆聽吧。伊予不會亂叫。除非有什麼天大的事，伊予向來總是安安靜靜，做為獵犬，這是一項缺點，但父親很中意。理由很單純，他不是把伊予當成獵犬在養。

就彷彿被伊予寂靜的氣息守護著，步再次落入夢鄉。

寡默的父親喜歡寡默的伊予，也是因為投合吧。後來過了十年、二十年，步好幾次聽見父親偶爾觸動想起，以難掩懷念的聲音說「伊予都不會亂叫」，並疼惜地飼養著繼伊予之後來到家裡的每一頭北海道犬。

雖然不會叫，但伊予對聲音敏感得可怕。也許是因為耳朵太靈了，連自己的叫聲都覺得吵得受不了——比起近處，伊予的耳朵更關注遠處，這讓步日後不由得如此猜測。布滿綿密紅毛的三角形耳朵，能聽見七百公尺外彎過枝留高中操場轉角的真二郎的車聲，或是在湧別川堤防上和朋友聊天的小學三年級的步的笑聲，站起來繃緊整個背，不停地用力搖尾巴。

母親登代子多次看見伊予這副模樣。當然，登代子聽不見步的笑聲。「牠那副表情，就是知道那是妳的聲音。」登代子一本正經地對步說明。瞬間，有句話步差點對母親脫口說出，又吞了回去：「伊予的話，被牠聽見什麼都沒關係。如果能夠，我想要伊予聽見我心裡全部的話。」

讀枝留小學的九歲的步，放學後和要好的芙美子一起走到湧別川。芙美子是跨欄跑步的好手，而且成績很好。她一直都留短頭髮，個性直爽，對男生也敢滿不在乎地暢所欲言。步和芙美子兩個人沉迷在天南地北的閒聊，聆聽著河流潺潺聲，感受著河風。聊到激動處，芙美子就會仰起下巴，說話像連珠炮似的，眼睛閃閃發亮。她誇張地模仿自認為全班成績最好、是體育健將，也很受女生歡迎的男生連自己都沒發現的口頭禪，逗得步哈哈大笑。就算快步趕路，回家也要五分鐘路程，而且只要離兩人稍微遠一點，在流水聲遮蔽下，也聽不見她們在說什麼。但伊予的耳朵還是聽得見——雖然嗅覺靈敏，但聽力方面沒什麼值得誇耀之處的步對此由衷感到驚奇，她湊近伊予蹲下來，說著「伊予好厲害」，撫摸牠的耳朵底下。伊予的嘴巴左右稍微拉開，露出咧嘴笑一般的表情。

在河邊的路上，自己毫不客氣地哈哈大笑。因為是熱中於嘲笑同學的話題，並非完全不感到心虛。但聽到母親的話，想像伊予豎耳聆聽自己的聲音的姿態和表情，步便感動萬分。家裡有伊予在，是多麼令人安心的一件事啊！她想。

對阿米來說，伊予也是一頭帶來幸運的狗。

添島助產院有狗守護，請那裡接生就能安產——自從養了伊予以後，愈來愈多人這樣說。對於這樣的口碑，祖母阿米頗為自得，在獨立於主屋之外的助產院分娩室擺了個紙糊的狗娃娃裝飾。圓滾分明的眼睛、直挺挺的紅耳朵，揹著波浪鼓看起來在笑的那張臉，迎接孕婦進來，目送母子離開。阿米驟逝，助產院關掉以後，登代子收起紙糊狗娃娃，擺飾在自家。「一開始我以為這是貓，沒想到是狗。」一聽到母親笑著這麼說，步也很驚訝：原來這是狗？

滿月之夜。

父母和弟弟都睡著以後，十五歲的步一個人站在盥洗室。她仔仔細細地刷著牙，想起兩歲時那不知是事實還是夢幻的記憶。

兩歲時的滿口乳牙變成恆齒已經很久了。鏡中的自己，這張臉已完全看不出嬰幼兒時期的樣貌了嗎？或者還童稚得離大人遙遠得很？即使定睛對鏡細看，也完全沒個頭緒。小六的始開始變聲，成天臭著一張臉。弟弟的成長和變化顯而易見，自己則是從兩歲毫不間斷地延續至今，也從來沒有跳出身體審視過，因此反而不清不楚。唯一確定的是，刷牙的時候，弟弟和自己的臉都會變得很孩子氣。

步漱了幾次口，沖淨牙刷，洗好臉，仔細用毛巾擦乾後，用預備的衛生紙擦乾鏡子上的水滴。從剛出生的時候起，伊予就看著步從幼稚園到小學，愈長愈大。步小四的時候，伊予病死了。很快地，父親又要來了艾斯，卻送給獵人，誤食毒餌死掉了。伊予和艾斯都是母的。現在家裡養的公的北海道犬吉洛，不知道步小時候的模樣。

兩歲時的記憶雖然零碎，卻至今猶新。垂在大衣前一對圓毛球冰涼的觸感；繫著伊予的鎖鏈觸感；老舊平房玻璃門與窗軌上風吹雨打的木紋；廚房餐桌上鋪的格紋塑膠桌巾；拉扯三角形的耳朵也不會反抗的伊予的味道。

步滿三歲前，阿米因為腦溢血過世了。距離她結束最後一次接生才過了半天。阿米是以什麼樣的過程替人接生，步當然完全沒有看過的記憶。小時候應該被嚴格禁止亂闖，甚至不曾看過父母前往產院的背影，也沒有想要進去一探究竟而挨罵或被趕出來的記憶。產院那一區只是散發著生人勿近的氛圍。產院前面的柱子貼了張手寫標語：「整齊、清潔、整心」。在產院拆掉以前，紙都一直貼在那裡，是阿米手書的書法字。

分娩室在平房東邊的別院。主屋的廚房以外，平房另有一間木板地房間，類似小廚房，阿米在那裡用水、煮水。大琺瑯臉盆、水瓶、用來煮沸剪臍帶的剪刀等工具的大鍋。阿米收拾善後的時候，這裡便會忙碌地傳來堅硬的物品乒乓作響的聲音。漆成白色的玻璃架上並排著聽診器等等。其他還有什麼工具？白圍裙、像白帽子的東西、大繃帶。

氣味的記憶則更為清晰。消毒水的氣味；煮水的瓦斯味；從全身各處冒出，沾濕孕婦的額頭和髮絲的汗味；以及身體發熱蒸騰般、如夢似幻的記憶的氣味。如果氣味的粒子有形狀，不會是三角形或四角形，而是渾圓的。無數的這些粒子飄浮著，帶著不同於醫院的甜味，充塞在產院的天花板和地板之間。

步現在住的家，是原本做產院的老平房在祖父真藏過世後拆掉重建的嶄新二樓房屋。它將真二郎和登代子一家人住的家，與真二郎的三個姊妹住的家，以各一半的大小連成一棟，就像各戶獨立的二層樓長屋。一枝、惠美子、智世三姊妹住的房子在東邊，真二郎、登代子、步和始一家人住的房子在西邊。

兩邊的房子都是走上二樓，樓梯左右各有一個房間。西側是步的房間，東側是始的房間。隔壁戶的二樓，東側是長女一枝與三女智世，西側則是次女惠美子一個人起居的房間。

以前是產院的一樓東邊，在三女智世的要求下，打造了一間有地爐的茶室。剛落成的時候，智世一時興起開設了茶道教室，每星期有幾天會有「學生」來上課，但沒多久茶室就結束了它的任務，地爐擺上了「特地去札幌買來的」漆器大和室桌。茶室附屬的小廚房「水屋」，只有客人來訪的時候，用來在大花瓶裡插花使用。

每天早上，真二郎便從這個家前往枝留薄荷有限公司上班。一枝則是前往町郊剛開業的老人院「玫瑰園」擔任職員。三女智世也是上班族，但總是最多只做兩年就辭職，又換到別的公司。登代子是家庭主婦。

次女惠美子從來沒有出過社會。惠美子結過一次婚。步記得有一年過年，她和姑丈一起回來。穿和服的姑丈可能酒量不好，眼睛和臉頰都紅紅的，以融化般狎熟的聲音對她說：「哈哈，妳就是小步？」

步覺得看到了什麼可怕的東西，後退不敢進起居間，連忙折回母親所在的廚房。背後傳來笑聲和智世清亮的聲音：「害羞了啦。」這是步第一次也是最後一次看到姑丈。沒多久惠美子就離婚回來了。此後惠美子一整天關在家裡，也沒有出去工作。偶爾看到她，總是一臉恍惚，神思不屬。

三姊妹的母親是助產婦，她們卻沒有一個人生孩子，也沒有結婚。步從小學升國中，從國中升高中，日漸成長，三姊妹也漸漸老了。

枝留教會的牧師長男工藤一惟和步，兩人從小學的時候就認識了。儘管如此，在同一所國中或高中擦身而過時，彼此卻都裝成不認識的樣子，其中或許是因為摻雜了不光是兒時朋友的害臊情感。

步是在小四的春天開始去枝留教會的主日學校的。姑姑一枝邀過她好幾次，但起初步不怎麼起勁。「學校」這個詞總是與念書、功課糾纏不清。步不想要更多的點名、打分數，被迫坐在椅子上老半天。而且星期天還要上學，簡直是瘋了。

步成績優秀。和朋友相處融，女導師也近乎露骨地對她偏心，但也沒有同學當著她的面表現出嫉妒的樣子。每學期的成績單評語欄裡，總是寫滿了稱讚：「合群」、「友愛同學」、「細心、能做出整體判斷」。但包括得到老師偏袒在內，步本身卻不是打從心底享受校園生活。

第一次去枝留教會，是小三時的聖誕禮拜。連下了兩天的雪停了，厚重的烏雲完全飄向東方，這天晴朗得令人難以置信。

接近傍晚時分，氣溫直線下滑。父親在玄關前通道鏟雪，以竹掃帚收尾後，帶著冰得可怕的空氣走進屋裡來，說：「車庫的溫度計指著零下十度呢。」父親自己好像變成了一團冷空氣，鼻子和臉頰都比平常更紅。

「聖誕樹美到無法形容喔。」上星期，姑姑一枝以天真無邪的笑容邀約說。去年她也一樣邀約，但同樣在下午颳起風雪來，父親叫她別去，未能成行。

「雪下個不停，不要勉強去吧。」直到昨天，母親都還看著天空的烏雲這麼說，但今天晴朗成這樣，也不能再拿下雪當理由了。「我想去看聖誕樹。」步再次強烈要求，母親不甚情願地說：「既然妳要去，帶始一起去吧。」父親默默讀報紙。

一枝坐在副駕駛座，步和始兩個人坐後車座，父親開車送他們去教會。步忐忑不安，擔心萬一始氣喘發作該怎麼辦。因為她知道秋冬氣喘特別容易發作。但她沒有將不安表現出來，笑著對始說「好期待喔」。始下車後，目不斜視地走向教會入口，口中吐著白氣，小小的長靴發出「啾啾」聲踏在雪地上，走在姊姊前頭。

始仰望裝飾在禮拜堂的大聖誕樹，好一陣子張著嘴巴，一動也不動。站在旁邊的步看到始那張彷彿靈魂被吸走般的臉，忍不住發噱。始的眼睛反射著聖誕樹的光彩。

樹是真的蝦夷松，散發出刺鼻的青澀香氣。最頂端是金色的星星，各處吊掛著紅色的球、穿著白衣灑銀粉的天使、亮著燈泡火焰的蠟燭、呈螺旋狀一圈圈纏繞在樹上的五彩繽紛燈泡……這一切都好像來自另一個世界。

「這位小姐和小朋友，是添島小姐的姪女和姪子嗎？」

頭頂傳來聲音，回頭一看，身後的一枝正笑盈盈地對著聲音的主人回答：「對呀。」

「小步、小始，這位是牧師先生。」

步立刻打招呼說：「牧師好。」始默不作聲。牧師以清亮的聲音說：「請進，一惟會帶你們參觀。」

一名少年走近。一枝問：「讀幾年級了？」少年以內向的小聲說：「三年級。」「咦，跟小步一樣。要好好相處喔。」

工藤一惟靦腆地點點頭。深藍色毛衣衣袖底下露出一截白襯衫袖子，黑色長褲的褲管也有些嫌短。他穿著灰色的厚毛線襪。那身打扮，就好像不知道該如何處置那些又細又長的手足。與班上男生印象不同的地方，應該不光是外表而已。少年換了副老成的表情轉向步，說：「請往這裡。」始整個人被聖誕樹吸引了，對一惟沒有多注意。

主日學校的孩子們已經逐一從禮拜堂木長椅的最前排開始坐滿。有的孩子乖乖坐著，也有的孩子互戳嬉鬧。他們打橫身體，穿過後一排的長椅。長椅邊緣，單獨坐了一個看起來很乖的女生。「妳好。」她們彼此打招呼。步有些緊張地坐下，看見前面有個像信插的凹處，插著聖誕禮拜的單子。

一惟沒有在兩人旁邊坐下，而是坐到最前排的左端。步直盯著他像火柴棒的黑腦袋和細脖子，還有小小的耳朵。枝留有三所小學，後來步得知一惟就讀和步不同學區的枝留南小學，還有他是去年從東京搬來的轉學生。

回家以後，蒙上被子，閉上眼睛，眼前浮現聖誕樹閃閃發亮的各種裝飾，並聽見柔和地傳進丹田的管風琴聲。步的耳朵完全被第一次聽到的讚美歌吸引了。她的眼睛追著油印在粗紙上的藍色手寫字，從第二段開始小小聲地跟著唱。始看到姊姊開始唱歌，不安地小聲問：「我也要唱嗎？」步故意不看弟弟，微微點頭。結果始也沒把握地跟著哼起來。步的臉自然地漾起笑容。

坐在比學校課椅更堅硬的教會椅子聆聽牧師說話，沒有想像中的那麼無趣。有時會出現陌生的詞彙，也有聽不懂的地方，但聽到剛生下來的耶穌是用布包起來，以馬槽為床時，步心想「我知道馬槽是什麼」。父親帶她去的牧場有馬槽，巨大的牛會把濕鼻子塞進裡面吃牧草。芬芳的青草香在步的鼻腔深處升起。想到嬰兒的話，連那麼小的馬槽也能當床鋪，她感到驚奇，又想到如果自己能變回小嬰兒，真想被布包裹起來，躺在馬槽裡乾爽的牧草上。

聽到「東方三博士」來朝拜嬰兒，以及三人送了「黃金」、「乳香」及「沒藥」這一段，步心想她一樣都沒有看過。

「乳香和沒藥有股獨特的香味，可以當做藥物，在當時非常珍貴。而黃金的氣味——」牧師停頓了一下，笑道：「遺憾的是，我沒有聞過，所以無法形容。」節制的輕笑聲如漣漪般漾開，教會的氣氛和緩下來。步發現牧師是在說笑，開心起來。始一直正經八百，一動不動。

步要到升上國中以後，才知道乳香和沒藥是從日本沒有的樹木採集的，在耶穌被釘上十字架時，以及被埋葬的場面，都有沒藥登場。同時要再經過更漫長的歲月，步才實際聞到它們的氣味。

「三博士送出這三樣禮物，說希望它們能保護主耶穌。母親生產，在現在也是如此——」牧師說著，清了一下喉嚨。「……但比起現在，過去生產更是攸關性命的大事。這是聖母馬利亞第一次生產，一定耗盡了全部的體力和精神力。這三樣禮物雖然是獻給主耶穌的禮物，但只要焚燒乳香，就能療癒聖母馬利亞疲憊的身心，因此我認為這也是對聖母馬利亞的體恤、是送給她的禮物。

「今天在座的各位，也是因為有母親生下各位，才能得到生命，活在這個世上。不過雖然這麼說，或許也沒有人記得自己被生下來的過程呢。其實我也不記得。」

坐在步後面的老婦人呵呵地笑。

「如果能在今天這個日子，重新想起誕生在這個世上，對所有的人來說都是莫大的祝福，就能帶著更深的喜悅，來慶祝主耶穌的聖誕之日。」

聽著牧師的話，自己還相當幼小的時候，從別院的產院傳來的孕婦高亢的叫聲又在耳底重新復甦。聖母馬利亞也有產婆幫她接生嗎？有人幫嬰兒洗澡嗎？步猜想既然會睡在馬槽裡，應該沒有產婆，也沒有人幫忙清洗嬰兒吧。

「今天來到這裡的小朋友們，一定都很期待收到聖誕禮物。想想三博士送給主耶穌的禮物，仔細思考收到的人實際需要什麼、往後能否派上用場，再來挑選，才能稱得上是好的禮物。如果大家打開禮物，發現全是和功課有關的東西，會有什麼感覺？或許這些禮物充滿了無比的用心，認為它們才是大家現在最需要的東西。」

主日學校的小朋友們都躁動不安，吵鬧起來。也有人小聲「噓！」地警告。牧師先生會一本正經地說些風趣的話。步緊盯著那張臉。

牧師說完行了個禮，有些僵硬的動作感覺和一惟很像。

再次起立唱起讚美歌時，寂靜的驚奇充滿了步的內心。就好像一直以來在步的內在屏住呼吸、蟄伏不動的細胞，被看不見的指頭一推，突然動了起來。

一股被整幢教會籠罩的感覺擴散開來。她嗅到未曾聞過的乳香與沒藥的氣味。不意間，淚水差點奪眶而出。牧師有趣的話不知為何頓失意義，從牧師口中迸出的話語，如煙霧般升上空中消失無蹤，僅在並排於禮拜堂牆上的縱長窗戶霧白之處，留下丁點痕跡。

走出教會時，父親已經來接了。父親的車子後頭跟了好幾輛車子。車子後方冒出雲朵般的白色排氣，升上天空。一走出戶外，冷空氣就把臉頰和耳朵凍得陣陣刺痛。

一枝坐上副駕駛座，說「好了，謝謝」。和始兩個人坐在後車座的步，注意到始的喉嚨發出細微的咻咻聲響。步小聲問始：「你還好嗎？」始點了一下頭，沒有出聲。暖氣開到最大，暖風猛烈地噴出。父親和一枝愉快地聊著久別重逢的某人。步心想始的問題，最好等回家以後再告訴母親，而不是現在告訴父親。

在車子裡搖晃著，步前所未有地強烈感覺到擔心弟弟的自己無時無刻都是個姊姊，自己不是要人擔心，而是要擔心別人的。始的小兒氣喘逐漸惡化，幼稚園經常請假，和母親一起搭火車定期上醫院，此後母親的時間、目光、說出口的話，都不斷地聚集到始一個人的身上了。步即使覺得寂寞，也無從扭轉。

步開始在放學後留在學校圖書館，回家前借個幾本書，在家一本接著一本讀。俄國的《動物記》[註五]、《長腿叔叔》、法布爾《昆蟲記》[註六]、小婦人、亞瑟．蘭塞姆全集[註七]、小神探比爾．柏格森[註八]、居禮夫人傳……她毫無脈絡、信手抓出書架上的書本翻閱，依自己的直覺挑書、閱讀。

父親在家幾乎不發一語。他會在晚上六點的兒童新聞時間前從公司回到家，換下工作服，穿上居家服，第一件事就是去狗屋，幫伊予梳毛、餵食、換水。屋內可以聽到他對狗簡短地說上幾句話的聲音。進屋以後，默默地用晚飯，母親單方面地向父親交代今天發生的事，父親只是聆聽。吃完飯後躺一下，看電視，去洗澡。父親總是一副神思不屬的模樣。每天清早他都會帶伊予去遛狗，但那個時間步和始都還在睡夢中，不知道父親是用什麼表情帶伊予去散步的。

只有假日去隔壁姊妹家聊天時，父親的神情明顯地不同。態度遠比在自家時更快活，幾乎都是笑臉。對登代子說「我去找她們聊一下」，出門一個小時還不回家的時候，母親就會吩咐步去隔壁找人。「爸，媽叫你回家吃午飯。」步在玄關呼喚。她看見父親這時起身向姊妹們道別的神情，由於和在家裡總是沉默無語的模樣簡直是天壤之別，她驚訝萬分，覺得有些沒道理。

步納悶，為什麼父親在家悶悶不樂，在隔壁家卻是一副開懷的模樣？她覺得母親好可憐。她從來沒有對父親或母親提過隻字片語，就一直這麼想著。

父親會喜孜孜地全神貫注投入的事，就只有準備參加北海道犬的狗展，還有準備去釣魚的時候。釣魚前一天，他會草草用完晚飯，關進他的小屋裡，保養釣針釣線和釣竿，忙得不亦樂乎。他會把廣播調小，聽著單調地唸誦風力如何毫巴多少的氣象新聞。好不容易等到他準備完畢進屋來，立刻就去洗澡睡覺了。因為隔天早上得起個大早。

步開始去主日學校過了約半年的時候，發生了一件事。

上完主日學校回到家，用完午飯後，步發現她把裝錢包的束口袋忘在教會二樓房間了。步再次騎上自行車折回教會。站在教會門口，看見異於早上，沒有半個人影的空曠禮拜堂，她緊

註五：動物記：指俄國兒童文學作家及小說家維塔利．比安基（Vitalii Valentinovich Bianki，一八九四－一九五九）的動物文學作品。

註六：昆蟲記：法布爾（Jean-Henri Casimir Fabre，一八二三－一九一五），法國昆蟲學家、科普作家，為現代昆蟲學及動物行為學之先驅，重要著作有《昆蟲記》（Souvenirs entomologiques）。

註七：亞瑟．蘭塞姆（Arthur Ransome，一八八四－一九六七）：英國兒童文學家、記者，以《燕子號與亞馬遜號》（Swallows and Amazon）系列聞名。

註八：小神探比爾．柏格森（Kalle Blomkvist）：瑞典兒童文學作家比爾．柏格森（Astrid Anna Emilia Lindgren，一九〇七－二〇〇二）所創造的人物。

張到心臟有些怦怦然。教會的木頭氣味。她也想過是不是該去後面的牧師先生家招呼一聲，但又覺得不必麻煩人家特地來一趟，便默默地走進教會裡——牧師先生總是說「教會的大門隨時為所有的人敞開」——準備走上用來進行主日學校團體活動的二樓。

她聽見吸鼻涕的聲音。

正要踩上階梯的腳定住了。

有人在哭。

難道是三年級的玲子？玲子今天看起來有點無精打采，話也少了許多。是挨爸爸罵，不想回家嗎？那我可以陪她一起回家。前提是如果玲子願意的話。

「玲子？」

拉椅子的聲音。

「對不起，我把東西忘在這裡了，所以回來拿，我可以進去嗎？」

步發出明亮的聲音說。沒有回應。從椅子上站起來的聲音，又是吸鼻涕的聲音。

「還好嗎？」

步說著，輕手輕腳就要走完樓梯時，二樓房間的對角映入眼簾。

一惟站在那裡。

他已經哭了好一會兒，現在正在強忍哭泣。步只是呆站在那裡。她好不容易擠出聲音：

「……對不起。」

聽到步細微的聲音，一惟微微地點點頭，匆匆用手背揩了揩眼周。

下個星期的主日學校，一惟塞給步一封信。

信中說明為什麼他們會從東京搬到北海道，儘管有些詞不達意，但充滿了想要傳達給步的努力。這封信對步來說實在太沉重了。但她還是慶幸讀了這封信，當然沒有把這件事告訴父親，也沒有告訴母親，希望這封信永遠都只有自己讀過。

母親突然撒手人寰，這到底該如何面對才好？步實在無法想像。但這是真實發生在一惟身上的事。突如其來的狀況令一惟動彈不得，這時父親卻說要遷到北海道的教會。一惟不想離開東京。

在距離母親長眠的地點超過千里的土地，和父親兩個人過著彷彿還不是現實的日常生活，步反覆想像這樣的境遇。她覺得即使是過去讀到的書裡面，也沒有能提供助益的部分。

讀完信件的那天晚上，步想起在上星期的主日學校看到的紙偶戲。是枝留高中美術社的學生表演的。

十二歲的主耶穌和父母一起離開拿撒勒的家，參加耶路撒冷的逾越節，就此失蹤了。牧師先生朗讀故事，一惟負責唸出十二歲的耶穌的台詞。當父母總算找到耶穌的時候，耶穌正在神殿裡被學者團團包圍，辯才無礙地逐一回答他們提出的問題。母親跑近耶穌，著急地訴說他們有多擔心——。一惟讀出耶穌的台詞：

「為什麼要找我呢？我在這裡是當然的。因為這裡是我父親的家裡。」

一惟聲音從容平靜地讀道。

3

中村米是五男四女中的么女，出生在信州[註九]的追分宿[註十]，即將滿週歲的明治三十五年（一九〇二）一月，在本人不知情的情況下被送養出去了。養父吉田鍬太郎是日本橋區蠣殼町的町醫，沒有嫡出或庶出的兒子。鍬太郎和阿米的父親通泰，是就讀醫學校的時候認識的老友。

出發當天早上，吉田鍬太郎讓診所休息了三天，理了頭髮，仔仔細細地刮了鬍子，穿上僅有一件的粗呢西裝外套，要妻子美鈴挑了件溫暖厚實的縐緞和服。兩人帶著女傭志穗搭上火車，從輕井澤換乘馬車一路搖到追分的中村家，一起去迎接阿米。抵達那天晚上，下榻在客棧油屋。

前幾天開始，儘管搖晃不穩，但阿米會扶著東西站起來了。到了第八個孩子，已經沒有人會為此加油或拍手，但長男恒善躺在矮桌旁，手肘撐在地上，默默地照看著年紀小上一輪的么妹阿米。

隔天早上的追分，天色未亮就下起雪來了。相較於東京又濕又重的鵝毛雪，這裡的雪輕盈細碎，沙沙灑落。灌木叢和門柱根部露出的黑色泥土地，到了早上都被覆蓋成一片雪白。

註九：信州：即信濃國，日本古時的行政區域之一，相當於現今的長野縣。

註十：追分宿：江戶時代的主要幹道之一的中山道當中，六十九個驛站之一。

阿米看見來接她的吉田夫妻，也沒有哭。在玄關口相送時，阿米的父母也沒有流淚。馬車載著抱著阿米的吉田夫妻和女傭志穗，在白色的道路印下綿綿無盡的漫長車轍遠離了。離別平淡到令人驚訝。

阿米記得馬兒邊跑邊拉屎，冒出滾滾蒸氣的瞬間。這光景三不五時毫無脈絡地從記憶浮現。阿米在東京認識添島真藏，與他結婚，生下一枝，搬到北海道以後，又生下了真二郎、惠美子和智世，將四個孩子養大。這段期間，白色的蒸氣亦時常毫無前兆地浮現腦海。在五十五歲左右因腦溢血病故的那天早上，她也看到了一樣的景象。她感到一股彷彿在馬車上搖晃的眩暈，接著浮現的是扎在臉頰上的冷氣、馬的氣味、圍在頸脖上的圍巾和帽子的觸感、養父剉東西般的啞嗓、冒著蒸氣的馬糞。是即將滿週歲的阿米那不知是否真實的冬季記憶。

明治三十五年一月，四人從下著霏霏細雪一片寂靜的輕井澤站，換乘散發木頭香、鐵味與油味的火車，花了半天前往東京。阿米的記憶在此中斷，變成一片空白。在日本橋區蠣殼町的生活寧靜地開始，沒有特別的大事，寧靜地持續著。

然而五年後，阿米回到出生的老家了。為什麼被送養出去，又為何會在這個年紀被送回家，阿米都沒有被知會。聽到養父說妳要回去「追分的家」了，阿米第一個念頭是，她害怕見到追分的真正的父母。連「追分」這個地名，聽在耳裡都令人膽戰心驚。

但回到老家沒多久，阿米一下子就習慣了生父母家的生活。長兄已經年滿二十，就連最小的四哥，都和阿米差了四歲。姊姊們十六歲與十四歲。阿米只不過是個「小不點」，被認為對他們不構成威脅。

阿米能迅速融入中村家，除了兄姊們的寬容之外，也是她天生不會隨便刺激他人的個性使然。

習慣老家以後，阿米幾乎沒興趣再針對被送回來的理由想東想西，即使偶爾好奇，也都叫自己閉上眼睛別去探究。未解之謎逐漸變成了難以靠近的黑洞。

對蠣殼町的家，阿米留下了無可擺脫的依戀。對養父母的思念固然如此，對住過的房屋的記憶也不是那麼容易消失的。圍繞著不怎麼寬闊的中庭，擦拭得光可鑑人的走廊在春季時的暖意，以及冬季時的凍寒。一節一節拔著玩，最後拔到挨罵的木賊的觸感。池塘裡緋鯉一開一合的嘴巴。三朵石蒜花。擺著黑鞋帶大木屐的脫鞋石。一塵不染的榻榻米，沒有補丁的純白紙門。無聲無息地遊走屋內的黑貓「西爾克」亮澤的毛皮，帶青的綠色眼眸。

回追分的時候一起帶上的用慣的碗筷及和服，母親柔聲說「這些東西很珍貴，要好好收起來」，一起收進儲藏室裡了。「想用的話，隨時跟媽說。」儘管母親這麼說，但預先為她準備的碗筷的圖案及粗細、手感和觸感，成了阿米新的日常。姊姊兩個人共用的梳子，梳齒比養母讓阿米帶回來的峰榛木手工梳還要少，而且缺了幾根齒。吉田家的養母讓她帶回來的梳子平常收在東口袋裡——不知為何，母親默認她用這把梳子——但阿米盡量不在姊姊們面前拿出來用。姊姊們雖然發現了，卻也沒說什麼。十幾年後在東京與真藏結婚時，阿米帶了三樣放不下的小東西前往夫家。這三樣東西是回去追分前，和養父母三個人在日本橋的相館拍的家庭照、峰榛木的梳子，以及密密麻麻寫滿了字的綠色記事本。

回到追分過了半年，踩起來沙沙的漆黑木板走廊、開合不順的遮雨窗板，成了阿米熟悉的景色、親切的觸感。吃完飯後，理所當然地在飯碗裡注入熱開水，將碗底的飯粒和些許味噌醬油一併喝下，這習慣起初令她大吃一驚，但現在也喝得津津有味了。阿米變得比在吉田家生活時更沉默寡言許多。家中有許多孩子，目光便並非只集中在自己身上，處在這樣的寂寞當中，年幼的阿米還未發現自得其樂的輕鬆。

一開始生疏的哥哥姊姊們，混熟之後開始勤快地照顧她，從大事到瑣碎的小事，都想要手把手地教會她。機靈的阿米逐一在吉田米的身上貼上中村米的言行舉止。

漸漸地，身為町醫的父親撇開姊姊們，更疼愛阿米了。阿米並非長得比姊姊們可愛。她的話不多，也不討喜。她會仔細聆聽父母兄姊們的話，在想通之前，嘴巴都抿成一字型，絕不敷衍應聲。每回她蹲在螞蟻窩前，目不轉睛地盯著螞蟻進進出出的模樣，除非喊她，否則她可以一直蹲下去。站在橋上注視底下的河水時也是一樣。有些親戚擔心她是不是有些智能不足，但看眼睛就知道，她顯然是個聰明伶俐的孩子。

父親感覺繼承自己的氣質的，就是四女阿米。像吉田鍬太郎，就是不會說笑，說話也不機靈，只是滴水不漏地將眼前的事物觀察清楚。繼承母親樂天氣質的則是次女阿仙，言行斬截活潑，臉上直接反映今天的心情。長女阿篠完全就是長女個性，溫吞沉穩，但忙碌的母親顧不到時，總會在各方面照顧阿米。阿篠猜測父親因為曾經把阿米送人，心有愧疚，才會如此偏愛么妹，試著如此去分析、理解。

阿米剛滿十歲時，父親把柔軟的手放在阿米小小的頭上，說：「等阿米長大了，願意養爹爹嗎？」

就彷彿不曾將她送給別人過。當時婚事剛定下來的阿篠見狀，不由得熱淚盈眶。自己再也不可能照顧父親了。從小到大，父親從來沒有摸過她的頭。

阿米出生那一年，剛好是跨入二十世紀的第一年。在當時，死產是稀鬆平常的事。即使順利出生，也有各種病痛等待著，嬰幼兒動輒早夭。順利慶祝「七五三」[註十一]的第一年，父母不知道有多麼安心。往後的平安成長，也幾乎只能交給神佛。

阿米返回中村家的前年，大兩歲的姊姊三女阿路染上破傷風過世了。在這之前，次男信寧由於結核、五男保因為腸套疊分別過世了。九名手足裡面死了三人，阿米回來時，家中只剩下六個手足。

「怎麼死了這麼多呢？」

阿米的長女一枝就讀枝留的尋常小學校時，聽到母親憶從前，這麼問道。雖然並未與中村家斷絕往來，但無論是哪方面的事，阿米都難得提起追分的娘家。阿米的孩子們不知道一般父母都會聊自己的孩提時代或父母，因此也不特別感到奇怪。

但不知吹的什麼風，只有一次，阿米對長女一枝提到兄姊和弟弟的死。也許是因為幾天前，一枝突然問「要怎麼樣才能當醫生」，讓阿米想起了追分的娘家。母親是九人手足裡面的么女，這就夠讓一枝

註十一：七五三：日本神道教習俗，在孩童三、五、七歲時，帶到神社感謝神明保佑順利成長。

驚奇了，又聽到其中死了四個人，讓她揣想中村家肯定遭遇了某些特別的悲劇。在當時，同學家的佛堂擺著年幼的手足遺照並不罕見，但一枝沒有失去任何手足。阿米發出沙啞的笑聲：

「在以前，就算兄弟姊妹死了一半，也是很常見的事。以前死產比現在多上太多，就算生下來了，也常染上各種病。」

「什麼叫死產？」

「生下來的時候就已經死了。不過就算平安生下來，如果嬰兒染上重病，在以前根本是沒得救的。」

「叫阿公救就好了啊。阿公不是醫生嗎？」

阿米一臉為難，說：

「以前不像現在有這麼好的藥，而且妳阿公不是專門替人動手術的。如果病得嚴重，都會送去富岡或高崎的醫院。小孩子很容易今天病了，明天就死了，常常發現的時候都已經太遲了。」

阿米回到老家後，首先被帶去的和室，裡面有個大佛壇，上面擺著陌生的兄姊和弟弟的照片。自己能像這樣順利長大，或許就是因為暫時離開追分的中村家，受蠣殼町的吉田家扶養的關係——阿米自己當上產婆後，開始這麼想。

升上尋常小學校五年級後，阿米開始想要成為和父親一樣的醫生。阿米最喜歡的國語科的大屋直老師曾經放下課本，告訴他們將來女人不只是務農和做家事，也能在教育和醫學等各種領域活躍，說將來的社會會逐漸變成這樣。阿米聽母親說，大屋老師離了婚，一個人拉拔三個孩子長大，但母親說這話時的口氣讓阿米很不滿。阿米想，或許總有一天，自己也會因為某些緣故離開家裡，所以她必須變聰明才行，必須能獨當一面，自食其力，因此開始用功讀書。阿米的成績一飛沖天，定下人生方針，認為即使必須靠自己一個人活下去，如果是像父親那樣的醫生，肯定總有辦法養活自己。

阿米從高等女學校畢業時，是學生代表，但她放棄了往醫學之路邁進。因為中村家的長男攻讀醫學、三男攻讀土木工學、四男念法律，實在沒有經濟餘裕再供阿米進入女子醫專就讀。年過五旬的父親大病初癒，精神體力大不如前，診所實質上由長男恒善繼承。除了無論如何都希望父親看診的老病家以外，父親只負責出診罹患腮腺炎或麻疹的孩子，或是關在搬進自己的書桌椅的第二診間，鑽研長年來一直想讀的漢籍，自行摸索起中醫來。

長女和次女分別嫁到縣內人家，三男和四男在東京和橫濱組了家庭。中村家住著恒善一家五口和父母及阿米，阿米開始幫忙診所的工作。能把性情投合的阿米留在身邊，除了令老父感到欣慰，同時應該也是出於要她放棄升學的贖罪心理。

阿米幫忙診所一段時間後，開始萌生想要成為產婆的念頭。她得知拜鄰近的產婆為師，學習技術，不是件易事，向父親討主意。父親找上吉田鍬太郎商量。鍬太郎很開心，幾天後和大學附屬醫院裡的產婆講習所談妥了。阿米前往東京，參加考試，很快便得到入學許可。父親與鍬太郎之間完全不講客氣，因此兩三下便決定阿米要寄住在蠣殼町的鍬太郎家，進入產婆講習所就讀。

再次踏入的蠣殼町的家，比記憶中小了一圈。碗筷的手感、碰到嘴巴的感覺沒有勾起她的懷念，但養父母對阿米慈祥的態度依然如昔，阿米還是不明白為何自己會被送回家。她唯一得知的，只有父親和養父之間沒有留下半點隔閡。

阿米出生稍早前的明治時代後期，自古流傳的「產婆」傳統技術一度成為偏門，重新依據西洋醫學規範出完整的教育制度。產婆在制度中重新被賦予新的角色，阿米等於是投入了它的最尖端。

在產婆講習所，教導人體結構、妊娠分娩的種種一切，以及診斷方法，至於從西洋醫學觀點來看也毫無問題、在江戶時代已臻成熟的實際技術，則做為「產婆術」放入實習。官方所謂「和魂洋才」的教育，也籠罩了產婆的世界。

領到執照後，鍬太郎說「跟這位老師學習」，指示阿米再拜一名師父，因此她又開始前往谷中某戶人家。「有些部分或許會讓妳覺得難以置信，但那位老師是真材實學。所謂天才，指的就是他那種人。我沒辦法拜他為師，但妳可以。我已經和老師談好了。妳就當做被騙，去看看吧。」

接下來約一年的時間，阿米定時到谷中的岩崎和彌老師那裡工作。她處理交辦的雜務，在近處觀察老師的診斷與處置。同住的四名弟子都是男的。老師有妻兒，但是住在土地裡另外的獨棟屋子，幾乎不會碰面。雖然老師拒絕收她為徒，但同意她每天過來幫忙。阿米算起來只是特別的客人，但能體會到老師待她與其他弟子並沒有分別。雖然無時無刻處在緊張之中，那裡待起來卻有一股不可思議的舒適，阿米很喜歡去那裡。

走進柱子掛著寫有「整心整體研究院」門牌的冠木門[註十二]，沿著畫出和緩曲線的飛石前進，就是一棟日式平房。打開玻璃拉門，左側鞋櫃上方的牆壁掛著小花瓶，正面牆邊擺著與白牆呈對比的帶深褐茄紫大茶壺。沒有櫃台也沒有候診室，沒有任何布告貼紙的灰泥白牆與木板地房間，散發出清爽的寧靜，以及濃密的氣息。瀰漫其中的空氣予人一種甘甜之感。阿米覺得很不可思議，不解為何會覺得空氣甘甜。

筆直往東延伸而出的走廊右邊，是精心維護的庭院，左邊有三間紙門關上的房間。打開紙門，裡面的房間只鋪著榻榻米，空空蕩蕩，沒有坐墊，也沒有矮几。最裡面的和室放了張醫院常見的白色床鋪，只有用到這個房間時，阿米會來協助醫生。

醫生走進這個房間時，就是有孕婦上門的時候。一天最少會有一名孕婦上門。有些人肚子還不顯眼，有些人已經臨月。醫生要孕婦在床上仰躺或側躺，手掌或手指輕而緩地沿著背脊按壓，握住腳踝，以指頭推按，側耳聆聽似地觀察另一頭傳來的微弱信號。慢慢地按壓雙腳內側，測試彈性。捏住手腕，靜靜地把脈。後腦和脖子也仔細撫摸。

「嬰兒狀況很好，但妳的身體有點懶散了。不要覺得只剩下三個月，為了安胎而不敢亂動，應該多活動身體，出去走走。除了採買以外，不必有什麼目的，也不用帶東西，就出門散步。用自己覺得舒服的速度走就行了，不用急著往前走，就是放空腦袋走。去回加起來三十分鐘差不多。如果想要走上四十

註十二：冠木門：左右門柱上方架上橫木構成的外門。

分鐘、一小時，都沒有關係，就是不要跟別人一起走。一起走會打亂步調，而且對著一旁邊聊邊走，會心不在焉。人只有心不在焉地走路，才會跌倒、撞到東西。俗諺說，狗出門，撿到寶，但人出門走走才是多多益善。重要的是照著自己的步調，一個人走自己的。」

醫生不用聽診器，也不摸肚子。感覺就好像孕婦肚子裡的胎兒是無法直接觸摸的礦脈，是在調查通往那裡的路徑。

阿米第一次挨罵，是因為動作。

「拿一杯和皮膚差不多溫度的水過來，還有臉盆。」

聽到醫生命令，阿米急忙前往隔壁廚房，燒了一點水，加入涼水降溫，雙手握著杯子調整溫度。她回到房間，醫生雙手握住她遞過來的杯子，點了點頭，交給孕婦。「用這溫水慢慢地漱口。漱完後吐到臉盆，同樣再漱一次吐掉，最後把剩下的溫水喝掉。如此一來，身體的乾燥就會從中心得到滋潤。即使一下子大口灌水，也只會讓胃部積水，不會滲透到想要的地方。」

孕婦回去以後，醫生回頭說：

「妳完全不行。」

阿米整個人一顫，站在榻榻米上，全身瑟縮起來。

「妳明白妳哪裡不行嗎？」

水的溫度不對嗎？杯子有點濕了嗎？阿米實在想不到更多。醫生的表情不是生氣，也沒有笑。就像是撿起破掉的飯碗碎片端詳。

「是急躁。」

醫生說完，就此不語。阿米也不能點頭，只是看著醫生。

「最不適合分娩的，就是**急躁**。當然不只限於分娩。剛才妳開關門、走出去的腳步聲，還有紙門的聲音——妳有想過，聲音是什麼嗎？」

阿米默然，微微歪頭。

「聲音就是**急躁**。也可以說急躁變成了聲音。匆匆關上紙門的聲音很急躁，慢慢關門的聲音就很緩和。」

醫生站在紙門前，右手「唰」地一聲開門，又「唰」地一聲關上。直線般的聲音劃過空氣。接著醫生慢慢地開門，慢慢地關門。聲音爬過榻榻米，最後逐漸沉澱。

「不論急不急，終究都得花上兩秒鐘的時間，然而卻急著開關門。人一急，就只會變成自我主張。」

要吵醒安睡的嬰兒，只要急躁地開關門窗就行了。對嬰兒來說，急躁的聲音令人不適。「快一點」的念頭，完全就是拖慢生產的魔咒。即將臨盆的時候，焦急地心想「還沒嗎？」的產婆，是百害而無一利。有親人在一旁也是多餘的。野生動物的雌性，都會離群獨自生產。牛馬會遇上難產，是因為牠們被馴養成家畜。就和不願被人發現而私下生產時，幾乎不會碰到難產一樣。產婆的工作，就是純粹守在獨自生產的人身邊，等待瓜熟蒂落。他人的多管閒事、「來，加油」的干涉，才是安產的大敵——醫生如是說。

醫生並非清心寡欲之人。

四點下班，換下工作服後，晚飯時間以前，他會在唯一一間西式房間坐在沙發上點燃菸斗，用英國進口的大型留聲機欣賞音樂。阿米在這裡生平第一次聽到古典音樂和香頌。土地北邊的車庫裡停著雪鐵龍進口車，醫生偶爾休診兩、三天，就會載全家人到箱根或日光享受兜風。醫生喜歡牛肉和羊肉，對和服和西裝花錢不手軟，但絲毫沒有財大氣粗的模樣。「聽著，累積也不會有任何好處，不管是情緒還是金錢，都應該立刻釋放、立刻花用。想吃的時候，想吃什麼就吃什麼。順帶一提，細嚼慢嚥也是錯的，人又不是只吃草的牛。嚼得太細，只會讓胃失去鍛鍊。」

研究所有許多衣冠楚楚、一看就是富人階段的人士上門，相對地，偶爾也會有看起來實在不可能拿出相同醫療費的病患。阿米隱約察覺，醫生似乎另有一份價目表給他們。

阿米把醫生說的話都抄寫在綠色記事本上。

隨著生理和生產而開合的骨盤。腳踝和腳跟的活動、柔軟度與骨盤的呼應關係。女人的胃痛有時是生殖器官的問題。一旦發現懷孕，絕不能聽丈夫或婆婆的意見。應該要聆聽的，是自己的身心。坦率地順從自己的渴望。不需要的東西，想丟就丟。想要在陰暗的地方入睡，就到陰暗的地方休息。想吃酸的就盡量吃，吃到不想再吃為止（會想吃酸的，是因為身體缺乏鈣質，但不需要刻意去想營養問題，而應該徹底聽從身體的要求）。三餐、飲料和糕點要避開白糖，改用蜂蜜和黑糖。

如果沒有食欲，不必勉強進食。有時候也需要減少營養攝取。狗在換毛的時期食欲會減退，促進體毛更生，但把自己也當成人類的狗，就會和人一樣吃過量。營養過剩會造成換毛停滞，罹患皮膚病。

有時調整骨盆和腰椎，能緩和孕吐。生產三個月前，必須盡情活動身體，尤以散步為佳。感覺手腳冰冷時，腳和手肘可以泡熱水。泡的期間要隨時補充熱水，免得水溫降低。懷孕期間，腎臟會全力運作，因此要避免背部和腰部受涼，如果腎臟疲累，就慢慢地摩擦大腿內側和腋下，以掌心溫熱。臨近生產時，與背部保溫相反，正面的腹部偶爾必須曝露在空氣中，不宜過度保溫。覺得露肚子舒服的時候，盡量露出來無所謂。要避免長時間讀報紙或雜誌上的小字，縫紉等針線活也一樣。無可避免用眼過度的時候，就用熱毛巾敷眼睛，搓揉耳垂。

生產進入佳境時，產婆要按住肛門，避免脫肛。嬰兒會以順時針方向旋轉著出來，因此不是直接拉出來，而是順時針方向轉動，協助嬰兒出來。生下來後沒有呼吸的話，要把嬰兒倒提起來，輕拍胸骨，就會吐出嚥下的羊水，開始呼吸。臍帶要以手輕握，還感覺得到脈動時，先不要剪斷。

與在產婆講習所學到的知識相符的，就只有嬰兒會順時針方向旋轉著出來這部分而已。

記事本上還記下了像是生產後調整骨盆的方法、初乳和母乳的哺乳方法、斷奶的時期和方法、嬰幼兒腹瀉和便祕的原因及調整方法等等，醫生的觀點是，產婆的工作不是嬰兒生下來就結束了，接下來的產後調理，也屬於產婆的任務。

這不是西洋醫學的婦產科知識，與長年累積的產婆智慧和體系也不相同。醫生的腦中，有一套分析親眼所見、觸摸觀察到的現象，將各別部位的現象與整體做出有機的連結，經徹底思考後建立的體系。只要看看西式房間的書架，便知道也參考了西洋醫學的觀點，但醫生說：「西洋醫學非常野蠻，甚至有個時代，醫界的主流是一群相信放血能治療疾病的人。直到現在，西醫的根本思想仍是只要驅逐外敵就能解決問題，但這是不對的。最好視為在人體當中，敵我雙方每天都在更換角色，相爭互鬥，維持著複雜的平衡，而得以維持。比方說，高燒雖然是症狀，同時也是在自癒。如果覺得不舒服，把它當成好轉的機會、是為了好轉的現象，才貼近現實的人體。」

那麼，兄姊和弟弟為什麼沒有好起來，而是死掉了？阿米想要問醫生，卻怎麼樣都問不出口。有些病症就是回天乏術。阿米自己開了助產院以後，這樣的想法依然不變。

阿米在研究所見證過多次生產。她發現十個人有十種不同的生產過程，但醫生接生的嬰兒，都有個很明顯的傾向，也就是剛生下來的時候不會激烈大哭。醫生接生，母子幾乎都沒有負擔，看起來就像水到渠成、瓜熟蒂落，他只是在一旁引導。生產過程中，醫生也很少對孕婦說話。自己成為產婆以後，阿米覺得像醫生那樣只是在一旁守望的平穩生產、母子都得到深深滿足的生產，自己只遇到過屈指可數的幾回而已。

在研究所第一次見證生產的嬰兒，一年後由母親帶來回診的時候，阿米一直以為早已遺忘的嬰幼兒時期的記憶突然出現在眼前，撼動了體內深處的某種情感。母親會每個月定期帶嬰兒來看醫生，因此阿米能看到嬰兒成長的每一個階段，但看到嬰兒就快可以抓著東西站起來的模樣，阿米忽然感到一陣意外。

出生之後的一年，自己在有過之而無不及的幸福環境長大。離開生母，由養父母扶養的五年，在東京這個嶄新的環境，一樣沒有什麼大問題，順利成長，並讓她後來能像這樣認識岩崎醫生。這不僅僅是生父母，更是多虧了養父母。生她養她的兩邊父母，對她都是不可或缺的存在。然後她再次回到了追分。因為曾經交換家庭，他們反而成了無可取代的存在。阿米接受自己有四個父母的事實，一方面感謝，卻也第一次感受到遠離了每一個人的寂寞。

這天夜晚，阿米在吉田家的屋簷下，自己的房間裡，蓋上被子，被體內深處記憶中的味道籠罩著，任由奪眶的淚水不斷地滾落。

與醫生說定的期間即將結束了。阿米和四名弟子坐在同一張餐桌，一起用晚餐。醫生放下筷子說：

「一般人能夠去意識到、想起來的記憶，都是三歲以後的事。就像身體會成長，大腦也會成長。腦中的記憶，似乎會裝在類似盒子的東西，暫時存放起來。因為記憶實在過於龐大，所以身體認為暫時先蓋起來收著比較好也說不定。有時親生的親子，關係會鬧擰、成為死結。許多時候，這都是在三歲以前埋下了齟齬的原因。但也不是回想起來就能解決的。

「隨著死產和嬰幼兒疾病的減少，往後新生兒的數目反而會逐漸減少吧。人體除了兩顆乳頭以外，還有退化的六顆乳頭的痕跡。也就是說，人類原本和狗一樣，是有八顆乳頭的。一旦懷孕，這六顆消失的乳頭的部位就會變得敏感。為什麼乳頭會消失？都已經消失了，為何感覺卻還在？人體是非常合理的。在遙遠的將來，如果人類依然存續著，或許那六顆乳頭還有再冒出來的一天。人體的可塑性就是這麼強，甚至可以這麼去推想。

「血緣相連的親子其實是很麻煩的。讓沒有血緣關係的其他人來疼愛、扶養，或許更可以培養出真正的信賴關係。怎麼做才是在真正意義上讓孩子自由，是沒有正確答案的。」

醫生雖然是在對弟子們說話，但阿米覺得這番話是說給她聽的。

就在這時，透過吉田鍬太郎介紹，阿米認識了當時在內務省的衛生試驗所擔任技師的添島真藏，與他結婚。隔年一枝出生了。醫生咻溜一下就把一枝接生出來了。

同年九月，關東大地震襲擊了整個東京。

吉田家燬於祝融，養父母過世了。岩崎醫生的研究所屋瓦掉落，玻璃門破碎，冠木門卡住打不開了，但醫生和家人都平安無事。追分的父母手足當中，在內務省土木局工作的三男嚴重燒傷，兩星期後過世了。阿米的手足只剩下五個。

大地震一個月後，阿米被叫去重新開業的研究所。醫生面對比平時增加數倍的病患，難得神態疲憊。他將微濕的雙眼轉向阿米，突然以敦促決心的聲音說：

「去北海道吧！有個小鎮因為產婆驟逝，無人接生。妳可以在比東京更北方的土地施展長才。妳身上追分的血液也能得到釋放。人潛在的能力，愈往北方愈能得到發揮。尤其妳是冬天出生的，更是如此。我把妳該拜訪的人寫在這裡了。把這封信交給這個人吧。」

醫生把一封信交給阿米。

阿米臨去之際，醫生對著她的背影說：

「妳要多多生養。」

4

白天與夜晚的區別變得模糊。

斷續傳來測量血壓、心跳、血氧濃度等儀器的聲音。不知不覺間，口鼻被透明氧氣罩蓋住了。這是塑膠製的輕巧蓋狀物，鼻子和嘴巴旁邊咻咻漏出氧氣來。雖然想問醫生氧氣這樣漏出去沒關係嗎？但沒有力氣出聲，指頭也沒有按下護士鈴的力量。頭部後方牆壁一帶傳來波波波的氣泡聲。就好像聽不見電視聲、車聲、街道雜沓聲的醫院單人房裡，住了個沉默而嚴肅的小生物。對什麼東西起反應、測量並記錄的機械聲。仍有意識的步的身體連接著許多管線。

右大腿腫脹得厲害，熱騰騰的。右邊的視野缺了一半。只能很淺地呼吸。身體無時無刻呼喊著氧氣不足。不覺得痛。有時上一秒覺得身體變得輕盈，下一秒睡魔就像眩暈般席捲上來。步知道點滴裡加了類似嗎啡的東西。

我很快就要死了吧。很快是一天還是兩天？一星期還是一個月？不知道。而且對現在的我來說，不管是一天還是一星期都沒差了，不知道時間流速。病房裡的變化，就只有護士急促的腳步聲、圍著床鋪的布簾開關的唰唰聲，以及點滴緩慢滴落的無聲的節奏。沒有鐘。

她應該是在昨天發現自己很快就要死了。弟弟始來探望她，他一個人來。醫生花了比平常更久的時

間診察，護士走進病房，她看見始站在門外的走廊上。她和看著這裡的始對望了，她第一次看見始那種眼神。始用知道我來日無多的眼神看著我。

翻頁便會發出啪噠啪噠聲的嶄新教科書氣味。彆扭的水手服、穿不慣的樂福鞋，仍光滑硬挺的書包沉甸甸的。抵達學校，走上階梯，把書包擱到書桌上的時候，拎書包的手都被勒得失去血色，變得蒼白了。

她對入學的高中沒有特別的期待。但五月的連假結束後，沉鬱的情緒還是如漲潮般一波波湧上來。「聽說加藤已經有女朋友了。是伏枯中同年級的。」……「妳沒看到橄欖球社十二號的表現嗎？帥斃了！」……「這個星期天，轉學去札幌的我男友」……步耳尖地聽見後面的座位、下課時的廁所、在走廊擦身而過時熱切而小聲的談話。與自己無關的遙遠的事情聽得特別清楚。

從小學、國中讀到高中，上課內容愈來愈專門，但是教師對學生的熱情卻是呈反比下降。每個教師的共通之處，就是感覺他們都認為要不要讀書是學生自己的事。學生也開始和教師保持距離，不會有人叫他們「ＸＸ老師」。連那些看似懦弱的學生在內，所有的男生都在背地裡直呼老師的姓。步一板一眼地想，長大成人，就是與父母和老師之間的距離愈來愈遠。

母親每天做給她的便當很好吃。蜂斗菜、竹筍、燉雞肉、芝麻拌蕨菜、蘆筍、煎蛋。父親做的燻鮭魚。水壺裡裝著焙茶。

會住在枝留，是因為受父母扶養，而要父母付學費進學校讀書，與其說是自己的希望，或許更只是無自覺地順從父母的期望。身上的水手服就像看不見的某人賦予她的某種記號，免得她忘了這件事。

步並沒有不滿。對步而言，添島真二郎和登代子的女兒這個身分比什麼都更優先。這樣想的自己或許有點怪。雖然應該沒辦法永遠當個小女孩，但搞不好如果不結婚，自己將永遠是這個樣子。不能說自己的心中沒有這樣的期盼——步慢慢地退出腦中模糊的混亂，暫時打住思考。

步喜歡枝留。往後父母應該也會永遠留在這塊土地。所以她想要離開枝留一次，前往不同的地方，呼吸那裡的空氣。想像陌生的土地——沒有松鴉「賈呀賈呀」啼叫飛越的天空。不用繫上驅趕熊的鈴鐺，愛走到哪裡就走到哪裡，沒有棕熊的森林。沒有鮭魚的河川，取代鮭魚，是未曾見過的一群銀色小魚無聲無息地悠游。不，或許是沒有魚棲息的河流。那裡應該也沒有沐浴在陽光下，葉子轉黃的白楊樹，以及傳來賽斯納飛機引擎聲的乾燥天空。也沒有幾乎蓋住一樓窗戶的積雪，和春初泥濘的道路，而是鋪滿混凝土的街道。

沒有河邊道路的生活，入夜以後也不會變得漆黑的生活，肯定也有不同的一番樂趣。有許多人聚集的地方，是因為那裡有趣。貼在高中美術室裡，全以五顏六色細條紋構成的海報，步覺得畫的是呼吸著紐約、巴黎或東京空氣的人們。步並不知道布里奇特·萊利這名畫家是哪裡人、在哪裡畫下那樣的畫作。學校圖書室和町圖書館都沒有她的畫集。那幅畫是幾何學風格，看似單調，無論何時看到都令人內心躁動。儘管深受吸引，看著看著，心中卻也會萌生出小刺般的排斥感。有時步會像做夢那樣，想像自己住在國外。

出國旅行過好幾次的隔壁的姑姑們對枝留有什麼看法？她們坐上飛機，是想要去看什麼？從外國回到枝留的時候，有什麼感想？即使浮想聯翩，也無法想像出具體內容。

比起有兩個孩子的真二郎和登代子家，單身的姑姑們生活優渥不少。一枝與智世姊妹倆參加海外旅行團的期間，中間的姑姑惠美子總是一個人看家。是本人說不想去，還是因為惠美子沒工作，不好意思讓支撐家計的姊妹破費，只好看家？理由不明。惠美子總是眼神有些迷濛，步只聽過她以慵懶緩慢的語氣說「飛機很可怕」，不清楚她對一個人看家有什麼感受。

母親也總是在父親吩咐下，將多煮的一些菜、切成易食用的水果、一些點心送去隔壁。「叫她過來一起吃就好了嘛。」父親這麼說，母親以毫無討論餘地的聲音反駁：「我會送過去。就算來我們家，她也待得不舒服。惠美子現在過得比平常更舒坦。」步一聽就知道，這話間接在批評出門旅行的兩個姑姑。

回國之後，智世一點疲態也沒有，歡天喜地。她會在玄關喊「哥」，但不等回應，便大剌剌地直闖進來，急匆匆地說「來，這是伴手禮。這個白金漢宮的衛兵給登代子」，將哈洛德百貨公司的包裝直接塞給登代子。登代子嘴上說著「哎呀，這麼費心」，但看起來並不怎麼開心。看見母親連聲謝也不說，步感到侷促不安。她覺得母親總是收到給小孩子的伴手禮，好像受到輕侮一樣，很可憐。她沒有把這樣的感想告訴母親過。母親把自己買的小人偶和姑姑們送的禮物一起擺在起居間有玻璃門的櫃子裡，或許不只是擺給真二郎看，其實自己也很中意。步完全無法理解母親這種心情。登代子這個人即使心有不甘，也一下子就煙消霧散了。步不明白這純粹是源自於粗枝大葉的美德，還是與真二郎共同生活的過程中學到的智慧。自己有步和始這雙孩子，但小姑們沒有孩子。儘管絕口不提這件事，但也許母親將此視為看不見的救命繩。

送給步的禮物是泰迪熊，始的是勞斯萊斯的迷你車，真二郎的是「約翰走路」。智世說明禮物由來的裝模作樣聲音沒完沒了，姊姊一枝打圓場似地笑著委婉說「不是什麼大不了的東西」，催促智世「差不多該走了」，兩人一起返回鄰家。

只要我們想，隨時都可以去想要的地方——姑姑們是這樣想的嗎？一枝是老人院的副園長，智世在某家公司做會計，只靠她們兩人的薪水，就可以每年出國一次，每一季都去札幌，在喜歡的舶來品店買衣裙，在高級餐廳吃全餐嗎？——步當時的經濟概念還太幼稚，才會對此感到質疑。但熟讀報紙並剪貼、是雜誌《婦人公論》和《生活手帖》的忠實讀者、比真二郎早了好幾年買音響、家中有全套黑盒子裝的古典音樂全集的姑姑們，在各方面確實看起來都比真二郎家來得富裕、知性。

如果說有什麼是真二郎家有，而姑姑家沒有的，那就是狗。姑姑家別說狗了，連小鳥、金魚、盆栽花草都沒有。她們家沒有生物的蹤影。一枝和智世對吉洛漠不關心到不可思議的地步。步帶著吉洛出門遛狗，在路上遇到姑姑的話，她們即使會笑咪咪地看著步的臉東拉西扯，也絕對不會往下看，就彷彿吉洛根本不存在。

只有惠美子不同。惠美子有時會趿著拖鞋出去庭院，走到狗屋旁蹲下來，以難辨的沙啞聲音和吉洛說話。吉洛微微搖晃尾巴，滿臉困惑地仰望惠美子。

步的班上有四分之一是同一所國中的畢業生。也有些朋友一換上不同的制服，便不知為何變得疏遠起來，但芙美子不管是露出兩耳的短髮、逗人發笑的辛辣玩笑，都和小學和國中幾乎沒兩樣，步與她維持著不需要客氣的交情，一起在湧別川河邊的路上邊走邊聊。

社團活動芙美子毫不猶豫地進了硬式網球社。步也有想要去網球社體驗一下的動機。那就是在電視上看到的澳洲網球選手伊文．古拉貢。

古拉貢個頭嬌小。從凌厲漂亮的反手拍擊球開始，她在場上敏捷輕盈地奔馳，精湛地擊出無懈可擊的一球。不管是外貌還是球風，都與比莉．珍．金或瑪格麗特．考特大相逕庭。她不是靠力量取勝，球風讓人聯想到松鼠等小動物。即使有力不如人的部分，看起來也以確實的反射神經完美地彌補。而最吸引步的，是她在球場之外的模樣。換場休息時坐在長椅喝飲料，啃著像柳橙的東西——她會不著痕跡地掩住嘴巴——用毛巾擦汗等等的動作，看在年紀比她小的步眼中也可愛極了，比起上場比賽的時候，步更關注坐在場邊長椅時的古拉貢。白色的球衣和襪子都潔白無瑕。步問芙美子的看法，芙美子說：「古拉貢很可愛呢。她一定是個天生的網球好手。就像松鼠爬上樹幹，或是在樹枝之間跳來跳去那樣，是本能反應。我覺得她是個天才。比莉．珍．金是努力再努力對吧？完全就是在泥巴裡掙扎打滾。雖然那也是沒有人做得到的過人努力啦。」升上高中以後，芙美子的觀察力更上一層樓了。

然而實際體驗網球社的活動內容，量遠遠超乎想像的長跑和肌力訓練，把步操得氣喘吁吁，最後幾乎快吐了。結束活動換過衣服，回家的路上，芙美子慰勞地說：「很累對吧？」但對於國中是田徑隊的芙美子來說，這些訓練似乎都在預期範圍內。而且感覺在暑假結束前根本輪不到新手打球。三年級的學姊手臂左右明顯不同粗細，握球拍的手也變得肥厚，就像有點浮腫。步立刻就打了退堂鼓，對芙美子說：「抱歉，我實在跟不上那種訓練。」

在社團申請日期限的前一天，步的腦中忽然浮現美術室陰暗的教室，和牆上的布里奇特·萊利的海報。她也想起了美術教師宗田達也的臉。宗田達也總是一副慵懶的神情，毫不忌憚，不知道是天生就是這種臉，或只是在學生面前擺出這種態度。部分學生不是叫他的姓，而是喊他「宗達」，這一點也和其他教師不同。第一堂美術課，宗達一臉索然地小聲嘰咕上課，也讓步留下了印象。

「畫沒有畫得好或爛之分。如果有人認為自己畫得很爛，只是因為畫的時候沒有仔細觀察而已。明白嗎？不會仔細觀察的人，不管經過再久，都不會好好地去看。大概是因為不想看吧。那種心情我也瞭解。畢竟眼不見為淨嘛。如果不管往哪裡看，所有的一切都對焦得清清楚楚，絕對會發瘋。人只會看到適當刪減過的東西。人類之所以能夠活下來，也是因為這種差不多的特性。」

到美術室一看，二年級和三年級生隨意分散，各自畫圖或做什麼。打開的窗外傳來足球隊練習的聲音。有人用油料畫著類似抽象畫的作品；有人畫著有英文字母像海報的東西；有人對著石膏像在素描；也有人展示著打開折起的圖畫紙就會出現折疊立體物的裝置，詢問宗達的意見。宗達笑也不笑，冷淡地說：「那邊改掉動作會比較流暢，可是就變無聊了。」

每個人看起來都自由自在，各行其是。步覺得這種不受干涉、能投入喜歡事物的氛圍，自己也能待得下去，可是要畫些什麼呢？

感覺背後有動靜，步回頭望去，看見工藤一惟坐在窗邊。一惟應該早就發現她了，卻沒有出聲招呼，只是默默地對著素描簿動手。他那副儼然美術社一員的模樣總有些好笑，步不由得莞爾。

一惟前面擺了一盆仙人掌。是整體布滿白色細刺的仙人掌，看起來像理得短短的白頭髮，也像長滿了白霉的大塊起司。

步大剌剌地走近一惟，問：「我可以看嗎？」一惟應了聲「嗯」。「可是還沒畫好。」

步繞到一惟身後，大吃一驚。以細緻的鉛筆描繪出的仙人掌，完全就是眼前的仙人掌。受光明亮的部分，與背光陰暗的部分，還有中間的漸層，都與眼中所見一模一樣。如果全都是憑他手上的那枝鉛筆畫出來的，明亮的部分是如何表現的？

「好厲害……你從以前就在畫圖嗎？」

一惟露出被攀談只好中斷畫圖的表情，將鉛筆放到桌上，闔上素描簿。這種時候，一惟的動作也安靜無聲。此時操場傳來數人的齊聲歡呼，打破了這份寂靜，似乎是射球入門了。

「只在美勞課畫過而已。」

「你觀察得好仔細。」

一惟沉默。步只是說出她記得的宗達的話，但不知道一惟如何解讀。結果步忽然想到一件事，聲音自然變大了：

「教會的公告海報也是你畫的？」

禮拜堂的入口旁邊，每星期都會張貼畫在圖畫紙上的枝留教會公告。比起公告內容，步每次都先被底下餘白的圖畫所吸引。她幾次看見一惟一臉嚴肅、小心翼翼地貼上新公告，免得歪斜，但從沒想過是他畫的，一直以為是牧師先生畫的，或是讀書會擅長畫圖的人畫的。上面的書法字是工藤牧師的筆跡。

奇妙的是，上面畫的圖畫看起來都不像與《聖經》有關。橡果、水壺、有一部分呈鮮艷藍色的松鴉的羽毛、河邊的圓石、蜻蜓的翅膀，這些靜物沒有背景，只是縝密地單獨畫在那裡。雖然也畫過封面磨損的黑皮革封面《聖經》，但其餘的向來都是單純的靜物。《聖經》應該也是做為靜物題材之一。

步和一惟從國中開始同校，但沒有同班過，所以不知道他這麼會畫圖。儘管每星期會在主日學校碰面一次，但一惟生性不多話，步對他也總有些客氣，不好表現得太熱情。也許是剛去主日學校的時候，一惟給她的信，害兩人微妙地疏遠了。

步以從來沒有過的親暱語氣問一惟：

「為什麼你都畫那種畫？」

一惟交抱起手臂說：

「我只是隨便撿東西回來畫而已。」

說完後，他停頓了一下，聲音更小地補充：「……我覺得很漂亮。」

得知步都會留意公告上的畫，一惟的表情似乎放鬆了一些。

這天，步決定加入美術社。她想要加入美術社，自己也來素描看看。

每星期她會取得宗達的同意，在教室外面素描。她會畫校舍階梯的老扶手、鞋櫃的蓋子、跳箱、水龍頭、工友叔叔騎的老鐵馬的皮革坐墊。她模仿一惟的畫，畫了各種東西，愈來愈樂在其中。

美術社裡面，就只有一惟和步不停地素描。看在畫些抽象畫或海報的其他社員眼裡或許很遜，但步完全不在乎。因為她畫的是自己想畫的東西，而不是想要給別人看的東西。

這天是暑假結束後第一個社團活動日。即將結束時，宗達突然把一惟和步叫到自己的座位來。

「欸，你們兩個的素描畫得真的很棒。這一點我同意，但如果有人說，照片比你們畫的更像，你們會怎麼回答？」

宗達的那聲「欸」讓步有點不高興，但她就像伊文．古拉貢的反手拍那樣迅速回擊，把球打回宗達那裡。

「照片拍到的是全部，但畫只畫到一小部分，我覺得完全不一樣。」

回答之後，步發現這完全沒有回答到宗達的問題，但她沒有再說話。一惟也默默無語。

「工藤，你怎麼說？」

一惟交抱起手臂。似乎在想什麼。宗達完全不是那種會要求學生立刻回答的教師，所以在一惟開口前，他轉動脖子，抓抓腦袋，或大聲對其他學生喊道：「石膏像用完一定要放回原位啊！」一惟總算開口了：

「就外表來看，確實照片跟實物比較接近。但嚴格地說，照片的焦點只對著一個地方。如果不縮小光圈，而是整個打開來拍，連輪廓都會糊掉。我的畫和添島同學的畫，每一個細節都是對焦的，從這個意義來說，是攝影機絕對辦不到的事。」

宗達定定地看著一惟，喃喃似地低聲道：

「一點都沒錯。……那，下星期見。」

宗達說完便離開座位，開始拉上美術室的窗簾。步自己也動手收拾，同時看著一惟慢慢地將素描簿、鉛筆和橡皮擦收進手提袋裡。一惟的耳緣微微地染紅了。

兩人一起走到校門前的自行車停車場。騎自行車回去的路上，兩人在湧別川上的大橋前分道揚鑣。步把書包放到貨台上，一惟說：

「拜。」

步說「明天見」，一惟立刻站起來踩下踏板，加快速度迅速遠離了。步跨在自己的自行車上，好半晌看著他的背影。

下一週的星期五，空氣從午後開始變得乾燥，天空飄著美麗得令人著迷的雲朵。社團活動開始前，步便決定要畫天空。她對在美術室遇到的一惟這麼說，一惟語氣坦然地說：「那我也來畫天空好了。」

步觀察地看著一惟的眼睛問：

「你畫過雲嗎？」

瞬間，一惟一臉意外地看步。步不知道他是對什麼起了反應，才會有這種表情，但一惟仍然是那張以他來說，毫不設防、驚慌失措的表情。

他定定神似地說：

「沒有。……雲……我沒畫過呢。」

兩人抱著素描簿，一起走上通往校舍屋頂的階梯。

北海道的秋天，被陽光烘熱的校舍暖空氣來到通往屋頂的樓梯間，無處可去，悶成了一團，沉積在此處。

打開鐵門。樓梯間的暖空氣迫不及待地穿過兩人之間，溜向屋頂的天空。屋頂涼爽太多了，空氣也很乾爽。

屋頂最遠處的角落有人影。只有一個女生，左手抓著鐵絲網，望著外面。她踮起右腳尖，露出室內鞋的鞋底。看起來似乎不是什麼嚴重的狀況，但背對這裡的臉即使在哭泣也不奇怪。從髮型來看，似乎不是同班同學。對方或許聽見開門聲了，但還是沒有回頭，也許是無法回頭。

步沒有出聲，輕扯一惟的學生服袖子，打信號示意他去校舍另一邊，同時轉身背對女生。一惟順從地跟著走。步心想，幸好旁邊的是安靜的一惟，而不是會大驚小怪的男生。

L字型的屋頂以樓梯間的出口為界，呈直角彎曲，因此只要走到另一側較短的直線部分，那個女生應該就看不到他們兩個了。

繞到樓梯間另一邊，有個比欄杆更細長的長椅狀物體放在那裡任由風吹雨打。綠色油漆幾乎剝落光了，是以前體育課使用的初學者用的矮平衡木。

步和一惟默默分成左右兩邊，就像坐翹翹板那樣各別在兩端坐下來。

步把素描簿放到膝上，仰望天空。

原本一片蔚藍的天空已經接近日暮的橘紅了。白雲亦同，愈往西邊，橘色愈濃。遠方松鴉「嘎呀嘎呀」啼叫。這季節要撿拾松鴉儲存的松果，還有點太早。

看似停滯的雲朵，仔細觀察，可以發現其實緩慢地動個不停，改變形狀。發現無法像平常那樣畫下眼中所見，步不知所措起來。但她轉念心想，還是可以畫下看到的瞬間的雲朵形狀，繼續動筆。雲朵由西向東，一點一滴地遠離西沉的太陽。步畫的雲是將時刻不停變化的雲朵片段連接在一起，就像拼布作品。打開來的整面素描簿中，畫滿了五十分鐘之間的雲朵變化。

步專注地畫著雲，同時感覺著另一邊的一惟的氣息。就在她忘了時間流逝的時候，鐘聲突然響起，就好像從腳底下湧出。

「下課了。」

步喃喃道，放棄動筆，闔上素描簿。

一惟似乎仍背對著這裡，畫個不停。步走到他旁邊，從背後探頭看。

一惟的素描簿上沒有雲。

他以一貫的筆觸，詳實地描畫了近在眼前的屋頂圍欄鐵絲網。和女生抓住的一樣的鐵絲網。菱形交叉彼此拉扯的部分，以及外層剝落有些鏽蝕的地方等細節，比平時更加纖細、充滿立體感。

步沒有提及他畫的東西，只說：「要走了嗎？」

一惟難得重重地「啪」一聲闔起素描簿，默默地起身。

來到樓梯間門前時，先前站在對面圍欄前的女生已經不見了。空氣整個變冷，一走進樓梯間，溫暖的空氣便包圍了步。她鬆了一口氣，感到身體放鬆下來。一惟在回到美術室前，都一語不發。

彷彿迫不及待，一惟一升上高二，就立刻考取了機車駕照。他買了中古機車，連之前那樣熱中參加的美術社也一下子退出了。他把花了大概一年的時間完成的二十幾張素描全部交給宗達保管，做為宗達同意他退出美術社的**條件**。宗達把楓木切割成小塊拼湊成畫框，裱起一惟的素描，每個月展示一張。第一張雀屏中選的是鐵絲網的素描。和一旁布里奇特．萊利的海報擺在一起，步覺得一惟的素描毫不遜色。宗達一定也這麼想。

一惟退出以後，步仍繼續留在美術社。

她毫不厭倦地一個人繼續素描。自從畫過雲以後，她對於畫會動的東西感到有趣起來，在宗達的同意下，每到社團時間，就匆匆跑回家畫吉洛。

第三代北海道犬吉洛是白色的。牠是家裡的第一隻公狗，個性溫和。耳朵很大，站姿不動如山，隆起的胸膛線條威風凜凜。「真是雄風十足。」步聽父親這麼說，但不懂是什麼意思，不過用雙手環抱吉洛，可以一清二楚地感受到骨骼與肌肉的強健。這就叫雄風嗎？第一次摸到的觸感，讓步恍然大悟。遛狗的時候，放吉洛在河邊跑，牠的背會維持著如弓般挺直的線條，直視前方，氣宇軒昂地奔跑。

吉洛的素描愈來愈多。從正面、側面、從幾乎要趴地的角度仰望著畫，步漸漸瞭解到父親說的北海道犬的各項細瑣的審查標準。母親說：「吉洛，姊姊畫你耶，開不開心？」看到素描的宗達說：「如果妳退出美術社，我會幫妳裱框起來。」他沒有任何批評，像是畫得很好，或是哪裡應該如何修改。

步的臂膀裡面是一惟的背。這是晚春週六的傍晚。穿著褐色皮夾克的一惟，身體和枝留高中的山櫻樹幹一樣粗壯。感覺得到骨骼與肌肉。耳裡聽見的只有機車的排氣聲，鼻子裡充斥著皮夾克的氣味。破風前行雖然很刺激好玩，但唯獨排氣聲，步實在是喜歡不起來。

這是步第二次跨上一惟的機車後座。戴上安全帽，穿上一樣的皮夾克，一起坐在機車上，看起來應該完全就是一對情侶。枝留町一定已經有人在議論紛紛，猜測雙載的機車上坐的是誰和誰。步還不認為自己是一惟的女友，但即使別人這麼想，她也無所謂。

至於一惟，他認為是因為步央求，才無可奈何地載她兜風的。其實他腦中想的是夕陽下一片金燦的牧場，然而騎車前往的卻是反方向，枝留町郊區的農場學校。

步說想去農場學校看看，一惟一度拒絕「那不是可以騎車雙載去玩的地方」。

農場學校是一所私校，收容了來自全國各地的非行少年，進行更生教育。從步的父親出生以前，農場學校就在枝留了。背山而建，懷抱著廣達一三〇萬坪的土地，其中散布著宿舍、農場、禮拜堂、教室、作業場、博物館、奶油工廠等等。小學三年級遠足第一次去的時候，步完全沒有想過那裡是那類機構。那次遠足，步只留下了在禮拜堂前面修剪得漂漂亮亮的草地吃便當的記憶。那時候應該沒有遇到在那裡一邊工作一邊上課的學生吧。那裡不是少年院，因此宿舍和校舍只有舍監和教師，沒有獄警那類監視人員，而且如果少年想要逃出學校，隨時都能離開。枝留小學一定是認同這類更生設施的意義，對它的歷史表示敬意，才會選擇那裡做為遠足地點。

工藤牧師協助農場學校裡的禮拜堂經營，以及農場學校根幹的基督教教育。上高中以後，一惟除了擔任牧師助理，似乎也會一個人去農場學校，幫忙一些事。他會買機車、退出美術社，或許與此有關，但一惟什麼也沒說。

四下完全被夕陽覆蓋，照亮了山中尚未完全抽枝展葉的森林間裸露的土地。在農場學校正門前停下機車後，一惟立刻熄火。

校門內筆直的通道是平緩的上坡路。山上散布著許多建築物，應該是分成好幾棟的宿舍。步的鼻子隱約嗅到像柴火爐的煙味。沒有人影，也沒有人聲。片刻之間，步讓身體靠在一惟的背上，看著這片光景。

5

石川毅的臉上有許多傷疤。

那些疤痕觸目驚心，如果在街上偶然擦身而過，不經意地瞥見，肯定會反射性地別開目光。即使假裝沒看見，也會覺得欲蓋彌彰，更加心慌，十六歲的工藤一惟經過的時候，一定會不自然地漲紅了那張白皙得在太陽底下幾乎會透出毛細血管的臉。但實際見到石川毅，並非在偶然擦身而過的情形下，因此一惟是正面迎視到那張臉的。

「如果想要在教會賣奶油，得先問問農場學校的意思。」

星期五晚上，父親工藤牧師這麼說。第三天在農場學校結束禮拜後，一惟立刻找上酪農部的部長名木野。體型圓滾的名木野會在禮拜堂唱讚美歌，歌聲宛如男中音歌手般悠揚悅耳，因此一開始就讓一惟印象深刻。即使有些學生不願意唱讚美歌，名木野的歌聲也具有天真無邪地打開窗簾，讓陽光照遍四下的力量。即使是害羞的一惟，也能毫不拘謹地叫住他：「名木野老師。」

農場學校的學生製作的業務用奶油以高品質聞名。最主要的原因是牧場飼養的娟珊牛乳質適合做奶油，不過「農場奶油」的口碑日盛，酪農部在校內的地位也隨之提升，學生們更認真投入一板一眼的手工作業，讓品質與產量更進一步增加。

會導入娟珊牛，是因為農場學校的創辦人在明治時代留學美國東部，娟珊牛是他熟悉的品種。娟珊牛體型比霍爾斯坦牛小，褐色的身軀緊實，渾圓的眼睛就像小鹿，因此也扮演了默默接受照顧牠們的男學生無處奉獻的愛情的角色。

娟珊牛的個性有點神經質，照顧起來勢必得格外用心。總是在尋找發洩機會的學生的攻擊性，在牛隻面前完全無效。耐性十足地做著必須慢慢來的牛隻照顧工作，少年們如刺蝟般尖豎的神經自然也被迫緩和下來。教師們發現其中的因果關係後，重新擬定計畫，讓所有的學生都能照顧到牛隻。

另一方面，照顧馬匹和騎馬卻呈現出兩相對照的結果，有可能助長攻擊性。每年也都有學生騎著馬就這樣逃離學校，但馬發現校外沒有東西吃，就會自個兒回頭了。校方轉換方針，漸漸縮小養馬規模和騎馬課。對前來視察農場學校的教育界人士提起酪農在更生教育上的效果時，教師們的語氣都會變得格外激動。

農場學校的奶油，整體產量有近八成都送到北見的食品製造商丸北製菓，做為招牌商品奶油餅乾的原料。丸北製菓也是學校的捐款大戶，並且每年都錄取許多畢業生進公司。農場奶油對學校來說，是帶來穩定收入的重要商品之一，因此幾乎沒有接受新花樣的餘地。讓口碑載道的奶油推出家庭用包裝，在枝留教會販賣——一惟這孤獨的點子，不太可能得到贊同並實現。

一惟一個人動腦，一個人鑽牛角尖。再兩年左右，自己就要進入有神學系的大學就讀，成為基督教教會的牧師。這真的是自己該選擇的道路嗎？《聖經》裡確實有引導自己的部分，這是無庸置疑的事實，但他尚無法真實體會到應該籠罩著整部《聖經》的上帝。他心中找不到無論發生任何事，都能堅定不移的信仰。因此更應該進入神學系深造——或許是有這樣的選項吧。不管是當時還是小學生的自己離開東京來到枝留的經緯，或是來到農場學校的少年們每個人複雜的背景，他實在不認為比方說主日學校一個多小時的形式或談話，能有所助益。

有時一個人默讀的《聖經》詞句，由教會牧師的父親口中朗讀出來，聽起來冷冷冰冰，就彷彿去掉了乳脂肪的牛奶。靜靜垂首聆聽的信徒，應該也會浮現這樣的疑問才對。那麼離開教會和牧師，將信仰視為個人的事物去守護，豈不是可以說更接近上帝嗎？

在盥洗室修上老半天的鼻毛、穿著短襯褲在起居間地上鋪報紙剪腳趾甲、在玄關抹鞋油擦皮鞋的父親，比身為牧師的父親更像父親多了。即使哪天發現身為牧師的父親其實只剩下一湯匙的信仰，他也不會感到驚訝吧。一惟不是出於惡意，而是打從心底這麼感覺。

但他還是繼續前往農場學校協助父親，是因為農場學校的禮拜堂氛圍讓他感到很特別。學生、教師、職員、舍監的讚美歌歌聲與自己彈奏的管風琴聲重疊在一起，深邃悠遠地冉冉升上教會的天花板。這是在禮拜期間，僅有短短一瞬間的特別感受。這裡和枝留教會的禮拜有些不同。

雖然持續幫忙禮拜，但一惟幾乎不會直接和農場學校的學生交談。在不同的環境成長，犯下有些相似的罪行的少年們離鄉背井，在這裡共同生活，這或許讓他們萌生了青少年特有的危險義氣。大多數都不是出生在北海道東部的他們，被隆冬大雪與世隔絕好幾個月，這也是枝留的森林圍繞的學校才能見到的獨特光景。一惟記得他來到枝留的第一個冬天，看見在東京不曾見過的大雪，也覺得彷彿被巨大的事物整個包圍了。

希望適合北方土地的奶油，能成為農場學校的象徵。如果枝留的居民能在日常中使用這些奶油，也能拉近與農場學校的距離。在只有父子倆憋悶的晚餐餐桌上，提議在教會販賣農場奶油，聽起來應該很唐突，但對一惟來說，是極為順理成章的事。

與父親寡默的晚飯時光，漸漸地令一惟痛苦不堪。目的只是果腹的父子倆的餐桌，就像男人外出打獵，在氣溫陡降的森林裡匆匆搭起帳篷，蜷著背圍著炊具，在黑暗中摸索著進食。這若是一年數次的例外性飯局，或許會令人期待，但這卻是每日的例行公事，只是匆忙而乏味的活動罷了。

一惟回想起布勒哲爾畫集裡的用餐情景。父親說有縝密描繪《舊約聖經》裡提到的巴別塔的畫，一惟跑去圖書館借來看。上面畫的用餐情景，就像是食物周圍製造出來的噪音、動物和穀物混合而成的混濁氣味，不斷地被吸入必須被填滿的空腹黑洞。完全看不見餵食熱騰騰食物的慈祥，或是看著進食模樣溫馨的微笑。

如果母親還健在，在餐桌上的種種關心或許會令人感到厭煩，然而由於從一開始就被剝奪了，這徬徨無依的夢想反而折磨著一惟。《聖經》裡「人活著，不是單靠食物」，對一惟而言，就是這個意思。

在同齡的人裡面第一個搶先買了機車，是為了隨時都能離開教會，或是為離開枝留、北海道做準備，是一種預告。然而卻絲毫沒有考慮到販賣農場奶油可能會把自己綁在教會裡，這樣的疏忽的確很像一惟。

聽到性急而鑽牛角尖的一惟提出的奶油計畫，名木野露出亮澤的笑容說：「先去找酪農部的石川同學談談如何？他應該在奶油工廠。」他的話和表情，沒有任何令一惟預先有所警覺、提防的要素。

只要教過一次，就不會再逐一指點。一惟被一個人丟進這裡面，就彷彿他也是被督促在所有的情況都必須自立自強的農場學校學生之一。這樣的感覺並不壞。先盡量自己嘗試，但還是做不到的話，就請教旁人，旁人也不懂的話，就一起討論、思考。思考仍沒有頭緒的話，先動手做做看再說。

一惟離開校舍，走向往北徒步約五分鐘的校地內的奶油工廠。泛黑的積雪已經消融，春季的陽光確實地曬暖了腳下的黑色地面。踏上去的觸感是柔軟的。樹木體感到冬季告終，樹梢開始抽出一旦下霜，肯定會無招架之力地被凍傷的小嫩芽。陽光將葉脈映照成透明。被曬得鬆軟的青澀氣味乘著溫和的風，籠罩午後的農場學校。

改造木造老平房而成的工廠，門窗都是推拉式的。敲門後打開銀色的門，乳製品乳白的氣味撲鼻而來。毅已經換上白色圍裙，戴上白帽和口罩，看不出任何禮拜的餘韻。他彎著上身，像在檢查製造奶油的機器內部。他看到一惟，暫時停手，蓋上機器蓋子，直起身來，一把摘下口罩，走近一惟站立的門口，同時聲氣懷疑地問：「有什麼事？」

曬黑的臉上布滿了瘢痕狀的傷疤。一瞬間，一惟誤以為是作業期間有什麼東西噴到了他的臉。那數量多到實在不像傷疤。注意到他下巴右下與左頰骨的疤痕朝內側凹陷，一惟倒抽了一口氣，就好像有一把看不見的刀子亮在眼前，激烈地左右搖晃。

一惟裝出沒看見任何疤痕的態度說「你好」。

毅小小聲地應了聲「你好」，聲氣短促得幾乎讓人誤以為是在咂舌頭。

毅應該和一惟差不多年紀，看起來卻年長許多。是死心認命的曠達，還是被驅趕到無人能拯救的嚴峻邊境，學會了這裡的求生之道？一惟只想避免提及毅臉上的傷，說明他是從枝留教會來的，有時候會在禮拜中彈管風琴，正在考慮能不能在枝留教會販賣農場學校的奶油，所以必須推出家庭包裝——說到這裡，一惟發現自己或許說了與這個地方格格不入的話，腦袋頓時一片空白。

「你先戴上這個。」

毅聽到一惟的話也若無其事，遞出白色口罩。他等一惟接過去掛上兩耳後，自己也戴上口罩。戴上口罩以後，就幾乎看不到傷疤了。剛才明明也可以戴著口罩接待一惟，一惟覺得毅或許是刻意取下口罩的。

我想要參觀從榨乳開始，製作奶油到裝箱的過程。一惟覺得喘過一口氣，隔著口罩對毅說。

下個星期，一惟就退出高中美術社團了。

他詢問毅方便的時間，開始頻繁前往農場學校。從在廣大的牧場放牧的娟珊牛開始，到打掃得乾乾淨淨的牛舍每個季節不同的管理方式、榨乳的方法、使用遠心分離機製造生奶油和殺菌的工程、生奶油熟成的工程、以攪乳器攪拌形成奶油，整形包裝裝進紙箱的工程，這些全都由毅在一旁說明示範。毅一出現，學生們的表情和動作就會變得格外認真。看來毅是酪農部的領袖人物，特別受到敬重。

第一次被父親帶來農場學校時，一惟參觀過田裡的農作業。那天大夥將睡過一個冬天的田地翻土，灑上雞糞與堆肥，種下馬鈴薯的種薯。蔬菜部的教師說「你摸摸看」，一惟把手插進泥土裡，觸感與在東京的家的庭院玩耍時摸到的地面有著天壤之別。是又鬆又軟、活生生的泥土觸感。這時有東西彈到他的背。回頭一看，所有的學生都彎著上身，雙手忙著弄土，甚至看不見他們用什麼表情在工作，但其中顯然有人瞄準了一惟的背丟東西。這時反方向又有東西射過來。打中一惟的大腿的，是被擊中也不會受傷的小石子，石子無聲無息地掉進柔軟的泥土裡。

帶隊的教師和父親都沒有發現一惟被人丟石頭。一惟就這樣默默地看著農務，琢磨不定那只是單純的惡作劇，還是惡意的前兆，加上站在柔軟泥土上的不穩定，讓他不安到想要掉眼淚。

後來好一段時間裡，一惟在禮拜堂彈管風琴時，肩膀和手臂總是繃得緊緊的，提防著不知何時會有東西丟到背上來。當然不可能有東西丟過來，因此這樣的強迫反應沒多久便消散了，但他還是不敢細看聚集在禮拜堂的農場學校學生的臉。這個時候，毅應該也在禮拜堂，看著一惟如驚弓之鳥的背影。

參觀奶油製作過程期間，完全沒有遭到石頭飛來的洗禮，一定是多虧了毅的陪伴。

毅不光要忙酪農部的工作，還有春季到秋季的農作業，此外還要製作工作手套、編麥稈帽、砍除森林多餘的樹枝、清理雜草、做木工等等，從事所有的作業。

毅的表情愈是淡漠，予人的印象就愈比怒容更來得強烈。就像蓋子旋得死緊的果醬瓶，裡頭柔軟的事物被緊緊地關住出不來。就如同塞得滿滿的果醬瓶不會散發任何氣味，封印起活生生情感的毅，只是專注於忠實完成被分派的工作。

雖然被頭髮遮住不容易看到，但毅的頭部有一道長長的疤。左耳內側也有著彷彿耳朵差點被削掉的疤痕。右手背上也有兩道疤。每當發現新的疤痕，一惟便一陣心驚。但見過幾次面以後，傷疤再也驚嚇不了一惟了。

仔細想想，毅對一惟的瞭解，應該就只有他是牧師的兒子。一惟是從東京來的這件事，他也刻意沒有說出來。撇開家人、故鄉、想法這些，單純地往來，反而讓他覺得有種嶄新的自由。毅沒有說他是從哪裡來的，也沒有提過家人。一惟也不探問。與對彼此不甚瞭解的毅相處的時光，漸漸地讓一惟引領翹盼。

過了約半年的時候，學校同意一惟試作看看，一惟利用山林部砍下的疏伐木，在木工部的工廠裁成薄片，做成木盒，再以褐色的厚牛皮紙包起，做成樣品，拿給毅看。在札幌買的牛皮紙有直條紋，富西洋風味，上面再以大橡皮章蓋上有可愛乳牛臉圖案及英文 edaru farm butter 的章。打開木盒蓋，附有一張卡片，印刷著娟珊牛的介紹、奶油製造的簡單流程、說明是農場學校學生親手製作的文章。內容他改寫了許多次，將定稿拿給添島步看，請她幫忙修改，製作了修正版。印刷是委託農場學校合作的印刷公司。

「這是誰設計的？」

「我。」

也是因為害臊，一惟冷淡地說。

「真厲害。」

毅率直地稱讚說。

「如果一星期可以賣出三盒，一年就可以賣出一百五十盒以上了。」

「這麼少？」

一惟有點生氣地說：

「這樣就夠了。賣愈多當然愈高興，但如果第一年能賣出這個數字，就能打出口碑，第二年、第三年可以賣出更多。」

「誰曉得呢？」

「絕對會的。因為世上再也找不到比這更好吃的奶油了。」

「這樣沒法做規劃。如果只賣一兩百盒，對整體沒有影響，但如果會賣出一兩千盒，要交貨給北丸製菓的部分就得做調整了。」

聽到一半，一惟笑了出來。

「笑什麼？」

「我們連一盒都還沒有賣出去耶？」

這半年來，一惟第一次看到毅哈哈大笑。

升上國一沒多久，始每天放學回家，就獨占起居間的音響。他關上門窗，以大音量不停地播放披頭四的唱片。始第一次聽到《Abbey Road》，立刻就為披頭四瘋狂了。他把每個月的零用錢全部拿去買唱片，用每個月一張的速度，將《Abbey Road》以前的唱片一路賣齊了。他總是隨身攜帶亨特・戴維斯寫的披頭四傳記，聽到札幌上映了《Let It Be》，便在隆冬清晨離家前往札幌，被吸進客滿的電影院裡坐下，直到播完第二場才站起來。披頭四就在眼前，成員間劍拔弩張的火爆對話也如實呈現。他覺得很傷心。始拿著雜誌上的地圖按圖索驥，經過狸小路，找到搖滾樂咖啡廳鑽進去，點了〈I've Got A Feeling〉，以前所未有的大音量聽完後，跳上末班列車。接近十點，始就像電池即將耗盡的人偶般回到鴉雀無聲的枝留。直到隔天早上，寂靜的耳鳴都縈迴不去。

始就像第二件外套似地，披著札幌街道的氣味、菸味和列車氣味返家，家中只有步一個人迎接他。早睡的父母已經上床了。步用湯匙舀了剛拆封的即溶咖啡粉放進馬克杯裡，倒入在火爐上叮叮作響的水壺熱水。始在餐櫥櫃裡發現只剩一個的奶油麵包，默默地狼吞虎嚥起來。「披頭四怎麼樣？」步問，始急忙吞下麵包。「屋頂上，」他說到這裡嗆住。「……屋頂上的演奏場面很帥。倫敦也好冷呢。只是成員之間的對話……」說到一半，他對著馬克杯呼呼吹氣含糊其詞。「怎麼說，搞樂團好辛苦。」聲音小到與其說是對姊姊說，更像是在對自己喃喃。

《Help!》在電視播放時，也是大事一樁。始連日語配音的聲音都想要錄下來，把盤式錄音機擺在電視機前，從節目開始一小時前就不停地調整麥克風設定，測試錄音。他把麥克風捆在約翰走路上，拿到電視擴音器前的最佳位置，每次一進廣告，就停止錄音。始忙得團團轉的模樣讓步傻眼，目光卻也漸漸地被電視機螢幕所吸引了。

生澀的演技因為薄透，透露出感情好的四人的真實面貌。如果就像始說的那樣，那麼《Help!》三年多之後，他們四人將會以「經歷過許多」的複雜表情，在倫敦寒冷的大樓屋頂上演奏。一炮而紅，持續走紅，應該是很辛苦的一件事。套到自己身上來想，三年後的未來實在太遙遠，完全無法想像。自己應該不在枝留了。或許在札幌或東京讀大學。大學畢業後，也可能直接留在大學所在的城市工作。況且工作是怎麼一回事，步完全無法想像。因為無法想像，也沒有具體的不安。

就在不久前，她輕描淡寫地問過一惟畢業後有什麼打算。如果一惟打算到札幌或東京讀大學，她想要和一惟待在同一座城市。一惟與步迅速親近起來，所以她自然會想要知道。但一惟的臉色頓時一沉，以令人意外的動氣口吻說：「那麼久以後的事我哪知道。」一瞬間步愣了一下，但想到一惟是牧師的兒子，可能有許多限制，便打住了這個話題。

男生既複雜又脆弱。一點小事就會動氣不高興，會自己跑到沒有退路的地方，一腳踩破腳下的薄板。就像同班的男生如此，一惟也有這樣的部分，這實在是個教人高興不起來的發現。不過，怎麼會這樣呢？

父親也是，平時人很溫和，但一旦因為某些原因動怒，就會鬧到不可收拾。對於父親沉迷的溪釣和吉洛的照顧工作，母親幾乎從不插手，但那與其說是自然而然的不干涉，會不會是因為步和始懂事前的多次衝突，讓她轉變為不插手的態度？步隱約這麼感覺。

平常的話，即使下班回家心情不好，父親只要默默地喝酒用晚飯，沒多久表情就會緩和下來。然而到了讓吉洛參加北海道犬狗展的時期，父親的模樣就會明顯異於平常，讓人不敢開口叫他。

在緊張兮兮地跟去的北海道犬狗展上，父親派給步錄下審查結果宣布的任務。步把索尼的錄音機放在帳篷裡並排的長椅上，在看不清楚比賽現場的深處座位一直乾等。因為沒有其他人帶錄音機到會場，所以會有陌生的叔叔停下來好奇地看，或向她攀談，讓她覺得很討厭。

父親確信絕對能拿下第一座冠軍。他認為既然會拿到冠軍，對吉洛的講評就有錄下來傳世的價值。吉洛參加「幼犬部門」，聽從父親的指示，通過了許多的審查和比賽。吉洛穩如泰山，動作俊敏，吸引了場上所有人的目光。然而最後卻棋差一著，只拿到亞軍。也許是因為在女兒面前，父親沒有表現得太失望，步和似乎乾脆地接受結果的父親一起回家。父親把留在家裡看家、正開始要做晚飯的母親叫過來，要她坐在錄音機前，播放錄音。妳聽聽看，聽聽這內容，吉洛沒有拿到冠軍，簡直沒有天理，父親說。他似乎還是無法甩掉惱恨。

「身體結構均勻，容貌出色，耳朵緊實，角度尖銳，胸廓飽滿……」

聽完平板如咒語般的講評後，母親難得噙著淚站起來說「吉洛真是辛苦了」。她被吸過去似地走下庭院，蹲在狗屋前，對著吉洛叨叨絮絮地說著話，似乎在摸牠的頭。傳來鎖鏈嘩嘩拖地聲。吉洛沒有叫。父親倒帶，再次播放，看也不看母親那裡，將講評的一字一句抄進記事本裡。

在審查會上牽著狗的，從年輕人到老人，幾乎全是男人。他們全都摩拳擦掌，用應該比平時更嚴厲的語氣鞭策著，有些人或許是用比平時更溫柔的聲音哄騙著，設法讓狗發揮最大的潛能。步覺得比較狗的好壞並打分數，完全就是男人的思維。如果有只有女人的世界，就不會辦什麼爭奪冠亞軍的比賽吧。為了讓別人決定價值而努力，豈不是在繞遠路、極不合理的程序嗎？決定吉洛有價值的不是別人，而是我們家人。這一點無人能置喙。母親對吉洛的關心，沒有人能**比得過**。即使吉洛贏得了獎盃或獎狀，開心的也只有想要那些獎盃獎狀的人，吉洛哪裡知道什麼？步看著母親的背影這麼想，怒意油然而生。

吃完飯後，父親喝起威士忌，醉醺醺的他難得誇誇其談：

「北海道犬完全就是看血統。沒有和其他犬種雜交，北海道人一路繁衍到現在，是特別的動物。所以和什麼樣的對象交配，就決定了後代的素質。我今天重新體認到這個事實。有好幾頭我知道父母是誰的小狗參賽。牠們繼承父母的特質，相似到好笑。不管再怎麼努力，如果不是良好血統交配出來的後代，就不可能在狗展上得勝。吉洛的血統很好。我真是遇到了一頭好狗。今天也有好幾個人說想要吉洛和他們的狗交配，但我都拒絕說牠還不夠成熟。」

始難得沒聽父親說完就起身去廁所了。傳來上完廁所，用力甩門的聲音，人直接上二樓去了。腳步聲也大到近乎刺耳。步抬頭，目光追著牆壁另一頭上樓梯的始的動作。

幫母親收拾完畢後，步花了比平常更久的時間帶吉洛去散步。吉洛記得狗展的事嗎？走進湧別川旁的道路後，步聆聽著河水聲，出聲說：就算沒有拿到冠軍，吉洛也是第一名。吉洛沒有叫，也沒有仰望步，只是用牠老實的背影對著步，走在熟悉的湧別川旁的路上。

始和自己流著父母的血。對於始，步覺得比任何人都要親近，也覺得始很可愛。然而不光是性別，她覺得兩人之間有什麼決定性的不同。始逐漸長大，與她的不同也變得愈來愈巨大。她覺得弟弟和自己即使血緣相繫，不管怎麼想仍是不同的兩個人——即使在別人眼中，兩人長得一模一樣。

直到不久前，步都以為弟弟在想什麼，她瞭若指掌，但吃完飯後一個人關進房間的始其實到底在想什麼，她現在卻完全想不透。不知不覺間，始不再是小孩子了。嘴邊也長出淡淡的鬍鬚，喉嚨冒出好像叫做亞當的蘋果的喉結。身高也老早就超過步，很快就會超越父親了。照這樣繼續長高下去，可能會有快一八〇。最近他完全不參加餐桌上本來就少的對話，吃完飯也不看電視，直接上二樓去。始的房間床邊牆上，貼著橫尾忠則畫的《Abbey Road》當時的披頭四大海報，書桌前貼著《White Album》附贈的四人合照。「進房間前先敲門好嗎？」有時步會忘了始這麼交代，直接轉門把，發現門上了鎖。

吉洛參加狗展的幾天後，始敲了敲步的房間，邊進來邊說：「方便嗎？」

好像不是有什麼嚴肅的問題或要求。始坐到窗框上，偶爾俯視庭院，聊起披頭四來。約翰・藍儂不是親生父母養大，而是阿姨姨丈帶大的；生母在藍儂十七歲時車禍身亡；透過音樂剛認識不久的保羅・麥卡尼的母親也因病過世。

「把兩人結合在一起的不光是音樂而已，還有喪母這個共同的體驗。」

始繼續說下去。

「我覺得失去親生母親，應該讓兩人很痛苦。或許就是為了擺脫這種痛苦，他們才會沉迷於樂團活動。但藍儂的父親是船員，與音樂完全生疏。保羅的父親雖然會演奏爵士樂，但不是職業音樂家。當然，他連保羅百分之一的才華都沒有。」

步讀過傳記，知道藍儂的祖父是愛爾蘭人，遠渡美國，成為職業歌手。藍儂的父親應該也喜歡唱歌。但她沒有提。

「你聽過他的演奏？」步問。

「當然沒有。他沒有留下半張唱片。如果有什麼影響，就是保羅的音樂有搖滾樂以外的音樂要素吧。但那跟血統什麼的無關，只是保羅聽到家裡反覆播放的唱片記得而已。保羅和藍儂的才華，都跟他們父母的血統半點瓜葛也沒有。」

藍儂即使成為全世界最知名的音樂家，也無法離開已逝的母親。《White Album》裡吉他彈唱的〈Julia〉，就是亡母的名字，與當時剛開始交往的小野洋子的形象重疊在一起。披頭四解散後的個人專輯的第一首叫〈Mother〉。三十歲的藍儂，吶喊似地高唱：「媽媽，不要走！」而最後一首是〈My Mummy's Dead〉。「以痛苦的歌聲揭幕，以絕望的記憶畫下句點，這是只有藍儂才做得出來的唱片。」

始是從什麼時候開始想這些事的？是受到一讀再讀的傳記影響嗎？

「保羅就個性開朗，粗枝大葉。藍儂的詩會那樣深沉、藝術，是因為他很軟弱。」

始望著窗外說。

「因為是藍儂和保羅這樣的組合，披頭四才能爬到那樣的地位。這是機緣，是相契，也是努力。人絕對不是靠血統的。」

始會跑來說這些，是想表達他對父親那番北海道犬血統論的異論。父親錯了。我才不會變得像爸那樣。

聽著始熱切的口吻，步在他身上看見了一惟重疊上去的身影。一惟對父親的反抗，不像始這麼清楚明白。一惟比始大了四歲，個性也不同。而且身為牧師之子，他應該也無法大剌剌地表現出反抗。這樣子痛苦豈不是只會愈積愈多嗎？步覺得一惟會騎機車前往農場學校，也是為了暫時逃離《聖經》和教會。

父親說血統決定一切的北海道犬，生物學上的父子之間既沒有交流，也沒有糾葛。公狗甚至毫無自己有孩子的認知吧。連繫父子之間的，就只有人類製作的血統書這樣一張薄薄的紙。

父親也是，這陣子對始的不滿日益高漲，表情變得不悅。步察覺父親的感情變化和一觸即發的壓力，就如同嗅到討厭的氣味。——始成天放披頭四的唱片，疏忽了課業。直到小學四、五年級，他還會和父親一起去溪釣，但上了六年級以後，就彷彿完全失去興趣，再也不去河邊，現在升了國中，出門就是泡唱片行。除了把唱片播得震耳欲聾以外，幾乎都關在二樓房間裡，也不幫忙家事，連話都不會講了。

晚春某個星期天午後，父親真二郎為了替接下來的溪釣季節做準備，打掃收藏各種工具的小屋。檢查專用的冷凍櫃內部、磨利魚刀、保養釣具，這時傳來連小屋裡都能聽見的大音量披頭四音樂。自從以前警告過一次以後，始便會關上窗戶，拉上窗簾，以他自己的方式隔音，但音樂聲仍會無可避免地傳出來。

到了傍晚，回到家裡的真二郎突然搬出吸塵器，莫名其妙地吸起玄關和走廊，最後打開始所在的起居室。

「喂，我要吸地，唱片關掉。」

始厭煩地仰望真二郎。

「今天星期天耶，讓我聽一下唱片會怎樣？」

「我吸地的時候關掉就好了。」

始用幾乎聽不見的音量罵了聲「煩死了」。

真二郎臉色乍變：「你說什麼？」

「我說煩死了啦。」

真二郎拆下吸塵器的管子，舉起來作勢要打兒子。手是舉起來了，卻就此動彈不得，露出發抖般的表情，一腳踢開吸塵器。他丟下管子，正準備走出房間，冷不防回過頭來，撿起管子，惡狠狠地朝桌上的《Abbey Road》封套砸下去。管子兩度擊中封套。封套沒破也沒壞，但凹了兩個地方。

始關掉音響，將唱片收進被打出凹痕的封套，回二樓房間去了。入夜以後，始也沒有下樓。登代子準備了飯糰和茶水，叫步端過去。

接下來超過一個月，真二郎和始都沒有說話。

在枝留教會販賣農場奶油的事，學校的酪農部和理事長同意他們試賣看看。

第一次販賣，準備的十盒全數賣完，下一週的預約訂單有八盒。下一週，加上預約訂單，準備的二十盒全部賣完，教會也開始接到詢問電話。起步順利得遠超乎想像。

幾個月過去，有幾週準備了十盒，會剩下一半。雖然賣出接近一惟一開始預估的數目，但銷量早已失去了成長的跡象。

信徒回去以後的禮拜堂裡，一惟重新計算奶油的營業額，收進信封，父親出聲了：

「你還要繼續賣奶油嗎？」

那不是牧師，而是一惟父親的臉孔。

「當然。」

父親的臉色沉了下來：

「教會的工作和賣奶油，哪邊比較重要？」

父親這番意外的話，令一惟大吃一驚。他答不出話，只是怔怔地看著父親。

「奶油就只是奶油。教會的工作和讀經，你都才剛起步而已，如果再繼續為奶油費心，會迷失了最重要的事物。」

話語突然從一惟的心底湧了出來。那是長期以來，他反覆沉思的內容。他完全沒想到竟會在這個時機脫口而出。而且他從來都不打算以如此強硬的語氣說出來。

「我不會成為牧師。如果我成為牧師，那會是我人生當中的最後關頭，決心要成為牧師的時候。在那之前，我要和其他的普通人一樣念書、工作。只是聽從吩咐當上牧師，不可能聽得見上帝的聲音。」

父親定定地望著一惟的眼睛。一惟發現母親過世以後，他從來沒有正面看過父親的臉，就這樣繼續迎視著父親的眼睛。父親的眼睛頓失力道，低下眼皮，默默地轉身，靜靜地開門，走出禮拜堂。

6

石川毅在四人房的右邊角落無聲無息地收拾著。約兩張榻榻米大的微高的空間裡，有最基本的固定式家具：書桌、抽屜、衣櫃、收納櫃等。晚上在榻榻米上鋪被子睡。雖然是沒有布簾區隔的團體生活，但因為不是上下鋪，不會被人從上方探頭看或打擾，空間完全足夠在熄燈時間前一個人看書、寫作業或寫信。

幾乎沒有人如同校方所期待地去運用農場學校宿舍提供的空間。宿舍生活的首要目的是讓人有「這裡是我的地盤」的感覺，因此對於整潔或書桌的活用，沒有太多的干涉。各棟宿舍有住在裡面的男女舍監，扮演父母角色，照顧住宿生一切日常生活，但並非各方面都以紀律為第一優先。舍監的角色以家庭氛圍為重，幾乎沒有半點獄警的成分。

毅在酪農部是奶油製作的中心人物，到了自由時間，便默默坐在書桌前，可說是農場學校的模範生，體現了學校理念的「團體生活中的自立」。同寢的學生都對年長寡言的毅很客氣，也敬而遠之，因此都會去其他寢室聊天玩耍，寢室裡顯得更安靜了。

進入農場學校以後，石川毅第一次有了自己的書桌和桌燈。以前他在調布市的公寓，和父親兩個人住在附木板地小廚房的六張榻榻米和室裡。除了晚上睡覺的時候以外，電視機整天開著，兼暖桌的矮桌

周圍雜亂地堆滿了各種生活用品，崩塌，然後散落。一次也沒擦過的桌上，是啤酒空瓶、外送拉麵碗、菸蒂滿出來的菸灰缸、味精、鹽巴、醬油瓶、乾掉的廚房抹布、乾縮的蜜柑皮、不只一個的開瓶器和生鏽的開罐器、零錢、免洗筷、廢紙……所有的東西亂成一團。即使想要寫作業，也沒有空間可以打開筆記本或教科書。

每到夜晚，父親就會出去喝酒。毅經常一個人看電視看到睡著，醒來的時候天已經亮了。他把油膩的麵包用牛奶沖進喉嚨，沒有可以說「我出門了」的對象，默默地上學去。他從來沒有鎖過門，也沒有被鎖在外面過。

父親宣布家裡沒錢供他念高中，也沒必要上高中，但毅難得堅持無論如何都要讀高中。父親年輕的酒肉朋友謊報毅的年紀，介紹他晚間的道路工程和大樓清潔的打工。毅每星期兩天從晚上工作到清早，自己賺到了工業高中的學費。他認真的工作態度得到賞識，有人邀他說有更好賺的差事，結果他在不知不覺間踏進可疑的行業裡。存到超過學費的零花後，他被職場前輩拉去玩，學會夜遊，一頭栽進對十五歲少年來說刺激過頭的美妙經驗。最重要的學校愈來愈常缺席，生活指導老師打電話到家裡，電話也只是在空無一人的住處坐墊底下發出窒息的鈴聲。前來家庭訪問的老師打開沒鎖的門，看見眼前的慘狀，立刻撂手不管了。毅只讀了工業高中一年就退學了。

毅上小學前就離婚的母親離家後住在娘家所在的名古屋，幾年後再婚了。母親偶爾會寫信來，但從來不鎖公寓門的父親卻在公寓信箱上了掛鎖，一發現前妻寫給毅的信，也不拆開，直接丟進車站垃圾桶。但是某一天，毅發現散落一地的廣告單裡露出收信人是「石川毅」的明信片。讀完內容後，父親偷偷做了什麼事，是昭然若揭。「小毅從來沒有回信，但媽媽相信你一定都讀了，媽媽還會再寫給你。」毅把臉按在明信片上，無聲地飲泣。淚水乾掉的時候，他知道感情已變得如同石頭般堅硬。

毅喝著剛學會喝的威士忌，等待天明。醉醺醺的父親一走進家門，他緊握的右拳便兜頭招呼上去。父親不堪一擊地倒下，腦袋結結實實地撞在暖桌桌角上，就這樣一動不動了。毅抬腳踹了倒地的父親胸口，傳來肋骨折斷的觸感。毅呆了老半天，看見父親的頭在流血，打了一一九。

父親被救護車載走，保住了一命，但是在酩酊大醉的狀態下顱骨骨折和腦出血，造成了失語的後遺症。毅過去雖然做過許多不良行為，但這是他第一次使用暴力。他未成年又是初犯，加上當時喝醉酒，而且父親完全沒有盡到監護人的義務，法官斟酌這些情節，沒有將他送進少年院，而是判處保護管束處分。

失語的父親決定由叔叔收留。叔叔繼承了在九州務農的老家，勸丈夫收留大伯的叔母是基督徒。叔母常去的教會牧師得知事件背景，提議可以讓毅進入北海道的農場學校。叔母詢問農場學校，得到入學許可後，連絡毅的生母。母親在電話另一頭哭泣，說「我覺得這樣做比較好，謝謝你們」。保護官說本人深自反省，而且在工地表現認真，備受肯定，希望多觀察一陣子再做決定，叔叔和叔母決定聽從。因為他們沒有權限將毅送進農場學校，而且也沒有自信能說服毅。

前來東京帶哥哥回家的叔叔，在出院手續前一天，拜訪現在成了毅一個人住處的公寓。

公寓房間整個改頭換面，變得乾乾淨淨，與父親還在的時候完全兩樣，沒有半點多餘的東西。榻榻米看起來很寬敞，由於反覆擦拭而閃閃發亮。毅把留有父親痕跡的東西全扔了。房間裡沒有電視，沒有暖桌，老空調也拆了，只有房間角落擱了一只嶄新的電風扇，就像沉默的搭檔或鐵面無私的監視人。

叔叔沒看過以前的房間，因此看到連矮桌都沒有的空蕩蕩房間，甚至沒想到造成哥哥失語症的原因，只是單純地驚訝：兩個男人的住處，居然簡素成這樣？

毅最後一次見到叔叔，到底是多久以前的事了？叔叔個頭矮小，理得短短的平頭摻雜著白髮，倒掛眉毛，面龐黝黑，說話木訥。相對地，父親的臉蒼白油膩，刮過鬍子的痕跡一片烏青，說起話來總是粗暴武斷。幾乎不曾露出笑容的父親，與表情柔和的叔叔，實在令人無法相信是同一對父母生下來的兄弟。即使和犯下那種凶行的自己單獨兩個人待在事發現場，也沒有警戒的樣子。

「先前美智代好像生病住院了。她說她剛出院，什麼忙也幫不上，要我多關心你。她應該很快就會連絡你了。總之你要努力工作，讓你媽放心。」

毅垂下頭去。榻榻米變得一片模糊，他抬不起頭來了。叔叔也沉默了。

毅取出理得整整齊齊、收在抽屜深處的母親的一疊來信，用布巾包起來。除了這些信件和母親以前過用的小手帕，宿舍生活裡沒有任何他無論如何都放不下的東西。

況且毅從一開始就失去了擁有的渴望。他對宿舍生之間私下傳閱、熄燈後偷偷從抽屜裡拿出來的清涼寫真集也毫無興趣。對毅來說，女人是坐在旁邊，散發香香的味道，伸手就可以摸到，摸了就會以聲音或態度回應，也伸手過來的生物。他完全不理解看著毫無反應的平面紙張，興奮喜悅的心情。對於老早就經驗過女人的毅來說，宿舍生們實在是既幼稚又滑稽。

毅的母親很愛乾淨。她與任由所有的一切亂糟糟的父親，在個性上完全無法相容。和母親一樣愛乾淨的毅完全不知道這件事地長大。

關於母親的記憶，他只留下了一點。前後的記憶脫落，只有中間那一段唐突地開始，唐突地結束。早上到了去幼稚園的時間，毅一如往常地吵著「我不要去」，號啕大哭，母親蹲下身來，看著他的眼睛說：「你不是要去看小白兔嗎？小白兔也說很想念小毅喔。」拿出鑲著纖細粉紅色刺繡的白色手帕，吸掉他泉湧的淚水後，把手帕塞進他的手裡。接著露出笑容，看著他的臉再問了一次：「要不要去？」母親離家許久之後，毅偶然在衣櫃抽屜深處發現那條手帕，揣進自己的口袋裡，片刻不離身。

另一段記憶是三更半夜。

應該在旁邊睡覺的母親啜泣著。房間裡只有毅和母親。當啜泣聲轉為壓抑不住的嗚咽，毅一下子怕了起來，鑽進母親的腋下，緊緊地抓住她的睡衣。母親把毅摟進懷裡。母親的胸脯底下傳來模糊的嗚咽聲。

還有另一段記憶，一樣是在沒有父親的房間裡。時間是黃昏，房間裡飄著奶油燉菜的香味。母親坐在暖桌旁，背對著毅寫著什麼。那背影就好像忘了身邊的毅。

母親離家的時候，沒有留下隻字片語給毅。也許是父親丟掉了。那天傍晚的信，是不是在匆匆寫給某個他不知道的人？那個人是不是父親和毅都不認識的男人？——後來毅這麼猜想。

五歲的毅不記得母親是怎麼離家的。父親說「你媽丟下你跑了」，毅覺得這是個粗暴的謊言，但從這天開始，母親確實再也沒有回來過。

用完晚飯後，毅對舍監說他有點感冒，不洗澡了，一回房便鑽進被窩。洗澡是以寢室為單位。同寢的三名室友去洗澡後，毅便離開被窩，取下柱子掛勾上的連帽防寒大衣、毛線帽和圍巾。錢包放進口袋，包袱巾斜斜地綁在大衣底下的身體上。錢包裡有在枝留教會賣農場奶油的營收，以及折起來的信封，這是母親最後一封來信的信封。裡面的信件以四張信箋提到她再次住進名古屋的醫院，無望再次走出醫院，為無法見到毅便結束這一生而道歉。信封上有醫院地址和病房號碼。

毅從抽屜裡取出日記，放到桌上。今天的日記最後，他寫了一封信給舍監。明天早上發現他不見時，舍監就會讀到內容吧。

他把兩條毛毯捲成圓筒狀，塞進蓋被底下。枕頭放上塞了報紙的黑色毛線帽，蓋上被子。即使同寢室友發現不對勁，應該也不會通知舍監。在農場學校，對於有人逃離，學生之間向來有個不成文規定：「不牽扯別人，不打小報告。」

從農場學校走上一個小時，應該就能抵達枝留車站了。他以前問過一惟，從車站走到教會要多久。他知道教會和車站相距不遠。他不是走幹道到國道的傳統路線，而是選擇了農場學校與車站之間經過小丘的新路。枝留的小學生在春季遠足時，就是走這條路到農場學校。由於高低起伏，走起來比較累，但毅對自己的腳力有信心。入夜以後，而且是冬季夜晚，別說會有人刻意徒步走這條路，應該也幾乎沒有人會開車經過。這幾天毅多次想像自己避人耳目地以最短距離走在前往車站的路上，甚至期待起前往車站的逃亡之行了。

毅在宿舍玄關碰上了舍監阿姨。

「咦，你要上哪去？你不是有點感冒嗎？」

「我好像忘記關掉攪拌機的電源了，我去看一下。」

「這樣啊，外頭風雪很大，小心點喔。」

「好。我關掉電源就回來。」

毅穿上長靴，用圍巾覆住口鼻，戴上手套和毛線帽，再罩上大衣帽子，打開宿舍玻璃門。如同電視的天氣預報，外面下著大雪。毅覺得雪正好掩去他的蹤跡。

快速增強的低氣壓正朝著北海道東部上空接近。毅覺得頭痛，但沒想到是低氣壓造成的。風很強，他把大衣拉鍊拉到最上面，蓋住嘴邊。他花了平常兩倍的時間才走到正門。雖然已經把時間估得很寬，但沒料到風雪居然這麼強。走出正門，踏上幹道時，大衣前半身和長靴已經整個變白了。

毅在幹道上往西走了一段路，沒有和任何卡車交會，在十字路口左轉，是通往小丘的新路。沒有車子經過的輪胎痕，只能以路肩標誌做引導。他不時用手電筒照射上方前進，但隨著風雪漸強，視野變得一片白茫，連兩公尺外的路肩標誌都看不見了。積雪已經高達膝下。路肩堆著除雪形成的幾乎與毅同高的雪牆。毅走在馬路正中央，一步一步踏著堆得老高的新雪前進。行走的速度愈來愈慢了，頭好痛。

毅試著想像溫暖的事物。和前輩一起去的調布車站前的小酒家的熱威士忌、炸豆腐。菜菜子做的德國煎馬鈴薯很好吃。菜菜子把毅當成小孩，卻用情漸深，總是設法和毅兩個人獨處，照顧他的一切。她原本應該扮演大他一輪的大姊姊，然而交情一深，便開始對他撒嬌，上過幾次賓館後，就吵著不想回去，要在賓館過夜。當時是星期六的三更半夜，隔天不用工作，也不用上學，而且父親也不在。毅直接和菜菜子住下來，迎接早上。

下星期碰面時，菜菜子右手背紮著繃帶，右眼旁邊一塊瘀青。兩人不等小酒家打烊，一起離開去了賓館。菜菜子異於往常，完全沒有笑，神情急迫，動作也很焦急。有些粗魯的動作平息下來後，兩人從中邪裡恢復過來似地望著天花板，這時菜菜子說：「我們得離開這個地方。」對於這只在電視劇裡聽過的台詞，毅不知如何反應。他沉默著。要一起生活嗎？菜菜子雖然沒有提到結婚，但毅還不到可以結婚的年齡。如果兩人離開這個地方，就要在哪裡一起生活嗎？到底要在哪裡、要怎麼過日子？

「今天先回去吧。不過小毅，你考慮一下喔。」

回家的路上，毅用睡眠不足又醉醺醺的腦袋想著和菜菜子的生活。他聽說父親和母親是在十八歲的時候結婚的。這表示滿十八歲就可以結婚了嗎？那時候菜菜子都已經三十了。她犯不著跟年紀差這麼多的男人結婚吧？菜菜子一定還有其他可以跟她結婚的男人。或許她就跟那個人住在一起。太陽穴的瘀青，還有手上的繃帶，是不是那個男人發現她和毅的關係，對她動手？忽地想到這裡，毅彷彿掉進冰窟一般，停下了踉蹌的腳步。

菜菜子總是散發著甜香。只是那股甜香靠近，毅的感情開關就自動開啟。他聽過香水的牌子，但一下子就忘了。有一次在做道路工程的時候，飄來那股香味，毅停下動鏟子的手，抬頭看路面，結果不是菜菜子。師傅笑罵：「發什麼花痴，小心受傷。」如果還和父親住在一起，他一定會立刻嗅到毅沾上的香水味，臭罵他一頓。父親已經不在了。毅已然成了自由之身。即使和菜菜子私下相處時想得很嚴重，但只要和她分開一陣子，又會輕鬆起來，覺得維持現狀就好了，或許菜菜子只是在逗弄不知世事的毅。他知道只要遠離散發甜香的菜菜子，一個人獨處，就能逐漸冷靜下來。

仰望一個人獨居的公寓，亮著燈的只有兩戶。除了毅住的那一戶以外的五戶，都在做些什麼？已經入睡了嗎？或是出門還沒有回家？

毅正要檢查信箱，忽然被人從身後架住，戴手套的手摀住了嘴巴。毅被仰向掀倒在地，拖到公寓後方的自行車停車場。腳步聲不只一人。腰骨重重地撞在混凝土高低差上，毅發出呻吟。「給我安靜！」壓低的聲音從天而降。瞬間毅以為可能是父親，但聲音銳利，充滿從未聽過的殺氣。相較之下，父親的聲音應該就像溫吞的老好人。聲音散發不容分說的迫力。

毅仰躺在地上，頭髮被人一把抓住，嘴巴用膠帶貼起來。像灼熱絲線般的東西飛快地一再往他的臉按上來。「好燙！」他想要叫，卻叫不出聲。睜開眼睛，看見模糊的閃光。耳朵也好燙。整張臉痛極了。男人們默默地放開毅，就這樣無聲無息地快步離開了。毅用獲得釋放的手摸臉，撕下膠帶。臉上一片黏糊。把手放到眼前一看，是黑的。毅大致悟出自己遇到了什麼事，當下一陣噁心，嘩啦啦吐了一地。他清楚體溫飛快地下降，身體深處湧出顫抖，開始瑟瑟抖動起來。毅用爬的爬到公寓信箱處，耳邊聽到一陣巨大的尖嘯，瞬間，他就像掉進漆黑的隧道似地昏迷過去。

風雪有增無減。毅都走了一個多小時，前往車站的路途卻甚至還不到一半。折返不在選項之中，也不知道能不能趕上車子。他只是告訴自己，只要走到車站，總有辦法可想。他知道風壓拖累了他的速度。雪花從前方撲來，射向後方的黑暗。掙扎著逆向前進的，就只有毅一個人。

風隨著意思吹，你聽見風的響聲，卻不曉得從哪裡來，往哪裡去——上星期農場學校的禮拜，一惟的父親工藤牧師讀了《新約聖經》的一節。據說這是耶穌說的話。「風是上帝現身的前兆。」工藤牧師解釋。「受風吹拂，是重生的證據。」工藤牧師停頓了一下，又接著說。「不需要懼怕風。風吹來的時候，就停下工作的手，閉上眼睛，想像過去的自己，和往後的自己。人生路上，有時會受到巨大的事物所驅動，開啟新的道路。它會在沒有人能解釋的時機降臨。因此不要認定每天都是一成不變的，要去感受、聆聽新的風。」

一片片激烈的雪花彷彿正試圖把毅給撬開來。他無法睜眼。揍倒父親時、被不明人士亂刀割臉時、和菜菜子獨處時，都沒有這樣的風。那個時候，上帝一定沒有照看著他。但現在祂施展如此強大的風雪，照看著自己。毅生平第一次感覺到上帝就在身邊。

在這片駭人的風雪之中，毅漸漸地分不清自己是在行走，或只是原地踏步了。他感覺上帝從上空照看著他，湧出一股想要笑的衝動。他再也無所畏懼了，也不害怕讓母親看到這張傷痕累累的臉。母親已經有了很快就要死在醫院的覺悟，這樣一個人不可能害怕兒子臉上的疤。而且現在自己的臉整個被白雪所覆蓋，根本看不見半點疤痕吧。毅發出嗆咳般的聲音大笑，但很快就真的嗆住，淚水奪眶而出。連淚水剛流出來就凍結成冰，毅都麻木無感了。指頭、腳尖和臉都失去了感覺。低於零下二十度的氣溫與強風，嚴重地拉低了體感溫度。

即將抵達小丘山頂前，毅慢慢地往前栽倒。倒地的聲音被風雪吹散，被積雪吸收。倒地時毅已經失去意識了。風雪立刻蜂擁而上，將早已變得全白的身體遮蓋成雪地上隱約的隆起。風雪撫過其上，很快地，就連那一小塊隆起都被勻成了平面。

小丘另一頭射來光束。宛如小點的光，舔舐般照亮平坦的雪面，逐漸靠近躺在積雪下的毅。白色的光點有兩道，上面有金屬性的黃光激烈地旋轉著。除雪車一面爬上丘頂，一面將對向車道的積雪高高地噴起。除雪車維持著穩定的速度，經過完全被雪吞沒不見的毅的身旁。

農場學校的舍監阿姨發現石川毅沒有從工廠回來，打內線電話通知校長，原本要分頭尋找校舍建築物，卻受到暴風雪所阻撓。舍監阿姨回想起毅出門時的表情，直覺簡短地告訴她，人已經不在學校了，她飛快地趕往毅的寢室。一掀開被子，狀況便明朗了。校長向枝留警察局報案失蹤，請求協尋。

毅原本要搭乘的夜班列車由於直到剛才的大雪而停駛，在枝留站停下，但犁式除雪車進行除雪作業，並進行定點檢查後，晚一個小時便發車繼續前往札幌。大半乘客都已經睡了，沉浸在與外界無緣的溫暖夢鄉裡。

枝留教會在傍晚舉行了鋼琴發表會。教會特別訂製的鐵鑄大煤炭爐從早燒個不停——留意火勢，添加煤炭，是一惟的工作——因此禮拜堂每個角落都充斥著溫暖的空氣，連等待上場的學生都沒有必要特別再暖手。被烘暖的木地板、木柱和木長椅散發出年歲悠久的原木微帶煙味的芳香。在禮拜堂隨意落坐的親朋好友們被這片暖洋洋的空氣催得昏昏欲睡，為了避免讓演奏者失望，必須想方設法保持清醒，像是捏手背、用力睜大眼皮，或是偶爾走出禮拜堂，將身上纏繞的暖氣一掃而空後再回座。但是在今天這樣寒氣格外逼人的日子裡，爐裡的火只要稍微弱一些，冷氣便會立刻從地板下或窗縫眼裡鑽進來吧。

步是倒數第四個登台表演，因此暫時可以坐在窗邊座位當聽眾，她有些心不在焉地聽著鋼琴曲，看著演奏者的手指動作，或是觀望撲打窗戶的激烈風雪。

從西伯利亞往東移動的強烈冷氣團吞噬了枝留。中午的新聞說可能會帶來破紀錄的雪量。父親開車送她到教會。小學的時候，父親和母親都一定會參加她的鋼琴發表會。上國中以後，步停止彈琴，上高中以後又再次練琴，但這第一場發表會，父母都沒有來參加。

對於步所投入的興趣，兩人看起來都保持距離不加干涉。但父親雖然對弟弟始占用音響絲毫不掩飾不愉快，但如果聽到步在音響所在的起居間彈鋼琴，就會暫時停下小屋的工作，聆聽琴聲。他不會說感想。但今早步要帶吉洛去散步時，父親幾乎是搶下牽繩，說「妳今天有鋼琴發表會，我來遛」，就這樣走向河邊了。母親更瘋狂，說吉洛喜歡步的琴聲。「吉洛會聽妳彈鋼琴喔。牠會坐得端端正正的，耳朵豎得高高的。如果傍晚聽到妳彈鋼琴，那天就會吃得特別多。」步一笑置之，但母親一本正經：「我是說真的。伊予和艾斯都對琴聲沒興趣，只有吉洛反應不一樣。」

從母親那裡聽說鋼琴要二十萬圓時，雖然不明白那對家裡來說是多大的一筆錢，但步以為當然不可能買給她。每次談到東西的價錢，父親總是條件反射式地說：「太貴了。」他連牛奶糖和巧克力的價錢都要問，因此小孩子也很清楚到父親是個節儉的人。然而不知不覺間，竟決定要去北見的鋼琴行看鋼琴，試彈了幾台後，步說「我喜歡這台的聲音」，父親就買了那台山葉的立式鋼琴給她。這是步小學二年級的事。

步每星期上一天鋼琴課。在東京的音樂大學攻讀鋼琴的森百合子老師教學認真，不苟言笑，也從不廢話，只是全心全意教鋼琴。她甚至不會因為學生上了很久的課，就漸漸和學生打成一片。針對步左手的弱點挑選練習曲後，每回上課她都會第一個叫步彈這首練習曲。步自己彈奏、聆聽彈出來的琴聲，開始能分辨今天自己彈得好不好了。她在家裡也彈同一首練習曲。上國中以後，她就不再彈琴了。雖然也不是無論如何都不想學了，但上著森老師的課，她覺得除非自己像裁縫車一樣，以固定的速度車出固定的針腳，否則就沒有價值，這樣的拘束讓她疏遠了鋼琴。

上了高中，和一惟交往後，她開始集中意識聆聽一惟彈奏的管風琴聲。一惟腦中和心中的音樂，透過一惟的手臂手腕和指頭的動作重現出來。一惟彈奏的管風琴聲，聽起來就像一惟這個人的聲音。即使是同一架管風琴，換個人彈，彈奏出來的聲音也不同。雖然是天經地義的事，卻讓步覺得是值得驚奇的發現。一惟彈奏的音樂，連繫著步尚未得知的一惟的心中某處。它以純潔無垢的狀態化成音樂顯現在表面。步覺得就像一惟的素描，線條纖細澄澈。

漸漸地，步又想彈琴了。她想要活動一下在自己的體內沉眠了三年以上都沒有動過的事物。她再次去森老師那裡，每個星期天下午上鋼琴課。森老師老了一點，但上課方式還有與學生的距離都和以前一樣。頭一個月，步的指頭幾乎是不聽使喚。

小六的時候，最後練習的是莫札特的A大調第十一號鋼琴奏鳴曲。森老師還記得這件事。練習從同一首第十一號開始。途中加入舒伯特的即興曲Op. 90 No. 2一起練習。兩首都不是適合以教會管風琴彈奏的曲子。第一次彈給一惟聽時，他問：「妳不彈巴哈嗎？」步說：「巴哈聽你彈的就好了。」

發表會順利進行，輪到步上場了。彈完莫札特的鋼琴奏鳴曲，接著進入舒伯特的即興曲時，教會外頭已經演變成連生長在枝留的步都沒看過的凶猛暴風雪了。漆黑的天空激烈地噴射出看不見的雪，只有教會窗戶透出燈光的部分映照出雪的身影。一惟靜靜地聽著步的演奏。與自己彈奏的琴聲大相逕庭。旋律就像這片風雪，綿綿無盡。彈完以後，步的雙手在鍵盤上停留了一會兒，一惟在鼓掌之前，先仰望了戶外鋪天蓋地的暴風雪。他興起一陣不安，覺得可能會被封閉在教會裡。如果這樣的話，步也會一直留在教會裡。一惟心想要是這樣就好了，不安轉成了期待。

風雪彷彿在等待發表會結束一樣，跟著停歇了。並排在教會外的家用轎車與計程車一輛接著一輛載上學生，不知不覺間，夜空已冒出點點星辰。一惟生澀地向來接步的父親打招呼，目送她回去。

兩天後，石川毅的遺體被警方找到了。葬禮在農場學校的教會舉行。工藤牧師為他祈禱，一惟彈奏管風琴。葬禮結束，從火葬場回來的舍監阿姨把白色的骨灰罈放在她們房間的矮櫃上。飛機停飛，九州的叔叔來不及參加葬禮，隔天才來到農場學校。

石川毅留下的私人物品裡面，舍監阿姨把學校發的東西以外全部收進一個紙箱裡。毅最後做好的給教會的農場奶油，她用兩層報紙連盒子包起來，放進保麗龍箱裡。最後她把毅桌上的日記拿回房間。日記除了這本以外，還有另外五本，幾乎天天都寫。舍監阿姨只讀了最後兩頁。

一月三十日（日）

晴。禮拜。工藤牧師。風吹，重生。攪拌器消毒。刷地，打掃。一惟，教會的畫。廣播。舒曼。童年即景。晚飯：漢堡排、蔬菜沙拉、馬鈴薯泥、蜜柑。媽來信。醫院。307室。

一月三十一日（一）

晴。午後陰。傍晚下雪。奶油略偏黃。目標數達成。國語，數學，小考不及格。漢字作業。晚飯：咖哩飯、烤蘋果。

二月一日（二）

上午下雪，下午陰天。奶油偏黃。目標數達成＋4。天正少年使節團[註十三]。英語，疑問句。數學，質因數分解。衣服破洞，鈕釦鬆掉，喜美子阿姨教我補。晚飯：關東煮、蜜柑。廣播，耳機。東京調布失火。單口相聲。

二月二日（三）

晴。早上零下二十二度。奶油偏黃。目標數達成＋1。英語，疑問句，過去式。數學，質因數分解。瀧澤宿舍長感冒。關於求職。

二月三日（四）

陰。零下十八度。奶油偏黃。目標數未達成。攪拌機異音。設備機械部谷口老師。調整，修理。上課，狀況差。打瞌睡。晚飯：高麗菜捲。廣播，累。

二月五日（五）

陰，下雪。零下二十度。頭痛，腦新錠。晚飯：奶油燉菜、烤蘋果。再見。

瀧澤公二郎先生、喜美子女士

謝謝您們長久以來的照顧。我不會忘記在農場學校學到的事。每天的飯菜都很好吃。對不起，我把農場奶油在枝留教會的營收帶走了。我要搭火車，坐青函連絡船，住旅館，所以先借用了，對不起。以後我一定會還。請原諒我。我一定會再回來向您們道歉。請大家多保重。酪農部的奶油負責人，我覺得田中浩一同學很適合。可能只有我這麼想。田中同學數學不好，可是做事認真，愛乾淨。回來以後，請再讓我做奶油。再見。

石川毅

註十三：天正少年使節團：天正十年（一五八二），九州信仰基督教的大名（地方諸侯）派遣前往歐洲謁見羅馬教皇的四名青年。

7

步考上札幌的大學，放暑假以後也沒有立刻回家，一直等到御盆節才總算回到枝留。即使是對流行一竅不通的始，也看得出姊姊的穿著打扮與過往截然不同，變得脫俗華麗。對父母和對他的態度並沒有特別的改變，但沒有改變這件事，反而在姊姊周圍罩上了一層看不見的薄膜，好似在遮掩什麼。

從步小的時候開始，父母對她就不怎麼干涉，因此不會用語言去試探她什麼。但始還是感覺得到，父母靜靜地伸出細長的天線，正張大了耳朵細聽。姊姊剛回家的一段時間，始都覺得好像坐在**搖晃不穩**的椅子上似的，怪不自在的。

距今約一年前，暑假即將結束的時候，步拿了要繳回學校的出路意願調查表給登代子看，路過似地輕描淡寫說：「不只是札幌，我也要報考京都的大學。」登代子滿臉的吃驚，好勉強才擠出一句：「咦，這樣嗎？」一時不知該如何解讀的登代子，在真二郎就坐在旁邊的晚飯餐桌上也沒有提起這個話題。

始帶吉洛去遛狗後，步仍坐在餐桌上，打開報紙默默讀報，看起來也像是在等人開口、是在表示「如果要和爸一起談，隨時歡迎」，但登代子催促：「怎麼不去洗澡？」於是步慢條斯理地折起報紙，離開餐桌，走去浴室。聽到門裡傳來流水聲後，登代子才把這件事告訴真二郎。

始帶吉洛經過比步平常遛狗更遠的路線，走到枝留教會再過去的河邊公園，想要放吉洛盡情奔跑。吉洛不怎麼起勁的樣子，甚至不願意進公園，拉扯牽繩，朝自家方向走去，一副想要快點回家的態度。平常回家以後，吉洛總是會仰望著始，露出頗為滿足的表情，但這天牠卻甚至沒有回頭看始，在狗屋旁邊轉來轉去，坐立不安。

始心想或許狗也會有心情不好的日子，催促吉洛進狗屋，吉洛立刻喝起水來。原來是口渴嗎？喝完水後，吉洛抖抖全身，豎起耳朵，露出探索般的表情。即使喝完水，吉洛依然沒有冷靜下來。

始拿出水碗，換了新的水，放進狗屋裡。吉洛在狗屋的固定位置橫躺下來，身體貼在地板上，伸出前腳。好不容易調整好姿勢，輕嘆了一口氣。鎖上狗屋時，背後傳來真二郎不高興的聲音。起居間的窗戶開了一半。

「要去東京，還是要去京都都無所謂，可是她是要去念什麼？她不是要進理學院嗎？」

儘管嘴上說著無所謂，真二郎的語氣卻是陰沉的。真二郎的專業是電機工程，對於步想要讀理學院，內心其實很開心。即使明白工學和理學相差甚遠，但長女志願進入和自己一樣的理科就讀，似乎讓他覺得兩人就像處在同心的大圓裡頭。這樣不就夠了嗎？真二郎對於這之前的過程都很滿意。

如果考上志願的札幌的國立大學理學院，就可以每個週末都回家。但如果去了京都，就只有暑假和過年的長假才有辦法回來吧。步還不到二十歲，有辦法在空氣、水、氣候、食物、身邊的人的氣質都與北海道天差地遠的城市，一個人過下去嗎？一聽到登代子的話，真二郎馬上就不高興了。

就好像對三姊妹綿綿無盡期的擔憂上，現在又要加上對步的擔憂。就彷彿真二郎在這個世上的存在價值，與他所揹負的擔憂分量呈正比。

真二郎很像乘風行駛的帆船上白色的桅杆。不是郵輪也不是小船，而是和大型遊艇差不多大小的帆船上，坐著各別看著不同方向的家人和姊妹們。如果真二郎是桅杆，那麼上面的帆就是三姊妹和妻子、女兒和兒子，張開雙手雙腳，拼布似地縫成一大片。每個人所承受的風力，讓帆布的張力隨之不同。但真二郎這根桅杆卻不喜歡帆被強風吹飽，轉換成動力的感覺。風愈強，桅杆愈是撓彎、發出嘰呀聲響。壓力會變大。沒有人掌舵，也茫無去向，只能任風吹拂的帆船桅杆，一旦遇到強風，就會想要立刻把帆放下來，彷彿在說「現在先不要動」。但船上沒有引擎，如果風停了，船便只能停下來漂流。已經頗有年紀的老船不願意揚帆，在波浪間漂蕩，漸漸被捲入漆黑深邃的潮流裡。

船員並非把真二郎當成船長依靠。真二郎根本也不是什麼船長。他只不過是單獨一根半點用處都沒有的桅杆。除了真二郎以外，男人就只有讀國中的始一個人，其他的全是女人。而且始關在靠近船底無窗的船艙裡，甚至不願意走出甲板聞聞海的味道。始完全看不出將來會變成怎樣的大人，也無法依靠。無論如何，他不能把這艘船交給始——雖然不打算告訴本人，但真二郎已經開始有這樣的念頭了。

步有一顆理科的腦袋，完全不怕數學或物理。真二郎認為這一定是他的遺傳。這時的步還沒有想過這與父親有任何關聯，她只是受到沒有詮釋或想像餘地、以最短距離解開早已準備好答案的問題的樂趣所吸引。掛在曬衣竿上的衣物在陽光與風中徹底乾燥，趁著日頭高掛的時候收進來，一件件對齊折好，平平整整地收進抽屜裡。就有點像步並不討厭的這類家事。

雖然和真二郎同樣都是理科，但步想進的不是工學院，而是理學院。而且她想讀的只有生物系。走進田野，觀察並研究感覺無法用最短距離解開謎團的生物生態——步對生物系還只有這樣的印象而已，但認為再也沒有比目不轉睛地觀察生物更適合自己的學問了。在美術課素描吉洛的時候，她甚至覺得即使這樣的時光永遠持續下去也沒關係。觀察毛流、耳朵形狀、腳部肌肉、鼻樑，一點一點地疊上一條條細線，讓吉洛的身影浮現在紙上，這讓她全神貫注到不可思議的地步。

她想觀察的是自己生長的北海道東部的生物。在大雪山的岩地空隙築巢，即使在隆冬也不冬眠的蝦夷鳴兔。棲息在同一個地區，體型一樣小巧，一年當中卻有超過一半都在冬眠的蝦夷縞栗鼠。有些生物選擇冬眠，有些生物卻選擇不冬眠，其中的差異究竟在哪裡？

如果已經有答案了，她想要知道。如果盡頭處有著尚未找到答案的疑問，她想要解開。

蹲在吹拂岩地的強風中，目不轉睛地盯著體型遠比貓狗更小的生物——想像這樣的自己時，想像中的步總是只有一個人。如果對象是小生物，她希望身邊沒有其他人，一對一地面對牠們。步覺得法布爾、西頓[註十四]和比安基，一定也是一個人蹲著，獨自靜靜地守候。

註十四：西頓（Ernest Thompson Seton，一八六〇—一九四六），英國出身的博物學家、作家及畫家。在日本以《西頓動物記》膾炙人口，收錄西頓根據自身見聞而創作的五十五篇動物故事。

應該還有太多甚至沒有成為解謎對象，也未受人注意，從太古延續至今的生態和現象、功能與結構吧——光是想到這裡，步的內心深處便有什麼亮了起來，微弱的電流竄過心肌，使心跳加速、加重。她感覺到細胞變得充實喜悅。

她也喜歡看理科教室的基因雙重螺旋結構模型。自己悄悄地被刻印下來，準備誕生在世上的時候，華生與克里克似乎發表了雙重螺旋說，雖說是巧合，但這讓步有了特別的親近感。生命成形的過程中，像這樣預備好生命傳承的設計圖，一次又一次交棒下去，這是多麼單純而美麗的構造啊！第一次得知雙重螺旋的結構與功能時，她覺得很不可思議：這麼美麗的構造，到底是誰•如何讓它成真的？

比起其他人，始的基因樣貌與排列應該和姊姊步相似太多，卻對數學、物理、化學等理科方面極不拿手。小四的時候，真二郎教始解算數題，早早便在內心斷定這孩子一定是遺傳到母親。登代子會的只有珠算，完全沒有數學細胞。每當要始解一題，真二郎就在內心嘆息，仰頭望天。為什麼姊姊能兩三下輕鬆解開，弟弟卻宛如面對一堵高牆，只能閉上眼睛，束手無策呢？

始全憑直覺看待事物，疏於根據和分析。他認定自己就是不擅長數字，也不肯去克服。即使勉強理解了基礎，一進入應用，就變得一臉傻愣。如果從一開始就認定做不到，原本解得開的問題也會解不開。不試試看不知道做不做得到，他卻滿不在乎地劈頭就說不會，真二郎總是覺得他那種態度簡直近乎傲慢。

明明數學不好——不，就是因為數學不好嗎？始會不顧後果，衝動地購物，這一點也很像登代子。

把每個月兩千圓的零用錢全部拿去買唱片，應該也和登代子「想要買這個、想要修那個」是同樣一回事。

住在隔壁的真二郎的三姊妹，不管是音響、彩色電視機還是有脫水槽的洗衣機，都比自家更先購置，而且還把老舊的廚房整個翻新成最新樣式。真二郎儘管知道這些，在登代子面前卻表現出完全沒發現的樣子。對於妹妹智世抓住登代子，露骨地炫耀「我們家買了新的洗衣機，新機種真的很棒」，也裝作視若無睹、聽而不聞。登代子覺得真二郎這樣的態度罪不可赦，動不動就吵著要換新家電，雖然晚了三年或五年，最後總是買了，卻留下了被吊足胃口的感情疙瘩，因此購物的齟齬源源不絕，也未能消解。

除了室內傳來的真二郎和登代子的聲音以外，就只有四下操之過急的蟲鳴聲與蛙啼聲。

「我沒問她要讀什麼。」

「怎麼不問清楚？」

始進屋去廚房洗手，姊姊從浴室出來了。那張臉是早有預期接下來將會發生什麼事的表情。真二郎已經交抱起手臂，嚴陣以待。

「妳過來一下。」

正在擦頭髮的步停下動作，說「我先吹頭髮」，折回盥洗室了。吹風機吵鬧的聲音。始默默上去二樓自己的房間，沒有關門，坐在門口前。吹風機的聲音停了，很快地傳來步走進起居室的聲音。始張大耳朵接收樓下的動靜。

真二郎的聲音很模糊，幾乎聽不見，但聽到他說「大學」、「關西」。步的聲音很清亮，幾乎可以完整地聽見。

——符合條件的理學院不是每一所大學都有……如果沒考上國立，札幌就沒有其他學校可以念了……我不想念東京的大學……如果生活費和學費不夠，我可以打工，不用擔心——對父親的反駁，口氣並不激烈，而是淡漠且條理分明。但她沒有解釋為什麼是京都。真二郎的聲音愈來愈低沉，愈來愈聽不清楚。

始心想自己實在沒辦法像姊姊那樣反駁，聽著步走上陰暗樓梯的從容腳步聲。步離開起居室，踩著比平常更快的腳步輕巧地上樓，始慌張地從開著的門後退，躺到床上閉上眼睛。傳來步關上隔壁房門的聲響。

在黑暗的房間床上閉上眼睛，嘓嘓蛙聲同時從窗外的夜空一擁而入。步的房間很安靜，半點聲響也沒有。始閉著眼睛，默默地思考。

始不知道步選擇的京都的大學有神學系。但始隱約懷疑，姊姊可能因為和枝留教會的一惟愈來愈親密，而想要和他上同一所大學。也好幾次看見步坐在工藤一惟的機車後座。步都在河川前面下車走回家，所以父母或許都沒有發現這件事。父母這種生物——始忍不住想——完全不瞭解孩子在想什麼。他們以為小孩永遠都是小孩。

不用說步了，就連國二的始都沒有父母想的那麼幼稚。

神學系的學生裡面沒有特別古怪的人。與一惟要好的五個同學，除了一個人以外，都以某些形式與教會或教團有關。包括一惟在內，有三個人的家裡父親是牧師。如果只看上課的樣子，應該很難猜出是哪個系的學生。

待在系所裡，可以不必特別意識到自己神學系學生的身分。但其他系的學生一發現眼前的學生是神學系的，都會露出驚奇的表情。沒有特別反應的反而是極少數。但幾乎所有的情況，都不會更進一步問東問西。

只要是某程度瞭解大學沿革的學生，或許會認為神學系的學生揹負著創校以來的傳統。當然也有完全相反的情況。有個牛仔褲配T恤的學生突然走進教室裡，一邊分發油印的藍色傳單，頻頻撩起一頭長髮，連珠炮似地展開簡短的演說——這年頭居然還信基督教，我實在很想對你們的純真付出敬意，但這等同是雙眼遭到蒙蔽，不願睜開眼睛，拋棄沉睡的知性，停滯不前。如果就這樣對自我毫無批判，只是唯唯諾諾地活著，活在對上帝的祈禱中，就等於是在助長資本主義，也就是美帝主義。你們這樣就好了嗎？當然不好！就連泡麵，過了三分鐘就得快吃，要是拖拖拉拉，只是祈禱個沒完，世界就會整個泡爛，根本難以下嚥了——安分地靜觀其變的神學系學生當中，有幾個人聽到這裡咯咯笑起來——不，這可不是什麼好笑的事。狀況已經來到風雨飄搖的階段了。你們要現在立刻拋棄信仰，加入我們的鬥爭行動。三分鐘已經過去了。我們就在學生會館的B之5，隨時歡迎你們來訪——學生就像新幹線認真的清掃員，或輪到登場的演員，迅速地從舞台側邊退場，前往下一間教室。

一惟目送著那名學生的背影，覺得那名學生自己應該幾乎不相信這番演說有何效果，疑惑那他為何要這麼做。說起來，耶穌也是個激進分子，祂留下來的話也帶有煽動的味道。但耶穌有，剛才的學生所沒有的是什麼？顯而易見，那就是祈禱。沒有了祈禱，還有辦法改變事物嗎？即使過了三分鐘，如果放棄祈禱，豈不是一切都完了嗎？但是令一惟感到不可思議的是，說到「你們要現在立刻拋棄信仰」時，學生的抑揚頓挫似乎透露出他不知道是哪裡的故鄉景色和父母的口音，這一段讓一惟莫名地中意。好一陣子之間，每次偶爾想起這句話，一惟就會兀自笑起來。

神學系的學生裡，有個同學雖然對學生運動冷漠，但不只是馬克思的資本論，各種哲學書和人文書無所不讀，他主張為了尋回原本的人性，應該也有神學系學生能夠進行的鬥爭。這名學生批判每一名教授的授課內容都搔不著癢處，甚至不惜與提倡馬克思主義的學生辯論，他幾乎不會出現在教室，而是在圖書館和校內某處的同志據點間來來去去。

大體上，一惟覺得大學是個無聊的地方。以關西為中心，來自全國各地的學生那種難以說明的各地方的氣質，起先雖然讓他覺得稀罕，但後來便覺得那與得知過年吃的年糕湯東西各地不同的驚訝沒有什麼不同。對於直到小學低年級都住在東京，接下來在北方偏遠地區長大的他來說，幾乎沒什麼值得驚奇的差異。若要說有什麼不同，那並非土地的不同，而是成長環境的不同。

小孩子在無能為力的時期被父母所灌輸的事物。不管再怎麼偏頗，要從那樣的籠子——不，牢籠——自力逃脫，需要莫大的意志力和信念。而且一逃離籠子，就失去了活下去的指標，有時也會因此吃上大虧。不管待遇有多糟糕，一旦離開那裡，便頓失安穩，也可能會迷失上下左右。耶穌會明確地宣布祂要離開家人與故鄉，是因為祂認為在信仰這條路上，血緣造成的阻礙實在太大——這樣的解釋或許不符合父親的看法。一惟這麼想，將這個解讀留在腦中，沒有告訴過父親。

當交往漸深，對方把擋在身前的招牌挪到一旁，展現出軟弱的部分時，才能驚鴻一瞥地看見些許成長環境的不同。就和狗突然躺下來露出柔軟的肚子一樣。在過去，對工藤一惟來說，這樣的對象就只有添島步和石川毅，而石川毅突然地離開了這個世界。當時一惟正決定要暫時遠離教會，卻發生了這件彷彿地基崩塌的憾事。石川毅的罹難，挾帶著鋪天蓋地的力量席捲了一惟，卸除並扭轉了他緊捏在手心、決定不進神學系的決心。一惟沒有對父親做出任何說明，報考了東京以外，三所有神學系的大學，進了他的第一志願。

步並沒有離開一惟。步考上了和一惟同一所大學，但原以為不可能輕易考上的札幌的國立大學也錄取了，她決定進入那所國立大學。步主動說要和一惟讀同一所大學，最後卻背棄了這項提議。

一惟想過，如果每天都碰面，兩人會變得如何？讀著每星期一或二一定會寄達的步的來信，一惟再清楚不過地體認到，想像假設性問題既沒有意義，也毫不真實。薄薄的乳白色信箋上端正的藍色鋼筆字比起喜悅，更為一惟帶來痛苦。

一惟不知道信裡面要寫些什麼才好。他在大學合作社買了美術紙，用4B鉛筆畫了大學校內的桂花樹、後來每天彈奏的立式鋼琴琴鍵和踏板。他附上簡短的文字，說明這些對他有何意義，寄到步在札幌的租屋處。步每次都會在信的開頭寫下對畫的感想。

立式鋼琴位在成立約十年的音樂評論研究會裡，這裡成了一惟在校內新的人際關係場域。他並非想要學習音樂評論，而是偶然在發給新生的傳單上，看到鋼琴的照片上跳出一個台詞框，寫著「可以彈到貝森朵夫鋼琴」。別說彈奏了，連貝森朵夫鋼琴長什麼樣子都沒看過的一惟，按著傳單上的簡圖，拜訪社辦。

約四坪大的社辦裡，擺著木紋古老的平台鋼琴。聽說成為調律師的畢業學長姊每半年會特地過來為鋼琴調音一次。一惟被在場的社員慫恿，在毫無心理準備的狀況下彈琴。每次練習都令他厭倦的創意曲自然而然地浮現，手指放上鍵盤，一惟不客氣也不扭捏地盡情彈奏。鍵盤的觸感有種獨特的圓潤，琴聲沉穩，音色讓人想要永遠聽下去。一惟自己彈著，耳朵被琴聲本身給深深吸引了。

沐浴在並非純粹禮貌性的掌聲中，也因為害羞得不敢回頭，一惟坐在鋼琴椅上，對著琴鍵點了一下頭。

「彈得真好。」

有個兀自笑得特別醒目、看起來人很隨和的男生說，問他喜歡哪個評論家，並對沉默的一惟舉出幾個名字。一惟連半個都沒聽說過。他全身上下找不出任何寫評論的欲望。他坦白地說出他對評論沒興趣，只是對鋼琴好奇，過來看看而已，據說是會長的戴黑框眼鏡成熟學生一臉嚴肅地說：「你在這裡做什麼都行，想來的時候就來彈琴吧。不不不，你不用寫任何東西。彈琴就是不折不扣的評論。你什麼系的？」

「神學系。」

「原來如此。那你也會彈管風琴？」

「對。」

「那太好了，下次可以彈給我聽嗎？我跟禮拜堂的牧師先生很熟。」

搬到京都以後，一惟正意外於無法在日常生活中彈奏管風琴，竟是如此地匱乏空虛，沒想到立刻就得到了近乎偶然的機會，有一架貝森朵夫出現在他的面前。一惟從社辦回家的路上，去了大學校內的禮拜堂。他在無人的長椅坐了一會兒，交握雙手閉上眼睛。他低著頭，口中小聲感謝有機會進入這所大學，瞬間忽然覺得四下充斥著他在農場學校森林裡的禮拜堂多次感覺到的氣息。一惟抬起頭來。禮拜堂依舊一片寂靜，管風琴的管子在幽光照射下，默默地承接著一惟的目光。

以步在札幌租屋上大學為界，真二郎家與三姊妹家之間微妙的平衡出現了些許波動。顯而易見的是，三姊妹的長女一枝與三女智世比以前更頻繁地跑到真二郎家串門子了。應該也不是一枝和智世不喜歡步。步從來沒有和三姊妹起過衝突，姑姑們也從步小時候就很疼她。她們都認同步成績優秀，深得老師信賴，是真二郎引以為傲的長女，而且步考上國立大學的理學院時，三姊妹也聯名包了一大包紅包，金額連真二郎都嚇了一大跳。

如果過高的金額有什麼其他的用心，那麼比起一枝，智世應該更有動機。智世一如往例，將紅包塞給步的時候，以她歌唱般的清亮語調，一瀉千里地說：「小步為我們添島家爭光，考上那麼難考的國立大學，證明了妳的聰明才智，姑姑們實在是與有榮焉。姑姑們沒有什麼可以幫妳的，只希望這點心意能對妳在札幌的生活有點幫助，這樣姑姑們就覺得很開心了。」

但與此同時，也不能說完全沒有想要藉由這個大紅包，在面對登代子和步時占據心理優勢的企圖。一直以來，姑姑們給兩個孩子的過年紅包和禮金，總是多過真二郎和登代子給他們的，就和這是一樣的道理。搶先真二郎購入彩色電視機和音響，也與此類似。

始一看見姑姑們，就會立刻跑到二樓房間躲起來，不肯下去一樓。登代子看見一枝，只會端茶出來，接下來便去整理廚房打掃浴室，不會加入談話。但如果來的是智世，端茶之後，登代子便會一起坐下來，不光是不放過智世的每一句話、任何一個反應，還會簡短地補充真二郎話中不足之處，在緊張之中，仍設法維護一家主婦的地位。

即使在登代子面前，一枝也照樣叫真二郎「阿真」，把他當小弟看待。智世平常都叫上門作客的真二郎「哥」，當著他的面滿不在乎地說些尖酸刻薄的話，或把他當成發牢騷的對象。不過這僅限於真二郎拜訪姊妹家的情況。在登代子也在場的真二郎家，智世從來不會說些貶低真二郎的話。她會低聲下氣：「我來找哥商量事情」，或擺出擔憂的態度：「哥實在太忙了」，甚至會以那清亮的嗓音，悅耳地說些在三姊妹家從來不會聽到的順從言詞：「只要是哥決定的事，我當然沒有意見。」她並非口是心非，只是話語自然而然地脫口而出，自己陶醉其中，受其左右。即使說了言不由衷的話，也會像中了自我暗示一樣，話一出口就覺得那是自己的肺腑之言。登代子在場時，智世可以把真二郎當成能幹的哥哥，想要說些尊重抬高的話，如此罷了。這與她平日輕慢的態度之間落差懸殊，本人卻絲毫沒有自覺。

不管在哪一邊的家，智世都對真二郎很任性，一枝則不會依賴任何人。真二郎找她商量事情的時候，即使她已有想法，也會按捺想要提點的欲望，避免武斷地說：「唔，怎麼做才好呢？這事真不好辦呢。」

從教會回家的路上，步和一枝一道回去時，一枝有時會聊起真二郎。大多時候，都是一枝語調輕鬆地說她這個弟弟有些不夠可靠。「阿真從小鼻子就不好，每到冬天，從早到晚都在擤鼻子，書桌上就像開滿了白花一樣。」一枝好笑地重提已經說過好幾回的往事，步就像第一次聽到一樣地笑。

一枝說，戰爭時期，真二郎坐火車到傳聞即將遭到空襲的札幌，把放在銀行保險箱的貴重物品領出來，用包袱包了帶回枝留。當時沒有人清楚究竟是怎麼回事，只知道那是真二郎的父親真藏在札幌開始做副業的時期攢下的財物。那也是爺爺在札幌包養女人的時期——後來步從母親那裡聽到這段經緯。

保險箱長年來沒有人動過，但聽到空襲將近，真藏害怕那些東西會連同銀行一起化成灰燼。當時真藏嚴重腰痛無法起身，便隱瞞重要的細節，只把委任狀和印鑑證明書交給長男真二郎，要他去把東西領回來。雖然不清楚理由，但似乎是想要在妻子阿米知情以前把事情辦妥。真二郎有了不好的預感。先不說運回財物的事，帶回來的東西，要保管在枝留的家的哪裡？真藏什麼也沒說，但真二郎很擔心這一點。

真二郎順利領出東西，在火車上搖搖晃晃，不知不覺間打起瞌睡來了。驚醒的時候，放在腿上的包袱整個消失無蹤。真二郎氣急敗壞，跳起來抓住車掌說明狀況，讓火車在下一個停靠站旭川前一站緊急停車。警察上了火車，翻遍了整班列車，卻完全找不到包袱的蹤影，也沒有目擊者，真二郎臉色蒼白地回家了。

一枝說，包袱裝了財物，頗為沉重，如果有人伸手拎走，一般應該會驚醒才對。「那麼細心的人，居然說他沒發現？」一枝哈哈笑起來。「旁邊都坐滿了乘客，怎麼會沒有半個人看見？一定是他們串通起來，聯手偷了我的包袱——阿真這話說了好幾年，但和登代子結婚以後，就絕口不提了。」

一枝認為，就是因為這件事，讓真二郎的吝嗇個性變得根深柢固了。

步去札幌讀大學，一枝與智世頻繁地到家裡來串門子後，始越發關在二樓房間不露面，比以前更加孤僻，選擇一個人獨處。如果出門，就是去唱片行或二手書店，也極力避免碰到朋友。始開始害怕看著對方的眼睛說話。為什麼非得盯著人的兩隻眼睛說話不可？看人與被看，本身就讓始感到痛苦。他覺得眼睛這兩個窟窿，直接曝露了隱藏在內在的思緒。他人會透過這兩個窟窿窺伺自己。而自己的眼睛不僅僅是窟窿，還是讓對方緊張、神祕可疑的某種東西。始垂視的角度愈來愈深。

暑假御盆節時期回家的步，看到始那副模樣，憂心忡忡，但登代子說「現在正在那種尷尬的時期啦」，她轉念心想或許暫時別去刺激他比較好。始的周圍築起了透明而堅硬的圍欄。圍欄不是能從外側破壞的。他還有聽音樂、閱讀的欲望，讓他在圍欄裡慢慢休養就好了。人生在世，雖然也有痛苦，但也有令每一顆細胞沸騰般的歡悅。雖然這些實在無法用話語來傳達。

步拍了拍布滿灰塵的自行車坐墊，用力踩下踏板。她要去枝留教會看返鄉的一惟。要從哪裡對一惟訴說現在的自己才好？種種話語在步的心中浮現又消失，消失又浮現。

8

智世不知從何時開始，對夫妻這種東西產生了生理上的排斥。父母就不用說了，對於哥哥真二郎及登代子夫妻，更是會因為一點細故而感到難以形容的厭惡，讓她想要拍掉好似纏繞在自己身上的肉眼看不見的污垢。就像從衣櫃取出大衣，樟腦的氣味便張牙舞爪，或是一陣子沒仔細刷洗的茶杯內側沾滿了粗糙的茶垢那樣，經過愈久愈頑固殘留的東西，不知不覺間厚臉皮地占地為王。一副這是天經地義、不對勁的人是妳的態度。

那黑色的小種籽最初只是隱約的懷疑。也許是因為看著比起妻職或母職，總是更以產婆工作為優先的母親，以及平素寡言不知道在想什麼的父親，兩人明明是夫妻，卻幾乎從來不會看著對方說話的日常生活長大，讓種子在智世體內萌了芽，扎了根。

父親看起來總是在生氣。用早飯時的臭臉、不知何時會爆發的怒吼，一直到很後來，智世才發現那或許是「攻擊就是最大的防禦」。得知父親長年來隱藏著祕密時，她恍然當時那些寡言不悅的態度，是為了對母親的感情視而不見、裝聾作啞，防患於未然地擋掉她追問矛頭的防衛策略。年幼的時候，她當然完全無法想像這些內幕。當時七歲的一枝姊知道多少？智世到現在連這一點都不清不楚，只是被烙上了父親很可怕的印象，再也無從補救。

忙於助產院工作的母親，似乎在智世懂事以前，就早早放棄與父親真藏溝通，只對三姊妹和兒子說話。如果真藏在同一個房間，不必直接看著對方說話，意思也能傳達。阿米平時總是與心情起伏劇烈的孕婦打交道，這是她自然學會的智慧與明智。

真藏不悅的理由，不光是身邊的事而已。

美日衝突的氣息如厚重的烏雲般籠罩頭頂，化成令人無可奈何的重擔，不知何時會再也撐不住，降下傾盆大雨。即使讀報，也只能看到日本大無畏的論調。從居間經紀的日裔美國人所描述的美國景氣和富庶的生活來看，美國不管在物資、武器還是士兵數量上，應該都遠遠不是日本能夠比較的。他們的產品也是因為有美國和英國市場，產量才能增加到今天這種水準。身為工廠負責人，真藏的不安與焦躁是與日俱增。

在報上讀到珍珠港奇襲作戰時，真藏一清二楚地聽見頭頂的厚雲傳來悶重的滾滾雷聲。那聲音直擊丹田。隔天他在工廠餐廳看到員工幾乎是用吼的興奮談論奇襲作戰的戰功，憤憤地想：你以為你做出來的東西都是誰在買的？但真藏只是默默地從前面走過。

與美國開戰的幾星期前，某個大雪的日子，才十一歲的智世聽真藏提到關於薄荷的事。

「薄荷也用來鋪在埃及的木乃伊底下，因為薄荷也是可以用來殺菌驅蟲的珍貴藥品。不光是這樣而已，國王和王妃泡的洗澡水裡面也加了薄荷。現在怎麼樣不知道，但是在古代的埃及，到處都是薄荷的香味。薄荷的歷史就是這麼悠久、這麼寶貴。」

在智世的記憶當中，這輩子父親就只跟她談過這麼一次工作上的事。戰爭爆發以後，父親更加忙於工廠經營上的處理，經常在公司過夜。智世真實地感受到公司的什麼，還有父親，都面臨戰爭的威脅。

枝留薄荷工廠生產的薄荷腦及薄荷油幾乎都是出口，有九成賣到倫敦和紐約。除了做為止痛劑、腸胃藥、殺菌劑等醫藥品以外，也會添加在肥皂、牙膏、口香糖、飲料、冰淇淋、巧克力、香菸等等，需求量極大。薄荷在十九世紀末期的明治時代第一次在北海道種植，當時在歐美各種用途日漸增加，大正末期成立的枝留薄荷有限公司接到的訂單持續成長，幾乎供不應求。枝留周邊的農地和牧草地就像翻牌一樣，開始一塊塊變成了薄荷田，找來技術人員和機器設備急就章成立的小型工廠如雨後春筍。不知不覺間，「薄荷暴發戶」一詞甚至在枝留人之間流傳開來。

這使得原本是從內務省外派北海道農事試驗場，在幕後催生枝留薄荷有限公司成立的真藏，立下決心破釜沉舟，埋骨此地，正式投身公司經營。

北海道的薄荷產業在滿洲事變（九一八事變）、蘆溝橋事變等動盪的時局中，產量逐漸成長至世界第一。然而大東亞戰爭爆發後，出口很快就停止了。

戰事一拖長，在政府的糧食增產方針下，種植限制擴大，薄荷被指定為非需要、非緊急的農作物。被迫減產的結果，薄荷田的種植面積減少到全盛時期的三分之一。

戰況更進一步惡化，南方運輸船的航線陸續被截斷，陷入嚴重的原油匱乏。做為缺乏的航空燃料替代品，從松根油提煉出揮發油成為當務之急。薄荷工廠的蒸餾器被挪用為航空燃料的蒸留器，薄荷的生產減少到僅讓機器維持運轉的程度。儘管沒有人說出口，但薄荷產業已如同風中殘燭。

在擁有最適合薄荷生長的氣候與土地的枝留，成為當地經濟領頭羊的枝留薄荷公司，創業歷經十幾年，正準備更進一步鴻圖大展之際，竟面臨了存亡危機。在這樣的考驗關頭，真藏繼承中風猝死的主管，就任常務董事。

到了戰爭末期，再怎麼遲鈍的員工，也開始為公司的前途憂心起來了。但真藏把景氣鼎盛時期攢下來的資本拿來支付薪水，從來不曾積欠，並以篤定的口氣對廠長和部課長說：「不用擔心，只要熬過這個關口，一定能再次迎來增產的好日子。」很奇妙地，在公司，真藏就能用在家裡從來不曾發出的堅定語氣說話。但他也並非打從心底相信增產的榮景能再次歸來。

東京大空襲的消息傳來後，枝留的火車機廠可能也會遭到轟炸的流言急速傳播開來。枝留薄荷的工廠為了運輸之便，就蓋在枝留車站附近的鐵路沿線。萬一機廠被炸，工廠也會成為絕佳的靶子。由於戰事延宕，零件取得愈來愈困難，一旦設備遭到破壞，將無從修理。公司經營都已經走下坡了，萬一再遇上空襲，失去工廠，公司應該會難以存續。

空襲警報響了好幾回，卻遲遲沒看見轟炸機的影子。一開始工廠停止機器運轉，但後來認為不管有沒有停機，只要被炸，結果都一樣，便繼續讓機器運轉下去。

在各個家庭，摻在飯裡的薯類量愈來愈多。糧食狀況一點一滴、但確實在惡化。阿米身為「產婆阿姨」，許多產婦都受過她的幫助，因此經常從舊識的農家那裡收到蔬果穀物。但只有白米得不到足夠的量，即使弄到白米，阿米也幾乎都塞給了孕婦和授乳中的母親。家中廚房的米櫃總是幾乎見底。

在東京上大學的長男真二郎因為年齡，被列入學生出征的對象，但工學院的學生屬於例外，得以免受徵召。真二郎難得唯一一次寄給智世的明信片上，悠哉地提到他在大學遼闊的操場堤防上看書時，空襲警報響了起來，肉眼就可以看見美軍飛機飛過南方天際。從智世那裡看到明信片的阿米儘管傻眼，卻也心慌不已，立刻打電報給真二郎：「守住後方　勿大意　母」。沒收到回信。

枝留雖然幸未遭到空襲破壞，狗卻不為人知地被犧牲了。士兵的禦寒衣物一開始以飼養的兔皮製作，但數量逐漸不足，開始獵起野兔和野狗。戰爭末期，軍需省發起狗皮捐獻活動，雖然能做為軍犬的德國狼犬和杜賓犬，以及被指定為天然紀念物的北海道犬等犬種被除外，但要求國民主動提供自家飼養的狗。一些討厭狗的人也開始跟風當著人的面指責：「現在是非常時期，養什麼狗？」也因為空襲的流言不斷，飼主的不安變得更為真實。糧食狀況的惡化也推波助瀾。報紙和廣播開始宣導「一億國民總玉碎」以後，捨不得拋棄愛犬的抗拒轉成了死心認命，也是莫可奈何之事。

一戶跟著一戶，悄悄舉旗投降似地，送掉了自家的狗。北海道犬儘管感到大難臨頭，卻無力抵抗，一頭又一頭從北海道消失了。據說如果戰事更進一步持續，純種北海道犬一定會劇減，甚至有可能滅絕。

真二郎開始飼養北海道犬，是和登代子組成家庭以後的事，因此並未目睹戰爭時期狗的悲劇。但他不斷地聽到保存會的同好說起當時的慘況。第一頭飼養的北海道犬伊予的「祖父母」，飼主是擁有山林和牧場，研究牛糞堆肥的農業家，戰局惡化以後，他便把狗遷移到山中的燒炭小屋，早晚送飼料和水上去，掩人耳目地飼養著。

八月十五日夜晚，因燈火管制而罩在電燈上的黑布取下來了。

庭院挖出來的防空壕，在日本戰敗的隔週，馬上就被真藏用卡車載來河砂填起來了。特地用鐵板加工製作的防火門沒有拆下，繼續保留。真二郎偶爾會想起來似地打開防火門，檢查河砂的狀態。河砂慢慢下沉，一個月左右，便與門之間形成了一點空隙。真二郎憤憤地補上河砂，用兩腳踩平，重重地甩上鐵門。智世默默地看著父親這樣的背影。

工廠沒有遭到空襲，毫髮無傷，重新開工，暫時只對國內製造及販賣產品。戰後兩年左右，GHQ（駐日盟軍總司令）放寬了經濟封鎖，重新開放民間貿易。枝留薄荷也立刻向倫敦及紐約出貨。三年前真藏已經做好了倒閉的心理準備，原本在封閉的黑暗中失去希望而蜷縮的未來，如今衝破堤防似地大放光明。

「只要熬過這個關口，一定能再次迎來增產的好日子。」

許多員工都記得真藏在戰時說過的這句話。在增產體制當中，真藏切膚地感受到員工對他的信賴、以及對公司的忠誠有加無已。薄荷品質更進一步提升，在國外的聲譽也扶搖直上。真藏深鎖的眉頭逐漸解凍，皮膚也恢復了光澤，聲音日漸輕快起來，家中甚至可以聽到真藏的笑聲。

就在成長榮景維持在巡航高度的時期，智世有了一場和父親的意外之行。

星期六用完晚飯後，一臉神思不屬的父親突然丟出一句：「明天要去札幌看電影。搭早上第一班火車去，別睡過頭了。」

星期天早上，智世天一亮就醒了。父親出門前，在頭上噴了與化妝品公司合作開發中的髮膠，穿上找札幌的師傅訂做的西裝。智世模模糊糊地瞭解到什麼叫做公司大主管。坐在火車上鄰座的父親，身上散發出清涼的薄荷味。這天的父親難得不可怕。

他們在電影院看了美國電影。在戰爭中失去記憶的男子逃離醫院，偶然遇到一名舞孃，舞孃出於同情與他結婚。但男子外出旅行時遇到車禍，再次失去記憶，忘記他和舞孃結婚，並生下孩子的事。相反地，應該早已失去的戰前記憶恢復了，他回到父親是大企業家的原生家庭，繼承亡父的事業。男子踏上成功之路。丈夫失蹤，悲傷不已的舞孃為了自食其力，想要成為祕書，開始用功讀書。就在這時，她在報上看到成為企業家的丈夫的新聞。她報名丈夫公司的祕書徵才，獲得錄取。然而丈夫完全沒有發現她是自己的妻子——

即使是以為彼此相愛的妻子，只要失去記憶，也只是個陌生的祕書，這讓智世感到毛骨悚然，就好像被冰冷的手摸了一把。曾經相愛的事實會煙消雲散。人怎麼會去依賴如此虛渺的事物？電影最後，丈夫恢復記憶，兩人再次相愛。但如果男子沒有恢復記憶，舞孃的犧牲奉獻也會毫無意義地徒勞而終。這種全繞著男人轉的故事，簡直荒謬透頂。

接近電影尾聲，真藏瞞著智世悄悄拭淚了好幾次。然而智世不僅絲毫沒有受到感動，更是憤不可遢。吃苦的總是女人，男人只想要一個對自己方便的女人。我才不要結什麼婚——不，我絕對不結婚。剛看完電影的時候，智世甚至如此發誓賭咒。

離開電影院後，眼睛微紅的真藏送智世到札幌車站。「我要和客戶吃飯，很晚才會結束，所以在札幌住一晚再回去。妳已經不是小孩子了，可以一個人回去吧？」真藏說，買了一張到枝留的車票交給智世。還有些憤慨的智世逞強地說「當然沒問題」，向真藏揮揮手，隨即走向列車進站的月台。

還需要幾年的時間，智世才想到兩人道別之後，父親是去見沒有任何家人知道其存在的女人。

真藏安排滿二十歲的智世進入枝留薄荷工作。很快地，幾名職場男同事向智世攀談，邀她去吃飯或看電影。第一次和公司同事去看電影時，智世想起了和父親一起看的美國電影。那是在灰濛濛的電影院和父親一起看的第一部、也是最後一部電影。

即使和男人一起吃飯，坐在一起看電影，智世也沒有受到吸引，為對方傾心。

智世認為結婚只是如同泡沫幻影的結合。看看父母的相處，她也實在不認為兩人之間有愛情存在。即使過去有，既然如今已經消逝，那就形同不存在。

況且智世怎麼樣都無法理解男人的想法。男人真的珍惜女人嗎？他們只是突然赤裸裸地表現出平日隱藏的心思，自私任性地將願望強加在女人上罷了吧？父母之間生了四個孩子，但兩人的結合，應該是愛情、信賴或珍惜以外的事物吧？夫妻之間的關係，是不是更動物性、更毫無道理的？

哥哥真二郎與旭川人的登代子結了婚。登代子不會煮飯，人也不聰明。只因為笑起來可愛，一下子就結婚了。「哥，你中意登代子哪一點？」智世竭力擠出笑容問，哥哥卻只是困窘地垂下眼角說「她還不錯啊」，甚至無法列出娶為妻子的女人的任何一項優點。

陌生的兩人碰巧認識，親近起來，像動物一樣結合在一起，就會生孩子。在媽的協助下生下孩子。小孩會哭。包著尿布，含著乳頭，哭得汗流浹背。智世聽過太多哭聲了。小貓小狗都不會那樣放聲大哭。小孩子到底哪裡可愛？

母親為什麼會從長野去到東京，為什麼成了產婆，智世什麼都沒有聽說。她認為一枝姊也不知道。媽說生小孩不是件可怕的事，然後壓低了嗓音接著又說：這話可不能讓孕婦聽到，不過那就像拉出一條又粗又大的屎。就是鬼吼鬼叫吵什麼痛，才會更痛。其實生小孩就像拉屎一樣，咻溜一下就出來了。結婚和生產都不是該用腦袋去想的事。就是用腦袋去想，才會變成難事一樁。覺得撞到什麼人了，就跟他結婚，不知不覺懷上孩子，這樣才是剛剛好。當然，撞到的是什麼人，可得仔細瞧清楚。

可是生產的聲音聽起來很痛，會變得愈來愈像慘叫。真的有人像媽說的那樣，咻溜一下就生出來嗎？智世覺得實在太可疑了。

男人會擺出溫柔的嘴臉，甜言蜜語。他們別有居心。就是要隱藏真正的居心，才會擺出溫柔的嘴臉。男人追求的是三餐、炊煮、洗衣、床事。在日文裡，丈夫就叫做「主人」，所以主從關係的主是男人，女人只能服從。結了婚就要從夫姓，死後也要進入丈夫一族的墓地。這麼一想，根本就跟奴隸沒兩樣，登代子卻只會傻笑，沒把握地做著家事。那副德行，卻自以為是個稱職的太太嗎？

很快地，真二郎和登代子之間有了長女步。是阿米接生的。登代子脹著奶，忙於家事和帶小孩。看在智世眼裡，就像把自己沒有的東西擺在眼前炫耀一樣。從這個時候開始，智世會為了一點細故，遷怒在溫和的二姊惠美子身上。

真藏當爺爺這一年，枝留薄荷創下史上最高營收，股價狂飆。真藏滿面紅光，頻繁前往札幌「出差」。週末不在家成了常態，沒多久便成了長達一星期的出差。

就在步即將滿三歲的那年，阿米腦溢血猝逝了。享年五十六歲。此後真藏的身體每況愈下，很快就辭掉公司主管之職。一枝開始代替阿米做家事。同時失去妻子和工作的真藏，就像拔掉了車軸的汽車一樣，一動也不動了。明明有那麼多剪裁高級的西裝，人卻變得不修邊幅起來。

真二郎不知道如何面對待在家裡的真藏，幾乎不會找他說話。一枝和智世工作也很忙，白天除了真藏以外，就只有內向的惠美子、登代子和兩個幼兒，沒人搭理真藏。真藏從早到晚沒有任何說話對象，愈來愈常在不知不覺間外出，到傍晚才忽然晃回家。

一枝發現真藏表情變得呆滯時，人已經開始痴呆了。

真藏漫無目的地走在各處仍積著雪的湧別川堤防上，忽然倒下，就此成了不歸人。伊予突然吠叫起來，不停地拉扯鎖鏈，登代子替牠換上散步用的牽繩，任牠扯著往前走，發現倒地的真藏。登代子沒有碰真藏，和伊予跑回家，打電話叫救護車。

當時，阿米死後出生的長男始剛要上幼稚園。真藏的葬禮那天，始氣喘嚴重發作，穿著喪服的登代子揹著他走出戶外。始看著不斷湧入家中來弔喪的客人，喉嚨嘶嘶響個不休。即使成年以後，始依然清晰地記得這幕情景。

「小始，明天要不要去兜風？」

星期六傍晚，始蹲在狗屋前正想帶艾斯去散步，智世笑咪咪地從庭院另一頭走過來問。聲音比平常更高、更裝模作樣。始覺得姑姑在說：「兜風是特別的活動，一定會很快樂，你當然會去吧？」讀小二的始不知道智世已經取得真二郎和登代子的同意，對於突如其來的邀約不知道該如何回應，只是呆呆地仰望智世。

「兜風？」

「沒錯，兜風。」

始也看得出智世剛從美容院回來，表情比平常更燦爛。邁入初夏的枝留，新綠漸濃，風一拂過，樹葉便嘩嘩作響。氣溫雖然還不是很高，但陽光很強，很刺眼。庭院地面有螞蟻在爬。

每星期一次，登代子都會帶始去醫院治療氣喘。下火車之後轉乘公車時，始都一定會坐在司機左邊最前面的單人座。公車一動，他就想像是自己握著方向盤在開車。還會踩煞車。沿路站名他也全部背起來了。兜風？坐誰的車？

始在蒐集迷你車。他最喜歡的是勞斯萊斯。雖然是迷你車，但尺寸頗大，重量感十足，深灰色的烤漆帶著金屬光芒。抓著車頂移動時，想像中是他自己握著方向盤。他讓小車在起居間的桌上、玄關內的走廊上無聲無息地行駛。嗅聞小小的車胎，有黑色橡皮的味道。

「要兜風去佐呂間湖的原生花園。小始不是喜歡花嗎？現在這季節，開了許多五顏六色的花喔。」

比起花，始更喜歡盆栽。樹幹和枝葉全部都是真的，卻小到完全不真實，和迷你車很像。但始也喜歡花。可以去兜風讓他很開心。始仰望智世，點點頭說：「我要去。」

隔天，達特桑藍鳥是如何來到家裡、自己是怎麼坐上後車座的、駕駛座的男人是什麼表情、對自己說了什麼？始事後回想，卻是一片空白。

注意到的時候，始和智世一起坐在達特桑藍鳥的後車座。智世搽了香水。說話口氣比平時更嫻淑文靜。

「好漂亮的車，是新車嗎？」

「不是，我在旭川偶然發現和新車沒兩樣的中古車。」

「除了這一台，枝留還有別的藍鳥嗎？」

「應該有，只是沒遇到過。」

開車的男人接下來沉默了半晌。這台車比父親開的黑色豐田皇冠更時髦，充滿未來氣息。達特桑藍鳥散發出全新汽車的味道。始坐在後車座，沒有靠在椅背上，而是探出上身，盯著儀表板看。他觀察男子如何握方向盤、如何左右轉動，直盯著停車後再次前進時換檔的左手手背。開得比父親還要好。

智世把車窗打開一半，看著車外。

風咻咻作響。

那場兜風之後過了十幾年，智世已經四十五歲，每個人都認為包括一枝和惠美子的三姊妹應該不會有人結婚的時候，升上高三的始突然憶起那天那場奇妙的兜風。自己顯然是不速之客。為什麼姑姑要在重要的約會帶他去當電燈泡？

進了大學，第一次和女生出去吃飯時，始發現小學生的他，就像是姑姑的驅蟲劑或是警報器。即使男方原本盤算在約會的回程把車停在無人之處，在車中甜言蜜語，或是搭住姑姑的肩膀，想要進一步不軌，如果車上還有個小學生的姪子，根本不可能遂其所願。雖然如果他玩累了，整個人睡死，或許也並非絕不可能。

如果沒有自己這個無力的小看門狗，那個毫無記憶的藍鳥車男子和姑姑，是不是可能已經結婚了？始覺得這種假設沒有意義，停止更進一步深思。

智世讓吹進後車座車窗的風撫著臉頰，感受著樹木的清香。她知道山內典孝對她有好感，但實在無法繼續和他交往，縮短距離，加深關係，以結婚為前提往來。山內工作態度認真，對同事也都很好。他來自富裕的木材商家庭，身上的衣物、腳上的鞋子，全是只有札幌的百貨店才買得到的高檔貨。進枝留薄荷工作是他本人的意願，他似乎挑選了以海外貿易為主的公司。山內被派到會計部門，很適合生性一絲不苟的他。山內離過一次婚，一直沒有再婚，但眾人都說那與其說是他本人的問題，更應該是至今仍擁有莫大權力的母親的緣故。公司上下都很肯定他的能力，說照這樣下去，山內將會榮升會計部長，接下來便等著坐上會計部門高層之位。

然而聽說山內家應該要繼承家業的年長兩歲的哥哥得了難治之症，很快就要從枝留的醫院轉到札幌的大學醫院。傳聞說，身為次男的山內典孝明年就要辭掉枝留薄荷，回去山內木材。本人什麼也沒說。但端看長男的病情如何發展，山內很有可能會在將來繼承家裡的山內木材。

生性愛鑽牛角尖的智世，一路奔上妄想的螺旋階梯。

雖然令人同情，但要她進入山內木材做媳婦，她敬謝不敏。她見過山內的母親一次。山內的母親明明是外來的女人，卻擺出在山內家住了幾十年的態度，使喚年輕員工的口氣也很冰冷。智世沒辦法跟那種人生活在同一個屋簷下。生病的長男應該有兩個和始差不多年紀的兒子。長媳是東京人，好像是長男的大學學妹。如果病拖久了，長男一家子將何去何從？

自己已經過了生孩子的年紀。或許山內也是清楚這一點，才親近她的。會計部還有更年輕可愛的女員工。他是不是盤算，為了將來讓長男的兒子繼承家業，次男的媳婦就該找個像我這種八成生不出孩子的女人才好？智世立刻不必要地絞盡腦汁，往更糟糕的方向揣想。

她聽說過病倒的長男是東京的大學橄欖球隊的一軍。而身材纖細、與哥哥南轅北轍的弟弟在大學則是參加管弦樂社。要說的話，智世比較喜歡運動健將。不管是橄欖球還是棒球，她喜歡渾身沾滿泥巴，依然陽光歡笑的人。

在公司走廊擦身而過時，看到山內對她親暱微笑，感覺絕對不差。但想像他更進一步靠近，手勾手或是被他擁抱，智世覺得很排斥。但她還是答應了兜風的邀約。因為她覺得山內人不壞，拒絕他很失禮，帶始一起去就行了。跟小學男生一起，也不會覺得憋吧。智世幾乎沒有考慮山內的感受。

抵達佐呂間湖後，三個人下了車，走到可以盡情瞭望日本第三大湖的高台。佐呂間湖很安靜。幼稚園的時候，父親曾有一次帶著始來這裡釣西太公魚，但這是他第一次看見燦爛陽光下，耀眼得近乎刺眼的湖面。

他們找了塊景觀良好的平坦地點，鋪上野餐墊，智世打開她帶來的三人份便當。其實幾乎所有的菜都是一枝做的，雞肉丸子、馬鈴薯沙拉、始喜歡的煎蛋和小章魚熱狗腸、米袋型的小飯糰、正值當季的草莓。保溫瓶裡裝滿了焙茶。點心是日式麻糬。

始一下子就吃光了便當，離開兩人，跑去看花、看蟲、仰望天空的雲朵。這時始學到了數不清的花朵名稱，像是玫瑰、筆龍膽、仙台萩、濱繁縷、蝦夷透百合、蝦夷風露、百脈根等等。他用母親叫他帶來的素描簿畫了喜歡的花。後來好一段時間，他都毫不厭倦地沉迷於翻植物圖鑑對照自己的素描，不斷地在腦中重複植物名稱，並將圖鑑上的圖畫畫在一旁。

山內說，夕陽在湖面灑上金紅時，是佐呂間湖最美的時刻，利用太陽下山前的時間，繼續開車到網走。他們遠遠地看了網走監獄。山內說「可以更靠近一點看」，但智世說「那不是給小孩子看的東西」，沒有靠得更近。始看到網走監獄的紅磚大門，覺得很漂亮。他想要畫下來，卻不敢要求，就這樣離開了。

氣溫開始下降了。返回佐呂間湖的時候，智世關上了車窗。

幾乎形同新車的車子氣味中，山內的髮膠和智世的香水味混合在一起。始開始感到呼吸困難。但抵達原生花園下了車，站在涼風舒爽、景觀絕美的地方，始再次感到身心都舒展開來了。冰冷的空氣很舒服。從白天也上去過的視野良好的高台俯瞰佐呂間湖，整座湖染成了夕陽的色彩。天空和雲朵是無盡的紅。

「好漂亮。」

「真漂亮。」

始看見山內這麼說著，望向智世的表情。這是他第一次仔細觀察家人以外的大人的臉——這段記憶一直留存在腦中，然而事後試著回想，山內的臉卻沉入夕陽底下璀璨生輝的佐呂間湖的背光之中，連輪廓都浮現不出來。

氣溫飛快地下降。

三人乘上達特桑藍鳥，開往枝留。離開佐呂間湖的時候，天色已經全暗了。山內和智世可能也累了，沒怎麼交談。

「車子好暗，開燈。」

始按住昏昏沉沉打起盹來的智世的手說。呼吸漸漸困難起來，氣喘要發作了。

「咦？怎麼了？」

「很暗，開燈。」

「山內先生，可以開燈嗎？」

山內沒有回答智世，而是對始說：

「晚上開車的時候，不能開車內燈，只能開外面的燈。」

始覺得這話很奇怪。明明房間很暗就會開燈。

「開燈。」

始想要這麼說，但氣管緊縮起來，發不出聲音。智世問：「咦，你怎麼了？」

「好難受。」

喉嚨的哮喘聲大到連駕駛座都能聽見，痛苦的呼吸聲愈來愈大。

「他好像不舒服，可以去醫院嗎？」

「好。」

始再也坐不住，整個人癱軟在後車座。但呼吸依舊不順。如果母親在這裡，就會準備吸入器，讓他吸發作時的藥。始知道智世無能為力。他痛苦地張口呼吸，聽見素描簿掉到腳邊的聲音。「好難受、好難受。」始擠出聲音說。他覺得可能會無法呼吸，就這樣窒息死掉。

「真傷腦筋。現在就去醫院，你再忍耐一下。沒事的，小始，你要加油。」

回過神時，始躺在陌生的醫院裡。診間很陰暗，天花板莫名地高，上面的污漬默默地俯視著始。

醫生板著臉取下聽診器，對智世說：「心臟有雜音。今天我會開氣喘發作的藥，不過最好去大醫院仔細檢查一下心臟。」

智世只說「好的」，低頭行禮。

始拿到一大杯水，服下說是發作時吃的藥粉。他在診療台躺著躺著，就這樣睡著了。他不記得後來是怎麼回家的。

「他的心臟沒有問題。」固定看診的醫生沒有把不知名醫生的診斷當一回事。始想起陰森的診間那冰涼的空氣，和床上堅硬的枕頭。後來母親繼續帶他每星期上一次醫院，他的氣喘就像退潮一樣逐漸痊癒了。

智世和山內典孝是不是就此再也沒有去兜風，始並不知情。智世一直維持單身。山內木材的繼承人長男在札幌的醫院過世了。次男典孝很快就離職，繼承了家裡的公司。喪夫的長媳好像帶著孩子回東京的娘家了。

始剛上國中的時候，一天在家門前跳下自行車，正準備停到陰暗的玄關旁，看見下班回家的智世正要走進東側的三姊妹的住家玄關。

「哇！」

男人的叫聲。智世「噫！」地驚叫，倒彈三尺。「抱歉抱歉。」兩名男子說著，從磚牆後面現身。看起來比智世年輕。

「要死了！原來是你們！」

智世的聲音轉為歡欣，哈哈笑了起來。

應該是公司同事。

始總覺得尷尬，低著頭，彷彿害怕被男人們發現一樣，悄悄打開玄關門進屋。另一邊的玄關仍舊傳來歡快的談笑聲。他覺得那是他不認識的姑姑。他屏住呼吸，無聲無息地帶上了門。

9

踩下自行車沉重的踏板。輪胎貼著柏油路的凹凸一同起伏。握把和坐墊顫抖著。踩自行車的期間，步能稍微離開地面。

小二的時候，在湧別川旁邊的公園裡，不需要父親扶持而成功地騎出自行車時，雙腳離地讓她同時感覺到驚懼和喜悅。永遠腳不點地的圓周運動。自行車化成身體的一部分，即使能夠輕鬆駕馭之後，這樣的感覺也未徹底消失。像是大大地過彎的時候，或是滑下漫長的坡道時，步都覺得自己正在飄浮。

飄浮的喜悅與可怕，很接近體認自己只有一個人。這時的她脫離了真二郎與登代子的長女身分、始的姊姊的身分，也脫離了工藤一惟。——感覺得到車胎震動與握把晃動的只有我一個人，覺得自己是遠離所有人的孤身一人。也遠離了誕生於此世時，被祖母阿米接生時已經毫無記憶的記憶。不是嬰兒的十八歲的我正騎著自行車——

即使從阿米繼承而來的基因在步的某處發生作用，阿米看到、摸到的事物、應該默默思考過的種種，也沒有任何一樣殘留在步的體內。用雙手接住白紗般的胎脂包裹著紫紅色的皮膚呱呱落地的步、第一個對她說話的雖然是阿米，但步只是一個勁地哇哇大哭。阿米在步懂事前就過世了，因此步不記得阿米的聲音、說話的表情或走路的身影。她隱約記得的，是阿米過世後好一段時間仍繼續貼在產院前面柱子的標語「整理、清潔、整心」。幼兒的步不知道字怎麼唸，也不解其意，好幾次仰望著在曬黃的紙上起皺的阿米的書法字。還有原本裝飾在產院的紙糊娃娃狗長年擺在父母和他們的家，蒙上了一層灰，顯得無所適從。

來到平緩的下坡道，步停止踩踏板，聽著飛輪旋轉的聲音。踊過人孔蓋時，明明沒有高低差，卻會發出「叩咚」一聲。在或晴或陰的夏季天空底下，景色朝著步逼近而來，分成左右甩向後方並遠離。風撩起髮絲，耳後涼颼颼的。即使在看不見星星的白晝，現在上空仍掛著滿天燦星。囊括了地球與太陽的圓盤狀銀河系的漩渦，緩慢而無聲地轉動著。銀河系的中心似乎正在發生巨大的爆炸。是在短短一年當中，釋放出等同於從太陽誕生到消滅所消耗的能量的大規模爆炸。

在大學裡最大間的階梯教室上的「天文學概論」這堂課，一面回溯望遠鏡的歷史，同時回顧人類如何看待、描述宇宙，來瞭解物理學的發展。沒有作業，也不點名，學生都說是通識課程裡最輕鬆的一門營養學分課。但不光是課堂內容，步也被一頭白髮、站姿如老釘子般的小笠原隆教授的板書給吸引了。教授以食指和中指輕捏粉筆，拇指輕點，流暢地寫下文字——那看起來不費吹灰之力的動作勾起步的興趣，她甚至特地坐到教室最前排的左邊細看——淡白的文字與圖畫就如同一筆畫般輕妙，卻又十分高雅易讀。太陽、地球和月亮等球體，軌道的橢圓等等，也像尺畫出來的一樣勻稱。喜愛繪畫的步很快就看出小笠原教授頗有繪畫天分。坐到最前排，她還發現了另一件事，也就是一開始上課，教授的雙耳便會漸漸轉紅。因為從小就看著身邊的始動不動面紅耳赤，她很容易就會注意到別人的耳朵變紅。儘管老神在在，看似灑脫，但這位老學究是否其實無論如何就是不習慣在大眾面前說話？步看著講台上，想像起多餘的事來。

小笠原教授不使用任何艱澀的詞彙，彷彿談論遠房親戚般說明伽利略與牛頓的事跡，連這些天才如何對主張裡自相矛盾的部分自圓其說的俗人手法，都描述得宛如親眼所見，同時卻又確實地傳達出伽利略和牛頓在物理學領域所做出的宏大貢獻。

「宇宙能夠以數學這個普遍而絕對的語言來捕捉和表達。現在坐在教室裡的各位當中，如果有人對數學感受到難以言喻的美，這是因為數學和仰望滿天星空，得到美的感受，其實是有共通之處的。

「像人心就實在不可能用算式完全表達。但感覺彷彿無限的宇宙，卻能夠以數學來表達。當然，像愛因斯坦的相對論，要做為能夠觀測到的現象，徹頭徹尾得到證明，還需要時間。理論不管再怎麼美，在最後得到觀測以前，仍是無法證明其理論是正確的。也就是說，宇宙還有著等待人類去表達的事物。只要戴上數學這副手套，我們就可以用這雙手抓住整個宇宙。

「那麼，已經確定選修的同學，我們下週再會。」

聆聽小笠原教授的課，步感覺到想要就讀生物系的心情，就彷彿受到引力影響般，開始畫出大大的弧線。最前排左邊成了步的固定座位。

在剛進門的草地上停好自行車，步走進教會。教會不需要敲門，有時反而難以踏入。以前上主日學校的時候，從來沒有這種感覺。是在和一惟交往之後，她才對走進教會感到裹足不前。但夏季期間，窗戶幾乎都敞開，心理上輕鬆不少。急性子的秋季一到，窗戶便立刻一扇扇關上，讓步的躊躇再次升起。但現在還是仲夏。對於每天前往大學的混凝土建築物上課的她來說，木造教會比以前更令人感到古老、懷念。

還不是牧師的一惟，在教會沒有固定的位置。勉強要說的話，就是管風琴前面，但也只有禮拜期間的短暫一下子而已。彈完管風琴後，一惟有時會露出好似無處容身的表情。

站在禮拜堂一排排椅子正中央的一惟，筆直地看著步入其中的步。那是一種模稜兩可的笑，比起笑容，彷彿更先顯現出困惑與不安。他兩手握著掃帚。教會裡不會有吸塵器的噪音，現在依然用傳統的掃帚畚箕掃地。一惟一定就和以前一樣，夾在長椅之間，慢慢地移動著掃把吧。就和面對琴鍵時一樣，是一惟最像一惟的時刻。

「好久不見。」

步說，一惟從掃帚放開一隻手，微微舉手示意。

「妳今天回來的？」

「嗯。你什麼時候回來的？」

「我從七月底就一直在這裡。」

說完這些，接下來不知道該說什麼了。步在禮拜堂最後面的座位坐下。

一惟慢慢地動起掃帚。步不客氣地打量著他的側臉、手臂、背部和後腦。她心想，還有機會再次坐上一惟騎的機車，雙手抱著他的腰兜風嗎？

「大學怎麼樣？」

一惟盯著掃帚移動的位置問。

「嗯。是有有意思的課，但大部分都很無聊。」

「這樣。我也是。」

「京都不好玩嗎？」

「只有一開始的兩、三週覺得新奇。那裡有些地方比這裡麻煩多了。」

「麻煩喔？」

「有時候會不知道該怎麼向對方表達，或是不知道該怎麼解讀對方的話。」

步起身走到一惟那裡。她拿起地上的畚箕彎下身，讓一惟可以輕輕將灰塵掃入。

「是喔。比在這裡費心思？」

「對啊。可是每天都可以彈到貝森朵夫。」

「啊，你在信裡說的鋼琴。」

「嗯。」

步把畚箕拿到垃圾桶去。去年夏天，步也做了一樣的事，但當時她放下畚箕，一把抱住一惟。一惟嚇得全身僵硬，說「這裡不行」，想要推開她。步吃吃笑著使勁箍住他，接著倏地放手，趁機啄了一惟的臉頰一下。步猜想，一惟是不是想起了那時候的事？

「你都彈巴哈嗎？」

「大部分。但現在借了海頓的奏鳴曲樂譜在練習。」

步一直猶豫該怎麼說出她在札幌有個迅速親近起來的學長，忽然決定現在先別說了。關係會如何發展、對方真正想要的是什麼，連她自己都還不清楚。學長毫不遲疑、不講客氣的態度，反而讓她很有好感，這件事讓她頗為驚訝，甚至事後對他的舉動愈想愈有意思。她暫時離開這種混沌的狀態，喘上一口氣，就在這時剛好回到枝留了。這種狀況，到底能怎麼向一惟說明？

「妳要吃個飯再走嗎？」

一惟停手問。

「今天牧師傍晚前都在農場學校，家裡沒人。我可以做中華涼麵。農場學校昨天送來一整箱的菜。可以放很多料，玉米、番茄、小黃瓜、蛋絲、火腿……」

一惟總算笑了。步第一次聽他叫父親「牧師」。

「那我就不客氣嘍。」

教會後方簡樸的透天厝就是牧師館。家裡完全看不到任何裝飾，也許是因為只有兩個男人生活在這裡。黝黑發亮的地板、空蕩蕩的木桌，生活最起碼的所需物品，全都整整齊齊，各安其位。室內就像教會的延伸。每次走進這個家，步總會感受到一惟冰冷的孤獨。

步品嚐著中華涼麵，心想好久沒吃到滋味如此濃郁、新鮮的蔬菜了。桌上只聽得到兩人吸麵的聲音。吃完後，一惟從冰箱端來一整盆的櫻桃。說是調職去余市的信徒寄來的，甜味更勝酸味，兩人默默地吃著。這份沉默對自己幾乎是尷尬，一惟又是如何感受？

「神為什麼會說『要有光』？」步問。

「……怎麼突然問這個？」

「地是空虛混沌──這聽起來也像是宇宙誕生的故事。為什麼會突然從這裡開始呢？」

一惟放了顆櫻桃進嘴巴，取出種籽，沉默片刻，像在思考。

「是不是在兩、三千年前，光比現在更重要太多了？入夜以後，如果不生火，就會整個被黑暗所支配，而且和白天不同，應該冷得要命。讓農作物生長的也是太陽。……要喝咖啡嗎？」

由於原先預備要告訴一惟的事情作罷了，心情輕鬆了一些，卻也有些內疚，也許是因為如此，步喝著咖啡，滔滔不絕地聊起小笠原教授的課，饒舌到連自己都有些受不了。

──有種叫毫米波望遠鏡的最新型電波望遠鏡，就是發明來解開銀河的一生的。以稜鏡分解陽光或星光，會成為和彩虹一樣的七色光譜，但如果以毫米波望遠鏡觀測星光釋放出來的光譜，可以發現星星是由什麼樣的物質構成的、溫度有多高，而且連太空有什麼樣的元素存在，也正不停地解析出來。特別是剛誕生的星星周圍，可以集中觀測到新的複雜的元素。一直以來，普遍認為生命的誕生是原始之海合成出以碳、氮、氧、氫為主要成分的複雜元素，其中出現類似單純的蛋白質的物質，再逐步進化成生物。但透過近年的毫米波望遠鏡的觀測，發現誕生出星星的氣體雲當中已經含有生命的徵兆、生命基礎的複雜元素——

這是為了期中考而背誦的內容，步幾乎可以倒背如流。看著默默聆聽的一惟的臉，步想起一惟雖然喜歡仰望星空，但也許不喜歡用天文望遠鏡觀測。

在俯視枝留車站的位置，有一座拔地而起的岩山智腳岩，標高約八十公尺。由於可以瞭望周圍一帶，在舊石器時代似乎就已經揹負城塞的任務。現在已經被樹木遮蔽看不清楚了，但山腹有座小洞窟，裡面也挖掘出火堆的痕跡與石器。

步還是小學低年級生時，智腳岩蓋起了天文台。高中時期，她在天文社的朋友邀約下一起去，在不同的季節觀看天文望遠鏡。夏天有天琴座的織女星、天鵝座的天津四、天鷹座的牛郎星所連成的「夏季大三角」、秋天有「飛馬座四邊形」、冬天有大犬座的天狼星、小犬座的南河三、獵戶座的參宿四所連成的「冬季大三角」。冬季的銀河，更是美到令人顫慄。步覺得根本不可能將它們畫到紙上。

她好幾次和一惟一同仰望星空。兩人騎機車去市郊丘陵地帶的廣大牧場，熄燈仰望的三六〇度星空，感覺不只是光與電波，彷彿還有無聲的聲音傾灑而下。但步邀一惟去參加秋季觀測會時，一惟難得聲音不悅地只說了句「不用找我」，不肯一起去。也許是因為除了步以外，還有其他天文觀測的朋友。後來步也多次和朋友去參加觀測會，但沒有找一惟。

「妳會待到什麼時候？」

一惟邊洗碗邊問。

「應該到下星期吧。」

一惟沉默片刻。步知道直覺靈敏的一惟，在短暫的片刻做出了某些決定。

「我整個八月都會在這裡，九月回京都。妳願意的話，來參加明天的禮拜吧。」

「嗯，好。」

步幫忙擦乾碗盤。確定餐桌恢復空無一物的原狀後，離開牧師館。步剎那間幻想一惟會強硬地挽留她，又覺得依一惟的個性絕不會這麼做。一惟只小小聲地說「再見」，目送步回去。步用力踩下自行車踏板。她考慮要不要回頭，但最後沒有這麼做。

隔天的禮拜，步沒有去。

她用了早餐，帶吉洛去散步後，決定騎自行車去農場學校。忘了擦防曬，手臂被曬到發痛時，總算騎到大門了。她沒有進去裡面。摘下麥稈帽，熱汗蒸騰的頭一陣涼爽。她從大門望向禮拜堂的方向，但是被夏季枝葉繁茂的樹林遮掩，看不見半棟建築物。她從那裡再次跨上自行車，前往石川毅過世的山丘道路。來到上坡後，便站起來踩，但沒多久就下車用牽的。道路兩側的林子裡，蝦夷蟬熱鬧地鳴叫不休。聽到蝦夷蟬的叫聲，便有種真的回到枝留的感覺。步喜歡蝦夷蟬的叫聲，覺得聽起來就像森林裡的小人在用電鑽做工程。

馬上就找到毅過世的地點了。那裡躺著枯萎的花束，似乎是農場學校偶爾會有人來獻花。步把自行車停在路肩，蹲下來合掌。她不是在向神祈禱，而是一面合掌，一面想著死後化成灰燼，應該已經安放在某座墓地的毅。

生離與死別是不同的。沒有母親這一點，一惟和毅是一樣的。毅突然的死亡對一惟帶來的打擊，一定遠遠超乎步的想像。如果毅沒有死，一惟是否就不會進神學系了？他都已經反抗身為牧師的父親，宣布自己的人生要自己決定，其影響更是不言可喻。如果沒有進神學系，一惟可能會選擇札幌的大學，和步維持親密的關係，有更進一步的發展。

步覺得分離裡頭，有遠離的力量和回歸的力量在作用。步喜歡彗星那大到完全無法想像的橢圓形軌道。有些彗星一去不復返，也有些花上兩百年才會回歸。靠近太陽的時候，就會拉出長長的尾巴，面對燦爛的太陽。沒有任何彗星是完全不受任何引力影響，筆直前進的。步想像自己的身後拉出一條尾巴。即使現在和一惟分開，或許那也不是分離。會有這樣的想法，也是因為天文學開始在步的心中扎根的緣故。

小笠原教授特別偏愛牛頓。每次提起牛頓的軼事，他的聲音就會越發熱情。耳朵也變得更紅。

艾薩克・牛頓出生在一六四二年十二月二十五日，父親在他出生三個月前過世了。接生婆原本認為他這個早產兒不可能撐得過去，沒想到牛頓奇跡似地活下來了。艾薩克三歲的時候，母親和牧師再婚了。艾薩克被祖母收養。他一樣個頭矮小，經常被同學欺負，但學業上的優秀表現受到肯定，不久後進入劍橋大學就讀。

牛頓進行各種實驗和觀察，在天文學、物理學、光學和數學都開拓出新的領域。繼克卜勒、伽利略之後，牛頓陸續揭開了不同於《創世記》所描述的世界創始的另一個世界起源。但牛頓並非無神論者。他在集力學研究大成的主要著作《自然哲學的數學原理》中如此說道：

「這個由太陽、行星、彗星所組成的極盡壯麗的體系，只可能是由一名全知全能的存在出於深謀遠慮及支配之下所創造出來。此外，如果恒星是其他相同體系的中心，那麼也必定是依循相同的全知意圖所創造，一切皆服膺於『唯一者』的支配。特別是恒星的光具有和太陽光相同的性質，所有的體系，皆彼此把光送往所有的體系。並且，以此恒星為中心的諸體系，彼此相隔無限的距離所配置，以確保它們不會由於彼此的重力而墜落。」

晚年，牛頓沉迷於《聖經》的研究。特別針對《但以理書》和《啟示錄》從天文學及數學角度加以分析，深信《聖經》裡應該囊括了從世界之初到滅亡的預言。

「很多人說這是牛頓的超自然信仰，嗤之以鼻，但現在的物理宇宙學，只不過是好不容易正開始研究剎那間浮出大海波浪的一顆小泡沫的內側罷了，完全沒有將潮流、海溝、海上的大氣等等納入視野。或許百年之後，牛頓所說的內容會以不同的形式得到證明。畢竟世上幾乎沒有人具備牛頓這樣的天才頭腦。嘲笑那是超自然信仰的研究家，或許就和伽利略以前的時代相信天動說的人一樣。各位要記住，再也沒有比嘲笑更不配做學問的態度了。」

牛頓的研究當中，步最喜歡的是他是第一個主張光是由微粒子所構成的人，但這個說法長達兩百年之間，都無人支持，也未得到補強，被棄如敝屣。在光是波動的說法逐漸鞏固之後，牛頓這個假說暫時被世人遺忘了。然而進入二十世紀沒有多久，就有愛因斯坦的光量子假說登場，讓此一說法突然又復活了。現在學界已經發現，雖然牛頓導出光粒子說的過程有誤，但結論可以說是正確的。

光的粒子會發出聲響。

小笠原教授微笑著解釋光電倍增管的原理：

「各位的視網膜也就像是光電倍增管。只要有少少的五、六顆光的粒子碰到視網膜，你的神經細胞就會做出反應，將信號送至大腦。不過，光電倍增管的精確度更高、更敏感。連對一顆光的粒子都會起反應。」

光電倍增管裡的金屬板只要碰到一顆光子，金屬板的原子就會釋出一顆電子。其他金屬板接收到電子，發生反應，又會釋出更多的電子，並以相同的原理多次反覆，這就是光電倍增管。電子會不斷地倍增，直到釋出的電子形成電流，將發生的電流透過增幅器連到音箱，結果僅憑一顆光的粒子，就能發出「叮」的一聲。

「不管再怎麼微弱，只要有光，就會發出一模一樣的叮聲。」

小笠原教授將準備好的錄音帶在教室播放出來。

飄渺，卻是堅硬的東西互碰的、千真萬確的聲音。

「不管是來自幾百億光年、遙遠到無從想像的星球的微光，還是剛從太陽射出來的光，做為光電倍增管所捕捉到的物質，可以說都是完全相同的。牛頓認為光是微粒子，這樣的想法其實是對的。」

進入大學約三個月的暑假時，步決定通識課結束後，就主修物理學。決心定下來後，不管是就寢前還是早上醒來時，她都會想像在宇宙中沐浴著光的粒子，身在太陽系、銀河系的漩渦中緩慢旋轉的自己。添島步這個人，在宇宙的時間洪流中，只不過是連一眨眼都算不上的渺小幻夢。

自己不會發光。死後化成灰燼的話，便什麼也不剩。不，或許並非如此。如果有什麼死後仍會留下的事物，那是不是說過的話？步心想。我對父親說的話、對母親說的話，短暫地震動空氣，剛說出口便消失了。即使如此，或許還是有一些話語的片段殘留在父母的記憶當中。我說出口的話，在聽到的人死去之前，應該會成為停佇在他們耳底的記憶，不是嗎？

春天，步即將離家時，從書架取出沒有放進前往札幌的行李的《新約聖經》。信手翻閱紅褐色封皮的小書，散發出和教會一樣的氣味。《約翰福音》的開頭是「太初有道」。既然一開始有道──話語，那麼結束應該也有話語吧。即使我離開了一惟，一惟也會記得我說過的話嗎？我說過的話化成光的粒子，擊中一惟記憶的倍增管，發出「叮」的聲音。會聽到那聲音的不是我，而是一惟。

始擤了擤鼻子。

一擤鼻子，那刺激讓鼻子更癢了。結果又非擤不可。姑姑常說父親真二郎年輕的時候也飽受鼻炎困擾，但始完全忘了這件事。始認定真二郎和他是南轅北轍的兩個人。

鼻子實在是太難受了，始歪身倒在床上。他覺得從札幌回來的姊姊有些危險，他說不出是哪裡怎麼樣危險。這是做弟弟的直覺。

步剛和一惟交往時，也是他第一個察覺姊姊無法用語言形容的變化。姊姊動不動就會一頭栽進某些事裡。自己也有這種傾向，因此更切身地感受到姊姊的感情變化。不是因為覺得對象是一惟，所以危險。但是逃離農場學校的學生在暴風雪中凍死一事，涉入最深的就是一惟。

一惟有些部分就像一道閉不開啟的門。門的這一側安安靜靜，沒有絲毫引人警覺的部分。然而門的另一頭，他覺得有什麼實在不可能赤手空拳觸摸的事物，正發出低吼、冒著濃煙。最清楚這一點的或許是本人。不管把門鎖得再怎麼牢，也不是就能讓那低吼冒煙的事物平靜下來。上得了鎖的只有門，門內那無形之物，是無法上鎖的。

自己也上了鎖。但並非為了壓抑內側激越的什麼。門內或許空無一物。即使如此，他仍然無論如何都不願意讓外界意圖侵入的事物闖進來。不管是父親、母親，還是姊姊，都不想要他們進來。

外頭開始暗下來時，步回來了。很快便蹬蹬上樓來，沒有回自己房間，而是冷不防進了始的房間，沒頭沒腦地問：

「欸，你知道玻璃可以透過多少光、擋下多少光嗎？」

「幹嘛突然問這個啊？」

「你猜嘛，你覺得有多少光能穿透玻璃？」

「妳說透明玻璃嗎？」

「當然是擦得亮晶晶的透明玻璃。」

「那不是全部都會穿透嗎？」

步一副高高在上的表情：

「你說全部，是指光能百分之百穿透嗎？」

「是啊。」

「你錯了。聽說有一部分的光會被玻璃表面反射回去。那，你覺得有多少被反射掉了？」

「我哪知道啊？」

「隨便猜個數字嘛，百分之幾？」

「嗯……那，百分之一。」

「告訴你，平均是百分之四。不管實驗多少次，都是百分之四。」

「是喔。」

始平淡的反應讓步有些不滿：

「你不覺得很神祕嗎？為什麼是百分之四？光不都是一樣的粒子嗎？那為什麼有些粒子可以穿過玻璃，有些不行，這不是太奇怪了嗎？你覺得其中的差異是什麼？」

「我怎麼可能知道啦？」
始憤慨地說。
步不理會憤慨的始，說：
「當然也有人說，玻璃會反射光的原因，是因為玻璃有特殊的點或洞，不過這是錯的。」
始已經一副把姊姊的話當耳邊風的表情。姊姊不是看著始的眼睛，而是盯著始和她的中間，就好像前方浮著一塊玻璃板。
「可是，牛頓這個人都會親手磨鏡片製作望遠鏡了，當然不會去理會這種說法。因為他從經驗上知道，絕對不是這種原因。」
始不懂姊姊到底是在佩服什麼。步總算發現弟弟的眼中完全沒有表示興趣的神采，頓住了口。
步很想親眼看看小笠原教授在課堂上提到的最新的毫米波望遠鏡。光學望遠鏡難以觀測到幾十億光年以外的天體。要一窺宇宙的盡頭，單憑光的力量，有無論如何都無法企及的部分。再過去的領域，就是電波望遠鏡的職責了。
聽說三鷹的東京天文台有毫米波望遠鏡。
直徑六公尺，比世界最大的加州帕洛馬山天文台的反射望遠鏡，口徑還要大上一公尺。
應該看不到像枝留這麼多星星的東京，卻擁有最新型的電波望遠鏡，這讓步感到意外。步以為既然是觀測比光更飄渺的電波的望遠鏡，比起人口稠密的平地，沒有人造物的高地環境應該比較好。她本來打算在下課時間提出疑問，但結果還是沒有舉手，走上教室最後一階，離開門外了。

步回到枝留的那天夜晚，一片晴朗。

她打開窗戶，在熄了燈的房間裡，躺在窗邊床上，望著只有枝留才看得到的、幾乎滿溢的星空。數不盡的光的粒子無聲無息地落在她的身上。

這麼晚了，卻似乎有哪戶人家開始烤起玉米來。焦甜的黃色香氣乘風飄進步漆黑的房間裡來。

10

真二郎總是以乾燥的手掌緊緊地捏著不安的種子。清早，彷彿想起了什麼遺忘的事，一臉心不在焉地醒來後，每天依相同的步驟折著被子，默默自問今天的健康狀況。腰沉不沉？喉嚨痛不痛？有沒有頭痛的預兆？有沒有食欲？有沒有一丁點異於昨天的地方？

昨晚起來上了三次廁所。除了晚飯喝了味噌湯以外，他沒喝啤酒、沒喝茶，連水也沒喝，怎麼會累積比喝下去的水分更多的小便？是不是攝護腺肥大？

剛邁入四十沒多久，真二郎就得了糖尿病，遵守飲食療法，此後便戒了菸，直到醫生說「適量沒關係」之前，也滴酒不沾。簡而言之，他這人生性一板一眼、杞人憂天、不知變通。只要喉嚨稍微有點痛，就會自行塗上碘液，第一個上床睡覺。

待回覆的大學同學會通知、待繳的固定資產稅、火災保險、壽險、汽車險續約，還有餘額不斷變化、從來無法讓他安心的銀行及郵局存摺。公司健檢通知肝功能要進一步精密檢查，催促他去枝留中央醫院就診，已經放了好幾天。四張榻榻米半的和室櫥櫃抽屜裡，總是堆滿了各種文件，令真二郎惶惶不可終日。

步到底要單身到什麼時候？始求職有著落嗎？而且始讀那什麼文學院，畢業以後到底能做什麼工

作，真二郎真是完全沒個底。但不管怎麼樣，他們倆應該都會有各自的家庭吧。留在枝留的家、逐漸老死在這裡的是他，還有登代子，以及一枝、惠美子、智世三姊妹。會是依什麼順序、各別得什麼病而死？

北海道犬也是，從母的伊予開始，一樣是母的艾斯，從第三代開始養了公狗吉洛。伊予和艾斯早就死了，只留下照片和血統書。現在狗屋裡住的是年事已高的吉洛。毛色雪白光亮，看起來不像老狗，但步每年只回來一兩次以後，牠看起來頗為寂寞。吉洛是不是把步當成了牠的母親還是情人？那張臉就像在說，雖然她現在不知道去了哪裡，不見蹤影，但我會忠心耿耿地等她回來。吉洛本來就生得一臉愁苦，有時出門遛狗，牠會半路忽然停步，像在用耳朵或鼻子尋找步的氣息。步好像把吉洛的照片放在記事本裡帶著，但吉洛沒有那樣的東西。

登代子約十年前動了子宮肌瘤手術，此後身體便一直不好。上一秒見她面色潮紅，即使是在天冷的季節，下一秒也會忽然滿臉大汗，一臉有苦說不出的表情，頻頻用手中的毛巾擦臉。她的笑容明顯減少了。

是登代子要求夫妻分房睡的。她再三埋怨真二郎打鼾太吵，而她只要一被吵醒，直到早上都再也睡不著。但真二郎一個人搬到四張榻榻米半的小和室以後，反而開始熬夜，白天哈欠連連。

他底下的妹妹惠美子不知不覺間得了憂鬱症。幾年前初春的某一天，登代子一個人在家，忽然聽見隔壁傳來啜泣聲。哭聲持續了很久，登代子擔心起來，從庭院跑去三姊妹家查看，發現惠美子趴在沙發扶手上哭泣。

惠美子離婚回娘家以後，也沒有出去找工作。一枝在老人院做主管，智世換過許多職場，但都從事會計和稅務相關工作，因此平日白天家裡只有惠美子一個人。每逢暑假和過年，一枝和智世時常會一起出國旅行，每次惠美子都一個人看家。

對於說話動作都慢悠悠的惠美子，智世動輒對她擺臉色。就算惠美子要做家事，智世也挑剔「太慢了，等妳做完天都要黑了，不要弄了」，連她喜歡的晾衣、折衣、收衣工作都被剝奪了。不過下廚這部分智世也不拿手。三餐是一枝負責，參考從《生活的手帖》等雜誌看來的食譜，迅速做出美味的餐點。智世記錄三姊妹的家計簿、儲蓄，把原本是父親轉讓的枝留薄荷的股票的資本利得拿去投資，和證券公司打交道，賺點小錢，用這些錢出國旅行，或是去札幌買進口服飾、到餐廳吃飯。但惠美子全被晾在一旁。

「哥一個人的收入要養兩個孩子，開銷得更精明一點才行。」智世說，在步上大學的時候，問出真二郎的薪資和存款、醫療費等等，喧賓奪主地掌握家計。從智世的口氣察覺這件事，登代子氣憤地向丈夫抗議，但真二郎明知登代子做不到，卻故意吼她說：「那醫療費變多的話，妳會報稅嗎？」就和惠美子一樣，沒出去賺錢，也沒有稅務知識的登代子，只能詛咒自己。

進入夏天以後，惠美子的憂鬱症依然不見改善。登代子認為惠美子的問題起因是一枝和智世，想要告訴真二郎，但可以想見，只會遭到劈頭否定，惹來一頓臭罵，因此她什麼也沒說，吞回肚子裡。登代子沒有告訴真二郎，而是把吉洛的飼料也拿給惠美子，邀她一起餵食。登代子怯怯地招呼吉洛，吉洛一開始警戒不肯吃，但後來一邊觀察登代子的表情，一邊提心吊膽地吃了。惠美子雖然偶爾會在吉洛面前展現笑容，但憂鬱的狀況依舊，嚴重的日子，甚至無法下床。請看診的醫院換藥以後，嚴重的憂鬱似乎穩定了一些，但說起話來變得更慢，反應也變遲鈍了。

怎麼會差這麼多？真二郎忍不住想。一枝、惠美子、智世還有他，外貌都各別與真藏或阿米有肖似之處，然而四個人不管是聰明才智還是個性，都截然不同。

有一張智世第一次參加七五三時拍的照片。是五十年前拍的，阿米和真藏也一起入鏡，是難得的全家福照。真藏站在右邊，旁邊是一枝、真二郎、惠美子、智世，左邊則是阿米。在真二郎看來，這時三姊妹的氣質已經顯露在臉上了。自己不安的神情，連自己都覺得很像他。惠美子的神情總有些可憐巴巴的。一枝看起來很聰穎，智世的眼睛和臉頰散發出她的好強。真二郎認為這個時候，乘載著添島一家看不見的船隻，底部就已經有海水緩緩地滲透進來，駛向不同於意外或海難的緩慢沉沒。

會飼養北海道犬，完全是偶然。真二郎任職的枝留薄荷有限公司的上司谷田幸吉，送給了他一隻剛出生一個月、走起路來搖搖擺擺的小母狗伊予。

谷田是董事，真二郎是他下屬的副廠長。谷田雖然是董事，但也身兼機器的保養維修現場主任，每天都穿著工作服進工廠。比起查帳簿的時候，觀察儀器指針的動作、檢查閥門接縫、聆聽機器特有的震動聲有無異常時，谷田更顯得神采奕奕。故障一定都有微小的前兆。不管是機器還是人，對這些徵兆輕忽大意，是最為致命的。這是谷田的哲學。

但他並非只是神經兮兮地管理現場。經常可以看見他輕鬆地向作業員打招呼，拍他們的肩膀和背部說笑的模樣。谷田有些聒噪、開朗，從這個意義來看，和只會默默地檢查、調整電機設備的真二郎是兩個對比，但谷田年紀大了他一輪，而且因為個性相差太遠，反而不需要顧慮該如何親近，所以才能輕鬆往來也說不定。以自己的眼睛、耳朵和雙手來保養、檢查、維修工廠，製造高品質的薄荷腦及薄荷油，這份驕傲是完全相同的。這成了彼此信賴的基礎，也取代了話語。

並非因為是股東之一的添島真藏的長男這個理由，而是由於谷田基於確信的提拔，真二郎年紀輕輕便成了副廠長。工廠人員中難得一見的大學學歷及電機技師的資格，使得表面上無人對此提出異論。真二郎腳踏實地而寡默的工作態度，也讓他不容易樹敵。從真二郎身上也難以感覺到想出人頭地的露骨欲望。

真二郎當上副廠長後，谷田便開始找他一起喝酒。發現真二郎的嗜好和他一樣是溪釣，谷田便開始把他當成幾十年老友般對待。透過聊釣魚經，感覺與谷田更親近的真二郎，覺得總算瞭解谷田面對機器時的表情和動作了。

但兩人一起去釣魚的次數，一隻手都數得出來。因為他們都認為釣魚是一個人的活動。谷田會拿當天釣到的山女鱒下酒，請真二郎到自家來，一面吃喝，一面熱心描述怎麼讓魚給溜走了，聊得比魚上鉤更起勁。真二郎聆聽谷田的話，歷歷在目地想像溪流岩地暗處暗潮洶湧的水流、吹拂覆蓋水面的水楢嫩葉的風、山女鱒光澤的表皮、俊敏的尾鰭動作，以及凶猛的嘴巴。

真二郎坐在擺出簷廊的坐墊，隔著小矮桌和谷田面對面，喝酒吃魚，只需要點頭應和就行了。第一次拜訪時，谷田聲音明朗地說：「我老婆是我表妹。」真二郎有些驚嚇，但他原本就喜怒不形於色，因此聞言亦面不改色。

兩人沒有孩子。谷田的妻子在廚房俐落地準備菜肴，端到矮桌來。春季有醋味噌拌土當歸、芽天婦羅、蜂斗菜和莢果蕨等山菜料理，十分美味。啤酒喝完後，夫人便幫忙燙酒，只是微笑聆聽谷田和真二郎聊天，不曾加入，因此不會因為上司夫人在場而感到拘束。夫妻和睦的感情，與兩人是表兄妹這件事是否有關，真二郎看不出端倪。

真二郎想，要是登代子也能這樣殷勤大方地招待客人就好了。不管是做菜還是招呼客人，登代子都不得要領。真二郎曾經招待同事部下來家裡兩三次，但不用說登代子了，真二郎自己也完全學到教訓了。再說，真二郎自己也不曉得該怎麼招待客人才好。待在谷田家，他懷著一種認份的心情，接受這類應酬有些家庭擅長，有些家庭不擅長，即使想要學人家，也是模仿不來的。

拜訪谷田家，還有另一個樂趣。

玄關左邊通往後門的地方有一座狗屋，養了一頭北海道犬。這頭狗除了飼主以外，對其他人都冷冰冰的，真二郎雖然沒有伸手或出聲逗過牠，但馬上就被牠那不顯露表情、靜靜地守候著什麼般的模樣給吸引了。

有一次，真二郎時隔許久受邀去谷田家吃晚飯，發現狗屋裡沒有狗。他奇怪地走進玄關，發現混凝土地的角落以板子隔開來，裡面有四隻出生還不滿一個月的小狗，正圍在母狗的肚子上吸奶。玄關瀰漫著動物甜甜的味道。母狗看起來有些不知所措，小狗們則是自由自在地活動著。可能是喝得太飽了，圓滾滾的身體和軟呼呼的毛散發出目中無人的氣勢。根部粗壯的圓錐形尾巴看起來就像雨傘巧克力。

谷田蹲在圍欄前說明：

「這是我第一次養母狗。我想讓牠生小狗。生是生了，但要送給誰，又是個難題。牠們有血統書，是有人想要，但我太太捨不得送出去。不過得在斷奶前決定才行。」

真二郎發現擠成一團的母狗和四隻小狗以外的地方，還有隻小狗用破布堆成的小山當枕頭，整個昏睡過去。

「那隻很沉穩，很可愛，如果說有什麼缺點，就是很難叫得動，動作有點遲鈍。腰可能有點太寬。但牠不是公狗，也不是一定要參加狗展，所以也不算什麼問題。」

真二郎覺得那張睡臉毫無防備，可愛極了，但沒有說出口。鑽進母狗的乳房，連臉都看不見的其他四隻，看起來就像花色相同的蠕動的毛球。真二郎不知道腰寬對評分有什麼影響，也不知道為什麼寬就不好，但谷田沒有要進一步說明，真二郎也覺得暫時沒有問的必要，因此什麼也沒問。從這些話，他只聽出谷田參加過好幾次北海道犬的狗展，似乎也拿過不錯的成績。

「跟其他隻比起來，奶吸得也比較少。不過長得很好，體格也不差，毛皮也很漂亮，應該也不是生病。又是母狗，不會急猴猴的。或許就是這種個性吧。就像熱效率好的鍋爐。」

谷田說，發出靦腆的輕笑聲。

這時，真二郎已經懷著偏愛的眼神細細地端詳起那隻沉睡的小狗了。聽到是母狗，看起來就愈來愈像母狗。其他四隻看了也分不出性別。

真二郎也沒和登代子討論，幾乎等不及斷奶，就向谷田要來了小狗。添島家的第一隻北海道犬伊予就是這樣來的。

衝動之下要來伊予，不光是因為小狗很可愛而已。真二郎將他小小的願望寄託在伊予身上。自從真二郎和登代子在添島家一起生活以來，老屋裡開始暗潮胸湧，內部壓力靜靜地日益高漲。登代子看著小姑們的臉色，應該感覺到的那種芒刺在背，要怎麼樣才能減緩？真二郎依稀期待天真無邪的小狗能成為家中的減壓閥。

剛結婚的時候，真二郎和登代子住在離工廠走路只要十分鐘的眷舍。雖然是只有兩個房間的小平房，但對新婚的兩人大小剛好。對登代子來說，能遠離有些不好親近的小姑們生活，比什麼都令人慶幸，而且她一直提防弄個不好，可能會被逼著去幫忙婆婆的助產院，因此對於可以分開住，內心是大為歡迎。

然而好景不長。真二郎完全沒有和登代子討論一聲，便宣布要搬回家，決定兩代七人一起同住。

這個時期，真藏已時常不在家。公司在札幌營業所給了他主管職位，他每星期會回來枝留總公司參加一次幹部會議，但不知不覺間，生活的軸心轉移到了札幌。鎮日待在工廠的真二郎，看到父親在家的機會少了。真藏好像會把三女智世叫去，用褐色信封裝了生活費交給她，而不是找長男真二郎。為什麼真藏跑去札幌不回來了？真二郎對此含糊其詞，拉下不悅的簾幕，沒有對登代子多做說明。

包括住在家裡幫忙助產院的野田絹子在內，老家沒有半個男丁。這樣下去不行。真二郎心裡應該也有著這樣的擔憂。

真二郎會決定搬回老家，還有另一個理由，就是登代子懷了第一胎。如此一來，當然要由助產婦的婆婆接生。在那個時代，在家生產，或是在助產院請產婆接生，是理所當然的事，對此登代子也沒有異議。

既然嫁給身為長男的真二郎，就等於是答應和他的父母同住，因此登代子也把眷舍的生活當成新婚期間的特別時光，只是一種緩刑，切換了心情。

然而登代子沒料到的是，小姑們完全沒有要出嫁的樣子。

長女一枝在枝留新落成的養老院工作。說話和動作都很緩慢的次女惠美子，是三姊妹裡面登代子最可以最不用緊張的對象，但感覺很難嫁出去。

三女智世任職於枝留薄荷的會計課。她比任何人都要好強，近乎露骨地處處都想和小她一歲的登代子一較高下。她是三姊妹裡面長得最好看、也最聰明的一個，長袖善舞，也頗討喜，登代子私下認定她一定很快就會嫁出去了，沒想到都到了真二郎要搬回家的時候，智世連男朋友都八字沒一撇，將家中老么的身分發揮到極致，賣弄地發出撒嬌的聲音，大剌剌地把真二郎夫妻當客人對待，試圖占據心理優勢。登代子也不甘示弱，必要的時候，會以不會對一枝和惠美子表現出來的態度若無其事地反駁，守住自己的陣地。

但是真二郎對大姊一枝仍然是「阿真」，對於兩個妹妹，也沒有擺出做哥哥的威嚴，亦絲毫無意要為妻子和三姊妹折衝的樣子。

登代子看似只有挨打的份，私底下卻有著自己絕不輸給三姊妹的、**不像她的**自信。自信的根據，就是肚子裡的嬰兒。

她確信絕對是男孩。踢肚皮時的強勁力道、肚腹隆起的形狀，別人也說「妳那張臉愈來愈像男生的母親了」。自己要生下真二郎的兒子。到最後仍然冠著添島這個姓氏的，是丈夫和她的孩子們。總有一天，智世也得冠上不同的夫姓，頂多一年回來個三、四趟，坐坐就走。

相差八歲之多的一枝，或許會就這樣留在家裡。惠美子一定很難嫁出去。但如果智世出嫁，一枝和惠美子是不是會找一處小房子，一起搬出去住？真藏和阿米還健在的時候，暫時也只能忍耐了。比起自己一個人在眷舍帶嬰兒，家中有婆婆照應，小姑們或許也能幫忙。

真二郎比登代子更加悲觀。

別說一枝和惠美子了，就連智世，他也實在不認為嫁得出去。智世看似外向，但對於偶爾提起的相親，她甚至看也不看男方送來的相片履歷，就直接拒絕。在公司裡，她身為會計人員，似乎頗為活躍，但反過來說，公司裡的人肯定都把她當成難搞的女強人，總之一定是乏人問津。她成天挑年長她三、四歲的前輩毛病，還跑來向真二郎埋怨，說什麼算盤打太慢、帳冊數字寫太小、浪費筆尖。

真二郎內心很想說，妳是員工，就應該妥協一下，搞不好妳自己也有做不好的地方，是其他員工在替妳善後，但可以想見，絕對會遭到智世以更多倍的力道反駁說哥根本不懂，所以他只能沉默。

阿米每天忙著助產婦的工作，對這樣的女兒們，還有長男真二郎夫妻似乎都不怎麼關心。真藏在家的時候，還有離家以後，阿米看起來心情都沒什麼變化，身為兒子，真二郎對此只有驚訝。他也忍不住揣測，真藏不在，阿米是否其實很開心？但阿米也沒有因此變得開朗。產院偶爾傳來的幹練的聲音，是在家裡完全聽不到的聲音。

少了真藏的家，加入了真二郎和登代子，沒多久伊予來了。

伊予到處找媽媽，鼻子哼哼唧唧，但不到三天就安頓下來，會輕啃真二郎的手討東西吃，並用整個身體蹭上來。

真二郎依照谷田教他的，將煮過高湯的小魚乾剁碎放到飯上，淋上味噌湯，放涼後給伊予吃。有時會叫登代子買來牛內臟，混在飯裡給牠。早晚氣溫升到近十度的時候，真二郎在庭院蓋了狗屋。

一枝和智世對狗完全沒興趣，只有惠美子會蹲在伊予前面，期期艾艾地對著牠說話。伊予好可愛喔，惠美子對旁邊的登代子說，登代子應：是啊，很可愛呢。伊予的腳步變得扎實起來後，真二郎便早晚帶牠走遠路散步。

登代子嚴重孕吐了一陣子，但肚子隆起來後，食欲也回來了。阿米建議登代子出去走走，免得體重增加太多，但登代子頂多只會走路出門買東西。

「這孩子位置不對。」阿米在分娩室的床上，雙手放在登代子的肚子上，發出平時不曾聽過的溫柔聲音。「不是那邊，頭要過來這邊。這邊，這邊。對，沒錯，對，這樣好，這樣很好。再多動一點看看，對，很好。來，這樣就好了。待在這裡，就可以輕鬆出來了。」

阿米雙手慢慢地轉著，對著肚子裡的孩子說話。登代子覺得阿米這時候的手比平常更暖。她忘了那是婆婆的手，知道肚子裡的孩子也感受到那股暖流。撥弄了三十分鐘後，阿米笑著對登代子的肚子說：「好了，這樣位置就對了。真是個乖孩子。」那是在家裡不曾見過的表情。對阿米來說，登代子只是懷胎的孕婦之一，似乎把她是自家媳婦的意識丟在別處了。

阿米不斷地交代：「要對胎兒說話。肚子裡也是聽得見的。」登代子一次又一次躺在分娩室的床上，忽然發現，阿米連一次都沒有叫過她的名字。懷著還沒有名字的嬰兒的孕婦。阿米也身在母子間不需要名字的時間裡。

孕婦與嬰兒在時間的盡頭迎向分娩的瞬間，世上所有的一切，對阿米而言都變得無足輕重。每天過著這樣的日子，阿米唯有在面對孕婦的時候，才能確實地感受到自己充沛地活在世上。漸漸地，丈夫真藏就不用說了，她連對兒子女兒們都幾乎失去了興趣。她甚至沒有意識到這件事。阿米就是如此忙於瞭解他人肚子裡的嬰兒狀況、忙於順利接生嬰兒、忙於照顧及指導剛生產完的母親和嬰兒。但阿米並不覺得自己忙碌。她就是如此深地沉迷在助產接生這份工作裡。阿米就這樣為了助產婦的工作終日勞碌，將她的壽命一點一滴磨耗殆盡。

夫妻倆習慣懷孕的狀態後，真二郎便把登代子留在家裡，每到週末便前往溪流。他一步步小心謹慎地踩過岩地和水中，溯溪而上，瞇眼觀察河流陰暗的水面下，找到落腳的地方，安頓下來，甩竿釣魚。接下來便抹去自己的氣息，靜待山女鱒上鉤。

登代子丈夫的身分、即將出世的孩子的父親身分、副廠長的身分，都從凝聚在釣竿和針線前端的意識流出，被吸入時間停止的空無之處，消散無蹤。很快地，他被彷彿連自我都消失不見的感覺所籠罩。真二郎或許是在追求自我消失的感覺，更勝於釣魚的樂趣。但注意到太陽西斜，看看錶，他還是會想回家。他一面收拾釣竿，想到登代子和孩子。意識到自己是一個人離家。想像萬一有熊現身，恐懼猛地湧上心頭。他回頭屏息，豎起耳朵，突然抓起掛在腰間的鈴鐺甩動。附近的樹林傳來白腹琉璃清潤的叫聲，彷彿牠一直在觀察著真二郎驚慌的模樣。

每星期真二郎都會變換溪釣的地點。因為不同的河流，能釣到的魚也不同。真二郎認為農場學校更深處的源頭小河，與位在枝留西南的森林及丘陵地帶邊的大河，魚的種類、色澤和個性是天壤之別。

「就像關西人和關東人的氣質不同。」谷田說，但真二郎覺得不是這樣。腔調和舉止，是看身邊的人模仿的。但決定魚的行動和外型的，應該是血統和環境。魚花上五千年至一萬年，在同一條河產卵、成長。即使是關東土生土長的人，有些人只要在關西住上五年，就能徹底同化，旁人完全看不出出身。但每一條河川不同的魚的樣貌，是以千年為單位塑造的血統結果，因此即使同樣是山女鱒，也可以說是不同的種類吧。真二郎私下這麼認為。學術上如何他不知道，但不管怎麼看，兩條河的山女鱒就是不同。

這個夏季尾聲，登代子就會生下自己的孩子了。真二郎絲毫沒有即將為人父的真實感。但登代子的肚子確實日漸隆起。活著這回事，為什麼就無法逆轉呢？真二郎想。水到渠成，就會產卵，公魚急著在魚卵灑上精子，魚卵不久後孵成了魚苗。公母魚力盡而死，或是衰老而死。

伊予的同胎手足就如同北海道犬一般的情況，斷奶之後，便一隻隻四散各地了。

被別人領養後，親子之間的關係便只存在於血統書裡。手足再會的時候，能從氣味聞出彼此的關係有多近，湧出不同於遇見其他犬隻時的感情嗎？遇到父母時，會有任何一絲遙遠模糊的記憶復甦，湧出想要吠叫的激情嗎？

某個難得酒喝多了的夜晚，真二郎向谷田提出這個疑問。谷田也因為酒意催化，比平常更用力地拍打真二郎的肩膀笑道：

「才沒有那種東西。狗是沒有過去的。牠們就算會繁殖，也沒有家族概念。只要一起長大，累積訓練，就能打造出拉雪橇的一隊狗。但那不是一家人，而是群體。

「會拘泥於血統書的，就只有人類而已。那是人類複雜的遊戲。北海道犬一輩子都揹負著血統書，但狗才不管那種東西。當然，在狗展得獎的狗，都有血統不錯的父母和祖父母。但那也只是根據人類規定的北海道犬就應該要如何的標準，撇開那些，如果一個人不是覺得『啊，這狗真是可愛，不管別人說什麼，這狗就是可愛』，就沒資格養狗。」

谷田說完，語氣轉為嚴肅：

「可是總有一天，我想讓我們家的狗在狗展拿到冠軍。這是我養的第四頭北海道犬了，但我愈來愈想得獎。這陣子我覺得好像漸漸理解血統這回事的意義了。不管再怎麼可愛的小狗，如果血統不好，就不可能得獎。這真的是很殘酷、毫無商量餘地的現實。」

和谷田喝酒的隔天，真二郎從櫃子裡取出伊予的血統書，在矮几上打開來，第一次細讀。

對折如成績單的伊予的血統書上，記載了兩頭父母、四頭祖父母、八頭曾祖父母、十六頭高祖父母的名字和登記號碼。伊予的特徵只印刷著「右卷尾」。

第一次看到伊予的血統書時，真二郎很驚訝。身為人類的自己只知道祖父母的名字而已，再上去就不知道了，然而伊予還更往上回溯了兩個世代，可以追溯到高祖父母。伊予的親屬，包括父母在內，有三十頭都一清二楚。人狗壽命長短不同，或許也是原因之一。但以人來說，遠到高祖父母，和陌生人不是幾乎沒兩樣了嗎？

伊予當然完全不認識這三十頭親屬。但如果將來伊予和有血統書的北海道犬交配，生下來的所有的小狗都會有血統書。

早晚的空氣開始帶有秋意了。預產期都過了，登代子依然沒有要生的樣子，阿米也沒有摸登代子，只說「還沒呢」，然後蹲下來對著登代子的肚子說：「雖然還沒出來，不過差不多該出來嘍。在裡面待那麼久，不覺得無聊嗎？你一定很想看看媽媽的臉吧？那差不多該出來嘍。」

隔天，登代子夜半開始陣痛，交給阿米照顧。真二郎一大清早就出門，帶著伊予在涼爽的空氣中散步。來到湧別川旁邊的路，走了一會兒，伊予突然停下腳步，耳朵微微動了動。好像聽見什麼了。

伊予生性穩重，但對聲音極為敏感。帶牠散步時，牠有時會停下來，露出沉思的表情。真二郎也會跟著側耳聆聽，但從來沒聽見任何像是伊予聽到的聲音。

伊予突然用力拉扯牽繩，想要折回來時的路。伊予從來沒有主動拉扯牽繩過。真二郎決定順著伊予折回去。伊予用鼻子小小地哼了一聲，小跑步起來。很快地回到家後，伊予便繞到庭院去，擺出端坐的姿勢。

真二郎聽見分娩室傳來登代子痛苦的叫聲。他把躁動不安的伊予關進狗屋，正在洗手，聽見了嬰兒的啼哭聲。

陣痛開始幾小時後，步平安出生了。

一直以為是男孩的登代子發現是女孩，大吃一驚。體認到一直支持著她的就是眼前的**這孩子**，瞬間淚水奪眶而出，是男是女都無所謂了。肚腹和腰部疼癢難安的感覺，讓登代子心中翻騰的旋風還找不到歇腳之處。

步出生以後，阿米沒有立刻剪斷臍帶，而是捏在手裡，檢查脈搏。然後向絹子打手勢，取來剪刀，剪斷臍帶。

這是阿米的第一個孫輩，但接生程序和平時完全相同，表情也一樣，也沒有特別的對話。步就快迎接三歲生日時，阿米突然腦溢血過世了。這是她第一次，也是最後一次替自己的孫輩接生。

出生在長野，一度被送到東京的別人家當養女，又再次回到原生家庭的阿米，本能上再也無法相信親人這種事物。為此深切悲傷的感情也早已消失了。從未告訴一枝和智世她為什麼會成為助產婦、接生過無數個嬰兒的阿米，每當看見初冬的雪，總會落入一股寂寥，就彷彿再次一個人看著懂事前在馬車裡看到的長野的雪。

但阿米從來沒有將這樣的寂寞訴諸言語。

11

枝留沒有所謂的鬧區。在札幌展開大學生活的步，發現自己得到了不受任何人干涉的自由。起初身邊沒有半個認識的人，讓她多少感到不安，但是很快地，她近乎奇妙地愛上了每個學生自行其是地在大學校內自由來去、彼此漠不關心的情景。

她發現不只是「向前看」的朝會，或配合音樂遊行的運動會，她根本就不喜歡在桌椅呈格狀排列的教室裡從早坐上一整天。進入大學以後，她感覺一樣又一樣重新具體釐清了什麼讓她感到舒適、什麼又讓她感到厭惡。將夜深時分抵達的租屋處關閉許久的窗戶在早上打開，只是被動地望著眼前拓展的景色，深吸一口氣。就這樣，步逐步認識了新的日常。

她不打算住學校宿舍。出於好奇，她去參觀過一次，但還沒踏進裡頭，便發現宿舍就像規律崩壞的村落。若是縱身躍入這種地方，或許會令人無暇厭倦地接連發生許多一個人生活不可能遇到的趣事。可是，如果被這種彷彿在較勁自己有多不在乎的氛圍所吞沒，是否反而會遭到束縛？看似自由的不自由，好像反而更難掙脫。

步的心中沒有那麼大的不安，讓她想要主動加入會減少獨處時間的場所。母親受父親交代，告訴她不管是大學學費還是公寓房租，家裡都供得起最起碼的費用，不用擔心。姑姑智世朗聲說「只要是讀書

需要，多少錢姑姑都可以資助妳，隨時都可以來跟姑姑說」，並十足作戲地拍了拍胸脯。「札幌那裡，姑姑比妳爸媽還要熟，有什麼問題都不用客氣，儘管問。」

高中畢業典禮前，步便照著母親給她的便條，前往似乎和父親的公司有往來的札幌的不動產公司，租了離大學有點遠，但轉乘地下鐵和市電，不用二十分鐘車程的公寓。

札幌這座城市，即使是漫無目的地閒晃，也絕不令人無聊。枝留在點和點之間，沒有讓人想要停留的場所，或是激發漫步樂趣的事物。自行車或一惟的機車是必需品。在札幌，有發出雀鳥叫聲般的聲音行駛的地下鐵南北貫通——後來聽小笠原教授說，那雀鳥叫聲般的聲音，是釋放電流的接地線觸碰鐵軌的聲音——走上一兩站根本不算什麼。

一個人住，也拓展了步的行動範圍。那與其說是地理性的開闊，更接近感情性、心理性的開闊。幾點回家、吃什麼、和誰在一起？每天晚上都非回住處不可嗎？——所有的一切，都憑自己一個人作主，決定過程也只有自己一個人看到。

從午睡中迷迷糊糊地醒來，看著天花板的花紋，聆聽經過公寓前的孩童聲音，眼皮再次蓋了下來，落入睡夢。自從一個人住以後，她便幾乎不記得任何夢境了。

窗外稍遠處傳來青頭雀悠揚通透的輕快啼叫。好懷念的叫聲。步喜歡青頭雀那宛如黃綠色版本的麻雀的外表。聽到青頭雀的叫聲，總是讓她想起枝留。

說是想起，也只是隱約浮現一片模糊的場所。就好像單純看著用舊了的喜愛的皮包開著口放在房間角落。不打算丟掉，但也不是要替它上蠟，或拉上拉鍊收進哪裡。隨時都能取用的東西。枝留是就那樣一直在那裡、不變的什麼。身在札幌，想到父母的時間、對父母的關心，也愈來愈常收在某處就這樣遺忘了。

枝留自己的房間裡，有從小學起近十年的時光流逝的痕跡、風吹日曬的痕跡。札幌的小套房裡，只是把現在的自己薄薄地剪下來，暫時貼在這裡而已。

掛什麼樣的窗簾、桌椅擺在哪裡——在受限的條件當中進行布置。景觀單調，沒什麼色彩，母親看了或許會大嘆不像女孩子的房間。比起在枝留老家的時候，步更加熱心打掃整理了。

她也沒有加入社團或同好會。她開始每星期兩天，在距離公寓徒步約十分鐘的商店街某家店打工。地下街多半是二樓建築物，因此地下一樓、地上三樓的紅褐色磚造小樓房遠遠地也十分醒目。二樓是服飾店，三樓是唱片行，一樓是咖啡廳。地下是爵士樂咖啡館，從樓梯途中張貼的海報，可以得知有時候好像會舉辦演奏會。

面馬路的一樓，塗黑的鐵框裡嵌著玻璃，其中一片就是門。門正中央以小小的黑字印著SEVEN STEPS。如果加上TO HEAVEN，就是步第一張買的唱片名稱了。

窗邊擺著高大的觀葉植物，因此只能看見店內一部分。自從注意到這家店，經過幾次以後，步就推開玻璃門進去了。店內播放著木管樂器的古典樂。咖啡與香菸的氣味繚繞。可坐上六、七人的吧台，牆邊三張圓桌，盡頭處有燒柴暖爐，左邊深處有供七、八人圍坐的大桌。

磚牆貼著幾幀黑白照。是音樂家的照片，有些正在演奏、歌唱，或是正面望著鏡頭。店內提供自製圓麵包和沙拉等輕食。早上一開店就光顧的話，店內會充滿了麵包剛出爐的甜蜜香氣。不只有咖啡和紅茶，柳橙、哈蜜瓜、西瓜、蘋果等當季水果的果汁也很好喝。似乎有許多常客，但每個人都輕聲細語，步覺得這家店的主角要說的話，就是音樂。

第三次光顧的時候，她注意到牆壁貼了張彷彿忘了撕下的徵女店員啟事。吧台裡，安靜的男子——女服務生叫他「老闆」——正默默地沖咖啡、做簡單的料理、指揮女服務生。步提心吊膽地向他詢問，男子不苟言笑，說「隨時都可以開始來上班」。

隔週的星期二，步拿到燙過的焦褐色短圍裙。上面有口袋，可以放夾點單的皮革板夾。口袋邊緣以水藍色的線刺繡著「SEVEN STEPS」。步的第一份打工就這樣輕易地開始了。

地下室的爵士樂咖啡廳從上午十一點開到晚上九點，以驚人的音量播放爵士樂，但也許是因為隔音很好，一樓聽不到聲音。可能是因為下去地下室的樓梯在店外。幾乎所有的客人都是男性，多半一個人上門。

地下室有和步一樣，一星期來兩天的打工人員。似乎做了很久，老闆叫他「修」，一看就是個混血兒。有次地下室人手不足，把步叫下去幫忙。修播放客人點播的唱片，泡咖啡（咖啡有三種，晚上六點過後，也提供啤酒和單杯酒），清洗杯子。整面牆都是唱片架、音樂和巨大的音箱，還有鋼琴，因此感覺比一樓侷促，但修雖然體格比老闆大上一圈，動作卻很敏捷，因此沒有壓迫感。店內以大音量播放爵士樂，又擠滿客人，除了簡短交談一兩句以外，兩人幾乎沒有對話。

修會上來一樓，就只有牛奶和咖啡豆用完的時候，兩人幾乎不會碰面。某天他跑上來說摩卡豆沒了，步從架上拿了咖啡豆的罐子給他，他筆直地看著步的眼睛說「謝謝」。修的長相和體形一直讓步有種模糊的距離感，但這次接觸，卻讓她覺得迷霧頓時散去，出現了一棵壯麗的樹木。她開始不知不覺間意識起修下次何時會上來一樓。

步對工作駕輕就熟的時候，某天到了打烊時間的八點，她收拾完店內，向老闆道別走出店裡，發現修正一臉親暱地微笑站在店外。步只是驚訝，來不及擠出笑容。

「辛苦了，妳要回家了？」

步點點頭，因為心慌，聲音模糊地應了聲「對」。

「今天我是DOWN的客人。」

修指著地下室說。正式的店名是SEVEN STEPS DOWN，但每個人都簡稱「DOWN」。步想起修打工的日子是二、五。今天是星期六。

「底下打烊收拾完畢，都已經十點了對吧？因為晚了一小時，我結束的時候妳都已經走了。所以今天我從傍晚就當客人，在底下喝咖啡，聽點播的亞伯特．艾樂和塞西爾．泰勒。」說到這裡，修露出滑稽的表情，雙手手指胡亂動著，在頭和耳邊轉來轉去。「總算等到八點，我才上來這裡等妳。」

說完「等妳」兩個字，露出整齊牙齒的嘴巴和那爽朗的笑容，絲毫看不出半點躊躇。即使步沉默不語，修的表情也沒有變化。修動了起來，就像他知道步要往哪個方向走，準備邊走邊聊。時機和動作天衣無縫，就彷彿如果兩人是一對，他的手就要勾上來了。步回頭一看，玻璃另一頭陰暗的店內看得到老闆的身影，但並未注意這裡。不過老闆這個人向來與其說是在看著什麼，更像是什麼都沒在看。

「聽說妳讀理學院？我經濟系的。」

步第一次被人這麼近地從正旁注視。額頭、鼻子和臉頰就像用鏝子抹出來的一樣，線條筆直。眼瞳是茶褐色的，但眼睛的表情有東洋人的味道。步以為他比自己年長許多，但開始聊沒多久，就發現他有著即使與自己同齡也不奇怪的稚氣。他說明年升大四。很少廢話的老闆應該覺得就算讀同一所大學，也沒必要特別說出來吧。行走的時候，旁邊隱約傳來一抹青澀透明的鬚後水味。步在其中感覺到些許薄荷香。

修描述似乎是大學宿舍發生的蠢事，成功稍微逗笑了步，兩三下就問出步是從枝留來的，打算在理學院主修天文學。「天文學應該就類似學問的開端、原點吧。現在是叫物理宇宙學嗎？是想要揭開世界的起源和法則的最尖端學問對吧？即使地球因為戰爭而面目全非，仰望的星空依然不變。天文學知道太陽的壽命，但經濟學連十年後會怎麼樣都答不出來。跟天文學相比，經濟學簡直就像泡沫學問。」要指出對宇宙的誤會是很簡單，但「泡沫」這意外的詞彙殘留在耳中，步只是默然。修簡單扼要地介紹自己，就好像覺得有義務披露與他問出來的同等分量的自我經歷。語氣明朗的口吻是乾燥的，有些讓人聯想到坐在黑暗裡聆聽的天象館解說。

修是土生土長的東京人，高中讀的是函館的全住宿制男校。「那完全就是黑暗時代。大得要命的校地裡，就只有兩個女人。一個是年紀都可以當阿嬤的職員，另一個是三十多歲的保健老師。朝會的時候，保健老師上台宣傳流感預防知識，整個操場就爆出驚天動地的雄壯歡呼。」步哈哈大笑。

讀經濟系唯一的收穫，是瞭解到資本主義的原動力、推動力是基督教和基督新教。修說他瞭解到為什麼拉丁國家，也就是天主教圈的人不太喜歡工作，還有大學畢業以後，他只想進入薪水高的公司，不挑職業，要早點存到一筆資金，自己開公司。學者熊彼得說，精簡、追求創新，是公司成功的祕訣，如果形式固定下來了，就必須破壞重建，當追求穩定的時候，也就是一家公司走到盡頭的時候。「小公司的話，就能做自己想做的事。」修說。賺大錢以後，就把公司賣掉，去紐西蘭還是巴塔哥尼亞、馬達加斯加找塊地蓋房子，接下來遊戲生活，這是他的夢想。「不，不是夢想，是目標。」

世上居然有這種大學生？步啞然地聽著他的話。居然連將來想要住在哪個國家都想好了。

「為什麼是南半球？」

「因為前半輩子一直住在半北球啊，我覺得後半輩子住在南半球也不賴。在北半球工作，在南半球玩耍這樣。」

聽起來像玩笑，但應該是認真的。他不管是骨骼、肌肉還是神經，都比一般日本人要強壯好幾倍，在荒野自行蓋小屋這點事，感覺一點都難不倒他。而且步的身邊感覺沒有同學會說這種話。聽他的口氣，連步都覺得「資本主義」不是好東西，或即使是不算太差的選擇，也有太多非解決不可的課題。儘管淒慘的事件頻傳，降溫不少，但聽說現在仍有學生參加學生運動，離開札幌，去了東京，就此一去不回，就彷彿迷失在森林裡。一惟就讀的神學系周圍，好像也有學生立志改革社會，思考該怎麼做才能徹底改造社會。但這更好理解多了。自己開公司賺大錢，哪有學生會想這種事？即使看起來如此快活——不，正因為快活，步認為修在大學裡一定是被孤立的。

「那，你是拉丁系的人嗎？」

步接著問。修笑道：

「是啊，或許吧。我父親是韓國人，是天主教徒。母親是德國人，新教徒。或許兩邊的特質都有吧。」

修讀國中的時候，父母離婚了。母親回去德國，父親現在仍在東京。他的本名是金壽桓，但離婚以後，對母親來說，兒子的名字就成了修提方・金。他說他現在還有連絡的就只有母親。

「我可以問個問題嗎？」

步停下腳步，看著修的臉。

「當然可以。」

「SEVEN STEPS的打工薪水不算高，你怎麼會在那裡工作？」

修笑了。

「確實，這跟我說的彼此矛盾呢。不過理由有兩個。一個是我喜歡爵士樂。但這一點我已經發現我做錯了。會點艾靈頓公爵的客人，一個月頂多才一兩個。每個人都只會一本正經地點自由爵士樂。另一個理由，就是為了見妳。」

步知道自己在黑暗的路上臉紅了。她不想被修發現自己臉紅，往前走去。她討厭油嘴滑舌的男人，也覺得這種話太輕薄。修察覺了什麼，沉默了。步默默無語地轉彎後，已經來到她租屋的公寓前面了。

「謝謝你送我。」

步盯著修的腳尖深深行禮，努力冷漠地說，背過身去，就要離開。

「明天還能碰面嗎？」

修輕快的語調依舊，但聲音略為嚴肅地問。步抬頭望去。露齒而笑的笑容消失了。眼神就像繫在店門口等主人出來的狗。看到那眼神，步心想他與其說是輕佻，或許只是單純的直率。

整體來看，修的舉止並不輕浮。如果他是意圖盡量輕鬆交談，好卸下步的心防，那麼他的做法正確且適宜地發揮了作用。而且他立刻便察覺自己似乎犯了什麼過錯。他似乎不是硬要強迫什麼，或是想要以謊言、偽裝來欺騙步。

明天沒有打工的班，星期一要交的作業也做完了。即使沒有這些，步也覺得可以單獨再見個面、想要和修提方．金再多聊一聊。她這麼想，說好明天再見面，道別了。

早上起來後，發現信箱裡有一封信。信上只寫了一些具體的事：要在札幌走一走，最好穿運動鞋類的鞋子；最好空手或揹背包；天氣預報說是晴天，不用擔心下雨；下午一點在SEVEN STEPS前面的郵局見。是昨晚丟進信箱裡才走的嗎？壓紋信紙上有兩腳直立的熊的紋章，信封也是日本看不到的形狀和紙質。似乎是以藍色墨水鋼筆寫的文字，相較於他壯碩的體格，意外地十分小巧。

步沒有背包，但有穿慣的帆船鞋。

星期天下午。修看起來和前晚有些不太一樣，笑容也減少了兩成左右，但明朗的印象依舊。步心想，或許昨晚他喝了酒。爵士咖啡廳六點過後也供應酒類。也許他空著肚子，喝了啤酒或紅酒，等待一樓打烊。這麼一想，昨晚的活潑和衝勁也能夠理解了。

但話有些少的修還是一樣率直、快活，沒有露出沉思或停滯的樣子。兩人搭乘公車和火車，前往野幌森林公園，進入幾乎沒有人的北海道開拓紀念館。兩人參觀古老的黑白照片和老地圖，以及從來沒看過的木製工具。修很熱心地花時間觀看每一樣展示品，閱讀說明文。然後回到西邊，去了大倉山跳台競技場。步第一次來到能夠俯瞰札幌市內的展望台。傍晚時分的市內零零星星亮起燈來，美麗極了。市區看起來比想像中的還要小。站在乾燥的風中，和昨天一樣青澀涼爽的氣味從修的身上飄了過來。步喜歡這味道。

最後去了修說全札幌最好吃的德國餐廳。餐廳本身就像修一樣明亮，有好幾種德國啤酒。拿起啤酒杯剛喝沒多久，修就滔滔不絕起來，笑容也彷彿爬坡又下坡似地愈來愈有衝勁。看著那張陽光而天真無邪的表情，步覺得這是她頭一回以如此輕鬆的心情和男人交談。

此後，兩人以修的步調迅速親近起來。週末開始待在修說是父母資產的公寓房間。意外的是，住處沒有女人的痕跡。當然，修的言行舉止，在在顯示出他交往過的對象應該不止一兩個。步覺得這是天經地義的事，但只要現在除了她以外沒有別人，就不需要嫉妒。

修打開總是維持適度空間的清潔的冰箱，迅速挑選食材，以用慣了的平底鍋或鍋子兩三下完成料理。蔬菜和肉類幾乎都不切，基本上只用鹽巴、胡椒、檸檬、黃芥末醬或醬油等簡單調味，但加熱的方式和時間拿捏得恰到好處，不管吃什麼，都是第一次嚐到的滋味。

母親登代子廚藝不是很好。她總是一臉嚴肅地切菜，刺眼地瞇著眼炒菜，都得花上老半天才能準備好。但步還是覺得母親的菜很好吃。「我不喜歡把食材弄到看不出原狀，像是剁得爛爛的或是燉上好幾個小時，那樣太麻煩了。」如果母親吃到修這樣的料理，會有什麼感想？

修也很勤於打掃和洗衣。他討厭窗戶霧霧的，會趁著洗衣機運轉的短暫期間擦玻璃。長長的手臂在玻璃上像雨刷似地順暢移動，玻璃變得亮晶晶。修也很會燙襯衫。熨斗前端以適切的力道和緩急，纖細地繞過鈕釦周圍，那動作讓人看得入迷。

修應該是不喜歡眼前的事物停滯沉澱。有時間猶豫，他會先採取行動，嘗試後失敗的話再重來，這對修來說，肯定不是有勇無謀，而是極為自然而合乎邏輯的事。

步也開始在星期六晚上做飯了。在枝留的時候，她幾乎沒幫忙過廚房活，所以沒有任何拿手菜。她去了大書店，買了步驟清楚的食譜，先依照上面寫的做做看。她煎了修喜歡的小羊肉，將搭配的蔬菜用鋁箔紙包起來烤，煮了紅蘿蔔濃湯。法式煎鮭魚、培根蛋麵、牛肉燴飯、什錦炊飯。修一邊吃著，一個勁地說好吃。他看著步的眼睛，說「我覺得妳有料理天分」。「怎麼說？」步問，修笑道「祕密」。步在桌底下踹修的腳。

很快地，步發現做那些修自己不會做的小孩子愛吃的菜色，他意外地會很開心。她開始做漢堡排和高麗菜捲。

和修在一起，就像以全身去體驗生命的喜悅。她訝異自己的體內居然有這麼多從來未曾動員的感受。

修提議同居時，步拒絕說還太早。她覺得實在太快了，而且萬一同居了，一定會沒有時間讀書、一個人思考。只要稍微想想，就知道這是顯而易見的事實。「還有點太早了吧？」她只是這麼說。「是啊，或許吧。抱歉，我太急了。」修露出一貫的天真無邪笑容。

向來都是步去修的住處過夜。

步覺得如果修想來她這裡，隨時都可以來，但沒有特別說出口。

從修那裡回來的星期天晚上，步取下房間牆上用圖釘固定的畫。是一惟畫了送給她的貝森朵夫鋼琴的畫。琴蓋打開，上面是一排琴鍵。只畫了整體約三分之一的右邊高音部。貝森朵夫那應該是金色的字母微微地發亮。不可能有聲音，但畫上彷彿聽得見琴聲。一條又一條的鉛筆線疊加上去，慢慢地變得立體。好似可以看見一惟動手畫圖的模樣。步用指甲壓平圖釘在畫紙左右戳出來的小洞，輕輕地裝進舊的大牛皮紙袋裡。她想了一下，收進書桌的大抽屜裡。

沒想到神學系要學的內容，枝葉伸展得如此廣闊，根扎得如此之深。只看樹梢，當然不可能看出鬱蒼的樹木整體是怎樣的輪廓。即使抓住樹幹樹枝，赤手空拳想要爬上去，感覺皮薄的手掌也立刻就會被磨破。

教授們並不是要把學生們引導到某處。對於勤奮向學的學生，他們不遺餘力。但已經習慣獨自思考的一惟遲遲找不到與老師對話的契機。寡默的羊在遠離中心的小丘上，無所適從地佇立在那裡，只是聞著風的氣味，偶爾客氣地吃吃草。

教科書使用的是連究竟在探討什麼都鑽研不出個頭緒的著作。其中的議題，不是從眼前這本書突然冒出來的。回溯時代的黑暗中，有許多古老的書籍以低沉或渾厚的聲音，異口同聲地議論著相同的問題。他發現為了讀通一本書，有堆積如山必須參考的書單。

即使覺得好像能俯瞰出課堂上是怎麼樣在探討些什麼，但議論本身的由來和過程、似乎由此衍生的普遍性，對現在的教會又能具有什麼樣的意義嗎？身為牧師的父親、枝留教會的樣貌、上教堂的每一個人的臉，他怎麼樣都無法將這些和神學議論的核心連結在一起。

也有不只一兩個學生搬出不知何時學到的、一惟從來沒聽過的歐洲神學家的名字，彷彿談論遠房叔伯似地，和教授挑起議論。

只有上牧會學的課時，他覺得話語和自己所知道的現實之間沒有隔膜。這堂課在下午，因此有不少學生打瞌睡，而且不點名，所以出席人數一堂比一堂少。後來一惟才知道，留到最後的學生，每一個都來自牧師家庭。

一惟把窗邊正中央一帶當成自己的固定座位，專注地寫筆記。筆記在考試結束後要繳交給老師。牧師與信徒間的對話有保密義務，因此即使無法循此查出說的人是誰，也絕對不能透露內容。「這堂課有學分，但我不能讓它在各位心中留下任何一點痕跡。為什麼要在一開始說明這一點？課程結束時就不需要解釋了，所以也沒必要預先說明吧。」

坂崎吉郎教授長年在美國中西部威斯康辛的教會擔任牧師。他以在美國教會真實發生的和信徒間的對話為例，極為真實。對於信徒的苦惱和傾訴，牧師該如何接納、應對？這堂課便是透過一則則個案研究，與學生一同思考。

一惟透過這堂課，首次得知「個案研究」這個詞。一惟認為，如果有什麼脫離神學的事物，那是否就是「個案」？每個人的人生都有著奇妙的扭曲、偏差。應該有太多數不盡的個案，是話語或信仰都無能為力的。

有慘絕人寰的事件。有剝奪信仰的深切絕望。犯下的罪行愈是重大，卻有人從當中感覺到喜悅的話，那該如何是好？有父母無意識地傳承給孩子的罪，如果發現這罪，試圖斬斷，會失去賴以為生的一切基礎，又有誰能支持這個人？這種時候，信仰真的有用嗎？

「遺憾的是，信仰並無法百分之百拯救人。因為每個個人所面對的危機，並沒有正確答案。在形形色色的場面當中，總是沒有正確答案的。如果有什麼比信仰、比光更先傳達給迷惘的人，那不是憐憫的心，也不是流淚的雙眼，而是純粹聆聽的耳朵。如何張大耳朵、如何側耳聆聽？如果弄錯這一點，就等於是把吊桶丟進無底的井中，連同繩索一起，再也不可能拉回來。應該在井底的地下水也會徹底枯竭。聆聽看似簡單，實則困難。如果要開口說話，就應該等到全部聽完後，再小心翼翼、如履薄冰地開口才對。」

第三堂課開始，一惟停止寫筆記了。沒有極限、同時又膚淺得可怕的人類所犯下的罪行，還有那些病態的嗜好及言行，究竟是什麼所造成的？牧師不去追溯它的源頭。但是在聆聽的過程中，有時告白的人會有意想不到的發現。就讓告白者自行去覺察。但牧師會繼續平靜地聆聽。因為信仰的目的並非尋求解決。

坂崎教授會彈鋼琴。

一直到一段時間以後，一惟才知道他是音樂批評研究會的顧問。

他覺得坂崎教授會在「聆聽」當中找出那麼深的涵義，與他彈琴應該不無關聯。

教會為什麼有音樂？因為有些事物是話語無法觸及的。一惟在進入神學系以前就這麼想。人會畫圖，也是將無法訴諸話語的事物寄託在形體當中。語言太不自由了。

每天早上一惟都去社辦打開貝森朵夫的琴蓋，一個人彈琴。

手指放上琴鍵，開始彈奏，很快就能得知自己今天的狀況。

敲琴鍵的指頭很硬。鍵盤很沉。這種時候，不管如何將意識集中在指頭，琴音依舊沉鬱、模糊。

這種日子，就以專用的布沾上清潔劑，一個個擦拭琴鍵。琴鍵變得光滑，指尖的觸感也不同了。光是這樣，有時琴音就讓人耳目一新。

有些日子情緒完全無法提振，但有時從第一個音就上軌道。琴音離開指頭，就這樣上升、擴散。碰到牆壁和天花板，筆直彈向這裡，敲響耳朵和頭蓋骨。也有些時候，體認著鋼琴是弦樂器也是打擊樂器的過程中，心情便會煥然一新。

巴哈的創意曲最適合用來測試鋼琴的心情好壞。無論再怎麼試圖以輕盈、適切的速度演奏，還是會有種艱澀之感。一惟忍不住想要懷疑，巴哈寫這首曲子，其實是為了告誡：不要沉醉在彈奏裡。

敲門聲響起。

一惟停手，豎起耳朵。他知道是誰在敲門。應該繼續彈下去嗎？還是該站起來開門？一惟動彈不得。

似乎看透了他的遲疑，門打開了。

「怎麼了？」

聲音的主人深信眼前的男人是只有自己知道的祕密對象，並且一惟也同樣深地瞭解自己，毫不懷疑。

「我昨天打電話給你，可是你不在。你出門了？」

「嗯。」

回頭一看，站在那裡的女生面無笑容，表情有些疲憊，彷彿在主張他應該從這些跡象有所反省。每個人都知道她與音樂批評研究會的會長關係匪淺，會長似乎也覺得誰知道都無所謂。

一惟心中沉眠的情感蠢蠢欲動起來。他無聲地吐出近似嘆息的呼吸，將羊毛氈蓋上琴鍵攤平，兩端對齊，闔上琴蓋上鎖。巴哈和音樂都消失無蹤。

「你早上還沒吃吧？」

一惟默默點頭。

「我也還沒吃。我們去吃飯吧。」

去哪吃？一惟把話吞了回去。這是多此一問。一惟比她更強烈地期望比起早餐，兩人之間能先不用交談，並持續不再交談下去。

12

一枝姊很會做菜。像是蛋包飯、牛肉燴飯、高麗菜捲，還有煎餃、咕咾肉、春捲等等，都是她的拿手菜。可樂餅和豬排也很好吃。有時候還會看書，做出我們從來沒吃過的菜。怎麼樣？是《生活的手帖》上面的食譜，我覺得看起來很好吃就做了。一枝姊這麼說，最後總是呵呵笑。

為什麼要笑呢？是害羞嗎？新菜很好吃，但我比較喜歡平常吃的菜。但這樣說對一枝姊過意不去，所以我不會說出來。

一枝姊不煮魚。因為她討厭魚。她說她更討厭生魚片。我問她為什麼？為什麼喔？她自言自語地說。我就是不會想要吃魚，呵呵。

賣魚的會去登代子家。他不會說「賣魚的來了」，而是歌唱似地說「啊～賣魚的來嘍～」，站在廚房後門，所以馬上就知道人來了。不管雨天晴天，總是穿著長筒靴。大大的圓木桶裡面裝了冰，打開蓋子，便會飄出冰冰涼涼的魚腥味。魚就排在青翠的大葉片上。大翅鮶　眼睛大如銅鈴，好像瞪著這裡看，但其實什麼都看不見。因為魚已經死了。死魚眼什麼都看不見。「今天有什麼好吃的？」登代子問賣魚的。

媽是產婆，非常忙碌，燒的菜總是那幾樣，千篇一律。戰爭結束後，換成一枝姊在廚房忙活，此後

媽更少下廚了。一枝姊從途中扛起了母職。

傍晚的時候，會飄來燉魚的香味。媽有時候會燉油鰈。登代子應該是向媽學的。因為登代子和哥結婚以前，從來沒有下廚做過菜。智世說這太讓人驚訝了。可是登代子煮的燉魚，不知不覺間有了跟媽做的一樣的香氣。濃郁、甘甜的香氣。

一枝姊和智世都是從小燉魚吃到大，怎麼會討厭起魚來了呢？聞到登代子家飄來的燉魚香，一枝姊和智世會不會想起媽？我就會。會想要再吃媽燒的菜。看智世那樣子，老早就把媽忘得一乾二淨了。

智世從來不下廚。她擅長珠算、找零錢、稅金和數字這些，但她從不下廚。她動不動就生氣罵人「怎麼連這都不會」、「妳在搞什麼」，自己卻不下廚。

只要談到錢，她就會眉飛色舞，嗓門變大。我不喜歡談錢的事，真的很想要她住嘴。聽起來真的很勢利。可是智世喜歡花錢。每次去札幌吃美食、買昂貴的衣服，雙手提著滿滿的購物袋回枝留，她總是心情很好，嘰嘰呱呱的吵死人。可是平常她不會穿那些昂貴衣服。只有和登代子一起的時候、過年和御盆節的時候，才會穿那些買來的昂貴衣服。也會戴上真珠項鍊。還會去美容院。我覺得她是想要向登代子炫耀她有好衣服穿。她應該覺得很得意。

以前教茶道的時候也是，她買了許多昂貴的用品。哪一樣怎麼樣所以很貴——她總是一臉得意地像這樣說明昂貴的理由。

做菜、打掃和洗衣，每一樣我都不擅長。也不喜歡茶道。其實我喜歡洗衣服。我喜歡把衣服一件件收進來，一件件疊好。我喜歡衣物乾燥，散發太陽的味道。可是智世會挑剔我折的衣服。我的天啊，看看這個人，都已經十分鐘過去了，居然還在折，快點好不好，真的有夠慢吞吞的，受不了。

智世不在的時候，我會折衣服。智世在的時候就不折。智世都亂折一通。可是如果說出來，只會被她罵得更難聽，所以我不會說。

我也不擅長裁縫。光是要把線穿進小小的針孔，都會把我折騰上老半天。手會抖。我縫補鈕釦，智世就笑我：「縫成那樣，馬上又會掉了。叫姊縫比較好吧？」然後搶走我袖釦縫到一半的上衣。

「至少自己的事要學會自己做吧。」

一枝姊和智世都不在的時候，媽看著我這樣說。我納悶媽是在生氣嗎？可是媽並沒有生氣。我知道她是在擔心我。

我知道至少自己的事要會自己做，但其實如果要自己處理自己的事，那應該是指煮飯、縫紉、打掃這些全部。我覺得只要智世不在，我都做得來。只要慢慢來，一定做得來。可是智世在家的時間比一枝姊更長，她只要看到我在做，就罵我笨手笨腳、慢吞吞，把東西搶走，或是不讓我做。

野木三郎凡事都能一手包辦。他看到我在做事，總是苦笑不已。那樣神經質、什麼事都能自己來的人，為什麼非再婚不可？我很快就發現，他是想要做那件事，所以才會想要再婚。一想到他過世的前妻也做過一樣的事，我覺得更噁心了。野木三郎是鐘錶商，一整天都坐在一樓店面。這也讓人很討厭。我也討厭那奇怪的像單邊眼鏡的玩意兒。

御盆節的時候，我向一枝姊訴苦。說著說著，我淚流滿面。一枝姊找媽商量。媽好像說，一開始就已經好好跟我說過了，但我無論如何都不願意的話，那也沒辦法，叫一枝姊叫我回家。

野木三郎對一枝姊說，如果理由是我精神有病，就跟我離婚，但如果是什麼個性不合，就不跟我離婚。但一枝姊沒有告訴我這件事。這是智世跟我說的。我身體不舒服，就會去醫院拿藥，所以我知道我生病了。但是不是精神病，我就不知道了。

決定要離婚以後，我回去枝留的娘家想談談，撞見爸把土鍋扔到院子裡砸破。一枝姊下去庭院撿起破掉的土鍋。我不知道爸是在氣我的事，還是在氣別的事。一枝姊看到我，尷尬地笑道：「妳回來得剛好，可以幫忙遛一下狗嗎？」伊予很可愛。伊予是母狗，卻不怕熊，我邊走邊問牠：「你有一天也會結婚嗎？」但伊予好像不知道我在說什麼，不停地往前走。

遛狗回家以後，每個人都還是怪怪的。爸沒有說可以離婚，也沒有說不許離婚，表情很恐怖，一直在看報。真二郎哥抱著胳臂，默不作聲。我和一枝姊說話。

離婚以後，一枝姊帶我去枝留教會。

牧師的話我聽不太懂。如果耶穌可以來枝留回答我的問題就好了。可是一枝姊說耶穌是很久很久以前的人，已經不在了，絕對不可能來的。耶穌是個怎樣的人呢？他怎麼笑、怎麼生氣呢？他吃什麼，又喜歡吃什麼呢？手和腳被釘子釘住，一定很痛吧。聽說他又復活了，是真的嗎？

媽已經不在了。很久以前就死了。已經不知道是幾年前的事了。她接生了很多小孩，然後自己死掉了。都還沒活到老太婆的年紀呢。倒下的當天就走了。爸為了辦喪事，從札幌回來了。好久沒看到爸了。爸也已經不在了。附近有好幾個大嬸哭了。我們沒有一個人哭。

檢查攝影機的日期和時間。2012.06.08——電量滿格。開始攝影後，到今天剛好滿一年。

山中小屋位在超越林木線的高度。放眼望去，沒有任何一棵高聳的樹木。

灌木和岩石裸露的山地，三個月前仍被白雪覆蓋。一旦颳起暴風雪，便完全看不到任何有形的事物。雪花打在臉上的觸感，充斥耳中的風的呼嘯。唯有這些，讓人得知自己和外側之間的境界。現在山地各處仍有一團團白色，但那些並非殘雪，而是綻放白花的高山植物群。

一走出小屋，背部便感受到強烈的陽光。帶有太陽氣味的乾燥的風，毫不客氣地撫過臉頰。被冰雪覆蓋了許久的岩石，也謹守著冥思僧侶的額頭般厚實的沉默，只是讓陽光溫暖著。女導播、還很年輕的記錄人員、資深錄音人員上來第四趟，也已是一副對這座山的每一個角落瞭若指掌的表情。彼此話不多，是因為這場拍攝已經進入尾聲的緣故。有一天我想帶著相機再上來。一個人輕裝上陣。

森林落葉，層層疊疊腐爛的葉子被微生物分解，化成濕軟的泥土。登山者將它們一步步踩實。但高山的山路沒有這樣的循環，曝露在風雪下變得脆弱的岩石崩解化成砂礫，被登山鞋踩出乾燥的聲響，化作面無表情的獸徑般物理線條，延伸而出。

走在森林裡的道路，下方會湧來溪流的水聲。說不出是什麼樹種的林蔭傳來歌鴝的鳥囀，在森林裡迴響。四周圍瀰漫著樹液的甜蜜香氣、腐朽的倒木酸餿的氣味。高山的山路就不會像這樣撫慰人們的耳朵、皮膚和嗅覺，而是削去無用的一切，催促人們前行。棲息於森羅萬象的神明不知不覺間被遺留在某處。感覺正確實地逐步靠近看不見、平時甚至感覺不到、無法以言語表達之物。偃松上高歌的岩鷚的啼聲也被吸入空無的高空。高山就是被這樣的氣息支配之處。

登山家會朝八千公尺級的山峰邁進，是不是因為那裡沒有樹木、也沒有微生物蠕動的腐葉土，連空氣都極盡稀薄，鳥囀、流水聲、人類的嘈雜也傳不到耳中？透過身體聽得到的，惟有自己的呼吸聲和心臟的脈動。除了自己，生物的氣息無限接近零。所有的一切後退、淡薄，一片寂靜。

唯一確實之物，就只有冷然不動的岩石，然而它又不夠確實，足以維繫生命。站立在有時能輕易奪取性命的巔峰岩塊上，四下是沒有任何事物能輕易追上的全方位光景。這景觀已不屬於這個世界。登山家站立在山頂，切膚感受到自己的身體超過一半進入了死界。死亡，是面無表情、不發一語的龐然鄰人。

春季過去，短暫的夏季便突然開始了。加緊速度展葉開花的高山植物，在岩石裂縫及砂礫上形成一群又一群。昆蟲前來吸取花朵一丁點的花蜜。耳畔掠過蟲子振翅聲。

嚴冬時期的山，早已是遠古的幻影。即使閉上眼皮，太陽光烘烤著肌膚，連肌肉都被融軟，怎麼樣都無法回想起冷硬的冬季感覺。

讓眼睛甚至睜不開的暴風雪持續了好幾日。整整兩天被封閉在小屋裡。

有水和糧食，有燒焦煤的大肚爐，也有燒煤球的暖桌。但小屋的溫度依然直線下降。錄音人員喝了威士忌睡著了。導播一直在寫記事本。記錄人員讀著放在小屋裡的舊書。即使鑽進睡袋想要入睡，地鳴般的風聲、小屋木材吱呀不停的呻吟、風雪毫不留情地撲來，如砂礫同時擊打般的聲響，也把人從睡夢中又拖出來。你到底在這裡做什麼？

第三天，走在被高氣壓覆蓋的雪地上。穿上雪鞋，慢慢地踩過柔軟的新雪往下走。

遠遠地望去，白皚皚的世界沒有生物的氣息。但走下約四百公尺後，岳樺的枝幹突出雪地，蓬鬆凹凸的雪堆裡，有東西身體埋在其中，只探出頭來呼吸。從雪裡探出一小點，看似樹梢或冬芽的黑尖之物，是鳥的眼睛和嘴喙。此外的部分全覆蓋著白色的羽毛。

一片雪景中，只有被風吹得微微倒豎的白色羽毛展現出活物的生機。眼周貼著雪的結晶，也沒有要將其甩掉的模樣。

我這邊也坐在雪地上，片刻間只是盯著雷鳥的頭部。重要的是配合呼吸。無聲無息地固定好三腳架，開始攝影。

雷鳥按捺不住地動了起來。身子一陣顫動，從埋藏的地方現身，白色的翅膀就像吹進空氣似地蓬鬆起來。輪廓就像把夏季的雷鳥放大了兩倍。不是儲存了脂肪而變胖，而是豎起鳥皮上的羽毛，儲存體溫加熱後的空氣，防止體溫下降。

距離該處不遠的另外四個地方，也出現了同樣大小的雷鳥。牠們彼此發出低沉的「庫伊」叫聲，開始慢慢地走過雪地。連腳都長滿了密布的羽毛，看起來就穿著雪靴。

雷鳥在雪地上行走，彷彿清楚人類不會對牠施加危害。來到半倒的樹枝處，便伸長脖子開始啄食樹梢。應該是岳樺的冬芽。

來到雷鳥剛爬出來的洞穴。吻合胴體形狀的橢圓形底部積了許多鳥糞。從糞便的數量，可以看出暴風雪肆虐的兩天之間，牠都一直靜靜地守在這裡。暴風雪到來之前，牠應該都不停地啄食著這棵岳樺的冬芽。而現在看似平靜的牠們，肯定其實都餓壞了。

但寒冬季節並不會對雷鳥的生命造成決定性的威脅。捕食者無法來到這裡，又有糧食，保暖措施也萬無一失。由於尚未進入繁殖期，公鳥之間也沒有地盤之爭。這個時期的公鳥形成鬆散的集團，維持著若即若離的關係。

從冰河時期，日本與大陸相連的遠古開始，雷鳥的外形便毫無變化，在寒冬也不冬眠，也沒有遷至溫暖的地區，就這樣在同樣的山區，靜靜地委身於冬季的變化。約一萬年前，冰河時期結束，日本列島自大陸逐漸孤立的時候，日本列島地區的雷鳥有一部分停留此地，目送其他同伴們遷往大陸。但隨著氣溫上升，牠們的棲息區域逐漸提高到標高超過二五〇〇公尺的高山。就連人類，也無法抵達這個高度。由於不會啄食農作物，也沒有理由遭到人類獵捕，漸漸地，雷鳥被當成了神鳥。

小步和小始都很可愛。

其實小時候更可愛多了。但小孩子可愛，和小狗的可愛是一樣的。兩人都變得成熟許多，看起來也聰慧不少。有時候見到他們，就會忍不住想問他們許多事。

之前法事吃飯的時候，小始坐在我斜對面。等待飯菜上桌的期間，我問小始喜歡哪一型的女生？小始一臉發窘，然後臉紅了。「小始他應該沒什麼喜歡的類型啦，大概。他太難搞了。惠美子姑姑，妳可以問我啊。……我呢，對男生的長相和身材不怎麼挑剔。男人就要溫柔。」小步笑咪咪地說。是啊，溫柔的男人才好，我也附和說。小步好像讓教會牧師的兒子騎機車載過。智世曾經小小聲地向一枝姊打小報告。一枝姊只說：「咦，這樣嗎？一惟這孩子很棒啊，人很和善，而且都會幫他爸爸。」

我的兄弟就只有真二郎哥哥。如果我有個像小始的弟弟就好了。乖巧的弟弟。我受夠潑辣又聒噪的妹妹了。小始很會打扮，就像電視裡出現的人一樣，有些脫俗，看起來不像小步說的那麼難搞。

我常聽到他在聽英文歌。如果去了外國，他會用英語跟外國人說話吧。一枝姊和智世經常出國，我問她們怎麼跟那邊的人說話，智世就說，我們又不會講英語，怎麼可能跟他們說話？我是在問一枝姊，卻是智世插進來回答。交給導遊就行了啊，雇導遊不就是要叫他們做這些的嗎？而且我們去的是德國、瑞士、義大利、法國，還去了北歐呢。有很多地方說英語是不通的，懂嗎？世界很大的。遠到必須坐一整天的飛機，好不容易才能到呢。去到那麼遠的國家，像枝留，連世界地圖上都找不到嘍。

智世到底是喜歡枝留，還是討厭枝留，教人弄不明白。整天嘴邊掛著外國外國的，怎麼不搬去外國住算了？可是從來沒聽她提過想要住在外國。還是日本的白米飯好吃，對吧，姊？從外國回來的時候，智世也會說這種話。一枝姊會立刻露出笑容：是啊，白米飯還是日本的好吃。

從外國回來後，每到星期天，一枝姊就會整理照片。將旅行拍的照片，一張張貼在大相簿裡。決定好貼的位置以後，旁邊再貼上寫了註解的紙。一枝姊很一板一眼。她會打開小記事本，重讀日記，寫下註解。內容不難，我也看得懂。我也不是不羨慕，但就算去了陌生的國家，我也不知道要做什麼好。

相簿裡的哥本哈根、奧斯陸、斯德哥爾摩。我在電視上看到過，但不知道在哪裡。房屋的顏色很漂亮，牆壁是檸檬黃和紅蕪菁色的。照片上有著連在電視上都沒看過的形狀的房屋。像這樣看看一枝姊整理的相簿，我就心滿意足了。

沒坐過飛機的就只有登代子和我。我只問過登代子一次，想不想坐坐看飛機？她笑道：「完全不想。」我也不想。登代子說：「對啊，枝留最棒了。第二好的是旭川。」

旭川是登代子出生的地方。旭川的路很大條，有許多大樓。登代子很期待有時候可以坐火車回娘家，和哥哥、嫂嫂、姪子姪女們相聚。小步和小始有時候也會去旭川。

冬天過去，春天到來了。可是我不喜歡春天。積雪完全融化，庭院草木萌芽，鳥發出清脆的啼聲，狗開始掉毛。我覺得我是不喜歡各種變化。覺得只有我一個人還是老樣子，還是那樣糟糕、礙事。覺得人家都在說最好沒有我。

連呼吸都覺得累。就好像掉進沒有人會來拯救的地窖漆黑的深淵，動彈不得。

「我開原來的藥給她吧。如果等到完全提不起勁做任何事再吃，反而不好。姊姊妳只要發現她似乎有一點難受的樣子，就催她吃藥吧。」

一枝姊行禮說「謝謝醫生」。我也想說「謝謝醫生」，聲音卻卡住了，說不出來。

都已經四月了，卻沒有絲毫春意，放眼望去盡是雪色當中，雷鳥開始褪去白色的冬羽。公鳥從頭部到頸部，從頸部再到胸部，逐漸摻上黑色的夏羽。不久後，雪地開始露出偃松和岩石的一部分，就像點點錯落的黑影。白色的雷鳥身上斑駁的黑羽，就像是春季的預兆。

雷鳥的動作也活潑起來。以林木線一帶為家的公鳥們頓時變得毛躁不安，帶著確信飛起，貼著白色山地振翅飛升。原本寂靜無聲的雪地，開始頻繁地傳出公雷鳥短促的啼聲。

超越原本地盤所在的高度二五〇〇公尺的地區，在露出的偃松樹梢、突出的岩石等地，公鳥們展開劇烈的廝殺。

隆冬時期，公母雷鳥都是一樣的純白色，然而隨著春意萌發，公鳥的眼睛上方會隆起菌絲般鮮紅的肉冠，讓人聯想到雞冠。在寒冬形成鬆散的群體共存的公鳥們，現在卻豎起尾巴，伸出尖喙，甩動著鮮紅的肉冠，驅逐對立的對手。有些公鳥過度專注於眼前的對手，導致視野狹窄，疏於留意上空，被守株待兔的金鵰俯衝而下，一眨眼淪為盤中飧。這個時期雪地依然占據優勢，因此只要劇烈活動，從上空是一覽無遺，而且偃松的內側也沒有可以立刻鑽進去躲藏的空間。

春季從山脊往西而下的風衝地開始正式降臨。風會將雪吹散，因此這裡的積雪量原本就少，雪融得也快。巖高蘭、峰蘇芳、越橘等高山植物迫不及待地萌芽、開花、結果。無論是芽、葉、花還是果實，全都是雷鳥啄食的食物。銜著花朵而來的昆蟲，也是寶貴的蛋白質來源。

決定地盤的時期，晚了一些來到林木線的母鳥開始擇偶。同時更進一步換毛，母鳥變成褐黑細紋、如雉鳩般的紋樣，公鳥則變得更加黝黑光澤，肉冠亦更加鮮紅地鑲在眼上。

數萬年前的冰河時代，北極圈的植物也進入日本列島落地生根。冰河消退，日本列島自大陸切斷後，留下來的植物僅在高山地區存活。

雷鳥與高山植物生死與共。雷鳥的棲息數目，與高山植物的分布維持著絕妙的平衡。雷鳥不僅不會將整株植物連根吃盡，有時還會將種子隨著糞便散播到別處，增加新的植株。灌木、高山植物和岩石分割地表，逐步形成戈布蘭地毯般的景致，這個過程當中，也有雷鳥的一份貢獻。

進入五月，低矮的偃松變得翠綠，結為連理的雷鳥挑選出適合築巢的空間。偃松是極適合用來藏身的灌木。挑選好築巢的地點後，雷鳥會從離巢稍遠的地方進出，免得被看出鳥巢所在。雷鳥會利用偃松的枯枝，打造可容納五、六顆蛋的鳥巢。母鳥漸漸不見蹤影時，就是六月孵卵季節的開始。

公鳥會持續監視地盤，但沒有要從外敵手中保護母鳥、蛋或是破殼小鳥的樣子。比起地盤內側，公鳥似乎更關心外側。孵卵時期，母鳥有時會離巢覓食，再返回鳥巢。但這段期間，幾乎不曾觀察到公鳥保護毫無防備的鳥巢，或是發現侵入的外敵，將之驅離的行動。白鼬、貂、狐狸、烏鴉會透過氣味和聲息找到鳥巢，吃掉鳥蛋。有時短短四、五分鐘的空檔，巢裡的蛋就會全軍覆沒。

進入七月，雛鳥順利孵出，會鑽進母鳥的身體底下，用母鳥的體溫乾燥濕答答的羽毛。當眼睛睜開，一能夠視物，便立刻跟隨母鳥離開鳥巢。一旦離巢，母鳥和雛鳥都再也不會歸來。雛鳥不是由母鳥餵食，而是模仿母鳥的啄食行動，以自己的喙啄食。青栂櫻、珍車、巖鏡的花和葉子，是雛鳥和母鳥的食物。也會吃聚集在花上的昆蟲。剛出生的雛鳥這趟最為凶險的第一場遠征，不會有公鳥陪伴。

在高山低溫的環境裡，還無法自行調節體溫的雛鳥長時間離開母鳥，會造成體溫流失。牠們會變得昏昏欲睡，行動遲鈍。母鳥注意到不對，會把雛鳥叫過去，將所有的雛鳥包覆在身體底下，暫時幫牠們保暖。體溫恢復後，雛鳥再次飛出母鳥身下，開始啄食。若是遇上多雨的冷夏，雛鳥的生存機率便會大幅下降。

對於來自上空的獵食者的攻擊，母鳥沒有積極的防堵方法。但是當紅隼、金鵰、熊鷹等現身，隨著上升氣流開始偵察地面時，母鳥就會發出特別的警告聲，命令雛鳥們定在原地不動。雛鳥們會像中了催眠術一樣，一動不動，從上空幾乎不可能分辨出牠們的樣貌。待獵食者找不到獵物離去後，母鳥又會發出特別的叫聲。於是雛鳥就像催眠解除般，再次活動起來。

這個時期，有時罕見地可以觀察到雷鳥成雙成對地結伴行動。幾乎都是由於某些原因，沒有孵出雛鳥的伴侶。由於公鳥的數目比雌鳥更多，因此所有的雌鳥一定都有伴侶，而有不少公鳥落單。

雷鳥只要離巢，就再也不會復返，但順利長大的公鳥在隔年劃定地盤時，多半會與原本的地盤相重疊。相對地，許多雌鳥會移動到遠離出生地的地區。透過觀察可以得知，雌鳥一生的飛行距離遠多於公鳥。

對雷鳥而言，晴天是危險的徵兆。因為金鵰和熊鷹會順著比平時更強的上升氣流，從下方現身。高山被濃霧籠罩時，登山者會失去方向感。分不清楚東西南北、上下左右，連腳底下都變得飄忽不定。這種時候，只能按兵不動，等待大霧散去。如果胡亂前進，天晴的時候，就會迷失自己的位置。

在這樣的濃霧籠罩中，雷鳥母子不必擔心天敵，可以盡情啄食。

這樣的母子關係，僅持續約兩個半月就告終了。十月初，下起霏霏細雪時，剛成年的雷鳥便獨立了。母親的溫暖、手足的連繫也漸漸淡去，牠們迎向第一個冬季。

枝留沒有梅雨。

無法想像每天都被雨所籠罩。

但還是有連下個兩三天的雨，形成大水灘的時候。繫在庭院的狗哼哼唧唧。空氣潮濕，所以有狗的味道。

小步去札幌念大學以後，換成小始去遛狗。聽到他穿上雨衣，說「吉洛，走吧」的聲音。

無事可做的就只有我。

我只會看電視。我不讀報。

小步大學畢業後，會去哪裡工作？還是會跟牧師的兒子結婚？

一枝姊每天都去老人院。星期天就上教會。智世在某家公司當會計。她動不動就說「姊，我們去札幌」，出遠門購物，吃美食，然後回來。隔壁的登代子沒有出去工作，但生了兩個孩子。

電視裡的對口相聲講了好笑的內容，我笑了。有時電視劇來到悲傷的場面，我也會哭。但關掉電視，就全部不見了。

細雨綿綿的週末結束，到了星期一。氣溫急速升高。吸飽了雨水的地面冒出悶熱的蒸氣。額頭和喉嚨冒汗。

我最好消失不見。

我覺得一枝姊的呵呵笑，不是在對我微笑。她只是自己在笑。我覺得是為了掩飾悲傷而笑。讓一枝姊悲傷的原因是我。

我不在最好。

彷彿不是自己的哭聲衝上喉嚨。

如果哭著哭著，就這樣融化不見，那就好了。

怎麼也哭不停。不是我的人哭著哭著，變成了我。

「惠美子姊，妳怎麼了？妳還好嗎？」

我聽到狗的鎖鏈聲，接著是登代子的聲音。

淚水更凶猛地決堤而出，再也無法控制。登代子把手帕塞進我的手裡。

雷鳥的數目日漸減少。

以前在淺間山和八岳也有雷鳥棲息。跨越石川縣與岐阜縣的白山也有雷鳥。但白山的雷鳥在一九三〇年代消失，以白山為棲息地的一群被視為滅絕。

二〇〇九年五月，某個登山客在小雪紛飛的白山目擊了一隻雷鳥，用相機拍了下來。這張可以看出是母鳥的照片送到了保護中心。

這隻雷鳥暫時被研究人員捕獲，採集羽毛，分析DNA。幾年後為了進行保護及觀察，戴上腳環，放生野外。偃松底下留有築巢孵蛋的痕跡，不過是無精卵，沒有交配的公鳥。抽血進行更進一步的DNA分析後，查出單獨棲息在白山的這隻雷鳥，應該屬於棲息在北阿爾卑斯山的雷鳥群體。

學界認為，雷鳥的飛行距離至多只有二十多公里。

牠究竟是如何從北阿爾卑斯山飛到白山來的？北阿爾卑斯山到白山之間有超過十座山頭連綿，山頭之間最遠超過二十多公里，並非無法飛越的距離。學者推測，這隻雷鳥應該是一座山接著一座山，一路飛到白山來的。在每一座山頂被雪覆蓋的隆冬時期，是有可能朝著白色的山峰飛行的。牠是不是就像這樣來到了白山，卻再也回不去了？

母雷鳥到底是追尋著什麼而飛？研究家也無從得知牠的動機。

13

約翰・甘迺迪國際機場散發著油氈地板和不鏽鋼牆壁被行李箱和推車摩擦、碰撞製造出來的無機質氣味。立定在各處的都是一身制服、手上拿無線電的機場人員，下車的旅客都以最短直線距離穿過熟悉的機場內部，前往目的地。

從天花板附近的標示中尋找JEK EXPRESS，而不是TAXI或BUS。因為一直往上看，嘴巴變得有點半開。感覺快迷路了，始連忙放慢速度，或突然改變方向，畫出來的軌道完全不是直線。那副模樣簡直就像揹著一塊告示板，上面大大地寫著：如您所見，這位日本年輕人是頭一次踏上紐約的觀光客。

這是他生平第一次出國。在飛機上，他一直處在無法解釋的衝刺興奮狀態，完全無法闔眼。然而開始排隊等候入境檢查的時候，呼吸一下子急促起來，自覺在每個人都在讀書工作的十月一日星期三，想要以「觀光」名義入國的自己可疑萬分，一定會被懷疑是來非法打工，而自己又沒有任何文件或方法可以證明他完全沒有要打工的意圖，眼看就快輪到他，近乎妄想的不安越發膨脹，興奮之情也一下子餒了。

黑人官員向他招手，望向始的入國登記表和護照，提出兩個如同題庫的問題，聽完他沙啞的回答後，發出和郵局一樣的聲音，蓋下入境章，接下來便以漠不關心的表情交還護照。至於海關檢查則形同

虛設，始兩三下就被放行了。

最便宜的機票，是西北航空晚上七點多抵達的班次。到旅館辦理入住手續時，都已經快九點了。萬一搭JFK特快車下錯站，後果不堪設想。始買了好幾本旅遊書，反覆鑽研，把前往曼哈頓的路線圖都背起來了。在57街車站下車，走出地面，經過兩個街區，就到旅館了。

他看到如同旅遊書的標誌，搭上JFK特快車，裡面站了個警察，身上的深藍色制服繃得緊緊的，彷彿在強調厚實的胸膛。位在可以直接睥睨車廂內高度的那張臉，看不出任何感情。就連他想要從什麼保護誰都不知道。始靜靜地待在警察的視野範圍內，緊緊地抓著行李箱，從整個骯髒模糊的車窗看外面。每當看見瞬間掠過的貼磚站名，他便與腦中的路線圖車站逐一比對。

比所有的人搶先注意到列車滑進57街站的始，一面提心吊膽地下車，一面環顧月台上有無異狀。接下來就沒有車廂內的警察監視了。

姊姊步爽脆的聲音在腦中響起：紐約很危險吧？你行嗎？——不，好像因為「I LOVE NEW YORK」活動，變得非常安全。百老匯戲劇好像持續著史無前例的長期上演，紐約市馬拉松也很受歡迎，只要別誤闖東村，就沒什麼好可怕的。妳看過伍迪．艾倫的《曼哈頓》嗎？現在的紐約就像那樣。已經不是《計程車司機》那時候的紐約了。說這話時，始的腦中也響著《曼哈頓》的原聲帶音樂。祖賓．梅塔指揮、紐約愛樂演奏的蓋希文組曲。甜蜜而感傷，並且活力十足的一九二〇年代美國音樂。弟弟喬治已經不在了，但哥哥艾拉．蓋希文還在世。

都已經向步一口咬定絕對安全了，如果在抵達旅館前喪命，那就太難看了。一直以來，始總是被步以溫和的口吻駁倒。始都已經二十多歲了，步還是一樣拿他當小弟看待。步踏上研究者之路，已經決定明年要進入三鷹的東京天文台就職，始知道姊姊總是對他消極的態度感到焦急難耐。始沒有積極求職，說要去紐約，步絕對認定這只是一場逃避之行。

始說想要報考文學院時，理所當然地和父母大吵了一架。始打算無論如何都不讓步。意外的是，步支持父親。但始不是直接聽她對自己忠告，而是從父親口中聽到她的立場，這更讓他感到受傷。

「步也說文學不是該在大學學的東西。森鷗外、安部公房、北杜夫這些知名作家，聽說他們每一個都是醫學院出來的。不過就算你現在想考醫學院也來不及了。……找工作也是，到底有哪裡會錄用文學院的畢業生？」

始覺得遭到了背叛。父親列舉的那三個人的書，姊姊的書架上確實都有。可是姊姊從來沒跟他提什麼那三個人都是醫學院畢業的事。

進入東京的大學文學院不久，始便大失所望。

那樣不顧百般反對考進來，他卻深切地體認到「文學不是該在大學學的東西」這句話。他只出席不致於被當的課堂次數，接下來便自己看書，看電影和舞台劇。他沒有把他對文學院的失望告訴任何親人，過了三年，一眨眼就成了大四生。

他覺得有趣的，只有課程名稱平淡的「書籍史」這門大教室的課。從死海的洞窟發現的《舊約聖經》的書卷殘片，到稱為codex的冊狀抄本出現，現代書籍的原型是如何形成的？這門課就是綜述「書本」——皮革封面的書背呈平緩的曲線，使裝訂的內文紙張形成弧形，易於用手指翻閱——的原型完成之前的變遷過程。進入十五世紀，古騰堡發明活字印刷術，使同一本書能夠以抄本的好幾倍速度完成。做為聖典和宗教書，原本需要一冊冊手抄、特別製作的書籍，逐漸有了做為可供買賣的商品價值——結果引發了宗教改革，開啟了每個人都能閱讀小說的時代——課程內容介紹了這段歷史。

古騰堡印刷、裝訂的第一本書是《聖經》。雖然只有少少的一百數十幾冊，但活字與印刷術的發明，是更早於哥倫布發現美洲大陸的一大創舉。當時曼哈頓還是原住民狩獵而居的土地。要到印刷術發明更久更久以後，荷蘭人才開始進入殖民。始會來到紐約，就如同步所猜測的，是為了逃避求職活動。自己實在不可能成為上班族。他覺得自己不可能工作。大四生從十月一日開始就可以拜訪各家公司。在夏天來臨前，拿到厚厚的求職教戰手冊般的東西，在內附的明信片填上必要事項，寄給各家企業——始明白求職的一切似乎從這裡開始，但自己對公司有什麼樣的期待，完全沒有具體的想像。

再說，他根本不懂進公司工作是怎麼一回事。他做過劇場大廳的天花板清潔和物流公司的包裝助理等打工，所以知道日薪不錯的勞力工作。但穿著灰色的工作服，從星期一到星期六不斷反覆做著相同的工作，他就無法想像了。他沒有那樣的體力和精神。如果成為白領上班族，就會被派到某些單位，單位裡有課長或部長，一天八小時都要被拘束在公司這個空間。接下來的事，也就是要在那樣的空間裡做些什麼事，他怎麼樣都無法想像。

看看同學，比起在公司如何工作，他們似乎更關注該公司製作什麼，或提供什麼服務。薪資待遇如何、會不會派駐外地、離職率如何、福利如何──始甚至不懂福利是指什麼，到現在依然一知半解──同學們似乎以這些做為選擇標準。至於實際上會在公司裡如何工作，卻沒有任何人談論。白領工作是不管換哪一家公司，都半斤八兩嗎？雖然覺得應該不可能，但始猜想或許其實就是如此。

留到肩膀的頭髮也在暑假即將結束時剪掉，換成理髮廳範本照片上的髮型。購買新的深藍色西裝，參加公司說明會──好像是這樣的步驟。也開始經常聽到「面試技巧」這個詞。

既然無法想像工作的自己，就無法跳進成為上班族的流程。他實在不認為成天窩在公寓看書聽唱片，只會流連於電影院美術館劇場的人，能對社會有所貢獻。自己決定性地缺乏什麼。不管是社會還是公司，只消看上他一眼，就能看出這件事了吧。也就是說，一定不會有公司錄取他的──始如此確信。

從升上大三的時候開始，他對書籍、電影、美術和音樂的興趣濾鏡，經常會接收到「紐約」這個關鍵詞。發現紐約囊括了這些全部，而且許多與他秉性相投的作品都源自於那裡，妄想便漸次膨脹起來。

漸漸地，始無論如何都想去紐約見識一下了。不是枝留，也不是東京的紐約，還住著滿街的黑人和亞洲人。好像也有不少人連英語都不太會說。憑自己的英語水平，是不是也有辦法勝任？

如果四年前模糊地對東京懷抱的期待只是一場夢，或許紐約也會是相同的情形。自己的心中也有這樣的聲音在細聲警告。即使如此，盲目地驅動著他的衝動依然沒有平息的跡象。

日文的旅遊書大致上都讀完後，他開始到原文書店去，買來《New York》雜誌和《The Village Voice》

報來讀。他漸漸發現，只在唱片上聽過的音樂家的演唱會在那裡就像家常便飯。昂貴的古典音樂廳的演奏會，如果是現場票，好像就可以便宜買到。電影院、洛克斐勒中心、LIVE HOUSE、音樂劇、二手書店、熟食店、天然食品餐廳……可以俯瞰中央公園的是五月花酒店的幾號房？約翰·藍儂和小野洋子從達科塔公寓出來後，是走什麼路線散步再回家？……想去一探究竟的地點逐一被記憶起來。這些記憶當中，宛如親見的場面被想像、布置起來。長期住宿在附簡易廚房的旅館的話，應該也可以省下不少餐飲費。如果能在十月去，就能遇上紐約城市馬拉松賽，他知道終點就在中央公園。

從枝留來到東京，最令他感到窒息的就是綠意太少。紐約有巨大的中央公園。週末可以去公園，吃熟食店買來的三明治。公園東邊還有大都會博物館、古根漢美術館和弗里克收藏館。威廉·薩洛揚的《Mama I Love You》裡出現的皮埃爾酒店，也在中央公園正對面。想要站在寬闊的綿羊草原中央，瞭望周邊林立的高樓大廈。他連從哪裡可以看到怎樣的景色，都透過旅遊書的照片烙印在腦海，愈來愈想親自去瞧一眼。

始推開與明亮而綠意盎然的中央公園截然相反、宛如黑暗牢籠門扉的地下鐵出口，拖著沉重的行李箱，走出57街站的月台。登上因油膩的灰塵及陰暗的照明而泛黑的階梯，一下子就走出地上了。瞬間，一股甜香充塞鼻腔。紐約總是各處飄盪著甜甜的味道。

曼哈頓是一片通透的夜空。和電影裡聽到的警車鳴笛聲相同的聲音在遠方打轉似地尖嘯著。某處傳來叫人的大喊。氣溫比東京低了許多。始無論如何都想來曼哈頓看看，事前做足了功課，嘈雜的夜晚氣息卻完全不是這些知識能應付的。照亮路面的照明昏暗，人行道的石板又厚又硬。

始右手拖著行李箱，懷著飄忽不定的心情走在夜晚的路上，目的地的旅館以陰暗的門口迎接他。旅館比想像中的小了許多，但門內的大廳確實亮著燈。

「我有預約，住四十七個晚上。」

這也是背誦過無數次的句子。站在小櫃台內的旅館男服務員露出職業笑容，以指頭劃過登記簿，望向始說：「No problem, Mr. Hajime Soejima.」

因為要住上一個半月，始打算盡量自己煮，尋找附簡易廚房的旅館，在美國的廉價旅行導覽書裡面找到了這家葛拉姆旅館。這是家老旅館，週結的金額勉強在預算範圍內。不出所料，打開窗戶看到的不是曼哈頓的夜景，而是隔壁大樓的磚牆。床鋪異常鬆軟，浴缸的水連要調到適溫都費了他一番工夫。但光是平安無事地踏進旅館房間，就讓他一天的緊張逐漸鬆弛。打開的窗外傳來街上的喧囂。掀開床罩，拉開塞得緊緊的被單，讓泡完澡的身子躺到上面。接下來的一個半月，感覺漫長得難以想像。自己逃到距離上班族人生的關口更遠的地方來了。應該可以暫時忘掉東京的煩憂吧。

不知不覺間，始落入深深的睡眠。

隔天開始，始一心一意在曼哈頓如棋盤般的街道縱橫穿梭。背包裡只放了單眼相機、護照和地圖、裝有小額紙幣的錢包、旅行支票、原子筆。

有時他會買中間開了Y字空洞的硬幣般的車票搭地下鐵。乘坐兩、三次以後，身體漸漸瞭解到沒必要莫名地緊張，地下鐵不會對自己做壞事。熟悉用大腿推開像三根指頭的不鏽鋼驗票閘門後，連那冰冷堅硬的觸感都讓他感到親近。不知不覺間，他覺得自己今非昔比，已不再是驚弓之鳥的觀光客了。

他想知道看著外面的景色移動是什麼感覺，也搭了公車。公車裡的白人比例比地下鐵高上許多，讓始覺得如坐針氈。下車時，拉扯車窗上繞了一圈的黃色繩索，下車鈴就會響。他完全看不出拉繩式的合理性和優點在哪裡。結果他就只搭了這麼一次公車。

在偶爾會飄來椒鹽捲餅芳香甜味的街上，以自己的步調行走是最好的。擦身而過的女性香水味、販賣報紙和雜誌的小攤販的墨水味和紙張味，還有中央公園的馬車落下的馬糞味，都隨著行走的步調靠近又遠離。走在中央公園旁邊的道路，就能感覺到青翠的植物氣味，以及樹皮揮發的刺鼻香氣。一路筆直北上，走到大都會博物館，距離並不算短，卻不引以為苦，始覺得是因為景色和氣味瞬息萬變的緣故。

他去了大都會博物館很多次。

第一次去的時候，剛好再十分鐘就開館。等待的人沒有排隊，而是散布在入口和階梯，無聊地看書、呆呆地看天空，或檢查皮包裡面。站在始旁邊年紀相仿、以黑色緞帶束起一頭豐盈金髮的女學生，被一名年約三十的男子搭訕。

男子穿著雙排釦西裝、抹了造型品的黝黑頭髮反著光，倏地湊上前來，口沫橫飛地說起感覺和美術完全無關的話來。說話期間，目光完全沒有從女生的眼睛移開。妳怎麼會站在這種地方？這些不會動、形同死物的東西，隨時都可以來看，附近有一家新開的很棒的咖啡廳，咱們去那裡喝一杯美味的咖啡，聊個天吧。然後再回來看也不遲啊。始覺得男子說著這樣的話。

女學生默默地把頭扭向另一邊。男子急忙繞到那邊去。始剛好擋在他移動的半圓前方，而且女學生的反應不佳，因此他以女學生聽不見，但被始聽見也無所謂的音量飛快地咂了一下舌頭。那與討好哄騙女生的聲音天差地遠。男子或許以為會在開館前站在美術館前面等的女生可以輕易把到手，但女學生從提包裡掏出香菸，抽了起來，就好像要製造煙幕，擋住男子這毫無根據的想法。男子輕聳了一下肩膀，嘔氣地走下階梯。

到了開館時間，入館一看，內部的空間廣大到令人陷入茫然。外面的一點小插曲就像被風吹走的小灰塵般無聲地消失了。

始依著一筆畫般的路線一間間參觀，結果腦袋的保險絲突然燒斷了。他陷入飽和狀態，失去繼續走下去的欲望，拖著沉重的步伐，走進一樓偌大的噴泉餐廳。料理味道平淡，他沒吃完就離開博物館了。回到旅館房間，躺在床上時，他注意到胸前還別著大都會博物館有M圖案的白鐵薄胸針。

第二次去，他先在導覽書上查好無論如何都想看的東西，在館內重點式地移動，但也許是因為這樣就不會偶然遇到未知的展品，有種邊看答案邊解題的空虛感。館內實在太大了，就像一座大迷宮。

第三次去的時候，下著冰冷的小雨。

因為開館後已經過了一段時間，在始的前方搖晃的許多雨傘直接在入口附近闔起，人被吸了進去。

始想看埃及美術。

玻璃展示櫃裡，是密密麻麻的棺槨和陪葬品。製作年代、設計的變遷、親屬的排序……所有的收藏品都有各別的價值與來歷。附在展示品上的說明板，無論文字解釋得多麼詳盡，終究不及像這樣展示在這裡的無言的真實。

始一樣一樣，連一絲細節也不放過地觀賞。

一團非比尋常的氣息壓迫上來。但那股壓迫不會威脅到始。那股氣息沒有**躊躇**、懷疑或不信任。對祭祀者當然是如此，但是對於國王及他的一族，死亡的意義應該也是極為明確的。活在相信死後的世界比有生的世界更深邃、更沉重、更龐大的世界觀裡，日常生活會是什麼樣的感覺？

重新設計的玻璃隔牆空間裡，安放著一座可能是因為興建水壩而沉入水中的埃及神殿。原本好像在美國的技術及資金支援下，暫時移建到埃及國內，但後來決定捐贈給美國，分解成六百個以上的部件，運輸到紐約，兩年前在這裡再次重組現身。現在它已經成為大都會博物館最大的收藏品之一。戶外的雨淋不到神殿，在玻璃窗另一側凝結成水滴。

相對於神殿龐大的勞動力及土木技術，小巧的陪葬品傳達出製作者個人的喜悅。陪葬品就像埃及生者的日常營生迷你版，明亮有活力，也帶有一絲幽默。有許多以船為主題的物品，眾多槳手正划著船，將死者平安運送至對岸。所有的陪葬品的共通之處，就是不讓死者感到孤單。

被橫放或縱放的棺木圍繞著，會覺得活生生地活動的自己才是暫時的存在。

「你喜歡埃及的墳墓？」

是簡單的英語，發音很標準，語速也不快，始也能聽懂。他沒想到這話是對自己說的，繼續看棺木。

「沒聽到嗎？我是在問你。」

始回頭看去，一個看不出是高中生還是大學生年紀的女生就站在旁邊看著他。旁邊沒有其他人。牛仔褲、白襯衫，外罩原色開襟衫。褐色的賽璐珞波士頓框眼鏡。女生的表情就像在說她對身上的衣著、栗色的頭髮、白皙臉頰上的雀斑都毫不在意。低筒的CONVERSE鞋。

始吃了一驚，應了聲「Yes」。望向眼鏡底下的她的眼睛，那張臉十分聰慧。「你上星期也在這裡。」沒錯。她剛好同一個時間也在這裡嗎？

「你也是Society for the Return of Egyptian Sarcophagi的會員吧？」

始不懂她在說什麼，盯著她一本正經的臉，反問：「妳說什麼？」

「把埃及的墓歸還給埃及協會。」

女生第一次露出有些害羞的笑容，接著問：

「你也是會員之一吧？」

始從來沒聽過這種協會，覺得很驚訝，應道「No」。

「就是說呢。會員還只有我一個人嘛。」

始超乎想像的困惑模樣好像讓她有點著了慌，她別開目光看棺木。

如此大量的棺木、陪葬品和墳墓被拿來展示，是文明國家之恥，她慢慢地說。你知道在挖掘圖坦卡門的墳墓時，發生了多少可怕的事嗎？她的想法和主張不知不覺間變成了問題，始再次慌了起來。剛開挖不久，以及挖掘途中、結束之後，相關人員接二連三死去——他在聳動的報導和電視節目上看過這件知名的軼事。雖然早就忘記有哪些人怎樣過世了。

「我知道。」

她一副知道是天經地義的表情，點了點頭。

她說她叫瑪莉．范德比爾特，住在這附近。現在是高三生，已經決定將來要進美術學校。她說她每星期都會來大都會博物館巡邏，接著第一次露出笑容。她補充說警衛也認識她，雖然知道她是一名活動家，但目前維持友好的關係。今天學校沒課，而且下雨，所以她過來看看。

「雨能平息神的憤怒。所有的展示物都感覺到雨，今天很安詳。」

她問始的名字。

「Hajime？是什麼意思？」

「Beginning、start的意思吧。」

瑪莉瞪圓了眼睛。那你的姓氏呢？

始才剛回答，她立刻追問「Soejima又是什麼意思？」

始想了一下說：

「Close to island吧。」

「好棒的名字！你是一個人來的吧？」

始和瑪莉離開大都會博物館，前往瑪莉說常和家人一起去的中央公園東邊的越南料理店。雖然也有些遲疑，但是在瑪莉理所當然、預先決定好般的態度牽引下，始自然地跟了上去。

雨停了。馬路就像被雨水洗滌過一般發著光。

車子潑剌潑剌地輾過被雨打濕的路面。幾乎沒有人影。

從大馬路進入巷子，前方有一道看上去沉甸甸的門。只是路過，他應該沒有勇氣推門進去。瑪莉一靠近，門便從裡面打開了。

穿著越南正式服裝的服務生一看到瑪莉，立刻微笑點頭，領他們到鋪著白桌巾的裡面座位。瑪莉以快到聽不懂的語速向服務生說了什麼，服務生沉靜地說：「Oui, mademoiselle.」

瑪莉雙肘支在桌面，把臉湊近始，小聲而緩慢地說：

「埃及人和越南人應該要更憤怒才對吧？」

這個問題有太多省略了，始不知道該怎麼回答才好。

「妳為什麼會這麼想？」

「因為不就是嗎？有那麼多越南人被殺。」

服務生過來了，瑪莉暫時打住話頭。白色的大盤子放到桌上。漂亮地盛著幾樣蔬菜前菜。

「森林燒光了。但只要時間過去，森林還會再長回來。森林會吸收憤怒與憎恨。就像即使下過雨，地面還是會漸漸乾燥。所以人不會永遠憤怒下去。」

始結結巴巴地說，也不知道到底能不能傳達。

「真要這麼說的話，埃及可沒有森林。」

「我不知道埃及有沒有森林。如果沒有森林，或許會有憤怒的時候。就像古代的尼羅河。」

始覺得自己是不懂裝懂地在說些陌生的言詞，想要改變話題。

「如果要把墳墓還給埃及，一定是一項大工程。」

「如果是繪畫，就可以偷了送回去。你知道棺木有多重嗎？」

始無力地搖搖頭。

「反正重到不可能搬出去。」

瑪莉只這麼說，沒有說出具體數字。

「就算破壞玻璃櫃，把棺木搬走，也會在走下大都會博物館正前方的樓梯途中，重到喘不過氣來，放下棺木。那樣一來，任務就失敗了。」

瑪莉暫時專心吃東西。每一樣前菜都是始從未嚐過的美味。瑪莉是左撇子，很會用筷子。拿筷子的姿勢漂亮得就像範本。指甲沒有塗指甲油。

瑪莉很想知道北海道是怎樣的地方。始為她說明，北海道比紐約還要北邊，冬天會下雪，有流冰，沒有半棟像紐約這樣的大樓，就像曼哈頓以前只有原住民，北海道以前也有原住民。

用完甜點後，始問瑪莉能不能要這家店的菜單？

瑪莉一臉訝異：「要菜單做什麼？」

「我想當成紀念品。也能知道自己吃了些什麼。之前向吃過的店家要，大部分都會給。」

瑪莉聳聳肩：「你自己問。」

始向服務生提出要求。服務生瞬間露出困惑的表情，語速飛快地向始提問。瑪莉回答那些問題，對服務生說了什麼。

很快地，服務生給了始一張手寫菜單。

始掏出旅行支票要付錢，但瑪莉伸手制止。「是我邀你的，你是客人，不能讓客人付帳。」

從店門口走到大馬路後，瑪莉重新轉向始，伸出右手。

「你下次什麼時候會來大都會？」

始不知道該怎麼回答。他握住瑪莉伸出來的手。冰涼乾燥。

「不知道。不過我還會待上一個月，應該還會再來。」

始放開手。

「你住哪家飯店？」

始說出葛拉姆旅館。瑪莉一臉訝怪，說她沒聽過。「怎麼拼？」

「G、O、R、H、A、M。」

但瑪莉還是一臉茫然。她這種富裕家庭的女孩，應該只知道皮埃爾酒店、廣場飯店、華爾道夫酒店這類知名飯店吧。

「那這樣好了，下星期六中午左右，在丹鐸神廟面前碰面如何？」

始最討厭的就是下一次的約定。他語氣曖昧地只應了聲「yes」。

「下次我請妳吃午飯。」

被請客的事讓他耿耿於懷，因此雖然不知道能不能實現，他還是這麼說。

瑪莉笑著說「OK」，往大都會博物館的反方向走去。始看了她的背影一陣子，但瑪莉一次也沒有回頭。他想像會不會有黑頭車冒出來接她，但瑪莉在下一個岔路左轉，就這樣消失了。

和瑪莉道別後，始由東向西橫越中央公園，走出對邊的中央公園西側。他看了看預定明天要去的自然史博物館外觀，在服務中心拿了幾份手冊，然後從中央公園西側往南走了約五個街區。很快地，他看到在旅遊書上反覆看過好幾遍的古老建築物。

始停在七十二街的達科塔公寓前，只是仰望建築物。這幢公寓興建於十九世紀，是全曼哈頓最古老的住宅樓之一。披頭四解散後，約翰．藍儂來到紐約，從一九七三年開始，和小野洋子住在這裡。再不到一個月，應該就要推出時隔五年的新專輯了。昨天和今天，約翰．藍儂應該都在這幢建築物裡沉睡、醒來、過生活。

始從背包拿出相機，拍了好幾張照片。應該有無數非曼哈頓居民像始這樣拿起相機，拍攝這幢樓。始毫不猶豫地透過取景器捕捉達科塔公寓，再三移動站立的地點，不停地按快門。每次按下快門，相機的機身便發出金屬性的聲響，震動透過雙手傳來。

拍照期間，達科塔公寓沒有人出來，也沒有人進去。

約翰・藍儂和小野洋子都是遠離故國，來到此地。始心想，只要想去，人就能前往任何地方。

開始聽披頭四的唱片以後，過了正好十年的光陰。像這樣站在這裡的當下，是始至今為止的人生當中，最靠近約翰・藍儂的時刻。始背靠在對面的大樓牆上，老半天就這樣待在原地。暮色將近，開始感覺到寒意時，始才略為加快腳步走回旅館。

回國之後過了半個月，十二月八日。

殺害約翰・藍儂的凶手，年紀和始差不多。

出現在電視上的達科塔公寓的周圍充斥著滿臉憂急的人，擠得水洩不通。也有人在哭。沒有半個人拿著相機。

14

對穿著罩住全身的半透明雨衣的步來說，大顆的雨珠就像是沒有旋律的音樂。她在馬路左側，繁茂的櫻花行道樹下的自行車道上踩著踏板前進。

背包裡簡便地裝著放在布袋裡的莫卡辛鞋、替換的襪子、毛巾、中午的便當、裝了焙茶的小保溫瓶、讀到一半的口袋書。毛巾等於是緩衝墊，因此遇上顛簸的路面，背包裡的東西也不會撞來撞去。

搬到東京以後，沒有狗的生活也過了許久。但遇到這種下雨的日子，吉洛那種動物般的氣味還是會在鼻腔裡復甦。還有激烈甩動打濕的身體，甩掉水滴的聲音。步在摻雜著樹木青翠氣味的雨中騎著自行車，想像揹著沉沉睡去的小狗吉洛，前往動物醫院的自己。

野川旁邊走慣的路線總是十分清幽，頂多偶爾看見散步的老人。像今天這種下雨的日子，不會與任何人擦身而過。即使在這裡打滑摔倒，可能大半天都不會被人發現。天文台長提醒過她一次，說雨天騎自行車很危險，但步實在不想搭人擠人的公車。

步從以前就喜歡二輪車。在枝留穿街走巷的老自行車現在還收在老家倉庫裡，只要回家，立刻就能成為步的代步工具。父親有時會幫忙點油擦拭，所以完全沒有生鏽，鈴聲也很清脆。輪胎適度打氣，皮革坐墊也很光滑，沒有變形。輪子的輻條整然呈放射狀閃閃發亮，宛如將圓周運動變換成推進力的方程

式。步覺得它的形狀美到沒有質疑的餘地。早在電波望遠鏡的碟形天線發明的幾千年以前，無名的某人就已經發明了車輪。

步並沒有要求保養自行車。那是父親真二郎的性子。

父親不會廢話，不管是打掃、採買還是照顧吉洛，任何一點小髒污、破綻、傷痕、歪斜、不對勁，都絕對不會放過。魚就不用說了，就連蔬果類，比起母親買回來的，父親挑的味道都比較好。母親也同意這一點。

但這些只限於**不會出聲的東西**。對於住在隔壁的自己的三姊妹，這**性子**就完全無法發揮。別說鑑定了，他甚至不願意去正視。或許他內心自有評斷，卻沒辦法依著那份評斷，當面對她們說什麼、忠告什麼。

看到弟弟始，步有時會覺得：有姊姊的弟弟，就注定要扮演即使有話也只能往肚子裡吞的角色嗎？弟弟人很好，但這也反映出他什麼都不敢對姊姊說的懦弱。

如果現在始有什麼話想對她說卻不敢說，那會是什麼？始也會好奇姊姊有沒有男朋友、會覺得姊姊差不多該結婚了嗎？雖然步從來沒有在弟弟身上感覺到這樣的態度。但始就連自己的事都應付不過來了，或許他根本沒在管姊姊怎麼樣。至於姑姑們都沒有結婚，一直住在同一塊土地上，父親作何感想，步更是完全無法想像。

連自己的心情都糊里糊塗了，別人的心情更是不可能懂。每次一想到他人的心情，步總是慶幸自己不懂。如果能懂，最好是像貓狗那樣，透過彼此的氣味、叫聲和動作來懂。從真正的意義來說，話語一點作用都沒有。或許能夠相信的，就只有抱緊對方，或是被緊緊擁抱時的感受和觸感。即使不明白對方在想什麼、怎麼想，感受和觸感卻是能夠相信的。

這樣的思維，或許是繼承自父親的。父親似乎相信親眼所見、親手所摸、自己所使用的工具和功用、施加力道時會如何活動等等。他會甩出釣竿，觀察釣針投入溪流的角度、溪流的深度與流速、岩石的位置，來做出旁人無法窺知的某些判斷。父親也知道有保養和沒保養的工具釣出來的成果有何差異。山女鱒上鉤的觸感、咬餌拉線的勁道，感覺到這些的時候，父親的手一定貼近了山女鱒的感覺。脫離孩子的年紀時，步注意到這件事，開始想像沿著釣線傳來的事物。她揣想，釣魚技巧的高下，是否並非敵對的能力，而是同化能力的差異？

父親幾乎也不再透過母親，簡短探詢她結婚的打算了。因此步回家時的心理負擔減輕了不少，但同時也有一股感受到父親死心的寂寞。自己就快三十了。如果自己是光，老早就已經飛到夏季大三角的織女星去了。

隔著雨衣感覺著雨點，步稍微加快了踩踏板的速度。

一個人騎自行車的喜悅，不同於自力前進的喜悅。是將所有的一切拋在腦後的喜悅。已經依慣性作用行進在前進方向的步，只是用力踩一下踏板，就能急速遠離原地。櫻花樹和野川的堤防都只能停佇原處，目送步離去。它們沒辦法抓住步。

打在Gore-Tex上的雨聲。自行車輪輾過濕馬路的聲音。那聲音震動著步的鼓膜和肌膚。偶然落在步身上的雨珠被Gore-Tex擋下，以不規則的速度流下雨衣表面，和其他雨珠匯流、鼓脹，抗拒不了重力的拉扯，滑向地面。

自行車穿過天文台大門時，步的眼角捕捉到守衛室的鈴森伯向她輕輕頷首。鈴森伯做滿今年應該就到了退休年齡。看到從不廢話的鈴森伯，有時會讓她想起父親。

步在天文台觀測的星星的光和電波，微弱到飄渺。

電波望遠鏡接收這些光和電波，加以放大來觀測。在電波望遠鏡發明以前，折射望遠鏡、反射望遠鏡是最先進科技的時代，觀測及分析的對象也和現在一樣，如同字面所示，多如繁星。但進入二十世紀不久，天文學家便認識到僅憑星光，觀測的範圍實在無法窮極宇宙的盡頭。

愛德溫·哈伯從觀測結果導出宇宙正在爆炸性迅速膨脹的結論，得到了劃世紀的大發現。步是在大學課堂上第一次聽到這位在她出生一年前的一九五三年過世的天文學家的名字。除了他的貢獻，從小笠原教授那裡聽到他片段的事跡，步開始對哈伯產生了特別的好奇。

步進入天文台工作以後，一項大規模的電波望遠鏡設置計畫啟動了。步被安排在計畫推廣室工作。為了對多個候補地點進行調查評估，步以跟班身分陪同室長出國考察，上個月才剛結束最後一趟考察之旅回來。也去了夏威夷的茂納開亞火山，以及喜馬拉雅山深處，甚至遠渡南美的安地斯山脈。這趟漫長旅程的歸途中，她徵得室長同意，請了暑休，去了加州。因為她一直很想親眼看看愛德溫·哈伯直到最後都一直觀測的威爾遜山天文台和一〇〇英寸反射望遠鏡。

建於美國加州山脈的威爾遜山天文台，在一九一〇年代後半，擁有全世界最先進、也是全世界最大的一〇〇英寸反射望遠鏡。

愛德溫．哈伯取得威爾遜山天文台的職位時，一九一七年美國參戰第一次世界大戰，哈伯立刻志願加入陸軍，令研究者們大吃一驚。在地球上某個地區出生入死的戰爭與天文學，豈不是距離太遙遠了嗎？天文台的同僚和上司都對哈伯的決定大感質疑，但是在那個年代，當然不能公然提出這樣的疑問。哈伯從軍的決定表面上受到讚揚，他在得到復員後於天文台的職位保證後，前往戰場。哈伯在首次經歷的戰爭中，在有六百名士兵的步兵團擔任第二營營長。

透過瞄準鏡瞄準目標，對哈伯來說，就如同觀看望遠鏡。在軍隊裡瞄準圓形標靶的射擊賽裡，他創下他人望塵莫及的高分，在破格的短期間內晉升為少校。

哈伯毫無根據地認為自己不會死於戰鬥。即使萬一不幸喪命，對宇宙整體的物質和能量的總量亦毫無影響。自己沒有妻兒，會獨自結束一生，被埋葬起來。母親或許會傷心，也或許會為兒子感到驕傲。但這也只是母親大腦中的現象，是神經細胞發生的動作電位所造成的。即使觀測這動作電位，加以分析，應該也無法重現母親真實的感情活動，做出說明。如蜃景般的意念甚至無法離開地球大氣圈外，從宇宙整體觀之，形同於無。

進入二十世紀以後逐漸被揭露的大腦神經元的機制，肯定將歐洲曾經風行一時的佛洛伊德及榮格的主張逐一顛覆、作廢了。哈伯認為，約十年前拿下諾貝爾獎的卡哈爾與高爾基所做的神經細胞研究，是闡明大腦這個宇宙的基本構造的劃時代創舉。

卡米洛・高爾基建立起一套方法，利用重鉻酸鉀和硝酸銀的水溶液將部分神經細胞染色，來辨識樹突和細胞體。身為神經解剖學家的桑堤亞哥・拉蒙・伊・卡哈爾富有繪畫天分，自幼即夢想成為畫家，他對觀察對象的精微細節的注意力出類拔萃。高爾基透過自己開發的染色法進行研究，認為神經細胞呈網狀相連，但卡哈爾持對立意見，提出神經元說。一九〇六年，兩人同時得到諾貝爾生理學或醫學獎。八年後的一九一四年，第一次世界大戰爆發，三年後美國參戰了。

哈伯雖然從軍，但並未實際投入戰鬥。因為哈伯率領的黑鷹連隊在法國登陸，剛開始作戰不久，德國就投降了。但是就在前一刻，部下士兵踩到德軍設置的地雷死亡，爆炸時人在附近的哈伯直接被爆風掃到昏厥，右手受傷。痊癒以後，右臂也無法自由伸縮。但他不希望旁人因此同情，即使會把被地雷炸昏的事當成英勇事跡般談論，也絕口不提、不讓人看出當時的傷留下了後遺症，以及他為此苦惱。

復員以後，哈伯返回觀測與研究崗位，一九〇公分高、超過八〇公斤的高壯身軀依舊穿著軍服大衣與軍靴，叼著菸斗，進行觀測。他耗費一般人的體力絕對無法承受的漫長時間，一個人獨占一〇〇英寸反射望遠鏡，持續進行天體的觀測及攝影工作。

卸下軍務後，哈伯仍表現得宛如現役中校。那是與天文台這個職場徹底扞格不入的態度。此外，他留學牛津大學時學到了一口英國腔，刻意不恢復母國的美式英語發音。這些容易被視為高壓的態度，導致他時常在學者氣質的同僚與上司之間引發摩擦。也有人背地裡不叫他的名字，而大剌剌地以「中校」稱之。

這樣一個人，為何非賴在我們這樣的天文學領域不可？每個人都這麼質疑，卻也只能望著哈伯那持久力與直覺力出類拔萃、全神貫注於觀測的龐然背影，宛如看著一個棘手的累贅。

高中時期的哈伯，比起課業表現，運動成績更受到矚目。他在各種田徑項目發揮天才般的才華，特別是跳高，甚至成為伊利諾伊州的紀錄保持人。進入芝加哥大學後，在拳擊領域亦嶄露頭角，有人邀他成為重量級的職業拳擊手，據說還提出要讓首位黑人重量級冠軍傑克·強生做為他的比賽對手。

儘管天生擁有優異的體格、卓越的運動神經，學業表現也是一等一，人生看似光明燦爛，毫無陰影，但其實愛德溫在兒時曾經經歷過極大的精神創傷。步在大學圖書館架上找到美國出版的哈伯傳記，讀著讀著，看到他少年時代的遭遇，一陣愕然。

愛德溫在家中八個孩子裡面排行老三，是次男。

當時愛德溫六歲，他正和底下的弟弟威廉沉迷於堆積木。兩人合作蓋城堡、搭橋樑。完成以後，兩人是國王，也是士兵。這時，才十四個月大的妹妹薇吉妮亞跑了過來，在兩個哥哥面前揮舞手腳，一眨眼便以殘酷的一擊，擊垮了兩人艱鉅事業的成果、也是想像王國居民的他們的根據地的城池與橋樑。

生氣的愛德溫與威廉踩了薇吉妮亞的手，做為報復和懲罰。薇吉妮亞號啕大哭起來。兩人的惡行被母親發現，被痛罵了一頓。

後來沒有多久，薇吉妮亞便因為罹患嬰兒特有的疾病過世了。當然，手被哥哥踩了一下這件事，甚至連遠因都算不上，但妹妹的猝死，對兩個年幼的哥哥造成了莫大的衝擊。罪惡感讓愛德溫好一陣子消沉沮喪，幾乎就像精神衰弱，令母親擔憂不已。

就像要填補薇吉妮亞死去的空白，三女海倫、四女艾瑪、五女伊莉莎白這三個妹妹相繼出生。在富有包容力的母親扶持下，隨著時間過去，愛德溫逐漸恢復了快活的少年性情。

愛德溫·哈伯人生最大的危機慢慢地過去了。看似損傷的牆，在成長過程中一層又一層抹上灰泥，再也看不見了。但或許只是看不見而已，傷痕並沒有消失。步想像，哈伯會一頭栽進過度操勞肉體的運動、志願從軍、比別人更加沉迷於觀測與研究、直到三十四歲才結婚，以及表現得偏執頑固，讓旁人不敢輕易靠近，他的孤獨與年少時期所受的傷，是否不無關係？

哈伯儘管蠻橫霸道，卻私下對觀測助理米爾頓·赫馬森敞開心房。

比哈伯年輕兩歲的米爾頓·赫馬森，原本是威爾遜山天文台興建工程中所雇用的勞工，當然從來不曾涉獵天文學，甚至連高中都沒有畢業，在威爾遜山山腳的飯店當個員工，過著滿足自適的生活。他最大的心願，就是生活在山中的大自然。

首任台長選擇的天文台建設預定地，是加州聖蓋博山脈中標高一七四二公尺的威爾遜山。建設資材和機器，必須經過狹小的山路搬運，使用騾子做為運輸工具。赫馬森被雇為工人之一，他認真的工作態度受到肯定，後來被錄取進入天文台擔任雜工。他原本就擁有強烈的好奇心，因此在有觀測工作的夜間幫忙，學到了天體觀測的技術和實際操作。赫馬森是個寡默沉靜的人，但一笑起來，頓時便會換上極可親的表情。默默輔助觀測作業的模樣，和特立獨行的哈伯，完全就是兩個對比。

哈伯與赫馬森的觀測工作即將邁入第十年的時候，得到了這樣的觀測結果：距離銀河愈遠的地方，正以愈快的速度遠離地球——亦即包括太陽系和銀河系的宇宙，正在爆炸性地膨脹。這便是後來發展為大爆炸理論的大發現。

宇宙為何正在爆炸性地膨脹？而爆炸性的膨脹最後，會有什麼樣的結果？二十世紀的人類抓住了從來沒有人伸手的門把，開啟了這道門。

做為相連的電波望遠鏡天線之一，步目前參與的二十世紀後半的天文學，已不再像哈伯與赫馬森當時那樣浪漫，在一個天文台裡的一對搭檔，就能夠做出世紀大發現。電波望遠鏡的觀測，是多國研究家與天文台技術家合作觀測，以分析出來的結果為入口，持續探索另一頭的事物。不過最先開拓出這條路的是他們兩人。

哈伯直到最後都愛不釋手的一〇〇英寸反射望遠鏡，就像是朝天空直奔而去的只有骨架的火車頭。步看過照片，所以知道大小，但實際看到結構與細節，就能真實感受到它遠比步工作上使用的電波望遠鏡更像人以工具親手打造出來的物品。坐在這座巨大的反射望遠鏡座位上，觀測長達四、五個小時，有時拍上幾百張照片，這艱難的工作，肯定只有身強力壯的哈伯才做得來。

隆冬時期的觀測工作，當然氣溫低於零度。手指會漸漸僵硬，有時甚至會陷入接近凍傷的狀態。口中吐著白氣，仍持續不懈地觀測，因此有時結冰成白色的眼睫毛會黏在接目鏡上。但寒冷不會讓哈伯叫苦。引來同僚不快的軍用禦寒大衣，或許是迫於需要而穿的。

步拜訪威爾遜山天文台時，帶她參觀的是一名似乎有普韋布洛原住民血統的女研究員。感覺年紀相仿的黑髮女研究員露出有些神祕的表情，細語地說：

「對了，這話也不是教妳一定要信，不過既然妳都來到哈伯博士的客廳兼天文台了，就告訴妳一件特別的軼事吧。」

她鬆開環抱在胸下的胳臂，輕輕地做了個深呼吸：

「入夜以後，有時這架一〇〇英寸反射望遠鏡的房間，會出現菸斗的紅光喔。有些人不只是看到紅光，還聞到菸斗的甜香味呢。現在天文台的工作人員裡面，沒有人會抽菸斗。中風突然過世的哈伯就像是把靈魂獻給了觀測的惡魔，所以或許還有什麼遺憾吧。」

「是在夏天的晚上嗎？」

「為什麼是夏天？」

「因為日本的鬼魂都在夏天晚上出現。」

「真有意思。哈伯不分春夏秋冬，隨時都會出現。」

「妳看過嗎？」

她停頓了一拍，說「yes」。

「哈伯只關心天體觀測，所以好像完全看不見我們這些人，也沒有任何人聽到他說話。所以已經沒有人會感到害怕了，實際上也沒什麼好怕的。」

走出天文台，女研究員領她到據說是園區裡景觀最棒的地點。附近的樹梢傳來從未聽過的鳥叫聲，乾爽的風輕拂而過。遠處是點點散布的街景。步才剛在南美的安地斯山脈看到杳無人跡的廣大紅沙漠般的高地，因此只是遠遠地看見人生活的街道，便覺得有些鬆了一口氣。當然，是因為距離這麼遠，才覺得美。距離具有讓不想看到的東西變小、隱沒的作用。銀河系也是因為距離幾十、幾百光年，才能覺得那漩渦狀的外形很美。

哈伯也曾經從這裡俯望下界嗎？這裡也是吞雲吐霧的絕佳地點。

這天晚上，步不知道是特別舉行，或是定期的活動，天文台的職員群聚在一〇〇英寸反射望遠鏡的房間，辦了一場非正式的晚餐派對。身為來賓的步被要求致詞，她拉開椅子站起來，直接說出心中所想。

——現在我有空還是會翻閱哈伯拍的銀河照片集。哈伯是帶領我進入天文學世界的愛神丘比特。雖然體型這麼龐大的丘比特應該是聞所未聞——在場的人發出爽朗的笑聲——。看著遠比現在更模糊的黑白照拍攝出來的多彩多姿的漩渦狀銀河，我能感受到哈伯的呼吸和心跳。不管攝影的精密度變得再高，都沒有人能拍出哈伯那樣的照片。來到我一心嚮往的天文台，我又再次邂逅了我攻讀天文學的初衷。感謝各位的盛情招待。

哈伯三十歲的時候，在天文台的圖書館認識了後來成為妻子的葛蕾絲·利普。葛蕾絲出身富室，以首席成績自史丹佛大學英文系畢業，認識哈伯的時候已經結婚了。丈夫是一名地質學家。

隔年，葛蕾絲的丈夫在調查煤礦井時跌落，不幸逝世。儘管完全可以預知下降後不久就會陷入缺氧，身為地質學家的丈夫卻沒有配戴氧氣面罩就下去礦井了。死因查不出是摔落還是窒息。

三年後，葛蕾絲與哈伯結婚了。兩人之間沒有孩子。樹立許多成果，成為舉世聞名的天文學家的哈伯，深信自己有一天會被選為威爾遜山天文台的台長。但他缺乏人望，加上外遊增加，待在天文台的時間變得極端的少，他的確信最後落空了。哈伯大失所望。

他假日的休閒活動是與葛蕾絲一同去溪釣。過世四年前，他在溪釣時心肌梗塞倒下，此後便戒了菸，但一九五三年仍因腦中風而病逝了。享年六十三歲。

葛蕾絲應該是依照丈夫的遺言，進行了當時很罕見的火葬，私下結束葬禮，沒有告訴任何人他葬在何處。現在依然不知道哈伯的墓地在哪裡，或是根本沒有建墓。

「氫、氧、氦等等，不同的物質，都會釋放出特定波長的光。不只是釋出，也會吸收。」

大一課程的尾聲，小笠原教授在課堂最後這麼說。

步走近講台，詢問能否提問。正在擦拭黑板上的文字與圖示的小笠原教授看著步，以表情催促下文。

「老師剛才說氫、氧和氨，但人體也是由物質所構成的。也就是說，人體也會釋放出各別不同的波長的光嗎？」

小笠原教授眼角擠出比平常更多的皺紋，露出難以形容的笑容。

「人體如果不是物質，又是什麼？」

聽到物質，不知為何，步聯想到被火葬的人。她曾經查過一次資料。

「人燒掉就會化成灰。灰裡面還含有鈣、鉀、鎂、鈉、鐵。」

小笠原教授有些嚴肅地看著步：

「再過個十年左右，我也會化成灰。我的灰會釋放出什麼樣的光？還是不會發光？我自己沒辦法看到。唯一確定的，就只有這件事。」

15

他們來到耶路撒冷。耶穌進入聖殿，趕出殿裡做買賣的人，推倒兌換銀錢之人的桌子，和賣鴿子之人的凳子；也不許人拿著器具從殿裡經過；便教訓他們說：經上不是記著說：我的殿必稱為萬國禱告的殿嗎？你們倒使他成為賊窩了。祭司長和文士聽見這話，就想法子要除滅耶穌，卻又怕他，因為眾人都希奇他的教訓。每天晚上，耶穌出城去。

（《馬可福音》第十一章15—19　《聖經》合和本）

猶太人的逾越節近了，耶穌就上耶路撒冷去。看見殿裡有賣牛、羊、鴿子的，並有兌換銀錢的人坐在那裡，耶穌就拿繩子做成鞭子，把牛羊都趕出殿去，倒出兌換銀錢之人的銀錢，推翻他們的桌子，又對賣鴿子的說：把這些東西拿去！不要將我父的殿當作買賣的地方。他的門徒就想起經上記著說：我為你的殿心裡焦急，如同火燒。因此猶太人問他說：你既做這些事，還顯什麼神蹟給我們看呢？耶穌回答說：你們拆毀這殿，我三日內要再建立起來。猶太人便說：這殿是四十六年才造成的，你三日內就再建立起來嗎？但耶穌這話是以他的身體為殿。所以到他從死裡復活以後，門徒就想起他說過這話，便信了《聖經》和耶穌所說的。

當耶穌在耶路撒冷過逾越節的時候，有許多人看見他所行的神蹟，就信了他的名。耶穌卻不將自己交託他們；因為他知道萬人，也用不著誰見證人怎樣，因他知道人心裡所存的。

（《約翰福音》第二章13—25 《聖經》合和本）

16

結束值班的警衛，在西門旁邊的灌木叢裡發現有個男大生倒在那裡。是飯局喝到爛醉，被灌木叢絆倒，就這樣倒下去睡著了嗎？我才剛換上便服，要是扶起來就給我吐，那可教人吃不消——警衛想著，蹲下來對著被長髮遮住看不到的臉呼喚：「還好嗎？別睡在這種地方。」他聞到灌木叢和泥土的味道。沒有酒味。

警衛正想抓住對方的肩膀，右臉整個貼在地面的男生咬緊牙關，發出呻吟。聲音極為迫切，一點都不像是酒醉昏倒。警衛重新檢視學生的身體。牛仔褲多處浮現黑漬，就像濕掉一樣。而且從膝蓋到腳踝的形狀顯然不對勁。警衛察覺不對勁，感到雞皮疙瘩爬了滿身。心跳加速，喉嚨卡住，就像哈欠打不出來，一陣天旋地轉。

在送急診的醫院，看到X光片的年輕外科醫師反射性地小聲道：「這太慘了。」他看過太多滑雪場相撞、從階梯摔落、在泳池畔滑倒、車禍等各種狀況造成的骨折，卻還是第一次看到這樣的片子。兩腿的骨頭有多處破碎、斷裂。

有人懷著明確的意圖與堅定不移的意志，帶著多名共犯行使暴力，留下無從復原的物理傷害。行凶者持鐵撬類的堅硬金屬棒，完全不管頭部和上半身，全心全意再三反覆毆打大腿以下的雙腿各部位。可

說是專業的冷靜且針對性的攻擊，並非要取人性命，而是要造成恐懼和痛楚，迫使對方住院好幾個月，徹底破壞被害人的精神與行動。而且即使萬一被捕，也有可能甚至不會被求處殺人未遂這麼重的刑度。

有多處大範圍內出血，淋巴腺也嚴重創傷。雙腳表面變得烏黑，部分轉為赤黑色，腫脹得就像熟透了卻沒被摘下來的茄子。除了以點滴注射止痛藥，意識模糊的期間以外，要解除骨折造成的劇痛，就只能等到動完手術以後了。

塚田徹被送急診住院的消息，工藤一惟是從同學那裡聽說的。他當天就去醫院了。藥效發揮作用，塚田徹一臉蒼白地昏睡著。下半身覆蓋著半圓狀的保護蓋，無法看出雙腿是什麼情形。臉部毫髮無傷。不用看到淒慘的模樣，讓一惟稍微鬆了一口氣。

他覺得這是第一次看到塚田像這樣睡著的模樣。出現在一惟面前的時候，塚田總是張大雙眼，筆直地看著某人，嘴裡滔滔說個不停。

只要發現一點議論的苗頭，塚田就會被吸過去似地靠近，疊上一束束的稻草，以熟練的動作點火。火苗一下子就會燒成熊熊大火。

塚田在議論中說出來的話，就像是風箱送進火裡的空氣。被煽風點火的爭論，赤紅的火光返照在塚田臉上，使他顯得更加意氣風發。以書本得到的知識為後盾，在不知如何鍛鍊、堆砌出來的邏輯上搭起鷹架，一發現敵陣中有一絲空隙或空白地帶，立刻伸出長梯，直搗黃龍。這是他一貫的手法。

他徹底而執拗的批判讓反駁本身都變得空虛，而批判愈是接近核心，塚田本人就愈冷靜。幾乎所有的對手都會在途中忍無可忍，暴怒並憤而離席，或是接不下話，沉默無語。到了這地步，塚田才又變回一臉若無其事，目送對手，結束爭論。

從頭到尾都是冷靜的。他絕對不會進行人身攻擊。而且下次見面時，他會以明朗到令人錯愕、恍若無事的態度打招呼，曾經與他爭論的對手，連反擊的機會和想要敬而遠之的態度也都輕易被繳了械。與其說是被繳械，更像是起了化學變化似地風流雲散。即使他與人結怨，也難以想像會有人對他做出這樣的集體私刑。

一惟總是遠遠地看著塚田與人議論。與他聊天的時候，都是聊電影、棒球和漫畫。這時候的塚田表情與專注爭論時判若兩人，口氣輕鬆又傻氣。塚田很愛笑。一惟覺得他天真無邪的笑聲反映了他的為人。他很清楚，塚田不是個滿腦子道理的人。其實他是不是根本不在乎什麼道理？他會如此埋首鑽研思想與哲學，也許是為了鑽研到底後，有一天將**它們**全部丟開。聊些言不及義的話題時，塚田看起來更活潑有魅力多了。

塚田認為人類遠遠不及動物。

「人類會那麼醜陋，是因為沒辦法像鳥歌唱那樣說話。」塚田用幾乎快笑出來的聲音接著又說：「如果人能像電影《秋水伊人》那樣用唱的說話就好了。不管是嚴肅的時候，還是拜託別人事情的時候，想要傳達隱微的心情時也用唱的。如果吵架也邊吵邊唱，兩三下就會笑出來了。」

塚田和一惟走向大學餐廳，吃了難吃到恐怖的咖哩。一惟想問「那你議論的時候也用唱的如何？」

但只是默默地把咖哩送進口中。

塚田的租屋處，四面牆壁都是書架，塞滿了思想和哲學類書籍。有二手書店的味道。唯一空著的書桌前的牆面貼著《秋水伊人》的海報。好像是從某家專播老電影的電影院偷撕回來的。凱薩琳．丹妮芙那虛無的眼神，感覺完全投合塚田的喜好，但一惟沒有說出來。

塚田徹現在躺在白色的病床上，別說唱歌了，連要出聲的樣子都沒有。露著一張冒著鬍碴的蒼白臉龐熟睡著。只是閉著眼睛的塚田，就像從基座拆下來橫放在地上的尿尿小童。一惟對那張失去目的的白臉看了片刻。形狀正適合拿來捏的鼻翼，正安靜地執行緩慢呼吸的出入口任務，就彷彿渾然不知主人的傷勢如此嚴重。一惟小心不踩出腳步聲，離開病房。

幾乎耗時一整天的手術順利結束了。回到病房的塚田，雙腳被許多黑色的管狀物貫穿，每根管子都像構造物一樣連接在一起，以螺絲固定。那模樣就像精心設計的惡質玩笑。必須以這樣的狀態，等待骨頭重生與連結。聽說要等到確定骨頭都接上了，才能展開正式的物理治療，以恢復功能。物理治療是要讓長期不使用的關節和肌肉再次恢復功能的訓練。聽說這些構造物般的管子，有一天必須再次動手術拆除。

塚田遭到攻擊，是被認錯人了——極端派學生之間的派系對立引發零星的內部暴力鬥爭，而塚田就是被認錯人之下的犧牲品。這樣的流言傳播開來。另一方面，也有人一臉得意地暗示自己熟悉內幕，指出塚田雖然不屬於任何一派，卻與活動中心的特定人物有交流，所以對立派系做為警告，以及殺雞儆猴，刻意挑選他下手。

雖然不知道為什麼，但這件事沒有見報。原本大學的西門只有一盞路燈，現在又多設了一盞，茂密的灌木叢被砍除，視野變得清晰許多。這些做法，顯然是因應這裡發生的事，但一惟懷疑在校內這起事件也被當做不曾發生過。塚田徹是受了重傷，但又沒死——如果利用這一點，把事件壓下來，豈不是形同那群沒有殺死塚田，卻徹底凌虐他的人的幫凶嗎？歹徒可能就在校內，絕不該任由他們逍遙法外。一惟湧出一股或許難以和他人分享的感情，靜靜地憤慨不已。

耶穌說，右臉被打，就把左臉也伸出去讓人打，對此一惟怎麼樣都無法理解。耶穌應該不是在提倡徹底的非暴力。遭受到單方面的暴力攻擊，卻還把左臉伸出去，不會被對方解讀為是在挑釁嗎？

實際一點去想，當看到自己施加暴力的對象亮出臉任人打的態度時，比起慌亂縮手，更有可能造成火上澆油的結果。父親只有一次，在枝留教會的禮拜中向信徒述說暴力會剝奪人的自由，一惟當時聽了，怎麼也想不透「伸出左臉」的真正涵義，感到極大的質疑。這段記憶一直留佇在他的心中。

在大學上歷史神學課的時候，對於這個長年來的疑問，他覺得似乎得到了自己的一套理解線索。羅馬支配時代的耶路撒冷，生活在古代律法中的猶太人，引領翹望著地上所有事物的終結，以及將隨著上帝一同到來的榮光。生在那種時代與地點的耶穌，會如何看待暴力？一惟揣想，耶穌是否提示了另一種角度，也就是從彼岸的觀點，將發生在現實世界的暴力視為空無？即使自身肉體毀滅，也會再次復活的強烈信念，或許亦系出同源。在這樣的信念面前，來自他者的暴力，也能夠化解為空無。耶穌雖然活在現實，卻也超脫了現實。

對於自身遭逢的卑鄙攻擊，以及歹徒，塚田幾乎不願提起。在警方的訊問中，他也只說歹徒應該有三個，戴著安全帽，臉大部分都用毛巾包起來了，所以完全看不出長相，衣服看起來像黑夾克和牛仔褲，但夜深昏暗，也看不出到底是不是黑的，而且沒有任何人出聲，所以沒聽見他們的聲音，途中有一個人咳嗽，發出很響的像打嗝的聲音。他記得的就只有這些。

「我常和朋友還有同學議論，但我不認為會因此與人結下樑子。」塚田如此對刑警說。「對方可能就是不清楚我是誰，才能做出這種事。」也許塚田只能透過相信不是熟人所為，才能擺脫不安和恐懼。

在床上隱隱露出笑容的塚田呢喃地對一惟說：

「我們身邊沒有人有那樣的蠻力和執行力，對吧？」

對於長期的住院生活，塚田沒有怨言。每當一惟出現在病房，他便露出天真無邪的笑。一惟坐在床邊，精細地素描被許多黑管子貫穿的雙腳，塚田說著「不好意思」，拜託他許多事。

不要連絡他住在佐世保的父母；偶爾就好，餵一下會去公寓的浪貓水和食物；冰箱裡的東西全部清掉；因為不能打工，其實想要把公寓退租，但又無法收拾搬家，所以想要關掉斷路器，這樣就可以只繳基本電費。

塚田瞪著病房天花板，一樣一樣請一惟幫忙。他提一樣，一惟就在記事本裡寫下一樣。

一惟全部答應下來，偶爾騎自行車去塚田租屋的公寓。

塚田的公寓就在一惟祕密的目的地途中，因此毫無負擔。真要說的話，有了騎自行車移動的正大光明理由，對一惟來說是個偶然的僥倖。即使在途中遇到認識的人，被問起去哪裡，也有了冠冕堂皇的說法。

第一次去塚田的公寓，是天色還很明亮的下午。就算有人躲在公寓信箱旁邊，突然攻擊，也可以大喊逃命。他是經過這樣的考量的。光天化日之下，一定有人會來搭救。

塚田有兩隻疼愛的浪貓，是黑貓和虎斑貓。兩隻都是母貓，很快就親近一惟了，一聽到自行車停下來的聲音，牠們立刻就會不知道從哪裡冒出來。

那起事件以後，不知不覺間，對塚田來說，一惟從可以最為輕鬆交談的對象，變成了可依賴的親近的人。

站在醫院前面的公車站等車時，一惟忽然想到，為什麼遇上那種事情的是塚田而不是他？是不是只是他運氣好？一想到這裡，一惟再也動彈不得了。

北海道的記憶也如同汲起的地下水般汩汩湧出。他覺得在暴風雪中遇難死去的農場學校的石川毅憑空冒了出來，走近他，以透明的姿態就站在近旁。毅不發一語。身邊的人，有兩人都遭受到毫無道理的類似暴行，這到底是怎樣的宿命？

石川毅從東京的高中退學後，打工期間遭到埋伏的暴徒攻擊，臉被割花，縫了好幾十針。一惟沒能向本人詢問理由，後來聽人說原因是女人。毅離開東京，在親戚安排下來到枝留的農場學校，雖然與同學之間只有最起碼的應酬往來，但工作態度非常認真。默默工作的結果，他被視為模範生，還當上了農場學校的酪農部門負責人。他和一惟共同製作奶油，在枝留教會販賣，一樣做出了成果。毅會在暴風雪的夜晚跑出農場學校，在前往枝留車站的途中喪命，似乎是一時衝動，想要去見兒時分離的母親。和母親死別的一惟覺得可以理解那種衝動，但已死的對象，橫豎怎麼樣都不可能再見到，所以其實也不能說他懂。

得知塚田同樣遭到不明人士攻擊時，不光是驚訝的情感無可遏止地壓將上來。那就類似於張冠李戴的自責。他大可以將其視為單純的巧合，內心卻有著無法撼動的聲音在細語這絕非巧合。其中包括了無法向外人道的新的理由。現在的一惟能夠輕易地想像自己遭人攻擊的場面。

就如同石川毅遭人割花臉部的原因，一惟現在也和其他男人的女友有了不可告人的關係。

一惟的日常甚為平靜。

他不會與人議論。牧會學的課一定出席，但其他課則學會了在過關範圍內蹺課。此外的時間，有些日子是一早，賴床的日子則是午休前，帶著樂譜去校內的音樂批評研究會社辦。平日他幾乎每天彈奏貝森朵夫。你不用寫批評，只要彈琴就好了——一惟幾乎忘了他是在會長細川稔這樣的邀約下入社的，只是彈奏自己想彈的曲子。最近早上他彈巴哈，午休彈舒伯特的奏鳴曲，傍晚彈布拉姆斯的間奏曲，晚上則是彈貝多芬的奏鳴曲。都是一樣的彈法，完全遵循樂譜上的音符，不快也不慢，不理會強弱，以有些冷漠的指法淡淡地彈奏。他以彈奏管風琴的感覺在彈。如果彈錯了，就回到彈錯的地方重新彈過。

星期一早上開始彈琴之前，他會把社辦的菸灰缸和垃圾桶清乾淨。他在枝留教會養成了打掃的習慣，因此完全不覺得麻煩。除了木板地，容易積灰塵的沙發也用吸塵器吸過，濕擦再乾擦。灰塵會吸收濕氣，對鋼琴是百害而無一利。當然，鍵盤也擦拭得乾乾淨淨。打掃完再彈琴，他覺得琴聲更為潔淨。風雨無阻地每日彈琴，對現在的一惟來說，已經成了遠比星期天的禮拜更重要的習慣了。自從塚田受傷住院以後，彈琴的意義變得更為重大。

為了聽一惟彈琴而來到社辦的成員愈來愈多。演奏完畢，也沒有任何人發表感想。有人提起巴哈的軼事，有人說起從樂譜的筆跡，有些曲子似乎不是巴哈一個人寫的，也有他的妻子安娜寫的——眾人七嘴八舌地閒扯，彷彿沒人在聽一惟的演奏。一惟覺得是因為自己彈的曲子，與唱片上的知名演奏完全無法相比。但其實有許多社員被一惟的琴聲所打動，他們只是不知道該如何批評才好。

角井依子不是音樂批評研究會的成員，而是從小學便就讀附屬學校的文學院學生，在多個網球同好會裡面，參加全由附屬學校直升上來的學生組成的同好會。她穿著神學院的學生絕對不敢去招惹的服裝，總是散發著淡淡的香水味。會長細川稔好像從高中進入附屬學校就讀，從那時開始和角井交往。兩人的關係不是很穩，分分合合，掌握主導權的顯然是角井依子。

只有演奏鋼琴，彈奏出聲音的期間，一惟可以擺脫現實的聲音。熱鬧、嘈雜，何時發生任何事情都不奇怪的無調的一團聲音。即使入夜，仍有重疊混雜的噪音毫不歇止地從某處傳來。在枝留，夜深以後，就幾乎聽不到人工的聲音。若有什麼聲音隱約乘風而來，那就是湧別川的聲音。就連遠遠地傳來的列車聲響，都很像不期待被聽見的自然聲響。

狗兒們也在夜晚沉重的帷幕中安靜地待著。因為牠們知道，在天亮以前，所有的家人都沉睡了。有時醒來哼哼鼻子，是因為發現有狐狸偷偷穿過屋後，或是遠方飄來不同於一般的生物氣味。但除非有什麼重大變故，狗是不會出聲吠叫的。

大學校園總是鬧哄哄的，就好像規定所有的人都必須激動地交談，但角井依子的語氣總是過人地穩重平和。她會坐在細川旁邊，全神貫注，默默地聽人說話，偶爾才插口三言兩語。一惟很快就被角井依子的聲音和口吻所吸引了。

研究會成員聚餐之後如果續攤，角井依子就很有可能出現，一惟發現這件事以後，開始參加每一場續攤。他好幾次坐在角井依子旁邊。一對一的時候，角井依子意外地健談。得知一惟會彈鋼琴，角井依子說她姊姊也在學琴，兩人聊起音樂話題。

「Andante是義大利人走路的速度嗎？日本人彈奏的時候，會配合日本人走路的速度嗎？義大利人和日本人走路的速度不一樣吧？北海道人和京都人應該也不一樣吧？」

她還說：

「相反地，我覺得Adagio慢到日本人無法忍受的地步。日本人才不會那樣慢吞吞的。也就是說，要暫時拋開日本人的身分，像歐洲人一樣演奏才對嗎？」

一問之下，才知道角井依子和家人去過義大利兩次。她說父母住在阪急沿線的夙川，但一惟對夙川毫無概念，不知道那裡是怎樣的地區。

某個帶著寒意的秋夜，細川在續攤時喝醉，社員送他回公寓，角井依子目送著他們的背影，若無其事地問一惟：「要不要來彈我家的鋼琴？」音量並未特別壓低，但周圍沒有研究會的人，應該無人聽見角井依子的話。雖然會請人來調音，但完全沒有人彈，實在很可憐，而且每個人都聽過你彈琴，只有我沒聽過。看看社員三三兩兩踏上歸途的腳步和表情，看來喝得不怎麼醉的，就只有他們兩個。

角井依子熟練地招了計程車，輕巧地挪進裡面的座位，告訴司機地址。車子裡充滿了甜香。角井依子抱起的手臂，靠近自己的那隻手腕上，金色的細手環微微地泛著光。步不會戴手環、戒指或項鍊。抓住戴手環的手，會是什麼樣的感覺？——瞬間一惟想像起來，閉上眼睛。「喂，不可以睡著。等一下你要彈鋼琴。」

角井依子一個人住的公寓大得驚人，大概可以裝進四間一惟租的房間。她說直到去年，都是和姊姊一起住。

敞開的門內，露出一半整理過的床。客廳牆邊擺著施坦威的立式鋼琴。姊姊去義大利留學期間，我得好好幫它調音，把它照顧好，依子說。

「現在已經凌晨三點了，不會吵到人嗎？」

在房間立燈的光中一看，可以知道依子喝得頗醉了。聽不出語氣。甜香似乎變得更濃了。

「住在這裡的有錢人每一個都早睡早起，都已經睡昏了，跟死人沒兩樣。」

依子故意把臉擠成一團，接著又說：「這裡隔音很好，不用擔心。」

一惟坐到鋼琴前面，打開蓋子，回想不看琴譜也會彈的曲子。他用比平時緩慢太多的速度，靜靜地彈奏了一首布拉姆斯恬靜的間奏曲。這架鋼琴的每一個鍵盤的音都很乾淨，沒有任何混濁。餘音比貝森朵夫更澄澈。

彈完之後，一惟把手放到膝上，做了個深呼吸。

「好棒的曲子。」依子說，戴手環的手搭在一惟肩上。輕盈的手掌暖得令人一驚，彷彿以此為信號，一惟起身轉過頭去。依子的臉近在眼前。

兩人在公寓待到中午過後。

電話沒有響，也沒有訪客。豎起耳朵，這裡安靜得就像湖底，令人懷疑除了這一戶以外，再無其他住戶。

黎明時分，一惟感到口渴，悄悄下床，穿過窗簾外朦朧射入破曉微光的客廳，去廚房喝水。看不到任何細川來過這裡的痕跡。細川現在應該還在公寓裡爛醉如泥。

一惟覺得他沒辦法在音樂批評研究會待下去了。要向誰、怎麼說明退出的理由？思考這件事令他苦悶，但遠遠凌駕這種苦悶的、令人無法應付的感情，在依子沉睡的床裡化成一團溫暖蜷曲著。它迫不及待地裹住了一惟在下床往返廚房的途中變冷的身體。

依子沖澡的時候，一惟打開客廳窗簾。遠方可以看見低矮的群山。

秋意漸深了。

如果是以前，看到美麗的葉子和花朵，他會素描起來，附上交代近況的信，在信封貼上步應該會喜歡的紀念郵票，寄去札幌，但現在即使在路上看見鮮艷的落葉，也不再動筆了。塚田的腳的固定器的素描已經完成，但他打算在慶祝塚田出院時再送給他。

步也不再寄信來了。步寄來的最後一封信，以鋼筆的藍色小字寫到的「朋友」，一惟猜想應該是男性朋友。步應該是考慮到一惟會如此想像，而寫下「朋友」這兩個字。步想要輕描淡寫地向一惟傳達這件事。

就如同不再翻開素描簿，彈奏音樂批評研究會社辦的鋼琴的機會也少了。後來一惟和細川稔見過幾次面。細川稔本來就不會把感情全部放在眼鏡底下的眼睛裡，但他對一惟的態度確實沒有不同。即使他猜到依子似乎另結新歡，或許也沒有發現那個人就是一惟。如果發現，卻在一惟面前佯裝毫無所覺，那就太恐怖了。

一惟遠離了社辦，前往依子的公寓的日子逐漸增加，彈奏施坦威的時間愈來愈長了。就連依子出門上課，傍晚前都不在家的日子，也在她的提議下，在無聲的房間彈琴、看書，一個人打發漫漫長日。

某個平日午後，一惟正在彈琴，電話響了。一惟暫時把手從琴鍵挪開。依子去隔壁房間接電話，低聲交談，對象應該是細川稔。依子簡短地說明不能見面的理由，很快就掛了電話。依子回到客廳，只說了聲「抱歉」，一惟再次從樂譜開頭重新彈起。

彈著彈著，一惟感到一團沒有對象的憤怒黑壓壓地從胸口深處直衝而上。那不是源自內在的憤怒，而是從某處流灌進來、偶然進入自己心胸的陌生他人的憤怒。一惟的手腕、手掌、手指整個僵硬，動彈不得了。本以為是憤怒的漆黑感情瞬間翻轉，轉變為洶湧起伏的浪濤般罪惡意識。高騰的浪濤達到巔峰後，整片高浪朝著一惟罩頂而來。

不知不覺間，一惟渾身冷汗。呼吸也變得極端地急促、粗淺。他彈到一半就不彈了，沒有絲毫顧慮、謹慎，單純放手那樣蓋下施坦威沉重的琴蓋。發出巨大的「砰」一聲。

「怎麼了？」依子也發出帶刺的聲音。

一惟默默無語，走出依子的住處。依子以害怕的眼神仰望一惟，就好像看到某種未曾見過的東西。

一惟用力踩著自行車，回到自己的住處。腦中已強烈地充滿了對依子的歉意，卻無法直接將自行車掉頭，折回公寓抱緊依子。

這天晚上，一惟沒有吃飯，一個人躺在被窩裡，想像著依子來到枝留教會的情景。

古老木造教堂鋪了棧板的玄關口，並排著也能容納長靴的大鞋櫃。角井依子穿著刻意挑選的、色調樸素的成套衣物，穿著低跟靴站在那裡。耳環和手環都摘掉了，也沒有香水味。即便如此，站在枝留教會玄關口的依子仍然顯得過度異質。

在物理治療室，塚田徹苦著一張臉。他耐性十足，一樣樣做著許多種復健運動。一惟坐在稍遠處的沙發，眼睛盯著他的動作。看到塚田如此認真、忍痛復健的模樣，他深受感動。

塚田靈巧地撐著枴杖坐到一惟旁邊，露出一貫的笑容。

「這叫骨外固定器的東西，骨科醫生一看就知道是什麼種類。就是把人類當成用零件組成的東西，才能想到這種穿刺固定法呢。醫生說處理粉碎骨折，就只有這個方法，一年後要再把這些玩意兒一根根拔掉。穿過管子的洞在拔掉以後到底會變成什麼樣？從泳池裡出來的時候，這一堆洞裡面會不會噴出水來啊？」

一惟時隔許久地聽見自己的笑聲。

塚田徹從大學畢業後，回到佐世保的老家，在當地國中母校成為社會科教師。每年他都會寄賀年卡來，變換各種說法，描述學生有多可愛。

17

為長孫女步接生三年後，就因為腦溢血而撒手人寰的祖母阿米，出生在長野，在東京學習，在枝留當助產婦。這段歷程究竟是怎樣的因緣際會，步完全沒有聽說過。

祖母在步懂事前就已經過世，她的長相，只能從佛壇上一張黑白照上得知。阿米的丈夫真藏在妻子過世後又活了好幾年，但不在家的時間更長，而且沉默寡言，步不記得看過他神采奕奕地說話或歡笑的模樣。所以想到真藏的時候，浮現的總是線香味纏繞不去的佛壇遺照。相框裡，真藏一臉看不出感情的表情，只是注視著這裡。至於阿米，甚至不是筆直看著這裡。臉周是不自然的白，就像被裁切下來一樣，或許是從某些合照上剪下來的。

默默地看著這裡的兩人，時間停止在那裡。聽不見阿米的聲音，也沒有真藏的聲音。如果少了人在世時的記憶，那麼死去的人就只是一張照片，步想。

阿米會去東京學助產技術，又來到遠離長野的枝留，好像是她的恩師建議的。那名恩師是誰？又是怎樣的人？和枝留又有什麼樣的淵源？祖母連這些都沒有告訴父親和姑姑們，或許是因為多少有些害羞吧。即使向一枝姑姑打聽祖母的生平，姑姑也只是冷漠地說「我也不是很清楚呢」，彷彿事不關己。

阿米從來無暇將枝留的生活暫時擱到一邊，沉浸在過去的記憶裡，忙於照顧尤其是戰後宛如揭開某

些蓋子般接連冒出來的孕婦，被催趕似地接生嬰兒，分身乏術——步能想像的就只有這些。

「她忙著接生別人家的嬰兒，根本沒空管我們啦。」

智世曾經發出耀武揚威的笑聲，在做法事時這樣說。比起智世說的內容，**為什麼要邊笑邊說**，更讓步感到不可思議。如果其中隱藏著某些無法干涉的感情祕密，那種笑也不是無法理解。智世的笑總是帶有攻擊成分。只留下板著臉的照片的真藏和阿米，在孩子們面前是怎麼笑的？還是阿米連笑的空閒都沒有？

真藏生前應該想要支持缺乏基本生活能力的次女惠美子。同時在不同的意義上，他特別關照么女智世這件事，從智世勤奮學習的各種課程也可以窺知。學茶道並拿到執照、學古琴、學古謠的，都只有智世一個人。站在父母的角度，這是要為女兒出嫁時錦上添花，就像禮物上的緞帶吧。

步想像，一枝功課好，個性沉穩，阿米應該凡事都以她為優先，提拔她，把和自己共通的某些事物託付給她。比起嫁去別人家當媳婦，長女擁有一輩子的工作，能自食其力，就等於證明了自己這輩子的價值——即使祖母會有這樣的心態也不奇怪。長女那個世代，許多未來的丈夫人選都在戰爭中失去了性命，阿米應該也很擔心她往後的日子。步可以想像，阿米應該想要把做為助產婦得到的職業婦女心得及人生智慧傳授給長女。

智世曾對著長女的步說「都只有姊姊有新和服，長女真吃香」。但步幾乎沒怎麼看過一枝穿和服。一再聽到智世提起姊姊的和服，步也想像過，那些和服是不是阿米當成存款為一枝訂做的，好讓哪天她必須一個人過下去時，可以拿去變賣？

一枝很少閒聊，所以有點不知道她其實在想什麼。步開始上枝留教會以後，一枝也不會強加於人地向她宣揚基督教如何如何。和一枝姑姑在一起不會讓人痛苦，步也覺得三姊妹裡面，和自己最親近的或許就是一枝姑姑。

有時步會想像沒有自己的世界。沒有步的世界，沒有任何的不足。即使有人新生，有人死去，世界也不會改變。誕生在這個世界、感覺著身邊的世界，是否才是虛渺、無法計量、接近夢幻泡影的現象？步遙想在一片漆黑的無音宇宙中筆直前進的星光。沒有傳至任何人的視網膜，也未被觀測到的光，最後會抵達何處？

伊予、艾斯、吉洛，在牠們出生的瞬間，就成了自祖先綿延至今的狗群最前面的一個。但那也是斷崖邊。如果沒有生下小狗，一路延續的血脈就此告終了。狗應該不會去思考、也不會想起自己的父母到底是誰吧。

附血統書的小狗從母狗身邊被拆散，活在只有自己一隻的孤獨的價值中。熟悉新家以後，不用幾天母狗的記憶就會淡去，終至消失。

即使會成群結隊，狗也沒有家族意識。北海道犬陪伴飼主出去野外時，將外形不同的人類視為主人、領袖，如影隨形地跟隨著。

聽說伊予生過三次小狗。步還小的時候，伊予生的小狗一隻隻送人了。小狗送人這件事，總是讓幼小的步覺得毫無道理。

或許家庭只是幻影。會如此感覺，也許是因為成長過程中，身邊總是有著北海道犬。她納悶從同樣的父母生下來的弟弟始，和自己到底有什麼共通之處？如果拿眼睛、鼻子、嘴巴等部位，說「果然是姊弟」，或許如此，但自己和弟弟真的有別人認為的那麼像嗎？個性不同，運動能力也不同。步擅長數學，始卻完全沒有數學細胞。始有時會說些有趣的事，但步沒辦法逗笑別人。步遠比始更直率、更大刺刺。始大致上是膽小的，而步有時大膽無畏。就算外盒相似，打開來裡面裝的東西也不同。是否就是這麼回事？

思考為何自己現在會在此處、會是這副模樣，很接近是看整幅畫作、還是看畫上使用的顏料。即使指出已經完成的畫上構成細節的顏料重疊、交融，是這個顏色與那個顏色混合而成，也不算解釋了繪畫本身的表現。將一幅畫視為整幅畫來欣賞時，顏料和畫布做為原本的物質的質量和價值便失去了意義。組合畫材畫出來的樣貌成為一幅畫時，畫便會離開畫材，只在人的腦中凝結成虛像。

捕捉電波觀測天體，就有點像透過畫材來看畫。電波望遠鏡只會傳遞出測量到的數值。只憑一開始的數據，不會呈出現星星的形影。

「人很容易陷溺在數字和計算當中。但數字只不過是線索。捕捉恒星、星雲的時候，必須暫時離開數字。離開數字以後，就必須運用想像力。連接點和點的不是數字。只有想像力才能催生出假說。最後總是應該這麼想：好了，要怎麼樣才能說得天花亂墜呢？」

老是神經質地擦著眼鏡，說起話來卻非夾雜玩笑不可的天文台台長曾一本正經地這麼對步說。

結束一整晚的觀測後，步沒有收拾東西準備回家，而是在大廳沙發躺了一下。

把頭擱到冰涼的合成皮沙發上，感覺到原本活躍的腦細胞血流漸次變得緩慢，沉靜下來。過了日出時刻，位在高處的玻璃窗開始泛白，出現葉子剛落盡不久的櫸樹枝椏。

步委身在星期六早晨的地球自轉，被冰涼的空氣及透過玻璃窗灑下的淡淡微光所圍繞。耳中聽見棲息在天文台園區裡的麻雀、日本山雀和小啄木鳥的啼聲。數百億光年外的無聲銀河，只殘留在步的腦中。那是停佇在腦細胞中純粹的幻影，而且只不過是地球誕生之前的、久遠到無法想像的遠古時代的虛像。應該也有無數的星辰，在它們的光抵達地球的期間，早已被黑洞所吞噬，消失無蹤。

步已經決定單身一輩子。

事到如今，為何如此決定，理由已變得茫漠不清。對方表達出想要結婚的念頭時，步就如此回覆，漸漸地，除此之外無法做他想了。

但話語有時只被解讀為欲擒故縱。不管是煩惱沮喪、淚眼盈眶，還是憤怒地緊抿雙唇，看在某些人的眼中，似乎都被變換為自活著這回事滿溢而出的水滴或光線。倘若任何樣貌、話語都帶有其他的意味，就連出聲說出「我不結婚」，也形同是在吊男人胃口的手段。

步不知道這件事。好一段時期，她甚至沒有察覺這件事。

自己沒有察覺的無意識的舞蹈。停下來的指頭剛好指著什麼，就產生了暗示，稍微一動，頭髮散發香味，就點燃了男人心中的什麼。二十多歲的期間，步都沒有注意到這些。漸漸地，她體認到或許就是這麼回事，不再隨口說出「我不結婚」。

即便如此，也不是就擺脫了男人們難以應付的感情。為什麼男人要接近她？她知道他們想做什麼。即使那檔子事就是那檔子事，單純到乏善可陳，她也不明白為何非是她不可。她不是裝傻，而是怎麼樣都無法打從心底去理解。

一惟是唯一一個她不會去想為什麼的對象。他們自小認識，就像青梅竹馬般親近，但步近乎痛切地理解一惟心中的某種空洞。所以步緊緊地抱住一惟、被一惟緊緊地擁抱時，她希望那空洞能因此變小、被擠壓到消失。那是由步獨特的直覺和理解所支撐的愛情，是除了一惟以外，無法給予其他任何人的。

然而，空洞卻頑固地存在於那裡。不久後，對一惟的愛裡面，摻雜了某種痛切的情感。即使在一起，仍不斷地冒出再怎麼填補都填補不盡的無數小洞。現在步覺得，當時無法訴諸話語的感情，就是那麼回事。後來兩人為了讀大學，步去了札幌，一惟去了京都。物理的距離，讓彼此的引力遠到無法發揮作用。

就這樣，沒有多久，修提方．金出現了。修提方是個奇妙的人。他快活，充滿生命力，看起來沒有遲疑。步可以做自己，兩人之間沒有必須填補的洞穴或空洞。步第一次知道，原來自己能帶給別人這麼多的歡喜。身邊有人能帶給自己如此大的歡喜，這個事實令她驚訝、震動。那就像躺在陽光普照的草皮上，即使閉上眼睛也能看見的陽光，強烈、溫暖而單純。

漸漸地，兩人所在的地方，變成了光量過多、沒有一絲陰影的世界。步覺得即使就這樣待在這裡，也找不到出口。步開始想念起和一惟在一起時，那種宛如教堂陰暗的感覺。

望向強光射來的方向，那似乎不是修提方．金的內在。修提方有一層整個裹住外層的看不見的透明的繭。那是與他的肉體魅力難以分割的事物。步心想，或許那是他自身也沒有察覺的、包裹了他整個人的巨大空洞。

修提方．金去了美國西岸的大學讀企管博士。他在那裡交了個西裔美國人女友，後來結了婚。接下來短短六年內，兩度結婚又離婚。每一次修提方都會寫短信給步。上面隻字未提離婚的理由。兩段婚姻都沒有孩子，但第三任妻子有個小女兒，修提方第一次成為人父。修提方只寄過一次幾張三人的全家福照。是看似燦爛沙漠的戶外動物園裡，有巢穴的土丘上，草原犬鼠高高站著在看什麼的照片。上面拍了少女盯著動物看的側面特寫。三人合照的照片裡，修提方露出有些刺眼的笑容，張開厚實的手臂，像要把三人牢牢圈起。天空藍得可怕。這封附了家庭照的信以後，修提方再也沒有連絡。有一天，他會和照片裡的母女分道揚鑣嗎？還是繼續過著幸福的每一天，連寫信給步的小小空檔都沒有？無論何者，都沒什麼好奇怪的，步覺得那已經和繪本裡的世界沒什麼兩樣了。

在東京讀研究所時，步也有親密的對象。是研究板塊構造論和火山的碩士生，大她一歲。他是本鄉一家老字號洗衣店的獨子，總是穿著乾淨的深藍或灰色衣物。第一次面對面說話時，彷彿有些刺眼地瞇眼看步的表情，有一點點像一惟小時候。

「也許是每天看著熨斗的蒸氣，才會注意到火山。」

他會一臉嚴肅地搞笑，是個好脾氣的人。開始去彼此的住處以後，步被他燙襯衫的動作吸引了。她回想是在哪裡看過，想起是修提方．金燙衣服的樣子。雖然比修提方更仔細，也更花時間，不過燙好的成品也更上一層樓。說是繼承沒能成為火山學家的父親志願的他，取得博士學位後，在教授強力推薦下，在九州的大學得到教職，有些瀟灑地離開了東京。此後，每年只會收到他的賀年卡。

任職於野邊山的觀測所期間，步和大五歲的太陽黑子研究員交往，最後半年搬進公寓一起同居。這個人寡默，有些笨拙，但步喜歡他的靜謐。看他眉頭糾結，張著眼睛躺在沙發上，步問他怎麼了，他說他正在思考黑子的擴散與移動和閃焰的關係。不久後，他向步求婚，步說：

「謝謝，可是我沒有結婚的打算。今後也沒有。對不起。」

他露出和思考黑子活動及閃焰時一樣的表情，默默地看著步。那表情不像會鍥而不捨地繼續敲門。剛好就在那個時期，步決定調職到東京。

一直以來，步幾乎毫不間斷地擁有可說是男友或情人的對象。然而只要因為某些外在因素而分開，卻也不會生出追逐彼此、拉住對方的執著。步認為應該是因為她缺少了什麼、有某些不足。

過了一段時間，步開始覺得一惟內在的空洞，或是從外側包裹修提方的空洞，似乎不是每個人都有的。即使發現這件事，兩人也已不再是步的戀人了。

在一惟結婚前，每次回去枝留，步都會去教會找他。大部分都是一起喝茶，吃步帶回去的伴手禮，然後告辭。如果有人問，只是這樣的關係，不覺得寂寞嗎？步或許會回答寂寞。即使正在和別人談戀愛，與一惟這樣的往來依然持續著。她不知道這對一惟來說是不是好事。至少對步而言，這是很重要的。

進入東京的天文台任職後，步一直沒有男朋友。和黑子的研究員也就此斷了連絡。步以年輕研究員的身分參與現在進行式的國際共同計畫，準備在南美智利興建大型電波望遠鏡，每天只是騎著自行車往返於面對野川公園綠意的公寓和三鷹的天文台之間，日子宛如水彩漸層般毫無間斷地持續著。步過了三十歲。

清晨的天文台大廳頗為寒冷。步想拉起身上的羽絨外套拉鍊，注意到右手無名指和小指麻痺了。用左手一摸，覺得有點冰涼，但摩擦一會兒後，就不覺得那麼冰了。也許是因為一整晚幾乎都維持相同的姿勢打鍵盤、看計測儀器的關係。其實從春季末尾開始，她就偶爾會感到輕微的麻痺，但一直沒有對象可以說，就這樣一天拖過一天。仰望牆上的鐘，正要走到上午六點。

回家以後，只煮一杯的米。浴缸放熱水，純泡熱水澡。即使在腦中想像這些步驟，身體也沒有動彈。自己比想像中的疲倦多了。

在沙發閉上眼睛的瞬間，她睽違許久地浮現疑問：我一個人在這種地方做什麼？現在是星期六早上，要到下午才會有所員進來吧。才剛想沒多久，步就落入了夢鄉。

接下來步一動也不動，在沙發上睡了兩小時。醒來的時候，窗外射進來的陽光強烈到幾乎刺眼。步把東西塞進背包揹起來，比平常更慢地騎自行車回公寓。

星期六下午開始，整個星期天，步什麼事都不做，只是聽音樂和看書。電話不會響，也沒有人來訪。差不多一天半的時間裡，她大概只吃了三餐。她沒有食欲，甚至忘了進食。

接下來的星期一，她和天文台長和技術總監、智利的觀測所推廣室長，四個人有一場餐會。說是餐會，也只是在車站商店街邊角熟悉的串烤店「高木」一起吃飯。打通電話就會幫忙保留的小包廂空間，只要坐上四個人就滿了。這是用未添加抗生素的飼料養大的土雞喔——這是步第二次聽到台長這句話了。不需要這些說明，「高木」的蔥段雞肉串也非常好吃。想到蔥段雞肉串，步時隔許久地感到餓了。

這天下午的會議中，步被交代製作要提交給大藏省負責官員的提案書草案。智利的大型毫米波次毫米波陣列望遠鏡的計畫已經來到只差一步就能拿到總預算的階段，但是在共同推進研究的歐洲和美國之間，已經展開水面下的競爭，設法將預算額規模和計畫的主導權綁在一起。美國理所當然地要求日本增加出資額，而總是態度模糊的日本方早已暗中斡旋完畢，將問題全部丟給大藏省處理。

台長私下連絡在大藏省擔任技術官的大學學弟，得到建議，說提案書最好由新世代的研究員，而且是女研究員，以淺白易懂的文章書寫。男女雇用機會平等法實施以後，國立大學和研究所當中，全由男性構成的計畫案裡面，已經有好幾項被喊停，這在大學裡面，也在某些圈子引發話題。台長沒有提到這一點，將任務分派給步。當然，他也是信任步的能力，才做此安排。

台長一面將串燒送進口中，表情變得和會議上判若兩人，輕鬆無比，以幾乎是誇誇其談的語氣說起他長年來總是對男人天生的寫作能力之差勁感到疑問。三杯黃湯下肚，技術總監彷彿配合台長的脫線，說起平時絕對不會拿出來說的話，像是：「碟形天線不是女性名詞嗎？喔，就算不是，能毫不保留地接收對方傳送過來的一切，這不就是女性的特質嗎？」步擺出似聽非聽的表情，默默地吃著串燒。

比起被同僚貼上傲慢、口不擇言的標籤的哈伯，步覺得任職於天文台的男人們貧乏的對話能力根本不值得憤慨，當成耳邊風聽著，享受著自我被久違的啤酒融化的過程。

步知道推廣室長雖然默默地聽著兩人暢所欲言，其實一直在注意步前面的杯盤是否空了，偶爾仰望牆上的掛鐘，擔心她回家的時間。

從大盤子拿起不知道第幾支串燒時，串燒從步的手中掉了下來。接下來沒多久，這次是杯子沒拿穩，把啤酒潑在桌面和盤子上了。因為啤酒所剩不多，黃色的泡沫停留在桌緣沒有往下流，杯子也沒破。台長和技術總監一臉驚訝地看桌子，然後看步。「對不起。」步連忙道歉，旁邊的推廣室長立刻立起杯子，說：「妳還好嗎？一定是累了吧。今天早點回去比較好。台長，謝謝招待。我去叫計程車。」然後站了起來。看看時鐘，剛過八點半。

步用店員遞過來的抹布擦桌子，對右手的麻痺從星期六就日漸嚴重感到奇怪。她想去醫院檢查一下。

目送計程車載著台長和技術總監離開後，室長轉向步說：

「暫時不要騎自行車通勤比較好吧。」

「好的，抱歉。」

室長注意到步用左手撫摩著右手。

「不，沒什麼好道歉的。是怎麼了呢？妳的手還好嗎？會痲是嗎？」

「嗯，有點。無名指和小指，搞不好拇指也有一點。」

室長的臉色暗了下來：

「這太令人擔心了。……野川醫院的話，我有幾個認識的醫生，最好請他們看看。明天請假去醫院檢查一下怎麼樣？」

室長從內袋取出小筆記本，有些粗魯地撕下一張，寫下兩名醫師的名字。是從步的公寓騎自行車就能到的大醫院。

「明天早上以前，我會跟他們其中一位連絡，妳就跟櫃台說有介紹。」

「好的。」

步突然不安起來。她小小聲地說「謝謝室長」，感到自己發生了某些重大的變故。室長攔下經過的計程車，送步回公寓。步在計程車裡想起去智利出差的時候，室長也從頭到尾像這樣關照她。室長已經年過四十五，有兩個兒子。聽說就讀都內排行數一數二的學校。和這種老實人結婚，生下兩個兒子，當個家庭主婦，是怎樣的人生呢？步看著窗外的夜景尋思。室長回家以後，會對迎接他的妻子說我今天的事嗎？希望他不要說。步忽然這麼想。室長應該不會說吧。步不知道自己怎麼會這麼想，卻私心如此篤定，覺得和室長之間有了小祕密。但是這小小的祕密，幾天後就急速地失去了淡水彩般的色澤。

聽說是室長的高中同窗的內科醫師首先安排步做大腦電腦斷層掃描。

快中午的時候，步再次被叫進診間，內科醫師表情比早上更為鄭重地看著CT影像。

「添島小姐是研究人員，所以我想就不必拐彎抹角了。請看這邊。這邊和這邊，有兩個地方，可以看到小塊陰影。應該是大腦腫瘤。很有可能就是它們造成手指麻痺。」

步默然，只是輕點了一下頭。她沒想到這輩子第一次照CT就發現這種病。聽著醫師的話，不可思議地，她漸漸覺得自己早在無意識當中想像到這樣的可能性，已經在預作準備了。

「幸好，看起來範圍還非常小。我會跟腦神經外科醫師討論，看要如何展開治療。今天妳可以先回去，但明天開始要請妳住院做檢查。關於入院程序，等一下護士會向妳說明。」

步一個人回家，打電話簡短連絡室長。室長說，「不用擔心這裡，妳要專心治療，坂本那邊晚點我會打電話過去。」步一瞬間沒想起坂本是內科醫師的姓氏。

隔天的檢查中，拍了肺部X光片。

是為了確定是否是肺癌轉移到腦部。醫師用和前天相同的表情和聲音，說明肺部也發現幾個小陰影，其中一部分比大腦腫瘤更大，數量也更多。

內科醫師對步說，他與腦神經外科及放射科醫師討論後，想要從大腦腫瘤開始進行放射線治療。一個療程結束後，再拍ＣＴ，確定大腦腫瘤的範圍和大小，再決定接下來的治療方針，這是醫師的說明。

手部麻痺的原因，和醫師給她看的影像沒有任何矛盾，因此步雖然無法判斷這是否是最好的治療方法，但也沒有足夠的知識和資訊去反駁感覺有些懦弱的內科醫師的提案。只是，由內科醫師擔任主治醫師，讓她感到有些不安。對於肺癌要如何處理，醫師也沒有任何說明。

步準備了許多百圓硬幣，從醫院打電話給枝留的母親，說明要住院的事。發現輕微的腦梗塞，必須住院治療，不用擔心，步聲音明朗地說。母親說：「妳是不是太忙了？要好好休息，保重身體。病房決定以後再告訴我，需要什麼，我都可以送過去。」

後來母親似乎立刻打電話給始了。隔天始到醫院來了。步把醫師說的內容簡潔地告訴他。她看出始的臉色變了。

「妳沒告訴媽實話。」

「嗯。你一定嚇到了吧。」

「……可是，怎麼會是內科當主治醫生？」

「他是我天文台上司的同學。」

步想要擠出笑容，卻失敗了。

「治療的方針，說明和做決定的都是他吧？」

「是啊……應該吧。」

「什麼時候開始做放射線治療？」

「聽說是後天。」

「……好。我會再過來。妳要保重。」

放射線治療開始當天的上午，始再次來到病房。看到他的表情，步覺得他下了某些重大的決定。

「我和坂本醫生談過了。抱歉沒有先跟妳說一聲，但醫生同意轉院。」

「轉院？」

始沉默了一下，把椅子挪過去，更靠近步一些，壓低了聲音說：

「有個專門治療姊現在這種病的醫生，擁有最新的技術。」

始筆直地看著步。他說他在這三天之間，靠著任職的大學人脈，查遍了所有腦神經外科的名醫，並請人介紹。真的好久沒有正面看到始的臉了。步有些驚訝：他的眼睛是長這樣的嗎？

「其實，今天早上我已經跟那位醫生通過電話了。醫生說……」說到這裡，他把聲音壓得更低了。

「……醫生說他對放射線治療持疑問態度。這個醫生和藥廠共同開發日本的雷射刀，在大腦腫瘤手術方面，是日本首屈一指的權威。姊姊的腫瘤幸好還很小，他說就算不只一處，也很有機會切除，並且不會對大腦造成負擔。他叫我隨時都可以帶妳過去。不好意思自作主張，但我請坂本醫生把全部的檢查資料都給我了。」

步目不轉睛地看著小小聲地說個不停的始。她覺得這樣很好，如果真的是這樣，那就太棒了。然而直覺卻告訴她，她應該會死。

18

三門超過三百人的課堂期末考試卷批改和統計撞在一起，加上研究室助理得了流感，一個多星期不在，各種雜務甚至波及到地位尚不穩固的始這裡來了。別說看書了，連翻開報紙的時間都沒有。回家以後，連泡澡都懶，換上睡衣，刷過牙，只洗了臉和腳就上床的日子也不稀奇。

位在澀谷區高台的鋼筋混凝土公寓這裡，晨間已變得寒冷無比。冬季期間，枝留的起居間裡，煤油暖爐一天二十四小時燒個不停，但東京的每一個地方都是微寒的。待在完全被雪覆蓋的枝留的時候，即使氣溫遠比這裡低，卻顯然過得更溫暖。

始睡了三、四個小時，從被子裡伸手按掉鬧鐘，直接再往旁邊伸過去，打開音響的擴音機開關。開啟和客廳相連的廚房瓦斯暖爐開關後，火速鑽回被窩裡，好半晌盯著沒有照明的白色天花板，聆聽鋼琴、貝斯和鼓聲。

由於過著這樣的日常，姊姊轉院後，要去探視，感覺負擔更重了，但可以脫離大學狹隘的世界，也伴隨著某種解放感。

得知姊姊生病以後，始自認為在最短的時間內，做出了最好的選擇。這樣的驕傲，麻痺了每一天的疲憊。回想起來，自己從來沒有站在前頭，帶領家人過。被父母拉著手、跟在姊姊後頭、遵從教授的指

示，即使感到疑問，他也養成了先思考能忍受到什麼地步再行動的習慣。

一個人在東京生活後，平日的生活中，幾乎不會想到自己是添島真二郎和登代子的長男、是步的弟弟。雖然也可以說是與枝留之間超過一千公里的距離帶給他這種感受，但對於住在搭電車不用一小時的都內的姊姊，幾乎也是一樣的。彼此成了小小的點，埋沒在雜亂的東京，距離和上千里也沒什麼兩樣。

對於姊姊的病，住在北海道的父母似乎已經決定也只能交給始了。尤其是父親真二郎，長年以來，始一直在他的理解之外，在以前，兩人通電話幾乎是無法想像的事。始對父母說即使要來東京，也最好等到檢查報告出來，決定治療方針後再說，因此他幾乎每天打電話回枝留，報告詳情。電話另一頭父親和母親的聲音，就像透過躺在深海底部的漫長電纜傳來，聽起來有些不可靠。尤其母親的聲音很不安。偶爾聽起來像在顫抖，每次都讓始覺得連自己都被漆黑的龐然巨影給籠罩了一般。

登代子原本就不是會把事情想得太悲觀的人。如果說真二郎的作風是不斷地想像最糟糕的結果，最後把自己逼進狹隘黑暗的空間裡，那麼登代子對於不確定的事，就是會往寬處、往淺處去想，以符合自己的心意。登代子毫無根據的樂觀經常惹怒真二郎，有時甚至引來一枝和智世的輕侮，但她生性的樂觀幫助最大的，或許不是她自己，而是真二郎。只是在遙遠的西方天際看見烏雲，聽見一道雷聲，真二郎就想關窗。登代子則是會說「太陽還這麼大」，下去庭院招呼吉洛，悠哉地為牠梳毛。在開始下雨、颳大風之前，都想盡量讓門窗開著，這就是登代子。就彷彿在說，如果關上門窗，這裡就會被封起來，失去光芒，再也出不去了。

然而對於步這次住院，登代子卻不知為何，似乎樂觀不起來。每回打電話，始都能聽出她的聲音日益消沉。

載著始的小田急車廂靠近總站的新宿車站，畫出大大的弧線，放慢車速。車窗外開始出現摩天大樓。不久後，隔著長長的平交道，對面左邊出現一棟大醫院。始以前經過這裡好幾次，但步住院以後，他才發現這裡是醫院。仰望步的病房所在之處，也看不出是哪一道窗。二十分鐘後，他應該就會站在這棟大樓裡面，聆聽主治醫師荒木的說明。

步的原發部位是陰錯陽差發現的。

步一開始住院的醫院主治醫師依照始的要求，乾脆地提供了檢查資料。內科醫師反覆地說「不知道原發部位在哪裡」，只簡單說明他準備「暫時先」用放射線照射大腦腫瘤看看。始說想要和負責的腦神經外科醫師談談，他也盡是說「我們一起討論決定的」，含糊其詞。轉院過於順利，反而讓始心生疑竇。對主治醫師來說，這次轉院是否也是順水推舟，求之不得？

接過裝著許多X光片的沉重信封袋，始一陣不安：會不會就這樣查不到原發部位了？步雖然同意轉院，但對於離開上司介紹的醫院，似乎感到內疚。「既然你一定要這麼做的話，那就這麼做吧。」步起初的反應相當消極。

「可是姊，事關妳的性命啊！」

始說，看見步的眼睛閃過輕微的驚訝。始心想糟糕，但話都說出口了，也收不回去了。

「我會死嗎？」
始擠出笑容，覺得就算尷尬也沒辦法。他先吸了一口氣，盡可能平靜而緩慢地說：
「動手術或許很辛苦，但就是為了康復才動手術的，不用擔心。」
步以側臉對著始，沉默著。步專心思考時，總習慣將視線移開。
步恢復平日的姊姊神情，望向始，以低沉沙啞的聲音說：
「好，就照你說的轉院吧。」
步眼中驚奇的神色消失了。
始默默地握住步的右手。他從小學低年級以後，就再也沒有握過姊姊的手。姊姊的手不冷也不熱，乾乾的。她沒有回握始的手。
讓步坐上醫療計程車，把行李袋放到旁邊後，始坐上副駕駛座。花了一個多小時抵達醫院時，走下計程車的步一臉不安地仰望醫院宏偉的大樓。
「放心。這家醫院的醫生，會以最小的負擔把妳治好……啊，我說的負擔不是錢，是身體的負擔。」
始想要打趣地補充說，卻不順利。步輕喃了一聲「嗯」。
荒木醫師並沒有名醫派頭。和在枝留中學教技術科的瀧田老師有點相似。瀧田老師以前待過中國戰線，罵學生的時候，都會大喝：「你們是腦袋瓜壞掉嗎？」但大多時候他總是心情很好，吼完人也會一下子就恢復笑容。眉毛很濃，頭頂有些稀疏，指頭纖細得令人意外。荒木醫師也有點一頭熱的衝勁，說話不客套，經常露出毫不保留的笑容。聲音宏亮這一點，也很像瀧田老師。白袍很乾淨，但腳上滿不在乎地穿著鞋頭快開花的拖鞋。

「啊，你好。比預期更快查到原發部位了。這都多虧了檢查技師。」荒木醫師一看見獨自來到腦神經外科部長室的始，立刻快活地說。

他向始勸坐，不待他坐下又接著說：「檢驗師問添島小姐有沒有在運動。」他說檢驗師發現穿著淡藍色檢查服的步的右大腿特別膨脹。

「妳有練西洋劍嗎？」

步說她沒有特別從事什麼運動，只有騎自行車上下班。檢驗師淡淡地說「這樣啊」。

左右大腿粗細明顯不同。右邊粗太多了。如果是西洋劍選手，這是有可能的不對稱，但只是騎自行車通勤，這樣的不平衡就不對勁了。檢驗師這麼想，認為應該對步的右大腿追加進行ＭＲＩ檢查，取得荒木醫師的同意。

ＭＲＩ檢查的結果，發現使步的右大腿顯得粗壯的原因是內部肉瘤，也就是先前不明的原發部位。這是轉院後第三天的事。

原本邊說邊抖大腿的荒木醫師說到這裡頓住了口，按下桌子右邊的開關，讓始看影像。

「添島小姐的癌症叫做軟組織肉瘤，是日本人很少見的癌症，一整年大概只有幾百人罹患。肌肉、肌腱、韌帶、血管、淋巴管、神經、滑膜、脂肪，只要是身體柔軟的部位，任何地方都有可能產生。也有在大腿發現的例子。」

荒木醫師停頓了一拍，聲音變得有幾分同情：

「健檢的時候，不會檢查手腳有沒有腫瘤對吧？當注意到有疙瘩、有不自然的腫脹時，都已經變得相當大了。添島小姐的情況也是如此。」

荒木醫師展示MRI影像，繼續說明。完全不在乎始是否跟得上內容。

「從這裡可以看出來，添島小姐的軟組織肉瘤有許多新生的血管密集在這裡。軟組織肉瘤透過血管吸收營養，愈長愈大。癌細胞會透過血管的血流四處轉移。肺成為濾網，攔下癌細胞，所以才會演變成這種狀況。」

MRI影像旁邊放上肺部X光片。

「就像灑豆子一樣，癌細胞會到處轉移。即使暫時停留在肺部，沒多久濾網就會滿了，從肺部進一步轉移到腦部。並非原發的腦腫瘤很多都是從肺部轉移過去的。」

始聽得出荒木醫師的說明完全不避諱，而是想率直地傳達狀況。始覺得荒木醫師所說的每一句話都能夠信賴。

「該說慶幸嗎？腦腫瘤的部分還不算大。這種大小的腫瘤，手術本身一點都不困難。因為是用雷射刀切除，也幾乎不會傷到癌細胞以外的正常腦細胞。然後，我已經找骨科醫師討論過了，原發的軟組織肉瘤必須切除才行。接著是肺部手術。因為只能一邊一邊來，所以必須分兩次動手術。這部分我會找胸腔外科醫師討論。手術以後，應該會同時進行化療。然後，最後會讓添島小姐回歸社會。這是我當前的目標。添島小姐很年輕，又很聰明，我希望她瞭解自己的病情、需要什麼樣的手術，現在就開始想像手術後鍛鍊體力，回歸社會的過程及目標。」

聽到「回歸社會」四個字，始受到相當大的震撼。感覺其中帶有比住院出院更嚴重的語意。暫時離開「社會」，意思也就是說，步現在身在某處，有可能再跑去其他地方嗎？步也聽到荒木醫師提到「回歸社會」這個詞了嗎？

荒木醫師起身，啪噠啪噠踩著拖鞋走近櫃子，取出即溶咖啡罐，在桌上放了兩只咖啡杯。用湯匙舀起咖啡粉倒入，從熱水瓶倒水。忙碌地用湯匙攪動一陣後，擺到始前面的桌上。一陣好久沒聞到的即溶咖啡香。醫師將奶精粉罐和插了許多長條糖包的馬克杯接連擺過來。看起來像是重複過上千萬次的動作。沒有「要喝咖啡嗎？」也沒有「請用」。始喝了口黑咖啡，接著加入奶精和砂糖。荒木醫師喝黑咖啡。

醫師想起來似地開口：

「回歸社會以後，還有復發的問題如影隨形。我的病患裡面，目前最多的有一名病患，在二十多年期間，動過十六次手術。真的很可憐。可是，病患本人絕對不想聽到別人說什麼可憐。感覺他是在和癌症拚誰的氣長，樂觀到甚至反過來鼓勵我。這樣的例子、這樣的人是很少見，可是還是有的。添島小姐的情況也是，最好要有再次復發的心理準備。」

原本始只是點頭聆聽，這時第一次開口：

「醫生，你告訴我姊可能復發的事了嗎？」

「不，沒有。」

始覺得總算可以呼吸了。荒木醫師接著說：

「她現在應該還只能勉強去面對自己得了什麼樣的癌症吧。現在就告訴她就算這次的手術成功，很有可能沒多久又會復發，實在太殘忍了。我認為家人最好瞭解這狀況，所以告訴你。當然，也不是說就一定會復發。噯，怎麼說，這只有老天爺才知道。」

荒木醫師最後一句話，聽起來像是在對自己說。這時電話響了，荒木醫師拿起話筒，簡短地說了兩三句後，掛斷電話。

「我要回病房大樓了。有事隨時可以過來找我，有什麼問題都儘管問。對我不用客氣，隨時都可以過來。」

「謝謝醫生。」

荒木醫師說著，回收兩只杯子，俐落地拿到洗手台清洗，倒扣在小瀝水籃上，用毛巾擦手，全程不到一分鐘。始看出他是個一板一眼的人。

回到病房，步正坐在床上，立起雙腿，信紙放在腿上寫東西。她注意到始來了，闔上信紙，把紙筆收進旁邊的小桌兼櫃子的抽屜裡。

「醫生說什麼？」

「嗯，說接下來要怎麼治療。」

「建議動手術對吧？」

「嗯。」

「……對不起。」

「有什麼好對不起的？」

「你不是很忙嗎？」

「妳不用擔心這個。」

步在床上伸長了身體，在枕頭躺下。

「醫生說添島小姐年輕又聰明喔。」

步輕笑：「不年輕了啦。」

「可是荒木醫師不是那種會客套的人，他一定是真心這麼想。」

步沉默著。

「他的說明很容易懂，對自己的技術也很有自信。」

「……可是，說得那麼白，我的心情實在跟不上。」

父母接到始的連絡，訂了醫院旁邊的商務旅館。

第三天下午，約在醫院大廳碰面。

遠遠地就認出是父母的人影從自動門另一頭走進來。真二郎的大衣，還有登代子的大衣，都是穿了十年以上的衣物了。羊毛沉重的質料、落伍的花樣和剪裁。在枝留看到的話，或許不會感覺到的光陰流逝浮現在大衣上。兩人的步態還是一樣，但看似添加了一點衰老的氣息。始一直盯著兩人，但兩人遲遲沒有發現他。始走上去招呼，登代子總算抬頭，有點生氣地說：「啊，孩子的爸，始啦。」真二郎也不掩飾那不知所措的表情，轉向始的方向。兩人身上好似飄來了枝留的冬天氣息。

電梯裡，真二郎直仰頭盯著閃爍的樓層數字。登代子說「我想說如果有什麼缺的，就立刻去百貨公司買」，接下來就沉默了。「如果吉洛還在，你們就沒辦法一起來東京了呢。」始說。吉洛在前年因為衰老而過世了。活到十七歲，以北海道犬來說非常長壽了。「是啊，如果吉洛還在的話。」「……現在不要聊什麼吉洛吧。」真二郎神經質地清了清喉嚨。

父母跟在始身後進了病房。始將兩把折疊椅並放在床邊。真二郎在床邊坐下，問了聲：「怎麼樣？」

接下來好像遲遲說不出話來。

「對不起。路途那麼遠，你們一定累了吧？」步說。

「真的好久沒來東京了。變了很多呢。人好像也變多了。幸好這裡離車站很近。真是又整潔又豪華，枝留的中央醫院跟這裡差得遠了。妳在這裡治療，媽也能放心了。」

登代子說著，表情卻一點都不放心。父親總算開口：

「現在可以像這樣自己找這種醫院呢。」

「是始替我找的。」

步微微地笑道。

「好像有什麼最新的技術。」

「是很好的醫生。」

始替步回答。步沉默著，維持著淡淡的笑容。

三天後，如同荒木醫師的說明，手術開始了。

腦腫瘤的手術順利結束，但是大腿的治療，討論卻遇上瓶頸。負責的骨科醫師主張將右大腿截肢，但荒木醫師正面反對。荒木醫師認為截肢可能對回歸社會造成阻礙，而且這是高轉移性的肉瘤，可以利用顯微鏡手術徹底切除，雷射刀適合這樣的手術。結果極為例外地，決定由腦神經外科醫師的荒木醫師來進行右大腿的手術。

「骨科那夥人就像木工，他們的世界只有鐵槌和鋸子。切開、連起來、縫合，結束，他們就只會搞這些，所以基本上動作都很粗魯。哪像我們，動的手術都是〇・一毫米範圍的手術。我會以媲美腦腫瘤的精確度，切除添島小姐的原發部位。不管是考慮到本人的負擔，還是往後回歸社會，這樣做都比較好。」

始感覺到荒木醫師對於步和始有著非同一般的同情，多次拜訪部長室。他詢問手術過程詳情，也問了往後的評估。荒木醫師有時會脫線，聊起遇到長達十幾個小時的手術時，有時甚至會開到一半跑去吃飯糰、喝啤酒。看到醫師那直來直往而親密的態度，始開始模糊地覺得對於步的癌症，似乎不必那麼悲觀。

腦腫瘤的手術順利結束，接著進行第一次的肺癌手術。手術即將結束時，執刀醫和助理從手術室出來說明。真二郎和登代子在第一次的腦腫瘤手術結束後聆聽醫師說明，卻說以後始再跟他們轉述就好了。從母親的口氣聽來，父親好像不喜歡荒木醫師，或是覺得不對盤。

始在開刀房前面的小房間裡，一面聆聽說明，一面看著盤子上放在紗布上的多個癌細胞。

「實在是沒辦法全部拿乾淨。」

劈頭就是這樣一句話。胸腔外科醫師和荒木醫師相反，是個文靜的人。他沒有廢話，但也不會迴避重要的說明。他說肺部轉移性的癌細胞就像撒豆子一樣，所以要在維持肺功能的情況下切除癌細胞，有一定的極限。倘若沒有轉移，添島小姐的肺真的很乾淨——醫師遺憾地說，輕輕行禮。

荒木醫師說的有可能必須再動手術，就是這個意思嗎？面對現實，始理解了狀況。

肺部手術結束，取下人工呼吸器，麻醉開始失效後，在加護病房連著許多管線的步陷入自主呼吸的痛苦。雖然癌細胞無法拿乾淨，但依然切除了相當多的肺部細胞，這似乎直接反映在呼吸困難上面了。步抬高下巴，劇烈喘氣，就好像沒有接受手術的另一邊的肺在索求匱乏的氧氣。始想要輕觸步的手腕，又作罷了。閉上眼睛，只聽得到儀器的電子音、步的喘氣聲及氧氣罩的聲音。

一星期後，步從加護病房轉移到普通病房。

看得出步的臉色一天比一天好轉。真二郎和登代子來到東京，已經過了兩星期。

登代子把手放在步沒有插點滴的右手，對她說話：

「吉洛會跑來我的夢裡。是年輕時候的吉洛，牠在野地上就像飛的一樣跑來跑去，就好像遇到了什麼好事。」

望著天花板的步，眼角泛起些許淚光。

「現在先不要講吉洛的事吧。」

真二郎看登代子。

「……是啊。」

「沒關係，我想聽吉洛的事。」

步喘著發出好勉強才能聽到的聲音。登代子捏住步的手。

「吉洛的肚子和臉還有尾巴，都沾滿了野草的種籽回來，然後可能是渴了，咕嘟咕嘟喝著碗裡滿滿的水，抖動全身，接著抬頭看我。那張臉就像在問：小步好嗎？我蹲下去摟住吉洛，跟牠說你姊姊很好，已經開完刀了，她沒事了。」

還沒完，肺部還要再開一次刀，然後大腿也要動刀——始心想，但沒有說出口。

「吉洛身上真的有吉洛的味道，所以媽覺得這一定是真的吉洛。媽拚命跟牠說，你姊姊真的很努力。」

登代子聲音不帶哽咽，開始掉眼淚。步見狀，眼角也開始流下淚來。真二郎和始沉默著。

包括上醫院復健的期間，步花了三個月，回歸社會了。

登代子暫時一起住在步租的公寓裡。早晚一起吃飯，午飯也替她準備便當，讓她不用外食。上下班登代子也會到公車站接送。步只有第一個星期撐枴杖，但第二個星期開始，她便一拐一拐地，不用枴杖也能搭公車了。

步去天文台上班的白天，始有時候會打電話給母親打聽狀況。

步一星期會去醫院回診一次。她的煩惱是，坐在椅子上，有時大腿會突然感到疼痛。一旦感覺到痛，就會劇痛難耐，甚至無法上下公車。她會害怕坐下來，連在家裡都不願意坐下來，站著或躺著的時間愈來愈長。「她好像痛到情緒很沮喪。一開始我還會輕輕幫她撫摸，可是現在她說連碰到都會痛。實在太可憐了，我都看不下去了。」登代子說。

荒木醫師說，這是場大手術，術後一段時間，大腿會疼痛是情非得已的事，囑咐說心理因素有可能加劇疼痛，所以不要去細究疼痛的原因，盡量放寬心，除了止痛藥以外，也開了鎮靜劑。

但疼痛依然沒有消退。

荒木醫師和步之間，明顯地出現了不協和音。始質疑荒木醫師太缺乏同理心，另一方面卻也覺得步感覺到的疼痛，可能就像荒木醫師指出的那樣，有心理因素摻雜在內。他有時會去步的公寓，加上母親三個人一起用晚飯，每次步都會從她的腳痛說起，愈說愈負面，就像深陷泥沼。那陰沉的表情，是以前的步臉上從來不曾顯露過的。

十個月以後，步再次住院了。

始被叫進面談室，聆聽胸腔外科醫師的說明。肺部的癌細胞增加到和第一次拍的X光片一樣的程度，其中一顆以超乎想像的速度變大。右大腿的肉瘤也復發了。大腦也出現腫瘤的白影。新的腦腫瘤的位置就在視覺區旁邊。

部長室的荒木醫師也收起笑容了。他說步還年輕，所以癌細胞的轉移和成長速度都遠遠超乎預期，原發部位的復發也很嚴重，骨科醫師似乎依然主張大腿截肢。但即使截肢，看看肺癌的狀況，以及腦腫瘤的增殖速度，不出兩個月，很有可能又再次陷入危險的狀況。荒木醫師說完，抱起胳臂。他沒有再端咖啡出來。

始將狀況告訴父母。

在醫院一樓的咖啡廳，始和再次來到東京的父母談話。

「可能好不了，還截什麼肢。」

真二郎說到這裡，咬住嘴唇。

「我不想要步再吃苦了。就不能讓她好過一點嗎？」

登代子用手帕捂著停不住的淚，只說了聲「是啊」。

談完後，始去部長室找荒木醫師。胸腔外科醫師也在場。始簡短地轉達父母的看法，並說自己也持相同立場。

「好的。那麼我們會朝盡可能減輕痛苦的方向，盡最大的努力照顧添島小姐。」

胸腔外科醫師淡淡地說。

胸腔外科醫師離開後，荒木醫師叫住跟著要起身的始，像平常那樣沖了兩杯即溶咖啡。面對默默地喝起咖啡的荒木醫師，始不知道該說什麼好。喝完咖啡後，他說「那麼，接下來也請醫生多多幫忙了」，準備離開。荒木醫師沒有回應這話，坐著說了起來：

「像這樣聊完之後，你離開醫院，走在斑馬線上，被計程車撞死，比你姊姊早走一步——這也是有可能的。我也有可能明天在手術中突然昏倒，心肺停止。談論你姊姊生死可能性的人比她先死，這完全是有可能的事。這就是死亡的平等性……」說到這裡，荒木醫師就像失去了話頭，沉默了片刻。然後以自言自語般的低聲說：「就是死亡的不可捉摸。」

荒木醫師背後的窗外，彷彿有灰色的什麼在閃爍。始的腦中像是一片空白，也像是塞滿了看不見的什麼。

離開房間，經過走廊，按下電梯鈕。走進隨即抵達的電梯。

在下降的電梯裡，始重新省思。大腿原發部位的切除手術確實嗎？如果那個時候截肢的話，姊姊就能康復嗎？可是……肺癌的手術，結果也只能切除不到全部七成的癌細胞。癌細胞還是會繼續從肺部轉移到大腦吧。會演變成這樣，也只是時間的問題嗎？

他走到步的病房。

因為增加了止痛藥的量，比起清醒的時間，步半睡半醒的時間更長了。步一看見始走進病房，立刻出聲說：

「欸，抽屜裡面有一封信。」

始打開抽屜。

信封正面以步的筆跡寫著北海道紋別郡枝留町的住址，和收件人枝留教會工藤一惟。已經封起來了，但沒有貼郵票。

「可以幫我寄嗎？」

「好。」

始離開醫院，在冰冷新鮮的空氣中走過斑馬線。

如細雪般虛幻的物體偶爾觸在臉頰上。車子駛過馬路，人們在人行道上來來往往，一切感覺都像幻影。走了約五分鐘，來到郵局，把信交給郵局人員，付了郵資。走回醫院的歸途上，始思量是否該把步帶回已經整個換上白色雪景的枝留，在能夠與父母共處的溫暖客廳擺上一張床？

這個想望已經是不切實際了。

剛進入下一週，一惟就到醫院來了。

步說想要兩個人獨處一下，所以始把一惟帶到病房後，便去了談話室。談話室開著電視。幾個病人談笑風生，精神好得令人驚奇。

過了快一個小時，一惟到談話室來了。

「這星期我會在東京待到星期五。步很擔心你。她說你每天都來，大學那裡沒問題嗎？睡眠時間夠嗎？」

「原來姊在擔心這種事。沒問題的，大學現在在放溫書假。」

始說，裝出笑容。

「你一定累了吧。一個人撐到現在，太為難你了。……病情雖然無法盡如人意，但步有你這樣一個弟弟，真的太好了。」

一惟搭住始的肩膀說。

「或許我幾乎幫不上什麼忙，但如果有什麼我能做的事，就告訴我吧。」

他用雙手將始攬了過去，抱住他。始覺得自從發現姊姊生病以來，第一次從沒有片刻停歇的紛亂思緒中被解放。他說不出任何話來。

下個星期，一惟也從枝留過來。他住在都內的教堂，每天在病房坐上幾小時再回去。

步的右大腿腫到不能再腫。始已經不想詢問荒木醫師那是淋巴腫，還是軟組織肉瘤本身等詳情了。

胸腔外科醫師到病房來，為步診察了一會兒後，站在走廊就和始說了起來。他說腦腫瘤可能讓步的右眼幾乎失明了，肺部也遭到癌細胞大範圍侵犯，對呼吸造成影響，隨時都有可能陷入危險的狀態。最後他說，為了抑制疼痛，會讓她的意識漸漸昏迷，如果有什麼事要交代，就趁現在。

真二郎和登代子來到東京，住在醫院旁邊的飯店，輪流守在病房看著步。如果繼續照顧下去，兩人的健康狀況也令人憂心。始的恐懼擴大了河道，黑暗的水無聲無息地沖向下游。

步過世三天前。

一惟提了行李袋進入病房，為了實現步在信上提出的要求，進行原本是天主教儀式的最後禱告。房間裡很安靜。但還是可以察覺門上的霧面玻璃內隱約有人影移動。依稀可以聽見一惟平靜的聲音，但聽不出他在說什麼。

一會兒後，門開了，一惟的上半身穿著白色的衣服。「請進。」他說，請等在門外的登代子和始進去。

房間裡有一絲甜香，就像走在枝留的夏季草地時會搔過鼻腔的青澀香味。

步的口鼻覆蓋著氧氣罩，眼睛閉著。看在始的眼中，上午那種痛苦的表情已然消失，變得祥和寧靜。

接下來一惟褪下白衣，提著行李袋，直接前往羽田機場。

兩天後的晚上，步呼吸的間隔愈來愈短，下巴朝上仰起。

繼胸腔外科醫師之後，荒木醫師也來到病房。胸腔外科醫師說「今晚應該就是關口了」。荒木醫師右手放在步的額頭，沉默不語。

午夜過後不久，血壓開始下降。六十、五十，降到四十了。

監測儀器的紅燈亮了。

護士急忙趕來，說：「我去叫醫生。」

步的呼吸變得更喘、不規則。

始把臉湊近步的臉，氧氣罩裡傳來細微的聲音。她在說話。

聽起來像在反覆地說著嘿咻、嘿咻。

是在搬運幻覺中的什麼嗎？還是在爬山路之類的？

家裡有一頭只養了三年，後來送給獵鹿人的北海道犬艾斯，步曾經抱著牠行走，而始跟在後面。步「嘿咻、嘿咻」吆喝著搬運艾斯，但她到底是要把艾斯搬去哪裡？始完全不記得了。艾斯送給別人後，一年後就誤食撒在山腳的毒野狗的甜餡饅頭死掉了。

下巴上下起伏，勉強呼吸的步，偶爾想起來似地小小聲地說著「嘿咻、嘿咻」。始的耳朵感覺，她或許是在說「我想活」。但所有的人都再也無能為力。

始呼喚坐在房間角落椅子上的真二郎和登代子。兩人來到床邊。

胸腔外科醫師進入病房。

心跳的波形間隔愈來愈遠了。始急忙對父母說：「叫她的名字。」真二郎和登代子倉皇無措，凌亂而不齊聲地分別呼喚：「小步」、「步」。兩人並排在步的床邊，抓著床欄杆。

醫師見心跳波形躺成直線，進行心臟電擊。波形很快又恢復了。不久後，呼吸停止了。醫師做出要進行人工呼吸的手勢，轉向始問：「怎麼樣？」

「謝謝，已經可以了。」

連在步身上所有的監測器波形全部化成直線，血壓和脈搏也變成了紅色的零。胸腔外科醫師伸手把脈，以手電筒照射步的眼睛。

「二月二十七日凌晨四點二十五分，病人添島步小姐於本院過世。」

醫師宣告，兩名護士深深行禮。

即使五年、十年、二十年過去，始依然能夠歷歷在目地回想起步臨終的場面。

若是把自己所見、所經歷的事，只在自己一個人的腦中變換成話語，就是這樣的：

家人只能笨拙地送走家人。在步嚥氣以前，一惟便已經一個人——不，和姊姊兩個人，靜謐而平順地執行了安詳地為步送終的程序。那個時候，姊姊就已離開這個世界了。

19

工藤一惟先生：

好久不見。

教會的降臨節日曆，今年是什麼圖案？打開日曆上有日期的小窗，裡面就是你畫的動物。我可以想像主日學校的孩子們歡呼的模樣。

東京還沒有下過雪，空氣乾燥得不得了。每次脫下開襟衫，靜電就劈哩啪啦響。那裡好像已經積雪了呢。我在電話裡聽我媽說了。好懷念被積雪覆蓋成白色的教堂紅色屋頂、庭院整片的雪景，還有長靴和雪摩擦的聲音。

突然宣布這個消息，好像故意要嚇你，實在過意不去，其實我住院一段時間了，現在在病床上寫著這封信。

從春末的時候開始，我的手指就經常感到麻痺。我一直沒放在心上，結果一直拖到了秋天。隨著天氣漸涼，麻痺也愈來愈嚴重，因此我去醫院檢查了一下。檢查結果，發現腦中有小腫瘤，肺部也散布著許多白色陰影。

我從來沒有想過自己會發生這種事，震驚極了。但我親眼看到了檢查結果，也只能接受事實。在最先住院的醫院裡，醫生只診斷說原發部位（癌細胞的源頭）應該在別處，決定暫時先以放射線治療腦腫瘤。但我弟弟始介紹我別的醫生，說能以最新的技術安全地切除腦腫瘤，而且始也大力建議我轉院，因此我換了醫院。

就在前些日子的檢查中，發現了原發部位是在右大腿。聽說是很罕見的癌症，叫大腿部肺泡狀軟組織肉瘤。醫師說明，是這裡的癌細胞轉移到肺部，再擴散到大腦。

接下來我將依序開刀動手術。醫生說會先切除腦腫瘤，再來是大腿，最後是肺。主治醫師是個開朗忙碌、活力十足的人。我不由得期待，或許動手術就會沒事了，可能也是受到醫師衝勁的感化吧！

不知不覺間，自己的身體居然長出這種東西來，真令我驚訝。可是，人是生物，細胞也是有可能出現各種失誤的，這也是無可奈何的事。

我深切地感覺，身體不是屬於自己的，而是上天賜與的。《馬太福音》裡，耶穌說過：「你們心靈固然願意，肉體卻軟弱了。」

以前我在信裡也提到過，我曾經參加從南美智利開始的國際共同研究據點的電波望遠鏡天文台計畫。但我暫時必須離開工作崗位了。儘管遺憾，但我告訴自己，從遠方看守這項計畫，也另有一番樂趣。

阿他加馬沙漠的觀測地點位在標高五千公尺的地方，空氣稀薄，沙漠是紅褐色的，天空藍到近乎異常，讓人幾乎要懷疑這裡真的是地球嗎？那裡有個地方叫「死亡谷」，完全可以理解古人會如此命名的心情。

我們趕在日落前，走下標高三千公尺處的營地，在那裡看到的星空，實在是過度刺眼，當時我心想下次回枝留，要好好再次仰望枝留的星空。雖然是才短短幾年前的事，卻已經宛如遙遠的幻影。

我想起以前坐你的機車，一起去大牧場的事。關掉車燈，熄火之後，不管是牛、牧場還是我們，全都看不見了，只聽得見蟲鳴，頭頂上一整片全是星空呢。那時候看到的星空，我到現在都沒有忘記。能靜靜地看星星，真的好幸福。

寫得太長了。今天就寫到這裡吧。

你有教堂的工作，還有家庭要顧，請千萬不要特地來探病。這樣寫或許有點失禮，還請多多見諒。

病房九點熄燈，晚上我會思考許多事。

我會再寫給你。

添島步

一九八八年十二月十五日

一惟成為牧師以後，到枝留教會來的人一點一滴增加了。應該是喜好音樂的人，是來聽一惟彈奏管風琴的。雖然是中古的小型管風琴，但是在層層因緣際會下，一惟買到了一架音色悅耳的德製管風琴，無論有沒有禮拜、婚禮或葬禮，一有空閒他就會坐在琴鍵前。週日的禮拜和主日學校結束後，他都一定會彈琴，有時甚至彈奏一個小時以上。當然不是標榜演奏會，只是感謝一星期平安結束，順帶復習一下一陣子沒彈的曲子而已。《北海道新聞》枝留分社的記者在專欄介紹了管風琴和一惟的演奏以後，甚至有信徒特地遠從紋別和北見來聽他彈琴。

他也間接聽到一些批判：牧師又不是鋼琴家，是不是搞錯優先順序了？但因為不是當面批評，一惟並不以為意。也有人請他教授管風琴，但一惟婉拒了。

週日禮拜的講經，總是不到三十分鐘就結束了。他會閱讀《聖經》的一節，解說背景。他花很多時間寫講經的稿子。他不使用空乏的言詞，也不會搬出現代社會剛發生的事件等，來淺白地印證《聖經》裡的話。一惟認為，即使不是徹頭徹尾鮮明地瞭解，只要有任何一點停佇在心中就夠了。

妻子沙良是在京都讀書時的神學院同學。她有教師資格，因此畢業後在札幌的新教學校擔任聖經科教師。她漸漸熟悉學校時，在札幌的基督教教團和一惟重聚，兩人開始在札幌與枝留之間往來。

一惟的父親因為心肌梗塞病逝後，兩人等了一年後結婚。才二十五歲左右的兩人，很快就有了長男毅。原本只有一惟一個人生活的牧師館，變成了一家三口的家。好不容易熟悉忙碌的育兒生活時，相隔三年的次男光出生了。

一般觀念認為男孩身體較差，毅也難以免俗，體弱多病。每當看到毅躺在床上，太陽穴白皙的薄皮膚透出底下的藍血管，一惟總會想起命名由來的朋友遇難的憾事，未能向妻子說出與兒子名字有關的個人記憶。但毅上小學以後，體格一下子強健起來，幾乎不再發燒了。但還是一樣話少，就和一惟一樣。擅長畫畫這一點，也和父親一樣。

挨罵的時候，毅嘴上雖然不會反駁，但心裡的彆扭膨脹得太大，撐得全身動彈不得，那表情與一惟年紀輕輕便過世的母親實在太相像了。和毅說話的時候，記憶中依稀留存的母親並非笑容的表情的意義油然浮現，讓他幾乎屏息。母親為何會不時在年幼的兒子面前露出那樣的表情？應該看過相同表情的父親已經不在了。即使眼前就是彷彿等身大的母親，卻聽不到她的聲音，也不明白她的心思。

次男光就像沙良，總是和顏悅色，自然地學會笑臉迎人。唱讚美歌時，男童高音悠揚地迴響，也難怪沙良會笑著說不希望他變聲。光在學校好像會收到女生折得小小的信紙，或是繫著可愛緞帶的小點心。主日學校時，小女生吵著要趴在背上或坐在腿上的對象，也一定都是光。沙良甚至半認真地苦笑說：「教會的風氣都被光給敗壞了。」毅應該也不是從來沒有收過女生的禮物，但一惟覺得看到弟弟受歡迎的樣子，他應該有點不是滋味吧。

一惟沒有兄弟姊妹。如果母親還在世，或許會有年紀相差很遠的弟妹。自己有了兩個孩子，一方面喜歡有手足的熱鬧生活，卻也擔憂手足是否有可能成為痛苦的根源？

現在一惟仍會每星期去農場學校一次。

不知不覺間，教師當中也有了比他年輕的青年。每年入學人數都在減少。是因為愈來愈少父母指望共同生活和農業體驗能讓孩子回歸社會？或是看到畢業生的追蹤調查，發現不是所有的學生都能洗心革面，而打了退堂鼓？又或是對隨時都有辦法逃離的開放型校內設施感到不安？因為全是透過校長和理事長那裡聽到的狀況，一惟不知道監護人和學生本人到底是什麼想法。

學生們也都只把一惟當成牧師，不會過度地頂撞或依賴他。現在的教師裡面，也有人不知道一惟在學生年紀的時候，曾與這裡的學生之一的石川毅交好，和酪農部負責人的毅一起在教會販賣奶油。身為牧師的兒子，只是定期來幫忙禮拜那時候的那種灼燙、令人打寒顫的充滿緊張感的對話，再也不復見了。

和父親一起從東京搬到枝留以後，一惟一眨眼就被信徒等許多的人視為枝留教會的牧師兒子接納。此後他也經常覺得比起其他同齡的孩子，自己更被曝露在家庭之外。雖然這讓他從只有父子倆的家中解放出來，同時卻也有些讓人窒息。就在這時，步輕易地為他打開了一扇窗。應該只是兒時朋友的步，進入同一所高中沒多久，便迅速與一惟親近起來，成了撼動一惟的存在。

一惟雖然強烈地受到步所吸引，卻也借助受她吸引的力道，試圖逃出外面。他考了機車駕照，開始騎著中古機車在街上跑，這時他第一次覺得自己離開父親，成了一個獨立的人。

然而上大學以後，分隔遙遠的兩地生活，兩人之間萌生的熱度也緩慢地冷卻下來了。兩人分別認識了新的對象。後來一惟組成家庭，步卻遲遲沒有結婚。

教堂後方的住家，早已不再是一惟和父親兩個人那時候的牧師館樣貌了。屋中亂得可怕，房間隨時都能聞到食物飲料或廚餘的氣味。木板地鋪滿了地毯，上面丟滿了迷你車、玩具和脫下來的襪子。他也多次半夜踩到睡前沒收好的玩具，痛得慘叫。原本掛在牆上裱框的一惟的畫幾乎全被取下，被光的蠟筆畫、毅在枝留的各年級馬拉松大賽的亞軍獎狀取而代之。兩人的課表、寫滿學校活動的月曆每年都用圖釘釘在一樣的位置。

洗衣機每天運轉兩次，曬衣服是一惟的工作。沙良早晚下廚，一惟洗盤子。孩子們清醒的期間，屋裡幾乎沒有一刻是安靜的。有時也會才剛入睡就被突然的哭聲吵醒。前一天還活蹦亂跳的毅，隔天早上卻像被什麼看不見的東西吞進去又吐出來似地，發起近四十度的高燒。為孩子勞心傷神，連一刻都不得閒。孩子必須依靠父母的庇護才能活下去，不可能按下暫停鍵，也不能嘆口氣背過身，拋下一切。

在總是被追著跑的日子裡，一惟不是在神學的層面上，而是做為日常的體會，私下理解了為何在馬丁路德時代以前，聖職人員都不許結婚。要在這樣的環境當中與上帝對話、向信徒傳達《聖經》的話語，若非擁有極強大的意志力和某程度的遲鈍，否則是不可能做到的。在馬丁路德那時代，動輒就會生下九到十個孩子，其中一半會死於各種疾病。娶妻生子，絕對會讓聖職人員的角色一天天混濁、變得遲滯。

禮拜的前一天，在沙良的公認下，除了用餐時間以外，一惟會關在教堂的牧師室裡，寫禮拜用的講稿。由於沙良嚴格禁止，毅和光都不會闖進牧師室。星期天傍晚則彈奏管風琴。這也是原本的話，應該完全只屬於一惟一個人的時間。

來自步的信，就像是冬季向晚時分，短短一瞬間射入的耀眼莫名的光。星期五下午，一惟打掃完教堂後，進入牧師室，以剪刀整齊地剪開信封，讀了信。

一段時間後，他收到了步告知出院的短信。一惟依照步婉拒探望的要求，只是留在枝留，一心一意祈禱她康復。不久後，在日常生活的沖刷下，對步後來的健康狀況的關心也漸漸淡去了。

收到第一封通知住院的信差不多一年後，一惟又收到了相同的米白色信封。收件人和住址的字跡有些凌亂，信封也黏得有點歪。一惟一走進牧師室，沒有拿剪刀，直接用手撕開，抽出信來讀了。讀完信後，他沒有把信紙收回去，以鑽研苦思《聖經》一節時相同的姿勢，靠坐在椅背上，閉上眼睛。

這天晚上，哄兩個孩子入睡，準備最後一個去洗澡前，一惟就像想起忘記的事一樣，若無其事地向沙良開口。客廳安靜得幾乎刺耳。地毯上，今早送到的報紙完全沒動，丟在那裡。一惟一面撿起報紙放到桌上，一面說道：

「我記得札幌的天主教會有我們同學的朋友對吧？」

正在沙發上折衣服的沙良困惑地仰望一惟：

「嗯……是坂川的小學，還是國中同學吧？不過我不知道那個人是不是還在札幌。」

「我有事想找他談談。同學會名冊上有坂川的連絡資料嗎？」

不等沙良問起理由，一惟便盡量簡短地說明他在枝留高中的同學添島步。

「哦……那個有時候會寫信給你的人。」

沙良好像從以前就留心到步這個名字。家裡從來沒有寄過賀年卡給這個人，她有時卻會寫信過來。沙良那彷彿伺機已久的迅速反應讓一惟有些亂了陣腳。他覺得應該再說明得更詳細一點比較好，挑選他認為告訴沙良也沒關係的事告訴她。

步去札幌念大學，後來去了東京工作，所以兩人已經多年沒有見面；步是國立天文台的天文學家；不久前罹癌，花了一年多治療，雖然出院了，卻沒有通知再次住院的事——。一惟彷彿事不關己地說著這些。他對沙良說，步的來信，是請求他施行臨終祝禱。

「這樣。」

沙良繼續折衣物，表情像在沉思。那應該請她接受天主教洗禮，請天主教神父為她施行比較好吧？你是新教牧師，為什麼非找你不可？一惟盯著沙良的手，盤算著萬一她這麼問起，該如何回答。沙良疊著比毅小上一圈的光的內衣說：

「如果坂川的同學還在札幌，能夠理解這個要求就好了，但他願意為不是信徒的人進行儀式嗎？」

「妳說的沒錯。我會找他談談，如果不行的話，我打算請他教我做法，我自己來做。」

一惟隱瞞他本來就打算自己來的事實，所以口氣變得有點衝，他自己也聽出來了。但沙良沉默了片刻，只是看著一惟。

「既然你這麼想，那就這麼做吧。」

一惟壓抑想要揣測沙良真意的衝動，說：

「是啊，我會這麼做。」

浴室裡，孩子們用的洗髮帽、放在浴缸裡玩的小船、大象造型的海綿等等，全都濕淋淋地丟著，充滿了肥皂和洗髮精的味道。生物的氣息近乎過剩。一惟將完全涼掉的浴缸水再次加熱，泡了比平常更久的澡。他想著步的事，枝留高中的校歌重回耳畔。他並不特別喜歡校歌，卻能不出聲、不停頓地唱到第二段。也想起在高中校舍的屋頂，在美術社團活動時間，和步兩個人一起畫圖的事。為什麼自己精細素描了屋頂上的圍欄，一惟完全無法回想起理由。

隔天早上，一家四口兵荒馬亂地用著早餐，一惟心想哪天有空，要來給孩子們畫肖像。孩子們相簿裡的照片，幾乎都是沙良拍了貼在相簿裡的。一惟第一次想到，自己是否是個親情淡薄的父親？用完早飯，剛洗完盤子不久，沙良把同學會名冊遞給了一惟。他在裡面找到坂川豐彥的連絡資料。

一惟仰望著一面面彩色玻璃，在教堂繞完一圈時，旁邊的門靜靜地打開來，坂川介紹的鈴木神父現身了。他戴著看起來度數很深的眼鏡，表情一看就是個一絲不苟的人。一惟行禮後報上名字寒暄。他已經事先寫信說明步的請託了。

「歡迎。」

聽那聲音，講起經來應該十分清晰分明。他知道鈴木神父看著他的表情緩和下來，猜想接下來的請託應該不會太困難。

「我將工藤先生的話轉達給主任神父了。他說如果你願意，想要當面談談。你意下如何？」

接下來一個多小時，一惟在被帶去的主任神父的辦公室裡，對著年紀比亡父大上一輪的老神父說明步羅病的經緯。神父滿頭華髮，有著以日本人而言頗為奇妙的泛藍眼瞳，他說為病人施行的傅油，漸漸變成只在臨終前進行，被稱為「臨終祝禱」，但是在二十年左右以前，為了回歸「病人傅油」的本義，稱呼也重新改過，詳細說明從古代經歷中世紀，在數次的大公會議裡的定義變遷。一惟感覺那詳盡的說明內容並非為了賣弄權威，而是出於將病人傅油視為公共之物的公正。

「解釋了這麼一大串，我是要告訴你，就像我前面說的，病人傅油並沒有一個可依循的、非怎麼做不可的教規。《馬可福音》中所提到的傅油，也只寫到為病弱的人塗抹油，使其痊癒而已。——真是奇妙呢。我沒想到居然會有這麼一天，會向你這樣的牧師說明這一點。

「我不知道你那位朋友知道的臨終祝禱是什麼樣的，但即使她不是信徒，對於天主教，或是對於上帝，應該也有某些特別的想法。她明知你是新教教會的牧師，仍拜託你為她進行臨終祝禱，也是因為相信你吧。你能夠實現朋友個人的遺願，同為宗教人士，我只有感謝。

「接下來我會請鈴木神父一起在場，請他留下紀錄。請參考這份紀錄，實現添島小姐的願望。當然，完全不需要一字一句完全相同。你可以把你能說的部分加以整理、修改無妨。

「……願上帝賜福你。」

主任神父緩緩地從座位上站起來，正要把皺巴巴的手放到一惟的頭上，但暫時止住動作，以泛藍的眼睛看一惟，徵求同意。一惟毫不猶豫地握住雙手，把頭伸向神父。感覺到神父溫暖的手時，一惟的眼睛幾乎要滲出淚水。片刻之間，他低著頭閉著眼睛克制著，免得眼淚滾出來。

一惟告辭的時候，主任神父將一小瓶香油遞給他。

「如果需要的話，我可以把乳香和沒藥也給你。如你所知，這些在古代也拿來做為止痛藥。這也不是規定，完全只是我個人的做法，但我認為焚這些香，再為病人傅油，也可以淨化現場的空氣。

「需要的話，我可以把我舊的聖衣借給你。……因為你的體格看起來和我差不多。」

主任神父露出親和的表情。一惟欣然接受提議。神父將包括聖衣在內的物品收進舊皮包裡，說什麼時候歸還都可以，交到踏上歸途的一惟手中。

如果步沒有將她的遺願寫在信裡寄過來，一惟也不會見到這名老神父。在回到枝留的歸途中，一惟在車廂裡搖晃著，意識到收在胸袋裡，沒有拿給神父看的步的來信。他想像，如果神父讀到這封信，反應應該會有所不同。

車窗外，夜景延續了一段時間，但一離開城鎮，便落入一片黑暗，僅倒映出自己的臉。一惟閉上眼睛。座位底下升起的暖氣和愜意的晃動、旅途的疲勞，讓他不知不覺間睡著了。他依稀覺得短暫的夢境裡，步出現了好幾次。醒來之後，卻完全想不起任何夢境的內容。

工藤一惟先生：

近來好嗎？

距離上次通知出院並返回天文台工作的信件以後，已經過了很久。

雖然醫師一開始就提過這樣的可能性，但還是很遺憾，我的癌症又復發了。

我又回到了醫院，單人房的牆上掛著始拿來的布勒哲爾的大型月曆。

我記得你以前很喜歡布勒哲爾。是遠方有片結冰的池塘，人們聚在池邊遊玩的畫。

我寫這封信給你，是有事相求。

你是新教牧師，我很清楚這個要求是找錯對象了，但能不能請你為我施行臨終祝禱？

我沒有受洗。

對我來說，與上帝的對話是非常私人的，所以我不覺得有必要加入教會禱告。

然而現在我卻強人所難，想要請身為牧師的你為我施行臨終祝禱，實在很自私呢。我自己也這麼覺得。

我覺得，現在能拯救我的不是話語。與其說是拯救我的事物，更應該說是我渴望的事物吧。現在我心中所冀望的，就只是雙手合十祈禱，或是有人觸摸我的肩膀，為我祈禱。

在不久後的將來，我應該會陷入無法和任何人交談的狀態。
我在前面的信裡還請你不要來探望，現在卻希望你來行祝禱，當我的希望實現時，或許我連你來了都無法知覺了。所以，我在這裡先向你道聲謝。
一直以來，真的很謝謝你。
如果哪天能夠在無法預料的地方再會，我們再好好聊一聊吧。再見。

步

一月十日

如果來不及，那是我自己的責任。
請你千萬不要為此感到自責。

「我滑冰拿了第一名！」
一惟還穿著大衣、手套和帽子，正在玄關脫鞋子，光就衝了過來。
「哥哥也拿了第一名，我們兄弟都是第一名！」
不知不覺間來到稍遠處的毅笑得滿臉燦爛。一惟完全忘了今天下午有滑冰大賽。

「老師說我過彎特別厲害！」

一惟蹲下來，雙手搭在光的肩上。臉頰和脖子感覺到光身上的熱氣。在這樣的寒天裡，光卻散發熱度。已經結束的事反覆重回心頭，加速血液循環，溫暖了手腳末梢。臉頰和耳朵也紅通通的。

他們不斷地代謝、成長，也有細胞逐漸死去吧。但那就如同曬傷脫落的皮膚，不會對他們造成任何傷害。

一惟取下手套，手放在光滑順的頭髮上。瞬間神父的按手禱告重回心頭。光整顆頭都在發熱。一惟伸手拍了拍旁邊的毅的肩膀。

「兄弟都拿第一，太厲害了。」

毅點點頭，望向一惟右手提的旅行袋。「沒有伴手禮嗎？」

一惟完全忘了要買伴手禮。

「抱歉，這次時間很趕，沒有買。……不過為了慶祝你們拿第一，爸爸送獎品給你們吧。」

毅和光彼此互戳，跳來跳去，發出野獸般的歡呼聲，跑去沙良似乎在那裡的廚房了。

幾個小時前，一惟從機艙內看著飛機離開本州上空，飛越海上，靠近北海道，意識到應該再也見不到步了。接下來要著陸的北海道，是步終究未能回歸的大地。

病床上的步只是躺著，一動不動。她注意到一惟，只有眼珠微微滑過來。她沒有說話。

一惟換上聖衣，將用餐的小桌拉到步的腳邊，香爐放到上面，焚燒乳香。雙眼微睜的步做出欲取下氧氣面罩的動作，因此一惟替她摘下掛在兩耳的白色伸縮繩。步微微點頭。乳香的氣味瀰漫開來。

神父送他的聖油散發橄欖的香氣。他依照已向護士徵求同意的那樣，將步身上的蓋被挪到旁邊。

他祈禱之後，朗讀《聖經》的一節。接著輕輕將手擱在步的頭上，再次祈禱。

他慢慢地在步的眼皮、額頭、太陽穴、嘴巴、耳朵點上聖油，就宛如放置看不見的印記。一惟持續傳油。稍微掀開水藍色的睡衣，在脖子、心臟附近、手臂、手肘、手背、手掌、腰、大腿、膝蓋、小腿、腳背等處塗抹聖油，就像放上看不見的藥丸。

一惟的指頭觸摸到的步的身體，感覺已經不屬於她了。步正一點一滴地離開此處。淚水滑下步的眼角。

最後吟誦禱詞後，一惟把臉湊近步的臉。步淡淡地浮現出令他無法忘懷的懷念笑容。一惟把耳朵靠向她的嘴邊，聽到一聲幽微的「謝謝」。

一惟輕輕地握住步的右手，嘴唇湊近她的頸脖，觸碰她的肌膚，好半晌就維持這樣。步頸脖上的血管脈動透過一惟的嘴唇傳來。步還活著，像這樣活著。抹在步的脖子上的聖油沾上一惟的臉頰。

一惟抬頭，再次望向步，步已經閉上眼睛了。

一惟說「戴回去嘍」，將氧氣罩放回步的臉上。步微微點頭。

「沒藥我包起來放在枕邊，或許可以稍微緩和疼痛。我跟護士說過了，沒有問題。

「我還會再來。

「步，謝謝妳。能認識妳，真的太好了。」

說「我還會再來」的時候，步看起來微微搖頭。接著嘴角顫動，皺紋變深，擠出了笑容。那動作，那神情，就彷彿在說「我們不會再見面了」。

「你回來了，路上辛苦了。」

沙良兩脇擁著毅和光，走進客廳。

一惟摘下帽子，只是默默點頭。現在這一刻，他實在無法出聲說任何話。一惟懷著向所有的一切祈求赦免的心情，只是深深吸氣，又深深吐氣。他就像用雙手洗臉似地，抹著自己冰冷的整張臉。不能在孩子面前落淚。應該留在臉頰上的聖油早已形影不留。

「獎品我已經想好了！」

光的聲音以光速超越了所有的一切。

「想好了啊？你想要什麼？」

一惟聆聽著自己聲音，覺得就像別人的聲音。

20

右手使勁抓著學生書包，手掌都勒白了，還壓出淡紅色的皺紋。在玄關脫鞋，以幾不可聞的聲音說「我回來了」，沒半點腳步聲地走上樓梯。

好像先回來的始戴著耳機，背對門口，腳擱在床上聽唱片。耳機微微傳出聲響。沒發現步。神經質卻又遲鈍的弟弟。

步把書包放到房間，沒換衣服，直接又走下樓梯。廚房傳來母親的聲音：「小步？」步應了聲「嗯」，從玄關繞到庭院。把吉洛從長鎖鏈鬆開，換上遛狗用的牽繩。白色的吉洛搖著尾巴，不時張口又閉起來。牠知道步和平常不太一樣。母親對著步的背影說：「要去遛狗嗎？慢走。」

步和吉洛出門了。

在登上智腳岩的散步道上，吉洛偶爾回望斜後方的步，很快又轉回前方，繼續邁步。吉洛知道步想去哪裡，也知道步的心情。

步抓著吉洛的牽繩，人已經哭了起來。

山頂附近的長椅沒有人。步在長椅坐下，也沒拿手帕捂住眼睛，任憑淚水流瀉。吉洛在步的左邊，曚曨的一團白。枝留的街景是藍綠紅相間的發黴吐司。總有一天都會死去的愚人們只是在其中推推搡

搡，毫無所覺。

對於像這樣哭泣的我自己，我能記得多久？

吉洛都明白。只有吉洛明白。遲鈍的人類都不明白。

她不打算告訴任何人，也不想被人知道她在哭。連一惟也是。如果一惟現在在這裡，也只會問：「妳怎麼了？」我絕對不會回答。去你的「妳怎麼了」。

等我長大以後，一定會為現在這種心情隨便安個名字，收拾起來吧。那絕對是錯的。所以我來到這裡，是為了把任意覆蓋像這樣哭泣的我的事物全部丟棄在這裡。為了不讓任何人撿起來。

吉洛走近步，抬起前腳搭到膝上來。飴糖色的指甲、覆蓋著肌肉的粗壯骨骼的重量。密密地長滿了短白毛的吉洛的前腳。

步把吉洛拉過去，把臉貼在牠白色的臉頰上、白色的耳朵底下。吸起吉洛的味道。

岩山遙遠的下方，傳來柴油火車出發的聲響。

吉洛。吉洛。喊著喊著，淚水又決堤而出。吉洛舔著步的臉頰和嘴巴。連同淚水一同舔去。哪天我死了，這樣的心情也會永遠消失不見了。所以吉洛，幫我舔起來吧。

21

「奇怪，數目不對。」

真二郎說著，從椅子上站起來，以抓住電車吊環的老人般姿勢抓住窗簾邊角，就這樣往旁邊移動，拉上窗簾。速度比去年、前年慢上太多了。

走回起居間餐桌椅子的幾步之間，手曖昧地浮在半空，無意識地試圖抓住代替窗簾的支撐物。從那手的動作，完全無法想像幾年前他還在溪釣。現在恐怕連走下河床都沒辦法了。

餐桌上，銀色與橘色的鋁箔包裝、四四方方的藥包等十幾種以上的藥，形成幾座低矮的小山丘。真二郎進行著某些分類整理，開始計算數目。他拉上窗簾，是為了避免日光直射藥品。

初冬低矮的陽光穿過玻璃窗，射至起居間中間處，在桌上灑下近乎刺眼的光。拉上米黃色的窗簾，布料便透成了橘紅色。桌上只剩下庭院樹木形成的淡影。真二郎一副看不出是否對暗下來的房間光線感到滿意的表情，開始著手處理一堆藥。他打開記事本，一面比對上面的內容，逐一計算，用橡皮筋箍起來。

登代子打消把剛沖好的茶端到起居間的念頭。在這節骨眼端茶出去，要是被嫌煩說不喝還算好的，搞不好還會惹來一頓臭罵：「妳是沒看到我在做什麼嗎？」她可不想沒事招來那樣的怒吼。登代子站在

廚房，心情苦澀地喝了兩、三口煎茶，將盛著兩只茶杯的托盆擱到流理台旁邊，洗起早餐的餐具。

真二郎所關心的是早午晚的量血壓、服藥，以及傍晚以後的水分控制。最近他交代說，味噌湯舀進碗裡後，只留下料，湯全部倒回鍋裡再端給他。理由是晚上入睡以後還得再起來上廁所五六次，實在惱人。事後回想，可以理解他這樣的拘泥本身就是異常的徵兆，但和想要減少水分攝取的主張並沒有矛盾，因此登代子也照做了。這回他在星期五上醫院回診前，檢查起藥物的種類和數目來了。他花了一整個上午數藥。

「好奇怪。數目不對。是醫生搞錯了嗎？」——登代子招呼午飯準備好了，真二郎嘴裡嘮唸著，把藥收回餅乾大空罐裡。

今天是他連續第三天檢查藥物了。真二郎把上午舒爽的陽光全部擋在外頭弄他的藥，讓登代子的不滿逐漸累積。

登代子最喜愛的景色，就是上午到下午，隔著玻璃窗射入起居間的陽光。背對陽光坐在起居間裡，不只是背部，感覺從身體內側都逐漸暖和起來了。老狗阿春把布滿白毛的背部靠在庭院裡日照最好的簷廊邊脫鞋石上，在陽光裡瞇著眼睛，只是享受日光浴。阿春和登代子都喜歡找到溫暖的地方，靜靜地享受暖意。

登代子走出庭院，撫摸阿春的脖子。即使表面的毛涼涼的，指頭鑽進毛裡碰到的肌膚也暖洋洋的。幸好阿春和我都是母的，登代子心想。不管是男人還是公狗，都是無法單純滿足於溫暖日照的生物。地盤、輩份、名聲這些，驅使著男人和公狗。他們執著於和直接傳遞到肌膚的日照真實感相形之下如同泡影的東西，一旦覺得不從人願，就突然暴怒。妄想有一道無形的牆擋在眼前，做出攻擊。男人、公狗的攻擊性，就像瞬間發生的化學反應造成的莫名其妙滾滾黑煙。比起看不見的牆，擋住陽光的窗簾更教登代子感到氣憤。

然而真二郎的憤怒並非攻擊。那說起來是一種防衛性的憤怒，是為了防止輕忽大意而造成損失、是為了保護非保護不可的事物。對妻子購買昂貴、無用物品的憤怒。對始就讀求職沒著落的文學院的憤怒。對無力緩解攝護腺肥大與頻尿症狀的醫師的憤怒。對一枝和智世沒商量一聲就買了永代供養塔位的憤怒。交給真二郎掌舵的小船，比起追逐魚群，更優先避開暗礁和暴風雨，避免浪費燃料。就彷彿在說，與其出航前往某處，盡量停留在港灣內，才是最安全、也最省錢的做法。

下午三點過後，陽光已經照不進房間了。氣溫也開始迅速下降。阿春回到狗屋裡，乖乖地等待遛狗時間。老了以後，牠愈來愈常覺得散步也沒什麼值得開心的了。

帶阿春散步，漸漸變成從東京回到枝留的始的工作。始說他跟一家小出版社談好書約——問他是什麼書？他也只是懶散地回說「唔，類似專門書籍」——幾乎天天都去高中時常去的町立圖書館，待到閉館的下午六點。從圖書館回來後，就帶阿春去散步，在七點的晚餐前回來。說是散步，也只是走到湧別川，看一下河流而已。

始回到枝留的時候，首先讓登代子驚訝的是，兒子的白頭髮變多了。五十多歲的人會有這麼多白頭髮嗎？真二郎頭頂本來就稀疏，而且理平頭，因此白頭髮的印象不強。但登代子怎麼樣就是甩不掉始年輕時的印象。三十多歲便早逝的步也一直停留在年輕時候的模樣，所以始增加的白髮更讓人怵目驚心。

他在東京的生活，一定充滿了辛苦和憂慮。登代子如此想像，並模糊地猜想他會在這個年紀一個人返鄉，肯定是遭遇到某些重大的變故。但至於出了什麼事，始已經不是小孩子了，沒辦法硬要他說出來。所以自己現在能夠做的，就是別去打擾他，像以前一樣，默默做飯給他吃，登代子如是想。

是不是東京的水不適合他？步住院的時候，登代子和真二郎前往東京住在商務旅館，當時最讓登代子驚訝的，就是水龍頭流出來的水喝起來就像死水。每天喝那種水，會變得滿頭白髮也是難怪。真二郎當時一副「妳怎麼這麼無知」的態度，告訴她大樓儲水槽的機制，但那些瑣碎早就從腦袋裡消失了。

始回來以後，真二郎只問過他一件事：你有錢嗎？始含糊其詞地說：「我們沒有孩子，久美子也一直在工作，還有一些存款。」

始和久美子四十歲以前，登代子還有過一絲期待。但年過四十以後，也只能死了這條心，接受添島家應該是就此絕後了。真二郎什麼也沒說。從外面嫁進來的登代子為何得為這種事牽掛不下？隔壁的三姊妹——她知道連惠美子都十分關心——客氣卻又毫不客氣地問她「是不是差不多了」，也教她憤憤不平。光是這樣無法說明的煩躁在心底深處激起漣漪，即使在可能性消失之後好一段時間，都未能安穩地平靜下來。

登代子、真二郎和始三個人前往登代子旭川的娘家，參加她年紀相差十二歲的長兄葬禮。住在同一塊土地的姪子一家，與住在鄰町的姪女一家，加起來總共有五個孩子。穿著不習慣的喪服或學生服、水手服的長兄孫輩們那彷彿冒出蒸氣、灰塵、甚至是體味的毛躁氣息，讓葬禮籠罩在不惹人厭的明朗氣氛中。親戚裡面沒有孫輩的就只有添島家。守靈誦經之後的餐會上，也只有添島一家三口坐的位置，沒有斥喝起起坐坐的小孩子的聲音。那裡就彷彿波瀾不驚的小湖泊。登代子覺得自己應該屬於熱鬧的那一邊，卻只能坐在位置上，默默聆聽親戚們熱鬧的對話與歡笑。

四散在札幌和東京等地的兄姊們的家庭裡，也有沒來參加葬禮的兒女，因此將守靈席上聽見的近況整理起來心算一下，繼承了父母血統的孫輩，至少有十六個人。

添島家一個也沒有。真藏的手足的孩子裡，本來有三個姓添島的親戚，但一個單身，一個死於交通意外，另一個離婚恢復單身，本來就沒有孩子。

守靈席上，始神情淡然地吃著壽司，有親戚替他斟酒，他便順從地行禮接酒。親戚們雖然熱鬧，但也很知趣，沒有人魯莽地問起始的妻子怎麼沒來，這是登代子唯一的救贖，她一方面慶幸，一方面也私下為親戚的貼心感到驕傲。在登代子這邊的親戚聚會中，真二郎總是安安分分，連句機靈的話也不會說。平常總有些不夠可靠的始，只是像這樣若無其事地在場，就成了一道緩衝，令人不至於感到窒息。對登代子而言，這是個雖然小卻令人喜悅的發現。

但始在葬禮有什麼感覺、有何想法，登代子完全不明白。兒子從國中的時候開始，她就不懂他在想什麼了。即使窺看他的臉，那片湖水深處既沒有警覺地敏捷游動的魚，也沒有隨著水流擺盪的藻類或水草。只是茫茫的一汪水。仔細想想，就連對丈夫，即使熟知他厭惡什麼，但他期待什麼、對什麼感到安樂，她都已經迷失許久了。年輕的時候忙於帶小孩，丈夫也在工作，兩人之間除了必要的事情以外，根本沒有對話。每逢假日，丈夫便出門釣魚。但當時還是有靈犀相通的感覺，然而如今連這都變得模糊可疑。

媳婦據說因為長期攝影工作而不在家，對於和她分隔遙遠的兩地，始似乎不覺得有任何不對。兩人是不是其實已經離婚了？這個疑問也掠過登代子的腦際。但事到如今她也不打算追問，即便真的離婚了，登代子又能做什麼？

真二郎似乎從幾十年前就不再擔心始了。始打電話來，說想暫時回來枝留，處理一份重要的工作時，真二郎也完全沒有向登代子問長問短。晚飯他經常六點就一個人先用完，洗過澡，九點就已經在起居間隔壁的房間鼾聲大作了。只有登代子和始一起用餐。

庭院中央深處，有一座從這個家還是老平房的時代就有的石燈籠。石燈籠前面有防空壕的入口，只有真二郎和隔壁的三姊妹知道。但石燈籠周圍完全被草木湮沒了，現在也沒有人會想起防空壕的入口。

近九十年以前，真二郎的父親真藏決定在這裡立一座石燈籠。買下原本是空屋的這幢房子以後，真藏便立刻動手翻修毫無景致可言的庭院。公司上司老家是石材行兼園藝行，討論之後，決定多種幾棵樹，放座石燈籠，訂購飛石和脫鞋石。

此外還決定利用與主屋相連的東側房屋及別院，讓阿米開設助產院。但平房的許多房間全以紙門和柱子隔開，年幼的孩子們只要從西邊的房間朝東一道道打開紙門，就會闖進助產院了。但也不能將平房中間的紙門全數拆除，特地建一堵灰泥牆。他們將住家和助產院分界的紙門關上後，並排兩個桐木櫥櫃，擋住去路。東西向橫長的簷廊中央，則是面對面擺了一對藤椅，為了慎重起見，還放了座矮屏風。真二郎又和園藝師傅討論，在庭院深處中央安置石燈籠，以此為起點，新種了一排矮籬笆，做為東西分界。如此一來，與助產院心理上的境界也能更清楚——這是真藏的想法。

庭院的石燈籠，從主屋和助產院都能看到。

太平洋戰爭爆發前，孕婦川流不息地來到助產院，但還是有幾天喘息的日子。這種時候，阿米偶爾會眺望庭院。

阿米經常感覺，**主屋年幼的孩子們也在看著這座石燈籠**。注意到的時候，籬笆另一頭的簷廊上，真二郎正一個人坐在那裡，抱著膝蓋出神，好似垂頭喪氣。他沒有發現阿米在看。雖然可以在晚飯的時候問他怎麼了，但阿米沒有問。真二郎完全就是夾在三姊妹中間的獨生子，對長女的話只是點頭聽從，屈從於三女的任性。雖然溫柔，但缺少霸氣，感覺不可靠。

真二郎依照真藏的希望，進了大學就讀工學院，因此戰爭時期沒有被徵召入伍。戰後過了幾年，真二郎結了婚，步出生以後，態度變得比阿米所想的更像家長一些了。沒多久阿米便病倒，沒能為始接生就過世了。

始還很小的時候，老平房便拆除，重新蓋了一枝等三姊妹及真二郎一家分別居住的二樓建築。原本是助產院的東邊，成了三姊妹的住家部分。

石燈籠依然矗立在相同的位置。

某一年的冬天，第一場大雪過後，庭院被積雪覆蓋得一片白皚皚，真二郎叫還是小學生的步和始幫忙，從簷廊一路鏟雪鏟到石燈籠那裡。這樣從三姊妹家也可以到石燈籠這裡來了。然後等到傍晚，他在石燈籠裡立了幾根蠟燭點燃。庭院的積雪反射著燭光，映照出鏟雪後形成的凹凸。

「怎麼樣？很美吧？」真二郎正讓孩子們看著雪光幽朦的庭院，一枝、惠美子和智世也分頭跑了出來。智世第一個歡呼：「真漂亮！」登代子關在廚房裡準備晚飯。「欸，媽也來看嘛！」步叫登代子來，登代子卻一逕推說：「現在分不開身。」

這天晚上，步和始都上二樓睡了以後，登代子一邊關掉起居間的電視，一邊走向廚房說「有空鏟雪到姊她們的庭院，怎麼不先把廚房後門跟玄關的積雪鏟掉」。真二郎冷不防抓起茶杯，扔向走掉的登代子腳下。空茶杯只是滾著，越過登代子，撞在廚房牆上。

真二郎會暴怒扔東西，就只有登代子說的完全沒錯的時候。因為無可反駁，只好砸東西出氣。但登代子從來沒看過真二郎對一枝或智世扔東西。真二郎扔東西時，登代子覺得在他背後看見了一枝和智世的影子。

只要一枝那三姊妹住在同一塊土地，登代子這樣的感覺就不會消失。

步和始搬去東京以後，登代子覺得自己孑然一身了。

步發現罹癌，病況逐漸惡化，智世三不五時來找真二郎，想要打聽病情。登代子費了好大的工夫，才克制住大喊「步是我女兒，**跟妳們無關**」的衝動。真二郎與其說是自己的丈夫，更只不過是三姊妹的兄弟——登代子開始經常這麼感覺。

在二樓狹窄的晾衣空間曬衣服，是惠美子的工作。登代子也會在相同的時間帶，在相鄰的空間晾衣服。兩邊的曬衣場相隔約一公尺，彼此獨立。登代子和惠美子等於是隔著一小段距離彼此交談。真二郎很少來這裡，一枝和智世即使常去院子，也幾乎不會上來這裡。惠美子在曬衣場看到登代子，就會用她有些悠哉、沙啞的聲音喊她：「登代子。」登代子剛嫁進來的時候，不知道該怎麼和這種說話口氣的惠美子相處。但是如今，三個小姑裡面，惠美子成了她最能夠輕鬆聊天的對象。

登代子手上繼續晾衣服，以有點裝模作樣的明朗聲音回應：「什麼事呀？」發出明朗的聲音，心情也跟著輕快了些。

「好久沒出太陽了，真舒服。」

惠美子慢慢地說。曬衣服的動作有點笨拙，但很仔細，被智世罵過好幾次的燙衣服工作，雖然得花時間，但也進步了。

「是啊，很舒服。」

惠美子比登代子年長三歲，但登代子是真二郎的妻子，因此是惠美子的嫂嫂。對於不管是動腦還是說話速度都很緩慢的惠美子，登代子自然地以平輩口氣與她交談。對此惠美子似乎也完全不介意。

有一次一枝和智世出國旅行的時候，惠美子的憂鬱症惡化，傳來啜泣的聲音。登代子趿上拖鞋，從庭院跑去隔壁查看，打招呼之後進了屋子，在坐在沙發上哭泣的惠美子旁邊坐下來。「怎麼了？」登代子柔聲問，惠美子哭得更凶了。她抽泣著，說：「我活著也沒用，我還是死了算了。」登代子默默聆聽，伸手搭住惠美子的手臂。

「沒這回事。妳會洗碗、打掃、洗衣、晾衣服，如果妳不在了，一枝姊和智世就完蛋了。還有燙衣服也是。」

登代子安慰了一陣，等惠美子平靜下來後，泡了茶兩個人一起喝。茶葉很高檔，登代子覺得比自家的茶好喝。茶杯、茶壺，也遠比家裡的高級。是登代子如果買回來放在家裡用，會引起真二郎勃然大怒的東西。

「櫃子裡有最中餅，不過要是我們兩個吃掉，到時候就慘了呢。還是忍耐吧。」

登代子說，惠美子只說「是啊，吃掉就慘了」，稍微露出了一點笑容。

惠美子總是被姊妹們當成累贅。

智世只會叫一枝「姊」，對惠美子則是說「這個人」。即使真二郎在場，她照樣說「這個人」。這樣的稱呼露骨地顯現出她不承認惠美子是姊姊的心理。真二郎也不規勸這樣的智世，默默地任由她去。每次聽到智世說「這個人」，比起對智世本人，登代子更對真二郎感到氣憤。
即使憤慨，登代子也不會為這件事與真二郎爭辯。因為她覺得惠美子與生俱來的**問題**，不是她能夠介入插口的。
登代子擔心的，是孩子們會怎麼想。步剛上國中不久時，有次不知道聊到什麼，她忽然冒出一句「惠美子姑姑好可憐」。登代子覺得步是明白的，放下心來。始上國中以後，性情大變，對父母和三個姑姑，有時連對姊姊步都感到排斥，因此完全看不出他對惠美子有什麼想法。
步和始都出社會去了東京。步死了以後，始結婚了。如果沒有讓爺奶看孫子的必要和藉口，過年和暑假返鄉的意義也漸漸模糊起來。不久後，始也因為忙碌，幾乎不再回家了。
一枝辭掉老人院的園長工作後，依然繼續擔任理事。但年過七十五的時候，她便辭去了全部的職位，接下來幾乎每天都在家裡和枝留教會往返。智世辭掉公司的行政工作也很久了。智世不管是就職還是離職、買永代供養的塔位，都不會事前找真二郎商量或通知，經常都是過了一陣子以後才知道。
登代子感覺惠美子白天一個人獨處，讓她的精神狀況惡化了，但三個老女人都在家以後，智世對惠美子的挑剔刁難也更變本加厲了。
年過花甲的時候開始，惠美子的憂鬱症惡化了。她愈來愈少開口，動作也變得遲鈍，眼神飄忽不定。每次狀況不對勁，一枝就會帶惠美子去固定看診的精神科。
年過七旬以後，憂鬱成了惠美子的常態，她神情茫然，眼神渙散。不久後，精神科醫師宣告：「惠美子女士得了失智症。」

一枝把惠美子帶回家，隔天便一個人去了町公所，諮詢往後的安排。等了半年左右，惠美子住進了特別養護老人院。

後來惠美子一個人在那裡住了五年左右。一枝和智世每隔一天會坐公車去看她，這讓登代子有些意外。明明那樣嫌她礙事，怎麼會三天兩頭就去看她？一枝是教徒，她去看妹妹可以理解。她曾在老人院工作，所以應該也是出於職業意識，想要確定公立老人院有沒有好好照料自己的妹妹。或許也帶有幾分對妹妹的虧欠和後悔。但智世去看惠美子，是出於什麼心態？

一枝有時會來向真二郎報告惠美子的近況。登代子偶爾也會一起聽。

「她很挑食，所以有時候帶她喜歡的鰻魚和明太子去看她，飯就會吃得特別多」，或是「白內障很嚴重，醫生勸她動手術，但她光是聽到手術兩個字就反抗，緊緊閉上眼睛，連眼藥都不讓人點」，內容都很具體。真二郎不止一次問：「那住在那裡要多少錢？」每次一枝都一臉厭煩，先是說「你已經問第三次了」，然後說出每個月的平均費用。真二郎安心地說：「公家的果然便宜多了。」

惠美子搬進老人院兩個月左右的時候，真二郎問一枝：

「我是不是也該去看看她？」

一枝說：「你有這個心是很好，但憂鬱症和失智症讓她出現監禁反應，就算是應該認得的職員，只要是男人，她就會很害怕，嚴重的時候甚至會強烈反抗，拿茶杯丟人呢。」

登代子覺得自己不要在場比較好，說了聲「我去泡茶」，起身去廚房。一枝說著「謝謝」，壓低音量繼續說下去：

「喏，惠美子以前結婚，不是滿慘的嗎？好像是那時候討厭的記憶又回來了。我想她應該是混亂了。」

但一枝的聲音依然傳進登代子耳裡。

登代子到現在依然不明白的，就是真二郎和登代子結婚第二年，似乎有輕度智能障礙的惠美子突然透過類似相親的形式結婚的事。登代子幾乎完全沒有被告知之前的經緯，對她來說，這是令人錯愕的發展和事件。

既然有人願意接納惠美子，和那樣的人建立起家庭比較好。真二郎這麼說，像是要說服自己，但登代子很擔心：真的是這樣嗎？後來沒多久，對方來家裡作客，是個看起來人很老實、膚色蒼白的約三十五歲男子，說是鄰町鐘錶行的兒子。只喝一杯啤酒，臉色就變得像熟柿子，連眼白都充血，幾乎沒聊上幾句話，人就在榻榻米上睡癱了。

不出所料，這段婚姻沒能持續多久。惠美子會得到憂鬱症，絕對是這場失敗的婚姻害的。然後對於被休回家的姊姊，智世欺侮得比過去更嚴重了。登代子覺得，智世會頻繁地和一枝去札幌、出國，惠美子離婚回來也是原因之一。是妳先出去的，現在換我們出去了。

「可是我是惠美子的哥哥，我去也不行嗎？」

即使聽到住進特別養護老人院的惠美子除了失智症狀之外，還出現監禁反應，真二郎也無法體會那是什麼情形，難以理解。

「可能不行。就連長年替她看病的谷內醫生去看診，她也會緊緊地閉上眼睛，連醫生的臉都不肯看。好像只要是男人，不管是誰都會讓她害怕。」

「這樣啊……那還是不要勉強好了。」

真二郎聽從一枝的話，放棄去探望惠美子的念頭。

後來一段時間以後，登代子考慮自己一個人去看惠美子。她是女人，而且從來沒有欺負過惠美子，應該沒問題。她向真二郎報備，說想先和一枝和智世說一聲再去。真二郎說「我都沒去了，妳一個人去太奇怪了」，折起正在讀的報紙，抱起胳臂。「而且，一枝和智世也不會說好吧。」他聲氣不悅地說。登代子問為什麼，真二郎的理由是「她們都說惠美子她們會照顧了，妳不要多事」。

真二郎的話毫無道理，因此登代子反問「這是什麼意思」，真二郎當場將眼前的報紙一把砸在桌上：「沒什麼意思，妳是聽不懂我的話嗎？」

後來，變成一枝二、四、六，智世一、三、五去老人院。一枝星期天會去教會。

智世不會來報告惠美子的情況。真二郎好像每個月一次，會自己一個人去隔壁聽姊妹報告。有一次看他心情不錯地回來，登代子問「你們說了什麼」，他便說：講我上醫院的事，我說我要吃五、六種藥，實在受不了，姊就說她完全不用吃藥，智世好像只有吃心臟的藥，和偶爾吃便祕藥而已。她們兩個都討厭看醫生。但她們還是覺得自己身體沒問題，怎麼說，實在太樂觀、太不服老了。

登代子不懂聊這種事，心情怎麼會好，但發現往返老人院成了一枝和智世的例行公事，她們似乎無暇關心真二郎和登代子的生活，以及始的近況，覺得心頭寬舒了許多。

原本以為一枝和智世會永遠繼續上老人院，沒想到惠美子因為誤嚥性肺炎惡化，短短一星期就走了。

葬禮只有真二郎、登代子、從東京趕回來的始、一枝和智世五個人舉行。

葬禮是經過簡略過的形式，守靈和葬禮一天就結束了。送走入棺的惠美子時，只有智世哭了。「惠美子姊姊太可憐了。妳怎麼就這樣走了？妳怎麼會變成這樣？世上怎麼會有這麼可憐的事？」她趴在惠美子的棺木上，號啕大哭。登代子第一次聽到智世叫「惠美子姊姊」。「我很快就會過去了，妳一定很寂寞，不過再等一下就好了。」

一枝和真二郎都沉默著。登代子和始也沉默著。

開車去火葬場時，眾人在休息室用著茶點，和永代供養的寺院僧侶談話。僧侶才三十五歲左右，誦經等態度也很真誠。

始想起約二十年前的步的葬禮。

真二郎和登代子失魂落魄地坐在醫院地下二樓的靈安室，這時天文台的上司過來了。他說要幫忙葬禮。始第一次見到步提過的上司，感謝他的好意，收下名片。姊姊的人生結束了，但和姊姊有關的人像這樣過來，讓他覺得姊姊尚未真正離開。上司深深行禮，說：「傍晚我會再致電。」接著他向步道別，回去了。

兩人正在談話時，說是擔心而趕來東京的智世現身了。目送上司離去後，智世回頭的雙眼淚流不止。真二郎好半晌默不作聲地看著智世。登代子一直看著步，完全沒有回頭看智世。

一會兒後，智世收住了淚，她剛才好像聽到始和上司的對話，說：「我請朋友介紹東京的葬儀社了，你們不介意的話，我來連絡吧。」真二郎說：「好啊，東京這裡我們人生地不熟的。」智世走出靈安室，毫不猶豫地伸手拿起應該是供這種情況使用的粉紅色公共電話。

「喂，啊，敝姓添島，前天有連絡你們。是的，請問負責人齋藤先生在嗎？」

門外傳來莫名興匆匆的聲音。

登代子瞪著真二郎。始也覺得智世這電話太過分了。真二郎只是看著靈安室的天花板，就像放棄做任何決定。

講完這通準備周全的電話之後，和東京的葬儀社討論好守靈和葬禮的日期，再連絡枝留的菩提寺。「這順序不對！」住持的聲音憤慨不平。就算我沒辦法去東京主持葬禮，東京也有同一宗派相熟的寺院，葬禮這回事，第一個應該找寺院商量才是道理！

結果葬儀社安排的日期依舊，換了殯儀館，由菩提寺的住持介紹的寺院住持前來誦經。

步過世，接著守靈、告別式的那幾天，自己都在哪裡睡覺？始記憶模糊。他記得自己抱著骨灰罈乘上飛機，回到枝留。還記得飛機在跑道上著地的輕微衝擊中，他感覺到姊姊的旅程結束了。

惠美子的葬禮上，只有智世一個人流淚。一枝和真二郎雖然表情都很沉痛，但都沒有掉淚。

等待惠美子火葬期間，登代子離席去洗手間，一個人獨處的瞬間，淚水奪眶而出。

走出洗手間時，她迎頭碰上了一枝。

「登代子……謝謝妳。」

一枝看著登代子的眼睛說，行了個禮。

「妳一直對惠美子很好。我都聽惠美子說了。讓她一個人看家的時候……謝謝妳照顧她。真的謝謝妳。」

登代子努力壓抑再次湧上眼眶的淚。一枝輕碰了一下登代子的手腕，進入洗手間。

火葬場的休息室隱約傳來智世的笑聲。

登代子做了個深呼吸，回到休息室。

22

星期天早上，不到九點，一枝便迫不及待出門了。她現在是枝留教會長老會的一員，也是女教徒聚會錫安會的顧問，因此即使在禮拜開始前老早就抵達教堂，也不怕沒事做。

一枝生性有條有理，並且耐性十足。弟弟真二郎也是個一板一眼的人，但一枝從小就注意到，那是因為他對周圍的狀況反應過度。即使成家立業，這樣的個性看起來還是沒有改變。

對財務的不安、對疾病的不安、對家族從社會落脫的不安——這些事物輕易地左右真二郎，卻不可思議地對一枝毫無影響。應該不是信仰的關係。一枝本來就是個老成持重的人。家計交給妹妹智世操心就行了，而且她明年就九十歲了，卻不需要定時服用任何藥物。最後一次上醫院是什麼時候？她也不覺得自己有什麼非保護不可的事物。

一枝一到教會，便在大廳和集會室和每個人打招呼，淡淡地負責聆聽。看到來參加主日學校的孩子們，聽到他們的聲音，是她最大的期待。一星期前才見面而已，卻已經懷念極了，期待不已。默默地看著他們，表情不由自主地漾起笑容。好幾次一枝忽然注意到自己正毫不客氣地盯著孩子看，猛地回神，慌忙向附近的朋友攀談，讓自己平靜下來。

自己沒有結婚，也不曾生子。就算活到九十歲，也不可能生下以撒吧。畢竟她可沒有叫亞伯拉罕的

丈夫。留神一看，添島家周圍竟沒有半個孩子的身影。姪女步沒有結婚就過世了。姪子始結婚了，但沒有孩子。他怎麼會年過五十辭掉大學教職，一個人從東京回來？真二郎幾乎絕口不提回到老家的兒子，一枝認為一定是因為他無法理解兒子。不僅是無法理解兒子，想像他人的想法和感受，原本就不是真二郎的長項吧。

從年輕的時候開始，真二郎就很少附和姊妹們的話，而是一臉難以釋然地應：「是嗎？」聽在一枝耳裡，那聲「是嗎？」就像在說「我無法理解」。姊妹在想什麼、有何感受，其實他什麼都不瞭解。他能理解躲在溪流裡的魚的想法，卻無法理解會說話、有表情的人的感受，對此一枝深感同情。

從某個時期開始，父親經常不在家。母親忙於產婆工作，一枝姊代母職，負責照顧真二郎、惠美子和智世。阿米有時會拉著一枝的手，帶她去綢緞莊，也不理會她的意見，替她做和服，就彷彿性急地填補平時忽略的母親責任、讓一枝替她照顧弟妹的虧欠。看著愈來愈多的和服，正處於青春期的一枝感覺這樣根本只是在寵溺她吧？

相對地，真二郎應該要被父親痛罵，並抵抗、排斥父親的青春時期，卻因為父親幾乎不在家，被拋進了漫然的不安裡，無人理會。就像失去騎手的馬迷惘而緩慢地繞著馬場跑步，跑到後來也膩了，呆呆地杵在原地。

耶穌離開家人，也遠離了故鄉。揹負上帝託付的使命前進時，具備強韌的心靈與意志的耶穌不需要家庭。追隨耶穌的門徒是與家人完全不同的他人。耶穌與門徒之間的世界，沒有任何多餘、鬆懈、愚蠢、休憩——一枝從前讀的書裡有這樣的內容。那本書指出，所以才會出現背叛耶穌的人。還說只有良善的事物，是無法堅守信仰的。那麼，如果活在周遭只有家人的世界裡，會變成怎樣？讀到那本書的時候，一枝想像沒有活水進出的湖泊。平靜的水面在夏季水位徐徐下降，失去透明度，開始變得混濁，很快就會見底。湖底龜裂，沒有水，連植物都無法生長，會逐漸化成一片慘白的窪地。

從枝留調去東京教會一段時間的牧師工藤一惟，在前年回到枝留教會來。他被父親工藤牧師帶著來到枝留，已經是近五十年前的事了。髮際線退後了許多，笑起來眼角的皺紋變深了。雖然還沒有以前的工藤牧師那樣的威嚴，但溫和的風貌青出於藍。一枝到現在都還清楚地記得，當她看到一惟騎機車後面載著步時，差點「啊」地驚呼。如果步還活著，和成為牧師的一惟結婚，生下孩子，現在他們已經有了孫子了嗎？

聽說一惟的兩個孩子留在東京工作。長男在醫院的臨終醫療擔任諮商心理師，十分忙碌。大學退學的次男和同好一起踏上音樂之路，但似乎也不是靠音樂糊口，也沒聽說他要回枝留的消息。教會的雜務由兒子們的母親一手包辦，明朗地主持主日學校。一枝試著想像步做同樣的事，但想像中的步仍是年輕女孩的樣貌，無法具體想像出來。

枝留的人口減少到約五十年前的三分之二了。但一惟回來成為專任牧師後，她覺得上教堂的人數稍微恢復了一些。在禮拜堂裡排排坐的信徒的背影，白髮和禿頭的比例增加了許多，也是沒辦法的事吧。上主日學校的孩子數目明顯減少了。對於或許只把一枝當成老太婆的別人的孩子們，一枝只是滿心的憐愛。

應該是主日學校班長的六年級女生走近一枝。一枝想要叫那個從一年級就認識的女孩的名字，腦袋卻一片空白，什麼都想不起來。

登代子正在給老狗阿春梳毛，看見院子外面的馬路有輛亮著紅色警示燈的警車慢慢地開過去。沒有響鳴笛，無聲無息的，反而引人注意。阿春也回頭豎起耳朵，尾巴拉得筆直。很快地，她聽見隔壁門鈴響起。隔壁室內某處傳來智世模糊的應門聲。男人的聲音應該是警察。連阿春都全身緊張起來，好奇出了什麼事。登代子站起來，隔著玻璃門望向起居間裡的真二郎。真二郎在沙發上打瞌睡。她知道始一早就去圖書館不在家。

隔壁家面庭院的玻璃門打開了。瞬間，智世清亮的聲音傳了過來：

「不是從這裡。不是這裡，是從這上面的氣窗進來的。」

「現在關著呢。」警察鎮定而低沉的聲音傳來。「而且也鎖著。有人目擊小偷從這裡進出嗎？」

警察一問，智世的聲音頓時含糊起來。她好像沒有親眼目擊。另一名警察把臉伸出玻璃窗外，想要查看整個庭院。警察看到登代子，微微頷首。登代子一臉不安地行禮。阿春鼻子哼了起來，她輕撫牠的脖子。智世的聲音繼續說：

「可是，有像褐色皮包的東西從這裡丟下來，掉到地上。小偷一定就是接著闖進屋裡來。」

「妳說失竊的是家計簿嗎？」

登代子走進起居間，搖醒真二郎。小睡被打斷，真二郎很不高興，登代子向他說明狀況，這時玄關鈴響了。真二郎一臉厭煩地去應門。片刻之間，他以模糊難辨的聲音應對，但警察很快就走了。

「喂，我去一下隔壁。」真二郎直接在玄關趿上拖鞋，前往姊妹家。最近他幾乎都沒去隔壁——登代子想到這件事，覺得很討厭。

快一個小時後，真二郎回來了。他一臉無法釋然，說明隔壁的情況，一次又一次喃喃「真奇怪」。家計簿這種東西有人要偷嗎？一陣子沒去，屋裡亂得不像話，到底是怎麼回事？姊也說些莫名其妙的話。真二郎的疑問漸漸變成自言自語，登代子為了提點他，輕描淡寫地提起智世向警察申訴遭小偷的事——說話的同時，她留心避免任何武斷，免得觸怒真二郎。

「智世說是從面庭院的氣窗進去的。」

「……她這樣說？」

真二郎從隔壁回來後，第一次正眼看登代子。

即使從屋外架梯子，氣窗也小到難以把頭塞進去，即使頭進去了，人又不是貓，身體實在不可能跟著進去。就算鑽進去了，室內也沒有地方可以落腳，如果從幾乎和天花板同高的氣窗跳下去，極有可能骨折。而智世聲稱失竊的是幾十年份的家計簿。

這天晚飯的時候，登代子淡淡地把隔壁的竊案疑雲也告訴了始。「這太奇怪了，不管是小偷侵入的路線，還是偷走家計簿，都太離奇了吧。」始驚訝地說，但見真二郎沉默，又閉口不語了。始明白真二郎會沉默，是因為無計可施。但也不能就這樣置之不理。

同一週的星期六下午，這次警察帶著一名女警上門了。真二郎在午睡，登代子去應門。這好像是隔壁第四次報警，這次說是茶道用品失竊了。為了慎重起見，我們想要確定一下，這裡有沒有聽到什麼可疑的聲音？——警察的口氣聽起來像在懷疑智世的報案內容。

警察說，面庭院的玻璃門全是木框，栓鎖舊了，加上木框也歪了，難以開關，「最好換成老人家也容易開關、有防盜作用的鋁框，或至少加道輔助鎖……」警察說著，職業性的表情浮現些許笑意。即使沒有說出口，那表情也顯然已經斷定沒有犯罪的可能性。登代子已經在懷疑小姑出現失智症狀，但對於真二郎，只轉達了警察的報告。

前往鄰家，說明並設置輔助鎖的任務，便落在了前去居家修繕賣場買材料回來的始身上。始向來不擅長ＤＩＹ，但只是在木框上加道鎖，應該還難不倒他。明明事前已經打電話通知了，但按下玄關鈴，屋內卻毫無動靜。第三次按鈴，玄關旁邊的蕾絲窗簾才稍微動了動。「哪位？」智世警覺的聲音。「是我，始。」「喔，小始。」傳出解開兩道鎖的堅硬聲響，門鏈取下，玄關門打開了。

「姑姑好，我來裝補強的鎖。」

「啊，謝謝。太好了。請進。」

智世歪頭看始的身後，像在確定沒有別人。

玄關內左側有衣帽架，上面層層疊疊地掛滿了外套和連身裙。掛在最上面的塑膠黑色衣架看起來隨時都會被疊得鼓脹的衣物給彈飛。西式房間的地板上，丟著打開來的裝鐵槌鋸子的工具箱。鋸子早已生鏽，看起來不堪使用。始從來沒看過姑姑們用鐵槌或鋸子。大小不同的乾電池、三罐紅色防鏽潤滑噴罐掉在地上。報紙和傳單也沒捆起來，堆得一落又一落。掛在白牆上的印象派複製畫——始讀國中的時候，姑姑們從札幌的百貨公司買來的心愛的畫作——取了下來，不知為何背朝外地靠放在牆上。

以前每次走進姑姑家，年紀還小的他都覺得這裡比自己家奢侈多了。不管是書架、沙發、立體音響等等，都比家裡的更要高檔太多。屋子裡總是每個角落都收拾得整整齊齊，用吸塵器吸得乾乾淨淨，玻璃門窗也都擦拭得晶亮剔透。和室有地爐，壁龕的掛軸和花瓶，都是始的家所沒有的。壁龕旁邊有黑色佛壇，上面還有神道教的神棚。小時候並沒有意識到，但像這樣一看，佛壇古老且豪華，感覺這應該才是添島家原本的佛壇。但上面沒有祖父母的牌位，甚至沒有兩人的遺照。那些全都祭祀在始家的佛壇上。

這房子是在東京奧運的時候改建的，所以戰後不久就接受洗禮的姑姑那時候應該已經是基督徒了。然而家中不光是佛壇，甚至設了如此豪華的神棚，到底是為什麼？惠美子姑姑不可能提出這種要求，所以是智世姑姑要求的嗎？

智世完全不在乎地板上亂七八糟的東西，激動地邊走邊說：

「真是太傷腦筋了。小偷已經闖進來好幾次了，我根本沒辦法安心睡覺。我還在二樓的枕頭邊放了根球棒呢。想說萬一小偷敢來，就一棒子敲死他。」

看姑姑揮舞手臂的樣子，始發現她比以前瘦多了。她的上臂有這麼瘦嗎？智世每到夏天，就會熱紅了臉，額頭掛著豆大的汗珠，穿著圖案花俏的連身裙，四處串門子，那模樣他印象深刻。以前有點發胖的智世心臟不好，一度病倒，在札幌的醫院動了冠狀動脈氣球擴張術。那是什麼時候的事了？現在身上的脂肪消失得一乾二淨，面皮變得蒼白，就像塗了一層粉。頭髮也整個花白、扁塌了。

走進面庭院的和室，以前一片清爽的漆桌上，現在桌曆、喝到一半的茶杯、報紙、雜亂地裝著文件和信件的盒子等擠成一堆。電視音量開得老大。電視機前，三只坐墊排成長方形，一枝人躺在上面。始嚇了一大跳，問：「沒事吧？」一枝霍地爬起來，說：「咦？你是誰？」「我是始。」一枝直盯著他看，睡眼惺忪地說：「咦，小始，你怎麼來了？」

是始連絡地區綜合支援中心，找照護經理人討論，帶兩人去就醫的。

一枝和智世都被診斷為路易氏體失智症。

症狀一瀉千里地惡化。智世不光是以為遭小偷，還開始看到陌生老夫婦站在庭院。一枝也開始四處遊蕩。

她們毫無自己失常的自覺，日常對話也幾乎通行無阻。由於無法劈頭否定她們的幻覺，交談起來反而棘手。儘管急忙取得接受照護的資格，申請居服員，開始建立起日常照護體制，但對於遊蕩和幻覺，卻沒有根本的解決之道。

居服員每天會來一次，但一天二十四小時裡面，也只有一小時有人照看兩人。真二郎只會詢問居服員和照護的情況，再也不像以前那樣拜訪鄰家了。一枝和智世的照顧，全都交給了始、照護經理人和居服員。

短暫的秋季接近尾聲了。

雪季正式到來前的靛藍色遼闊天空底下，整片山林的黃葉裡，摻雜了點點紅得異樣的紅葉。天氣預報說週末有可能下雪。星期一上午，始開車出門購物回來，瞥了鄰家的信箱一眼，發現報紙有一大半都掉出信箱口了。裡面塞了另一份沒動過的報紙。

他按下玄關鈴。因為從來沒有按一次就出來應門過，他連按了兩三次，轉動門把。門鎖著。回到自家，登代子正在起居間的沙發上看重播的電視劇。真二郎在看報。

「姑姑她們去旅行了嗎？」

登代子仰望始說：「旅行？她們出門前都一定會說一聲啊。」

「怎麼了？」重聽的真二郎好像沒聽見始的話。

「始問一枝姊她們是不是去旅行了。」登代子大聲應道，又轉向始說：「這麼說來，昨天一整天我覺得好像特別安靜。」每星期來三天的居服員週末休息。

始有了不祥的預感，這回走下庭院，趿著拖鞋去鄰家。玻璃門內的紙門關著，看不見室內。把耳朵貼在玻璃門上，一片寂靜，什麼都聽不見。這個時間的話，姑姑們應該都會把電視開得很大聲。起初始輕輕敲門。沒反應。更大力地敲。震動引發的風壓，連裡面的紙門都沙沙作響了。再次回歸寂靜。

始再次返家詢問，登代子說家裡沒有隔壁家的備份鑰匙。真二郎說「有點不對勁」，但只是一臉困惑，不動如山，始發現會採取行動的就只有他了，查了鎖匠的電話打過去。

穿著工作服的鎖匠開著小廂型車前來，說要開鎖進屋，必須要有警方在場。始連絡接到智世報案、來過幾次的警察，說明原委，請他們到場。

不久後，熟悉的警察帶著女警來了。異於之前，臉上沒有笑容。始一看到警察的表情，立刻想像一枝和智世已經氣絕倒地的場面。

業者解除了兩道門鎖。裡面的門鏈沒有掛上。室內一片陰暗。「一枝姑姑？」始大聲喊。「智世姑姑？」沒反應。警察說：「請待在這裡，我們進去裡面看看。」始行禮說：「麻煩你們了。」令人驚訝的是，兩名警察穿著鞋子直接踩進室內。

始心慌意亂，暫時走出玄關。心跳加速。鎖匠正在打手機向辦公室回報經過。他看到始，迴避似地慢慢轉過身去，繼續講電話。始再次走進玄關。

鞋子在二樓走動的聲音響了一陣，警察慢慢地走下樓來。

「浴室、廁所、壁櫃、櫥櫃等等，我們全都看過了，但你兩個姑姑都不在呢。好像是出門沒有回來。二樓的床上，一樓的坐墊、毯子都沒有體溫，從廚房水槽和浴室、洗手間的乾燥程度來看，很有可能已經離家一天以上了。」

「這樣啊。」

警察停了一拍，看著始說：

「要報案失蹤嗎？報案失蹤的話，我們會通知北海道全境的警察署。」

始認為沒有和父親商量的餘地，直接報案。填寫文件的時候，警察的無線通話器也一直開著，沙沙傳出彼此連絡的聲音。始陷入自己犯了什麼罪的錯覺。

「如果你姑姑自行返家的話，請通知一聲。」

始回到家裡，不是對登代子，而是看著真二郎報告。

「是跑去札幌了嗎？」

真二郎說。

始立刻打電話到札幌市內主要的幾家飯店。除了以前常聽姑姑們提到的格蘭大飯店，他問了五家飯店。有些櫃台以個資保護法為由拒絕回答，但聽到始說已經報案失蹤，便乾脆地告知她們並未投宿。

沒有去札幌住飯店的樣子。在這樣的大寒天裡，姑姑們跑去哪裡了？

「可能是去定山溪了。」

真二郎說，登代子頓時一臉厭惡。真二郎沒理會登代子的反應，接著說：「雖然她們最近應該都沒去了。」始不明白話題怎麼會突然跑到札幌郊外的溫泉，問：「為什麼爸覺得她們會去那裡？」結果真二郎說起始完全不知道的內幕。——姑姑們在從札幌往西南搭公車約一小時的定山溪，有一戶附溫泉的華廈公寓。步和始搬去東京生活沒有多久，一枝和智世便從熟悉的札幌又更進一步，開始時常前往定山溪渡假。後來在那裡發現一棟附溫泉的公寓，十分中意，便買了一戶當別墅。

當天晚上，真二郎去洗澡時，登代子補充說：「你一枝姑姑本來說想要三姊妹一起住在定山溪，可是智世說當別墅就好了，她不打算離開枝留。」始這才明白為什麼真二郎一提到定山溪，登代子的臉會那麼臭了。原來一枝姑姑曾經有可能帶著惠美子和智世兩個妹妹離開這個家。

登代子有公寓的電話，但打過去也只聞嘟嘟聲響。雖然也有管理員的電話，但一樣沒人接。

過了九點左右，管理員的電話打通了。語速飛快的管理員一聽到始是一枝和智世的姪子，激動得聲音都變了調，一口氣滔滔不絕起來：

「啊，太好了。真是傷透腦筋了。添島女士那裡之前也鬧出過小火災，鍋子放在爐火上，人就這樣睡著了。門窗冒出濃濃黑煙，我拿主鑰匙開門衝進去一看，鍋子都燒起來了，只差一步就要燒到牆上去了。我抓起走廊上的滅火器，趕忙把火滅了。煙大成那樣，虧她們睡得著。管委會的主委也動怒了，說要連絡親戚，但她們卻堅持沒那個必要。實在是，我說真的，教人傷透腦筋了。長年來都住得好好的，沒有任何問題，至少這十年來，沒有人抗議過什麼，可是從今年開始，就整個愈來愈不對勁了。」

一口氣說到這裡，管理員清了一下喉嚨說：

「昨天我看到窗戶亮著燈，所以直到昨晚人應該都還在這裡。我先掛電話，過去看一下。唉，真的是很頭痛，可是問題總得解決。總之我先掛電話。」

不到五分鐘，管理員便回電了。

他說住處亂到沒有落腳的空隙，桌上丟著像是吃到一半的碗盤。廚房、浴室的熱水器都開著沒關。說到這裡，管理員忽然想到似地說：「我知道她們去哪裡了。她們買東西都會叫計程車，我知道她們去哪家超市。」管理員說他會再打來，叫始等著，單方面地掛了電話。雖然毛毛躁躁、不聽人說話，但始覺得沒人拜託，他卻願意這樣忙東忙西，應該是個古道熱腸的人。

等待回電期間，始打電話到定山溪所在的札幌市南區的警察署，得知定山溪派出所收留了兩名自稱姓「添島」的老婦人。

兩人叫計程車去超市買東西，回程卻沒有叫計程車，走著走著迷路了，呆呆地站在豐平川的橋頭邊。有名中年婦女見狀覺得不對勁，將兩人帶去派出所。

始正要打電話給管理員，對方剛好打來了。始簡短說明找到姑姑們的消息。

「那太好了，我現在就去派出所接她們回來。啊，太好了。那我掛電話了。」

管理員毫不猶豫地匆匆說完。瞬間，始困惑這些事真的可以麻煩管理員嗎？但今天已經不可能從枝留趕到定山溪了。「謝謝，麻煩你了，真不好意思。」始握著電話行禮說。

「哪裡，不會啦。添島女士們也是老住戶了。可是啊，人上了年紀，就不能再以為自己什麼事都做得到了。就連原本那樣優雅的人，也會把房間搞得一團亂，鍋子放到燒起來。啊，對她們姪子說這種話很失禮呢。那，今天就先這樣，你明天要過來嗎？」

始說：「對，我明天會過去。」

過了晚上十點，氣溫降得更低時，管理員再次來電了。他說兩人都很好，明天上午會讓她們搭乘從定山溪前往札幌的公車，他也會一道陪同，送她們到札幌車站的總站，請始過去接人。始再次覺得幫到這種地步，管理員實在是難得一見的大好人，不過如果是去札幌接人而不是去定山溪，始的負擔也減輕不少。他決定感激地接受對方的好意。

真二郎鬆了一口氣說：「沒事就好，果然是去定山溪了。」登代子只是沉默著。

始從枝留搭乘首班車出發。一走出家門，呼吸都變成白色的。乘車期間，始幾乎都在睡。抵達札幌車站後，他立刻前往百貨公司，買了有點大盒的糕點禮盒。

一枝和智世走下從定山溪開來的公車，一臉憔悴。管理員兩手提著兩人的行李，跟著下車，年紀看起來比始還要大。在公車裡，也有人以為這三人是母子還是親戚嗎？儘管覺得給管理員平添麻煩，很過意不去，卻也感到一絲莞爾，始連忙擺出正經的表情。

「啊，辛苦你老遠跑一趟了，我是管理員井村。啊，真是太好了，這下總算可以放心了。雖然她們兩位好像還有點難以接受，可是……已經不太行了。」說到「已經不太行了」的時候，管理員壓低了聲音。「接下來的事，管委會主委也有他的意見，我會再找時間和你詳談。我再打電話給你。今天她們兩位應該都累了，先回去枝留，讓她們好好休息吧。你來接她們，真的幫了我大忙。」

始把公車來回車資再添上一點錢，和禮盒一起遞過去，管理員哈腰鞠躬說「啊，真不好意思」，恭敬地收下了。對於始的道謝，管理員再三地說「哪裡，這是我份內工作」。姑姑們一語不發。一枝神情茫然，智世則一臉不滿，悶聲不響。

「添島女士們，請妳們路上小心喔。」管理員說著乘上公車，看著他的背影，始再次感覺這不屬於工作範疇，顯然是出於他個人的好意。管理員稱呼「添島女士」的聲氣裡，感覺得出或許不下十年的長久交情，但由於姑姑們日漸失常，這樣的關係也即將崩解了。

回程的列車上，只有智世一個人說個不停。

一枝突然說要去定山溪，智世被她拉著出門。夾報廣告上有定山溪的「老人院」——從內容類推，似乎是有照護服務的老人院——一枝說那裡看起來環境實在太棒了，想要去看看。有廣闊的溫泉，後面是朝日岳，底下是豐平川的溪流，對面則是夕日岳，我覺得這裡的話，兩個人一起住也不錯，可是卻說什麼搬進去之前要先做健康檢查，什麼糞便檢查，還要去指定的醫院檢查，一堆刁難——這分明就是刁難嘛，哪有買房子要先做糞便檢查的，聽都沒聽過。我真是受不了了，說姊，與其被人這樣作踐，還是算了吧，正在跟你大姑姑討論呢。管理員井村先生也是，都是老相識了，不知道他哪裡看不順眼，突然叫我們不要開伙、用火要小心什麼的，真是沒禮貌。我再也不想回去什麼定山溪了。

智世強勢的口吻依舊，但說話內容顯然邏輯不通。她忘了自己把鍋子放在火爐上，就這樣睡著，引發小火災的事嗎？管理員說「屋子裡亂成一團」，應該就和始進去姑姑們在枝留的家，看到的驚人慘狀一樣吧。還有要進老人院又作罷的事也很古怪。她已經沒辦法分辨眼前的現實、認識事物並且應對了。

兩人以前那麼愛乾淨，現在卻無法維持整潔，也是因為認知能力明顯失常的關係吧。

次女惠美子姑姑過世後，維繫著四名手足的看不見的平衡是否也隨之崩潰了？始這麼感覺。真二郎恐怕也出現了相同的退化。他一天量多次血壓，傍晚後極端限制水分，不停地計算藥物數量。只有登代子看起來完全不受影響。除了始以外，所有的人都年過八旬了，隨時都有可能發生三長兩短。但沒有人知道那會是何時、是怎樣的收場。

在車廂裡搖晃著，不久後一枝開始打盹，在旭川醒來時，她看著車窗外的街景說：「旭川嗎？變了好多呢。」她坐在背對行進方向而坐的始的對面，列車動起來時，又再次睡著了。一枝右側的窗景流動得愈來愈快，不斷地往後方遠離。坐在姊姊左邊的智世對外面的景色似乎毫不關心。

經過旭川，車窗就像深入森林般前進，筆直黝黑的樹木貼近車身，不斷地延續而出。樹木間的石狩川進入視野。穿過森林後，熟悉的農地、牧草地畫出平緩單調的波形擴散，露出浮在浪間小舟般的農家和小倉庫。紅屋頂的筒倉、浪板生鏽的小屋。只能容一人經過的窄小農道。再過去的連綿山脈涇渭分明地分出黃葉與深綠，其間錯落著褐色與紅色的樹葉。偌大的農田上，只有一名農忙的老人一眨眼便化成遠景離去。似乎有一陣強風拂過遠方的山地，風吹的方向捲起大量的黃葉，在著地前的短暫片刻，在太陽光下發出金燦的光輝。

始曖昧地附和著繼續毫無脈絡地叨絮的智世，想著自己正在前往何處？即使沉默不語，列車也會依照時刻表抵達枝留車站。在車廂裡搖晃的期間，只需要隨波逐流即可。但光是想像抵達目的地，兩手提著姑姑們的行李離開座位，走下月台，就覺得胸口苦悶。沒有時刻表、沒有動力也沒有軌道的自己，一旦決定再也不願跨出任何一步，會變成怎樣？痴呆的姑姑們會說什麼？迷迷糊糊的兩人有辦法自行返家嗎？車廂裡的暖氣也開始將始烘得睏倦難當。直到落入夢鄉的前一刻，智世仍對著閉上眼皮的始，兀自說個不停。

始知道即使完稿在即的書順利出版，也不是有多少人期盼的作品。深入歐洲的書籍歷史，素描在各個時代扮演不同角色的人物生涯，是支持始寫作的祕密喜悅，也是作品重要的主題。

比方說，發明活版印刷的古騰堡因為欠債不還以及未履行婚約，遭人告上法院。為了暗中開發印刷機，他將工房登記為葡萄酒釀造廠。或是引發宗教改革的馬丁・路德，他因為寫下批判天主教會的內容，遭到形同放逐海外的處分，搭乘馬車準備暫避風頭時，在每一條經過的街道，看見禁止持有他的著作、每一張都一模一樣的敕令張貼在大街小巷，比起處分之嚴厲，他更為活版印刷的影響力而興奮不已。在緊接著開始的長達一年的隱居生活中，馬丁・路德完成了《新約聖經》德譯版……勾起始的興趣的，都是有些不平衡、卻受到近乎異常的熱情所驅動的人。他們著手去做從未有人嘗試的創新事物，因此與周圍發生摩擦齟齬，掀起的風壓為歷史翻開了新頁。他覺得自己想要描寫的，是在歷史現場的人們的呼吸、表情和心理活動。

比起論文研究，他更想寫無限接近文學或小說、能感受到體溫的歷史。大學和學會已經沒有他的位置。即使被諷刺說他做學問過度依賴想像力、手法太老舊，或是徹底遭到忽視，他都已經有了覺悟。

只要完成這部作品，他沒有想要再寫的東西。他一點都不想持續推出著作，打響名號。接下來只要一個個送走父母和姑姑們，做為枝留此地的添島家最後一人活下去，那就足夠了。但自己不一定會是最後一個人。自己是否是添島家的最後一人，只有老天爺才知道。

為消失做準備——這也是將大輪子縮小為中等左右的輪子。將小輪子再往中心點更進一步縮小。原本的輪逐漸化為點，在這個小點消失以前，都是為消失做準備。從始的背後延伸而出，看不見的線前方的消失點，現在應該被釘在了枝留街上的某處，再也不會移動。

小時候——再往前回溯的話，從嬰兒時期開始，每個人都由母親，或是準母親的人無條件、單方面地守護和養育。剛出生的嬰兒實在太無力了。而最後也必須借助許多人，或是勞煩許多人，要人看守直到嚥氣那一刻。步讀大學的時候，曾對始說「我沒辦法照顧爸媽，小始，就交給你了」，這話經過近四十個年頭，始依然沒有忘記。

23

就如同靜靜地蠶食老屋地板下層的白蟻，一枝與智世的腦細胞內的異變無聲無息地進行著。即使異變細微，也讓兩人的感知和行動出現了重大的失常。

從定山溪回來後，一枝依然繼續遊蕩。甚至比以前遊蕩得更頻繁，而且還加上了跌倒。只是一點高低差和傾斜，都會輕易讓一枝跌倒。有時是有人看見一枝倒地報警，警車送她回家，也有時候是始被叫去，開車接她回來。一回到家，智世就會以露骨的失望口氣迎接：「討厭啦，姊，妳跑去哪裡了？」一枝看起來有點尷尬，但不會搭理。因為是失智遊蕩，本人也不清楚去了哪裡。對於智世尖銳的聲音和表情，或許一枝也只能勉強被動地防衛。

一枝不只會在路上跌倒。她在走出自家洗手間時也會跌倒。在浴室脫衣所，或跨過坐墊的時候，甚至會被玄關的鞋子絆倒。每回智世都扶起一枝，有些惺惺作態地發出吆喝聲，把她扶到起居間。也許是體重變輕，動作也變遲鈍的關係，所以跌倒時撞擊力道也不重，或是骨頭本來就夠結實，並沒有造成老人常見的跌倒骨折。本人看起來也沒有受到多大的創傷，令人慶幸，但完全無法阻止她出外遊蕩的習慣。

不是只有一枝出現異常而已。比起一枝，智世應該更早開始看見**不存在的事物**。智世出現幻覺的時

間帶不分晝夜，愈來愈頻繁，看到的東西也愈來愈五花八門，而且規模愈來愈盛大、壯觀。

深夜，睡在二樓臥室的智世聽到聲音醒來，發現院子明亮吵鬧。打開玻璃門一看，一大群沒見過的年輕男女聚在庭院裡，配合土耳其還是哪裡的熱鬧音樂，載歌載舞。也有女孩子倚在石燈籠上看著眾人舞蹈，五光十色投射在她的臉上。有男孩靠在從札幌買來苗木種在院子的厚朴樹幹上。好像也有情侶。庭院樹木各處繫滿了五顏六色的氣球。智世問那些醉醺醺的年輕男女「你們是誰」，也沒有人抬頭看她，彷彿充耳不聞。「討厭，我是個好人，才特別容許你們這麼做，但這裡是別人家，其實你們不可以隨便闖進來的。」智世自言自語地說。

她熱切地向始報告這場「深夜騷動」，但始表情曖昧，默不作聲。智世求援地回望一枝，說：「喏，姊，前幾天晚上，院子裡有一大群年輕人在吵鬧對吧？」一枝平靜地說：「是啊，有很多人。」始覺得也許是聽妹妹描述，姊姊也自以為看見了一樣的場景。

智世也曾經跑來說她弄丟家裡的鑰匙。始猜想可能掉在室內某處，去鄰家搜索。很快就在佛壇的經桌旁邊發現了。應該放在佛壇前面的惠美子的遺照移到壁龕去了。照片從相框裡取出來，軟軟地靠放在別的架子上。始問：「惠美子姑姑的照片放這裡可以嗎？」智世沒有回答問題，說「惠美子姊姊有時候會變小兩號，坐在那邊的架子上」，望向不是放照片的其他架子。「惠美子姊姊會走出那張照片。可是她不會說話，只會坐在那裡。」對此智世似乎不覺得奇妙，也不感到害怕。「她怎麼會變得那麼小？」

「惠美子姑姑已經過世了。」

始盡可能平靜地說，但智世當場瞪圓了眼睛：

「咦？過世？她死掉了嗎？什麼時候？怎麼會？天哪，我怎麼都不知道？啊！到底出了什麼事？」

智世幾乎是吶喊地說，開始不停地掉眼淚。始後悔失言，花時間慢慢地說明惠美子過世的經緯、葬禮的狀況，以及納骨的永代供養塔位的事。儘管覺得或許說了也是左耳進右耳出，但他還是不由得要說明。

智世不惜打斷始的話，再三確認、質問惠美子已死的事。每次聽到答案，她都像唱片跳針，激動地說：我都不知道、怎麼都沒有人告訴我。不光是失智造成的記憶缺損，或許智世內心找不到一個適合的盒子，來盛裝惠美子死去的事實。連繫惠美子和智世纖細的線，由於惠美子死去而鬆脫了，卻沒有能將它撿起來纏繞收好的線捲。那條線沒有別人能夠拾起。

一枝日漸衰弱了。雙腿無力，失去平衡感，沒辦法爬樓梯上去臥室所在的二樓。兩人改為在一樓和室鋪被子睡。後來一枝不分晝夜，成天躺在被窩裡。有地爐的和室本來就丟著坐墊、毯子、浴巾、髒衣物、報紙和傳單等等，東西堆得到處都是，現在又有兩個人在這裡打地鋪睡覺。旁邊的西式房間裡，一枝的和服從保存的和紙裡取出來，疊在沙發上。改為每天來一次的居服員在規定的時間內，只能洗衣、準備餐點和進行最基本的打掃工作。不分晝夜，電視都以大音量開著。白天也就罷了，但是在寂靜無聲的夜裡，隔著一堵牆壁，真二郎應該每晚都聽到電視聲才對。

「我沒辦法照顧姊了，可以讓她搬進哥哥家，你們照顧她嗎？」

某天傍晚，門鈴聲響起，打開的玄關門外，智世背對著橘紅色的向晚天空站在那裡。她遷怒地罵罵咧咧，也沒打招呼就走進家裡。站在始身後的登代子難掩憤慨，默默地走上二樓，進去步以前的房間，關上房門。在起居間桌旁看報的真二郎說：「怎麼啦？出了什麼事？」智世在桌子對面坐了下來。

早上、白天、晚上，一枝姊都亂七八糟搞些有的沒的，一個不注意就往外面跑，不做飯，也不洗衣，不會一個人洗澡，連上廁所都要我扶她一起去。一整天光是照顧姊，我自己的事根本都不用做了——智世中間不斷地脫線，說了這樣的內容。哥哥家有登代子，還有小始，有三倍的人力不是嗎？你們有兩個男丁呢。我這邊只有一個生病的老爸。

真二郎應該聽到智世說「老爸」了，卻面不改色。他折起報紙，交抱起胳臂：

「就算妳這麼說，我自己也這個樣子，沒辦法照顧姊。」

「那是要我怎麼辦？我得一個人攬下全部嗎？要一直照顧到她死嗎？」

「日常瑣事，居服員大部分都會幫忙。我會申請增加次數。」

始說。智世好像連已經有居服員來家裡都不知道：

「你說誰會幫忙？」

「居服員。」

「誰？說日文好嗎？」

始吸了一口氣，說：

「專門做這類工作的女傭。」

「女傭？啊，阿絹會回來是嗎？阿絹回來的話，媽也會很高興。」

智世突然露出注視著虛空的表情。

「……姊在叫我……我要回去了。」智世突然站起來，在玄關穿鞋，撂話似地說：「真受不了！」接著頭也不回地回隔壁家了。始沒聽見一枝姑姑的聲音。

真二郎恍若無事，打開報紙，默默讀起來。始對真二郎說：

「就算只有一枝姑姑一個人也好，我覺得還是得送去有照護服務的老人院，要不然實在沒辦法了。我會安排，可以吧？」

「嗯……交給你了。」

登代子從二樓下來了，但沒有要參加討論的樣子，進廚房去了。

真二郎說，甚至沒有從報紙抬眼。始一陣怒火中燒，但用鼻子重重地喘了一口氣，把差點衝口而出的話吞了回去。

始透過綜合支援中心，申請照護資格等級變更。姑姑們應該已經明顯進入需要照護的等級了。

在申請文件的「與本人的關係」欄位裡一次又一次填入「姪子」，始第一次具體感受到三十年後的威脅：身邊沒有孩子或親戚，又罹患失智的老人，要怎麼過下去？

此後每天早、午、晚三次，居服員會到隔壁家處理三餐、洗衣、打掃，協助一枝入浴。等程序通過以後，一枝就會搬進有照護服務的老人院，但智世一副不關己事的樣子。「什麼叫我什麼時候要進去？你是在說姊吧？」智世笑道。「我好得很，什麼事都可以自己來。」她說。「我要住在這個家。」

半個月後，坐輪椅的一枝搬進了有照護服務的老人院。剩下一個人的智世，交給一天來訪三次的居服員照料。但腦袋不清楚的智世一天二十四小時當中還是有二十一個小時都一個人在隔壁家。始多次注意到自己就像等待著什麼的狗一樣，提高警覺地注意著隔壁的風吹草動，腦中重複著無法對任何人提出的問題：這種狀況要持續到什麼時候？

姊妹們的生活勉強依靠別人維持，真二郎自己也像在動物園柵欄裡來回徘徊的白熊一樣，表情漸漸變得木然。

他一開始量血壓，就命令登代子和始：「把電視收音機電腦關掉！」理由是電器發出來的電磁波會影響血壓計的數值。「哪有這種蠢事。」始不屑地對登代子說，但也清楚原本是電機技師的真二郎不可能理會他們的反駁。真二郎開始量血壓，始就撤退到二樓，登代子躲去廚房。真二郎一天要量四、五次血壓，每次都用微微顫抖的手打開老記事本，用鉛筆填入數字。此外的時間，他都占據起居間的桌子，數他的藥，或是把一大堆年金相關文件、保險證券、老存摺等等翻來覆去地檢查，除了睡覺以外的時間，整個人沉溺在圍繞、守護、威脅著他的各種「數字」裡。

看到登代子筋疲力竭的模樣，始以健康檢查的項目之一為藉口，說服真二郎到枝留中央醫院的腦神經外科接受診察。接受失智症診斷基準的面試時，真二郎發揮了驚人的專注力。與醫師對話的期間，他彷彿改頭換面，抬頭挺胸，俐落機敏地回話。在計算測驗時，陪同的始也在一旁默默心算，真二郎全部答對了。但是在亂數列出蘋果、汽車、蜻蜓等單字，隔一段時間再回想的測驗中，正確率慘不忍睹。才剛聽到的單字，一回頭就忘得一乾二淨，真二郎對此苦笑，納悶不已。始覺得那笑是真二郎自尊心的流露。

無從臨時抱佛腳的ＣＴ掃描影像中，看得出大腦萎縮的情形。醫師的診斷結果是初期阿茲海默症。即使聽到結果，真二郎的表情也沒有不同。就算耳朵聽見了，或許也在理解意義之前，大腦就先拉下鐵門拒絕理解。離開醫院，回家的路上，真二郎一語不發。就像真二郎過去無法理解始的想法，現在始也無法理解真二郎腦袋裡面在想什麼。

確診之後，就彷彿號令一響，這回換真二郎開始外出遊蕩了。

用完早飯後，真二郎突然站在衣櫃前換起衣服來，甚至打上已經難得會打的領帶，說「我去公所的年金課一趟」，出門去了。他交代去處，穿戴得也整整齊齊，沒有理由阻止他外出。

過了三小時人還沒回來，登代子擔心地打電話去公所，對方說早就離開了。登代子才剛說是不是應該報警，真二郎就打電話回家來。是從北見的公共電話打來的。他好像特地搭了一個小時半的車，跑去位在北見的年金辦公室。他只說「我要回去了」，便單方面掛了電話。

夕陽照上鄰家牆壁時，真二郎才回到家。事後詢問才知道，真二郎先去了町公所，但對於他不得要領的問題，職員應該是敷衍打發了。因此真二郎憤慨「枝留的公所一點用都沒有」，才又大老遠跑去北見的年金辦公室吧。

量完血壓後，真二郎一臉憔悴地用完晚飯，早早上床去，一下子就鼾聲大作起來。

就像完全忘掉姊妹那樣，真二郎以前疼愛的阿春，也全部丟給登代子和始照顧，甚至根本不會望向庭院了。

應該好歹是一家之主的真二郎，看起來除了自己以外，對其餘的事全不關心了。讓三姊妹住在同一塊土地，擔憂子女的升學與求職，養了四頭優秀的北海道犬，帶狗兒一起去溪釣，這些事是不是都已經不在他的意識之中了？

步的死，在真二郎的記憶中變成了什麼模樣？這個念頭一浮上腦際，始立刻不再繼續深思下去。

「走路超過九十步，胸口就好難受，走不下去了。」

真二郎說要去河邊走走，不到二十分鐘就回來，坐到起居間的椅子上，語氣沉重地對始說。儘管腳力大不如前，但不知道是遊蕩還是散步的外出卻比從前增加了。去外面走走回來後，真二郎會比平常更多話一些。每次真二郎外出，登代子便擔心不已，但始說應該不用擔心。

「就算上床，一整晚也會醒來五六次去廁所。就算跟醫生說，叫醫生開藥，也一點都不見改善。」

始知道多達十幾種的藥物裡，也有治療攝護腺肥大的藥。

「身體受涼也會有影響。肚子貼暖暖包保暖一下怎麼樣？有時候這樣會好過一些。」

「是嗎？」

真二郎心不在焉地拉長了聲音漫應著，仰望天花板，點起兩種白內障的眼藥水來。始從來沒聽過真二郎說哪種藥有效、覺得好受一些。對醫生似乎也總是滿腹牢騷。即使如此，他還是規規矩矩地服用多到幾乎數不清的藥。

沒多久，真二郎開始說「走五十步就喘不過氣了。腳也抬不起來」。始買來前端有防滑墊的老人枴杖，但真二郎只瞥了一眼，便露出絕對不用的表情來。似乎是在意別人的眼光。不想用那也沒辦法，但哪裡有什麼能讓年近九旬的男人覺得體面的東西？

始覺得計算步數，想要藉此評估什麼的態度，還有在乎他人眼光，不願使用枴杖的決定，都很像真二郎的為人。本人非常認真，但始覺得根本就是滑稽。同時他也不禁懷疑，自己其實也遺傳到這樣的傾向，並且已經開始發動了。身邊沒有人能毫不客氣地為他指出事實。登代子動不動就說「始一點都不像爸爸」，但始並不這麼認為。

真二郎說不走路的時候胸口也很難受，始帶他去醫院。診斷結果是冠狀動脈有輕微堵塞，隨時都有可能發生心肌梗塞。醫生建議進行可以從鼠蹊部位的動脈開刀的支架治療，而不是做開胸手術。在說明治療前的同意書內容時，聽到醫師說插入支架後，血栓有可能流到大腦，造成腦梗塞，真二郎臉色大變。不，那樣太可怕了，我不做支架了，真二郎說。醫師一臉意外：「不，這機率非常小，幾乎不會發生這種情形。比起腦梗塞，冠狀動脈堵塞造成心肌梗塞死亡的風險更要大多了。」但即使聽到說明，真二郎的表情依然僵硬。
始想起二十多年前，多次和步的主治醫生討論病情的往事。真二郎的情況，沒有那麼難以決定。始心想。
「家父已經快九十了，既然本人都這麼說了，就算發生心肌梗塞，或許也是沒辦法的事。」
醫師沒有回答這話，看著真二郎的心臟和血管的影像說：
「這是很粗的血管，一旦完全堵塞，會造成致命的後果。但放入支架的風險並不高。放入支架，不叫手術，我們叫做留置。風險真的非常低。」
即使聽到這話，真二郎的決心依舊不改。
支架留置暫緩，藥又增加了一種。
如同醫師所擔憂的，發作很快就來了。
凌晨兩點多，始被登代子叫起來，下樓進入真二郎的臥室，真二郎癱坐在被子上，氣管咻咻作響，不停地喘氣。始得過小兒氣喘，知道那有多痛苦。他已經事先看書和查網路，知道冠狀動脈梗塞的症狀，因此可以想像真二郎的氣管現在是什麼狀況。心肺功能下降，造成肺部積水，那就是體內正在溺水的聲音。始心想，或許真二郎會就這樣死掉。
感覺到為父親送終的短暫時間突然開始了，他覺得不管是意識的背後還是前方，都只有一片空蕩蕩的漆黑空洞。呼叫救護車，等待的期間，始想要撫摸真二郎的背。真二郎以微弱的力道拂開他的手。……不用……我這樣……真二郎用斷斷續續、擠出來般的混濁聲音說。始放手，稍微離開真二郎。急救人員很快便趕到，他把搬運工作交給他們，坐上救護車。登代子目送兩人離去，留在家裡。

真二郎住院了三個月。

剛從加護病房轉到普通病房，立刻就出現了失智老人容易發生的監禁反應。三更半夜，真二郎把點滴和氧氣罩全部拔掉，坐在床沿，聲音沙啞地對護士說「我要回家」。護士想要把手放在他的肩上安撫他，真二郎手一揮，打到護士的臉。

始接到醫院連絡，在同意書上簽名。同意書內容是當病人因監禁反應等出現暴力行為時，為了本人的治療及確保安全，同意暫時拘束身體。為了避免病人擅自下床，以及拆掉身上的管線，會用皮帶拘束身體和雙手。白天除了身上的皮帶以外，雙手還戴上像扁平無指手套的東西。戴上這手套，就無法自行拔掉管子了。真二郎有時會舉起被套起來的兩手，以空洞的眼神看著，然後試圖脫掉，卻徒勞無功。「這是為了治療，不可以拿下來。」即使告訴他，沒多久又會像搖扇子一樣不停地甩手，想要掙脫，但一樣是白費工夫。護士說「有家屬陪伴的時候，拿下來沒關係」，但始沒有這麼做。

肺部的水排掉，心臟狀況改善後，監禁反應更加惡化了。去探望的時候，許多時候真二郎不是坐在床上，而是背對護理站的牆壁，被橫長狀的床用桌夾住似地坐在椅子上。他會以這種狀態打瞌睡。「他到晚上就會變得活潑，還會把手甩來甩去。」護士笑著說。「我們也希望他白天盡量不要睡。添島先生！添島先生！你兒子來看你了！」

監禁反應常態化之後，真二郎即使醒著，也無法與他正常對話。他失去表情，眼睛焦點也依舊渙散。睡在床上時，除了睡著的時候以外，每次呼吸，都會抬起下巴伸長喉嚨，配合呼吸發出「嗚——嗚——啊——」的呻吟。問護士這狀況，護士說這不是呼吸困難，只是在呻吟而已，有些高齡病患常會這樣。「爸。」始大聲叫他，真二郎瞬間睜眼，往聲音的方向看，停止呻吟。「你怎麼會發出那聲音？是那裡不舒服嗎？」問他的時候，真二郎會安靜下來，但一停止說話，他便又開始配合呼吸節奏，「嗚——嗚——啊——」地規律呻吟起來。

每次去探望，都看到真二郎發出呻吟，始發現這是不是就像嬰兒發出啼哭，來表達不安、不滿和飢餓？不曾照顧過嬰兒的始，想像育兒而陷入神經衰弱，是否就是這樣的狀況。但始不會餵食真二郎，也不會為他換尿布或洗身體，只是聆聽他發出不是哭聲的呻吟將近一小時。光是這樣，就如此令人憂鬱沮喪。登代子將無法對話的探病工作都交給了始。

轉到一般病房後，真二郎無法經口進食，就這樣過了兩個月，醫院提議做胃造口。繼續像現在這樣靠點滴供給營養，會讓營養狀態更進一步惡化，造成全身衰弱——這樣的說明，始在一開始做功課看到的個案研究裡面也有提到。

始認為考慮到心臟的狀態，幾乎不可能痊癒出院，恢復日常生活。也就是說，在這樣的狀況下裝胃造口，是否只會延長本人的痛苦？始向登代子說明他所知道的胃造口知識。他說因為心臟疾病，日漸衰弱，就像是自然地走下坡道。登代子說「去問你爸」。

始把椅子搬到真二郎的床邊，出聲呼喚，等待那反覆的呻吟聲停止。

「爸，還好嗎？」

真二郎微微睜眼，看著天花板。

「你現在沒辦法用嘴巴吃飯對吧？那樣一來，會愈來愈瘦。現在是靠點滴在攝取營養。」

真二郎身上飄來像是口水乾掉的氣味。始發現那氣味和自己的口水有點像，一陣心慌。

「你聽過胃造口嗎？」

真二郎只有眼珠子移向旁邊，以混濁的眼睛望著始。

「為了確實攝取營養，要在胃上面開一個小洞，插管子進去，直接把營養送進裡面。雖然你現在手腳都變細了，但醫生說只要裝管子，營養狀況就會改善，你覺得呢？」

真二郎的目光從始身上移開，只是仰望上方。

「如果你想這麼做，我就拜託醫院幫你做。如果你不想，我就拒絕……怎麼樣？」

始說，就此沉默。

真二郎更有可能根本不懂他在說什麼。始暫時離開椅子，站在病房窗邊看外面。看不見湧別川，但看得到山脈。老鷹在對面的建築物上空悠悠地盤旋。真二郎再次配合呼吸，發出規律的呻吟。始回到椅子，發出稍大的音量：

「爸，你要在胃上裝管子，直接把食物灌進去嗎？」

真二郎微弱而隱約地搖了搖頭。這是他住院以後，第一次做出始也能明白的反應。或者他只是剛好在轉脖子？

「你不想做胃造口？」

真二郎笨拙地點點頭，「啊」地呻吟了一聲。為了慎重起見，始換了問法：「你想做胃造口？」

真二郎的頭在枕頭上不動了。

「……我也覺得不要比較好。那，我會跟醫生說。」

他輕拍了真二郎戴著手套的左手兩下。對於父親，他從來沒有如此親密的動作。

隔天探病時，主治醫師請他到其他房間談話。

「沒有更進一步的改善，又不做胃造口的話，很抱歉，最長只能住院三個月。社工會幫忙找找看有沒有不做胃造口又能接受住院的醫院。」

醫院是進行治療的地方，這番話合情合理。但是在家中自然迎接死亡，對家人的負擔太大了。不過在從前，每個人都是在家中過世的。

社工連絡幾家醫院，只在北見找到一家願意收留的醫院。在開車約一個多小時車程的地方。

轉院以後，真二郎依舊呻吟不止。原本細得像枯枝的腳，轉院之後漸漸腫起來了。醫師說明，這表示心臟已經相當衰弱了。在全身衰弱的狀態下持續打點滴，身體無法排出點滴的水分，造成了水腫。

轉院那天，始和主治醫師面談，轉達了不勉強延續生命的希望。但住院第二週的時候，主治醫師表情凝重地說：

「肺部開始積水了。這樣下去病人會很痛苦。我建議至少進行引流，將積水排出體外，怎麼樣？」

始想像，由於肺部積水，活生生溺死般地過世會有多痛苦？當天真二郎的側腹部便插入引流管，排出水分。

兩天後的早上，醫院打電話來。另一頭的護士聲音急迫地說狀況很危急，請家屬過去。

始出門前想到，慌慌張張地拿飼料和水餵了阿春。阿春只吃了兩口飯，接著只喝了水，然後就不吃了。始摸了一下阿春的脖子，和登代子上車前往醫院。

真二郎戴上氧氣罩了。下巴前伸，痛苦地喘氣。血壓也已經降到四十多了。始想起步嚥氣那一天。登代子應該也是。真二郎的手腳都已經冷得像屍體了。很快地，始注意到應該插在真二郎側腹部的引流管不見了，猜想應該是主治醫師的決定。都已經結束了。

一個多小時過去，真二郎終於放棄掙扎般，心肺功能停止了。主治醫師檢查了脈搏和瞳孔，宣告過世。

「熱水。」阿米說。

絹子擦亮火柴，俐落地點燃瓦斯爐。低低的一聲「波」，藍色的火舌排成圓狀亮了起來。火柴的硫黃味飄進絹子的鼻腔。

絹子兩手提著裝滿井水的沉甸甸大水壺，擱到藍火的圓陣中央。她準備了洗澡用的大臉盆，打開桐木櫃抽屜，取出四塊紗布，排在臉盆旁邊。

阿米從老師那裡學到的接生要訣，一點一滴地傳授給絹子。

（其實不需要洗澡水。嬰兒的胎脂可以保護皮膚不受外界空氣的傷害，所以不用洗掉沒關係，尤其在空氣乾燥的冬天更是如此。那些胎脂會自行掉落，擦掉眼鼻耳周的胎脂就夠了。如果要清洗，要注意水溫。最好和胎內的羊水一樣三十七度左右。大人泡澡的溫度會嚇到嬰兒，害他們大哭，人們卻以為哭表示嬰兒很活潑，實在可笑。）

老師說的話、低沉的嗓音，一直留在阿米心中。

腳上穿布襪、身上穿白衣的絹子再次回到別院的分娩室，關上為了換氣而打開的窗戶，拉上窗簾。南邊和西邊簷廊的紙門也關上。動作沉穩、盡量不出聲地關上。房間變得微暗，搶在破曉前醒來的鳥兒們熱鬧的啼聲變小了些。

（貓狗都不會在大太陽底下生孩子。在陰暗的環境生產，母子都比較安心。強光只會嚇到嬰兒，對母親的眼睛也不好。天快亮時的暗度剛剛好。其他的就用遮雨窗板、紙門、窗簾來調整。）

（不要在周圍跑來跑去。不要讓風吹進來。盡量避免聲響。要安靜、慢慢來。產婆慌慌張張，母子也沒法靜心。幫忙的人不能一臉凝重。產婆驚慌，孕婦也會驚慌。別忘了，生孩子不是病。）

登代子躺在分娩室中央的床上。陣痛暫時停歇，眉頭的皺紋舒展開來了。額頭和太陽穴貼著頭髮，表情似在尋找什麼。登代子被時間推送著，既無法折返過去，也無法停佇在現在，已經完全無法思考了。她在接近黎明時分進入分娩室。陣痛開始後，已經過了五個多小時。登代子喉嚨深處一陣響。陣痛又開始了。

這是登代子第一次生產。阿米正要親手接生她的第一個孫兒。懷孕期間，雖然幾度胎位不正，但每次阿米都呼喚胎兒，導正胎兒的位置。阿米檢查了一下，子宮口裡面就是即將出世的嬰兒頭部。登代子的呼吸聲愈來愈重了。

（妳要用這麼冰冷的手接生嬰兒嗎？產婆的手是冰的，嬰兒一出世第一個感覺到的就是冰冷、可怕。要讓雙手保持溫暖。）

（大自然是不會管人類怎麼樣的。雨要下、波浪要捲起，沒有人能制止。懷孕當然也是如此，但想快點生、非生不可的心情，會導致難產。也有比預產日晚上快兩個月才生的。就算在母親肚子裡面待上久一點，也不會難產。生產就是等待。）

分娩室桐木櫃上的紙糊狗娃娃漫然地注視著阿米的一連串動作。高挺的渾圓兩耳是紅色的，頭則像是鑲了邊，是黑色的。圓圓的眼睛周圍勾了一圈灰色，明明是紙糊玩具，看起來卻有意志，應該就是這鑲邊的關係。似笑非笑的臉，只是天真無邪地看著前方。紙糊狗玩具揹著波浪鼓。據說這鼓是用來哄嬰兒的，但阿米不知道這說法是不是真的。她記得曾在長野陰暗的家中，有地爐的木板地房間煤黑的櫃子上看過紙糊的狗娃娃。背上揹的不是波浪鼓，而是像籃子的東西。阿米被送去東京給人收養，幾年後又回到長野時，紙糊狗不見了。她也覺得或許本來就沒這東西，但她確實在哪裡看過。她也沒問過接自己回家的父母那紙糊狗去哪了。

子宮口開得更大了。陣痛的間隔也拉近了，登代子將心緒集中在阿米的柔聲指示，小心翼翼地讓呼吸和使勁的時間配合在一起。調整呼吸，想像嬰兒的頭右轉著出來的景象。呼、呼——，呼、呼——。明明是自己的聲音，卻覺得不是自己的聲音。喏，出來了，出來了，很好，對對對，現在用力，好，來、來，已經出來了。可以放鬆了。不必用力了。出來了出來了。很好、很好，這樣就對了。登代子在腦中聽著彷彿不是自己發出的、痙攣發作般的吼叫。她知道生了。阿米柔和的聲音傳來。

——啊，出來得好，歡迎來到這世界，喏，來，放輕鬆，喏，生出來嘍。是女孩子啊。恭喜了，辛苦了。歡迎妳啊。

登代子聽著阿米的聲音，發現自己在哭。下半身好像一大塊東西脫落一般，腰際被虛浮的脫力感所席捲。

小女孩在哭。是我的小嬰兒。

——空氣很棒吧？這下就可以輕鬆呼吸了。歡迎妳啊。

登代子神思不屬地聽著，訝異阿米居然能發出如此柔軟的聲音。

阿米裹住似地捏住臍帶，測量脈搏。感覺不到脈搏時，便慢慢地搓了搓臍帶，在絹子的協助下做了處理。

「這女孩很堅強。表情很棒。很溫柔，很堅定。——妳生了個很棒的孩子。」

（生產期間不必太神經質，但剛生完一段時間，產婦最好不要待在明亮的房間裡。也不能讓產婦做針線活、讀報，操勞眼睛。）

命名為步的女孩開始會爬了。比起在榻榻米上爬，她更喜歡在走廊木板地上爬。爬得比在榻榻米上還要快，而且木板地比較舒服。

有奇妙的氣味。像奶香，但比奶香更濃烈。爬著爬著，爬到了光線刺眼的地方。那裡是玄關邊緣。她一路爬到邊緣處，再往前爬就會掉下去受傷的地方。

從玄關玻璃門射進來的午後光線中，許多刺眼的光塊層疊交錯。有一群剛出生的小狗。撲鼻的濃濃氣味。母狗背對著玻璃門，看顧著小狗們。光太刺眼了，步看不清楚小狗。而且步還不會說話，也不知道小狗這個詞，她只是看著、聽著。步發出「嗚嗚、啊——、嗚嗚」的聲音。

後方傳來母親短促的叫聲。

母親蹬蹬震動地板，火速走過來，不容分說地用雙手把步撈了起來。小狗從步的視野消失，步大哭起來。

始仰躺在枝留熟悉的理髮店吱呀作響的椅子上，讓老闆刮鬍子。他臉上蓋著熱毛巾，思考著路易氏體失智症病患的平均餘命。如果就像書上寫的，智世姑姑再幾年就會過世。一枝姑姑應該也已經蒙主寵召了。那個時候自己也已經年過花甲了。但現在家裡還剩下的三個老太婆和一個初老的男人，沒有人知道誰會先走。

第一次幫國中生的始刮鬍子時，理髮店的田中老闆才三十多歲，但現在已經年過七十五了。田中老闆用左手推出臉頰和下巴的鬍子，以右手的剃刀慢慢地刮除。年輕的時候，刮完鬍子以後，臉頰和下巴底下都會變紅。但現在不管刮得再怎麼用力，都不會變紅了。

始想起以前在書上讀到的情節。

才二十出頭的詩人，去見他敬愛的小說家。年輕的詩人興匆匆地拜訪，卻得到小說家一句「喂，把你那鬍碴刮乾淨」。「男人的本質是溫柔，是母船……喂，把你那鬍碴刮乾淨。」

後來跳河自殺的那名小說家，尋死的那天早上刮了鬍子嗎？或是任由鬍碴爬了滿臉？始漫不經心地想著，沉入了夢鄉。

PLP0078

光之犬

作　者—松家仁之
譯　者—王華懋
編　輯—黃煜智
校　對—魏秋綢
企　劃—吳儒芳
封面設計—莊謹銘
插　畫—南君
內頁排版—綠貝殼資訊有限公司

總編輯—胡金倫
董事長—趙政岷
出版者—時報文化出版企業股份有限公司
108019 台北市和平西路三段二四〇號七樓
發行專線—（〇二）二三〇六六八四二
讀者服務專線—〇八〇〇二三一七〇五
（〇二）二三〇四七一〇三
讀者服務傳真—（〇二）二三〇四六八五八
郵撥—一九三四四七二四時報文化出版公司
信箱—一〇八九九台北華江橋郵局第九九信箱

時報悅讀網—http://www.readingtimes.com.tw
思潮線臉書—https://www.facebook.com/trendage
法律顧問—理律法律事務所　陳長文律師、李念祖律師
印　刷—勁達印刷有限公司
初版一刷—二〇二一年二月十九日
定　價—新台幣五五〇元
（缺頁或破損的書，請寄回更換）

時報文化出版公司成立於一九七五年，
並於一九九九年股票上櫃公開發行，於二〇〇八年脫離中時集團非屬旺中，
以「尊重智慧與創意的文化事業」為信念。

光之犬／松家仁之著；王華懋譯 . -- 初版 . -- 臺北市：
時報文化出版企業股份有限公司，2021.01
384 面；14.8×21 公分
譯自：光の犬

ISBN 978-957-13-8502-0（平裝）

861.57　　109020051

ISBN 978-957-13-8502-0
Printed in Taiwan